dtv
premium

Ausführliche Informationen über
unsere Autoren und Bücher
finden Sie auf unserer Website
www.dtv.de

Mira Magén

Die Zeit wird es zeigen

Roman

Aus dem Hebräischen
von
Mirjam Pressler

Deutscher Taschenbuch Verlag

Von Mira Magén
sind im Deutschen Taschenbuch Verlag erschienen:
Klopf nicht an diese Wand (12967)
Schließlich, Liebe (13201)
Als ihre Engel schliefen (24532)
Schmetterlinge im Regen (24596)

FSC
Mix
Produktgruppe aus vorbildlich bewirtschafteten Wäldern und anderen kontrollierten Herkünften

Zert.-Nr. GFA-COC-001298
www.fsc.org
© 1996 Forest Stewardship Council

Deutsche Erstausgabe
Januar 2010
Deutscher Taschenbuch Verlag GmbH & Co. KG,
München

Titel der hebräischen Originalausgabe:
›Jamim jagidu, Anna‹
(Keter Books, 2008)

Published by Arrangement with The Institute for the Translation of Hebrew Literature
Umschlagkonzept: Balk & Brumshagen
Umschlaggestaltung: Wildes Blut, Atelier für Gestaltung,
Stephanie Weischer unter Verwendung eines Fotos
von Arcangel Images/Mohamad Itani
Satz: Greiner & Reichel, Köln
Gesetzt aus der Berling 9,75/13,25'
Druck und Bindung: Kösel, Krugzell
Gedruckt auf säurefreiem, chlorfrei gebleichtem Papier
Printed in Germany · ISBN 978-3-423-24747-4

Für Mutter, für all ihre Wärme und Güte

»Herr, wenn ich gleich mit dir rechten wollte, so behältst du doch recht; dennoch muss ich vom Recht mit dir reden.«
Jeremia 12,1.

Erstes Kapitel

Montag, der 22. Juni, begann wunderbar.

Man konnte davon ausgehen, dass die meisten Babys, die heute auf die Welt kämen, bei Tageslicht geboren würden.

Anna war leider in einer langen und besonders dunklen Nacht geboren worden. Seither sind dreizehneinhalb Jahre vergangen, und das, was in jener Nacht zerstört worden war, schickte sich an, an jenem Montag, der so wunderbar begann, wieder gut zu werden. Ihre Beine gehorchten ihrem Gehirn, bis mittags war sie kein einziges Mal gestolpert, sie konnte hören, wie das Leben sagte: Los, Anna, das ist dein Tag. Sie stand auf der Holzterrasse und wartete auf den richtigen Moment, und als er kam, sah sie einen Mann in einer weißen Badehose, der sein Fahrrad an den Schuppen lehnte, die Sandalen auszog und ein Badetuch ausbreitete. Sie verfolgte ihn mit den Augen, bis er ins Meer ging, wartete, bis seine Knie im Wasser verschwanden, dann die weiße Badehose, die Brust und die Schultern, und als sein Kopf auftauchte und auf dem Wasser trieb wie eine Boje, schaute sie nach rechts und nach links, sagte sich, das ist dein Tag, Anna, und nahm das Fahrrad.

Sie durfte nicht Fahrrad fahren, aber es war ein besonders guter Tag, sie spürte, dass ihre Koordination perfekt war und hielt diesen Diebstahl für eine lässliche Sünde im Vergleich zu den großen Sünden, die ständig in der Welt passierten. Ihr kleiner Bruder sah alles, und bevor er losrennen und sie verpetzen konnte, sagte sie: »Komm doch mit, Tom, aber halt dich an mir fest.« Er saß auf dem Gepäckträger und klammerte sich an sie. Seine Finger drückten sich in ihren Bauch, aber sie behielt die Kontrolle über das Fahrrad und hielt die Lenkstange fest in den Händen, als hätte sie den ganzen Sommer nichts anderes getan. Es war, als hätte man ihr eine Sauerstoffblase ins Gehirn geschleust und ihren Defekt korrigiert. Die Luft schlug ihnen entgegen und sie lachten, und wie sie lachten, das Lachen trieb das Fahrrad an und ließ es schneller fahren, und sie lachten und rasten und lachten noch mehr und begannen zu fliegen. Vor lauter Lachen schwoll ihr Bauch an, und die kleinen Hände, die ihn umklammerten, ließen los, das Fahrrad fing an zu schwanken, der Gepäckträger war leer und es krachte.

Ihr kleiner Bruder lag auf dem Steg, mit ausgebreiteten Armen, bereit, den Himmel aufzufangen, der im Begriff war herunterzufallen. Der Himmel stürzte wirklich in die Tiefe, aber Tom bekam es nicht mehr mit.

Heute Morgen hatten sie ihm einen zweiten Namen gegeben, *Chajim*, Leben, und wenn sie abends aus dem Krankenhaus zurückkamen, würde Anna wissen, ob der neue Name funktionierte, ob sich die Hände, die schon einen Monat lang offen waren, wieder schließen würden.

Wenn sie könnte, würde sie jetzt den Griff der Erdkugel packen und die Drehung beschleunigen, damit dieser Tag schneller vorbeiginge und es schon Abend würde. Dabei konnte sie noch nicht einmal das Wachstum ihrer Nägel beschleunigen, sie konnte ihre Knöchel nicht gerade halten, wie sollte sie da die Drehung der Erde beschleunigen? Und angenommen, es gäbe einen Schmetterling, dessen Leben nur einen Tag dauerte, dann hätte er doch das Recht, diese Spanne auszuleben, nicht wahr? Schmetterlinge klappen ihre Flügel senkrecht über dem Körper zusammen, wenn sie schlafen. Toms Flügel, wenn man seine Arme so nennen konnte, waren weit ausgebreitet.

Es ist schwer zu erklären, was sich seither alles verändert hat, der Geschmack des Brotes, die Höhe des Himmels, die Farbe des Meeres. Vor zwei Stunden begann die Sonne ihre tägliche Runde im Hinterhof der Imbissbude, sie schien auf die Müllcontainer, und die Katzen machten sich über den beleuchteten Müll her, wühlten darin und schnappten sich die Essensreste. Der städtische Müllwagen ließ ihren Puls höher schlagen, aber die Müllmänner hingen noch fest am Wagen, zwischen Müll und Straße. Erst wenn sie herabstiegen, würden die Katzen auf den Zaun springen und abwarten.

Der Sand rieselte von Annas Ellenbogen, von ihren Knien, ihren Zehen, kaum schaffte sie es, die geringe Entfernung zwischen dem Strand und der Imbissbude zurückzulegen. Endlich stieg sie die Stufen zur Terrasse hinauf, ließ sich auf einen Stuhl fallen und hörte, wie Edissos Fahrrad näher kam. Der Gepäckträger klapperte, die Pedale rotierten, das Lenkrad quietschte. Die meisten Menschen würden dieses Fahrrad als Schrotthaufen bezeichnen, aber das Fahrrad hatte keine Ahnung, was die Menschen von ihm hielten und brachte Edisso jeden Morgen pünktlich um halb acht zur Arbeit, wartete geduldig, bis er fertig war, um ihn dann wieder nach Hause zu fahren.

Er warf Anna einen Blick zu und lehnte sein Fahrrad an

einen Pfosten der Imbissbude. »Was ist los mit dir?«, fragte er. »Bist du aus dem Grab gestiegen?«

»Was soll mit mir sein?«

»Keine Ahnung. Wo kommt der ganze Sand her?«

Er hob eine Kiste mit Baguettes hoch und stellte sie auf die Terrasse vor der Imbissbude. Seine Fäuste waren hart und braun, wie Brötchen, die man bei zu großer Hitze gebacken hat. In Annas Klasse gab es keine Äthiopier, auch nicht in ihrem Wohnblock. Bis zu diesem Sommer hatte sie noch mit keinem Äthiopier auch nur ein Wort gewechselt.

»Was schaust du so?«

»Ich schau nicht und sonst ist auch nichts.« Er sollte schon mit dem Gemüseschälen beginnen. Vor einem Monat hatte sie noch keine Ahnung gehabt, dass es einen Edisso auf dieser Welt gab. Und wäre das Gehirn ihres kleinen Bruders nicht verletzt worden, hätte sie es auch nicht erfahren. Bald würde es kühler werden, das Schuljahr würde beginnen. Die Imbissbude würde schließen und jeder wird dahin zurückkehren, woher er gekommen war. Edisso in seine Siedlung im Süden der Stadt, sie mit ihrer Familie nach Jerusalem und das Leben würde wieder zur Ruhe kommen. Unsinn, das Leben beruhigte sich nicht, es würde auch nicht so schnell vergessen, was am Montag um 14:51 Uhr geschehen war. Nicht das Krachen, das zu hören war, als Toms Kopf auf den Steinen aufschlug und nicht die große Stille und nicht das Lachen, das wie Kotze aus Anna herausbrach. Sie hatte versucht, es mit Weinen zu ersticken, aber es hörte von allein auf, sie sagte, was habe ich getan, was habe ich getan, und wollte die Antwort nicht wissen. Sie floh in nördlicher Richtung, dorthin, wo die Restaurants waren, ihre Füße kämpften mit den Pedalen, als hätte ihr jemand Schädel als Gewichte an die Knöchel gebunden, die jetzt hinter ihr herrollten. Einen Meter von Tom entfernt standen zwei Möwen und pickten an einer Brotrinde, sie waren die einzigen Zeugen. Die Polizei interessierte sich nicht für die Möwen und auch nicht für Anna. Die Polizisten sahen, dass ihre Beine ihr nicht gehorchten und dachten, sie sei eine Behinderte und ließen sie in Ruhe. Alles Schlechte hat auch sein Gutes, wie man so sagt. Der eine Polizist sagte: »Mama mia«, und der andere: »Trag's ein, es ist 14.51 Uhr.« Die Polizisten interessierten sich auch nicht für das Fahrrad, das jemand in der Nähe der Restaurants liegen gelassen hatte. Falls es immer noch dort läge, wären die Gummireifen in der Sonne geplatzt und die Farbe abgeblättert. Die Leute sagten: »Der arme Junge hat auf dem Geländer balanciert und ist gestürzt.« Der Eintrag der Polizisten lautete: »Ein Sturz vom Geländer des Stegs.«

Die Vögel verrieten Anna nicht und sie beichtete nichts.

»Willst du Wasser? Du siehst krank aus.« Edisso bückte sich, zog eine Flasche Mineralwasser aus dem Kühlschrank und hielt sie ihr hin.

Er war noch keinen Monat hier und schon überließen ihm ihre Eltern die Verantwortung für die Imbissbude und für Anna. Zum ersten Mal waren sie beide allein. Er war fünfzehn und hatte große Augen, die alles speicherten, was sie sahen. Wenn sie mit ihm sprach, auch wenn sie nur nach der Uhrzeit oder dem Salzstreuer fragte, sah sie in seinen Augen ihren armseligen Zustand und die Tatsache, dass sie dreizehneinhalb Jahre alt war, aber wie eine Neunjährige aussah. Und hinter allem, was sie darin über sich selbst entdeckte, nahm sie in seinen Augen weitere, tiefer liegende Schichten von Sorgen wahr.

»Warum heißt du Anna, als wärst du eine Russin?«

Seit er hier arbeitete, hatte er noch keine Fragen gestellt, auch nicht, was die Lebensmittel betraf. Er schaute zu und lernte ganz von allein, wo alles hingehörte, was sofort erledigt werden musste und was noch warten konnte, und wenn er sprach, dann höchstens drei Worte, danach schwieg er bis zum nächsten Gespräch, als würde man ihm die Worte vom Lohn abziehen, und plötzlich hatte er neun Worte gesagt.

»Das ist eine Abkürzung der Vornamen meiner Großmütter, Ahuva und Chana, meine Eltern haben einen Namen daraus gemacht, damit nicht eine eifersüchtig auf die andere wird und sie anfangen zu streiten.«

»Warum erweist ihr ihnen jetzt schon Ehre, sie sind doch noch nicht tot?«

»Um Gottes willen, warum sollte man mit der Ehre warten, bis sie tot sind.«

Sie hatte nie gefragt, warum man ihr diese doppelte Ehre erwiesen hatte. Sie hatte ihn nicht nötig, den Namen einer Neueinwanderin, um sich von anderen zu unterscheiden, sie hatte ja ihre Beine. Und da es schon um Namen ging, erzählte sie ihm, dass Tom einen zusätzlichen Namen bekommen hatte: *Chajim*, Leben. Einem alten Brauch entsprechend gibt man einem Kranken einen anderen Namen, um den Todesengel zu täuschen, falls der ursprüngliche Name bereits im Buch des Todes verzeichnet ist. Vielleicht würde dieser Name Gott dazu bringen, seinen Schädel zusammenzukleben und ihm das Bewusstsein wiederzugeben.

Edisso kannte Tom nicht. Als er zur Imbissbude gekommen war, um für seine Brüder Eis am Stiel zu kaufen, lag Tom schon im Krankenhaus und sein Leben hing an Schläuchen. Edisso hatte seinen Brüdern das Vanilleeis vom Kinn gewischt, die Anzeige »Aushilfe gesucht« gesehen und sich beworben. Annas Vater hatte ihn gefragt, ob er schon vierzehn Jahre alt sei und bereit wäre, auch samstags zu arbeiten. Nachdem Edisso beide Fragen mit »Ja« beantwortet hatte, wurde er eingestellt. Bis dahin hatten sie es allein geschafft, aber seit der Krankenwagen Tom weggebracht hatte, waren die Eltern mit den Gedanken im Krankenhaus, und nur körperlich jeden zweiten Tag am Strand. Wenn sie gekonnt hätten, hätten sie die Imbissbude ins Meer geworfen, aber die Pacht lief noch bis zum Ende der Badesaison und woher hätten sie das Geld nehmen sollen, um die Ablösesumme zu bezahlen? Und wie konnten sie jemanden finden, der etwas vom Imbissgeschäft verstand und bereit war, die Pacht zu übernehmen?

Wenn der Name *Chajim* ihn nicht aufweckte, dann würde er doch wenigstens helfen, einen schlimmen Fehler zu korrigieren. Denn es war wirklich ein großer Fehler gewesen, ihm bei der Geburt diesen Namen zu geben, sie hätten wissen müssen, dass Gott, wie die meisten Menschen, von links nach rechts las. Und als Er den Namen Tom sah, was auf Hebräisch Unschuld heißt, las Er den Namen von der anderen Seite, Mem, Waw, Nun, das hieß Mot, die hebräischen Buchstaben für Tod, und kam auf die Idee, Toms Leben zu beenden. Fünf Jahre lang hielt Er sich zurück und rührte Tom nicht einmal mit einem Finger an, doch dann legte Er seine ganze Hand über ihn. Die Engel schauten zu und schwiegen. Und wenn einer von ihnen vorlaut wurde und fragte, warum, antwortete Er, wieso warum, nur so, und warnte ihn davor, sich nicht auf das Niveau der Menschen herabzulassen, die für alles einen Grund suchten und ihr kurzes Leben mit Fragen vergeudeten, die ihren Verstand überstiegen.

Wäre es Annas Schicksal gewesen, ein Engel zu sein, hätte sie ein viel härteres Leben gehabt. Tag und Nacht hätte sie Fragen gestellt und Gott hätte sie bestraft. Wenn Er ihr, dem Kind, die Beine genommen hatte, hätte Er ihr als

Engel die Flügel genommen, und ein Fall beim Gehen, aus anderthalb Metern Höhe, wäre etwas ganz anderes als ein Sturz vom Himmel, mitten im Flug. Was tat ein Engel mit einem gebrochenen Flügel? Einerseits konnte er nicht in den Himmel zurück, andererseits bekam er keinen Cent Unfallversicherung, weil er auf der Erde nicht registriert war. Nur Gott konnte wissen, wie viele von den Bettlern, die auf der Ben-Jehuda-Strasse herumhinkten, früher Engel waren, die zu viele Fragen gestellt haben.

Sie deutete aufs Meer: »Schau«.

Er unterbrach seine Arbeit und hob den Kopf. »Also von dort stammt der Sand auf deiner Haut. Ich habe gedacht, du wärst aus einem Grab gekrochen.«

Sie kannte keinen Toten, der mit einem zerknitterten T-Shirt aus seinem Grab springen und zum Meer rennen würde, ohne die Zähne zu putzen, wie sie heute Morgen. Ihre Beine verhedderten sich, sie rannte trotzdem weiter und blieb erst am Strand stehen, direkt vor dem Wasser. Dort wo der Sand fest und hart ist, steckte sie einen Finger in den Sand und schrieb den ersten Buchstaben von Chajim. Sie machte den halben Bogen so tief, dass ihr Ellenbogen hineinpasste, und so groß wie ihr Wohnzimmer in Kiriat Jovel. Dann formte sie noch zwei Buchstaben, zwischen die sich aber ein Hund stellte. Sie sagte zu dem Hund: »Entweder du hilfst mir, oder du verschwindest.« Der Hund jaulte laut auf und beklagte sich beim Himmel. Als er merkte, dass er keine Antwort bekommen würde, lief er davon. Sie malte den letzten Buchstaben. Er war so groß wie der Hof von Großmutter Chana. Wäre ein Flugzeug über den Strand geflogen, hätte der Pilot den neuen Namen ihres kleinen Bruders lesen können. Auch Gott könnte den Namen sehen, wenn er sich die Mühe machte, sich von seinem Ehrensitz zu erheben und nach unten zu schauen. Ihre Schwester

Naomi hätte gesagt, du hast nicht alle Tassen im Schrank, Gott wird dich dafür bestrafen. Aber Naomi war nicht da, weil das Meer ein gefährlicher Ort für hübsche Mädchen ist, und Naomi war wirklich schön. Ihre Finger waren so feingliedrig wie Vogelbeine und ihre Knie sahen aus wie knusprige Brotenden, und ihre Augen – über die ließ sich nichts sagen, was nicht schon lange gesagt worden ist. Sie war für die Sommerferien zu Verwandten in eine Siedlung in der Westbank geschickt worden, weil sie sonst nur die ganze Zeit am Strand herumgelungert hätte. Seit sie in der Siedlung war, sprach sie über Gott, als wäre er ein Familienmitglied: Gott möchte dies oder jenes, Gott ist zornig, Gott liebt und Gott hasst. Sie holte Ihn vom Himmel herunter und ließ Ihn auf der Terrasse vor der Imbissbude sitzen, als würde sie Ihn gleich fragen wollen, ob Er Cappuccino oder Filterkaffee trinken möchte. Gott lachte. Er hatte am klaren und kühlen Ende der Atmosphäre eine Villa nur für sich allein. Die höchsten Hochhäuser in Tel Aviv könnten Ihm keine bessere Aussicht bieten, um Taten und Zeiten zu überwachen. Was könnte Er schon davon haben, ein Mitglied der Familie Chajat-Taylor zu werden, Leute, die sich mit blank liegenden Nerven, Ängsten und mit Kacken und Rülpsen plagten?

Eine weiße Welle kam schnell näher, sprang hoch, schoss über die Wasserlinie und breitete sich auf dem Strand aus.

»Also, Gott, wenn Du nicht aufgestanden bist, um den Namen *Chajim* im Sand zu sehen, hast Du etwas verpasst.« Das Wasser überflutete die Vertiefungen der Buchstaben und ließ nur die beiden Buchstaben j und i, Jud in der Mitte stehen, das Zeichen für Gott. Hoffentlich beschuldigte Er sie jetzt nicht, seinen Namen zu missbrauchen. Wenn sie genug Kraft hätte, würde sie aufstehen und die Buchstaben mit Sand bedecken, aber sie war fix und fertig.

Edisso hörte auf, den Boden zu wischen: »Hast du etwas gesagt?«

»Nicht zu dir, zu Gott.«

»Hast du Kontakt zu Ihm?«

»Kommt dir das so vor?« Wenn sie mit Ihm sprechen könnte, würde sie zu Ihm sagen: Gott, ich will nur eine Sache von Dir, lass das Gehirn von Chajim-Tom gesund werden, sonst verlange ich nichts. Sie hätte die Gelegenheit nicht genutzt, Ihn um eine Korrektur ihrer Motorik zu bitten oder sie so schön zu machen wie ihre Schwester Naomi, sie hätte auch nicht darum gebeten, ihren Eltern das Geldverdienen zu erleichtern. Um nichts außer Chajim-Toms Leben.

»Trink. Warum trinkst du nicht?«

»Hast du Angst, dass ich dir krepiere, bevor meine Eltern zurück sind?«

»Ich habe keine Angst um mich, nur um dich.«

Sie betrachtete seine dunklen, kräftigen Hände und glaubte ihm. Wenn sie Mut hätte, würde sie ihn bitten, seine Hände berühren zu dürfen. Wenn Gott die Menschen wirklich aus Erde geschaffen hatte, dann hatte Er die Äthiopier aus Erde geformt, in der Radieschen und Kartoffeln wachsen, und die Aschkenazim, wie man an den Kindern ihrer Klasse und den Leuten in ihrem Stadtviertel sehen konnte, aus Sand vom Meer. Einzelne Körnchen, die nicht aneinander haften. Es sollte einen nicht wundern, wenn das Blut der Aschkenazim so durchsichtig wäre wie Wasser.

Edisso schnitt ein Baguette nach dem anderen auf und bestrich die Brothälften mit Humus, verteilte Oliven darauf und fragte: »Was ist passiert, woher kommen deine Probleme mit dem Gleichgewicht?«

»Ich habe bei der Geburt nicht genug Sauerstoff bekommen. Hättest du geglaubt, dass so ein Zeug ohne Farbe, ohne Geruch und Geschmack dem Gehirn so schaden kann? Möchtest du hören, wie es passiert ist?«

»Wenn du willst.«

Sie wollte. Und ob sie wollte. Seit er bei ihnen arbeitete, hatte sie noch kein richtiges Gespräch mit ihm geführt. Er blickte sie abwartend an. Zum ersten Mal waren sie allein miteinander, und vielleicht würde es kein zweites Mal geben. Sie wusste nicht, wie sie anfangen sollte, aber die Geschichte wusste es und schob sich von allein aus ihr heraus, kraftvoll und konzentriert.

»Meine Mutter schrie während der Geburt. Meine Mutter ist keine hysterische Frau, wirklich nicht. Die Hebamme sagte zu ihr, ›Rachel, beherrsch dich, du bist hier nicht die Einzige.‹ Aber sie konnte sich nicht beherrschen, ich steckte in ihrem Bauch und es ging nicht weiter und keiner von den Weißkitteln, die in jener Nacht dort waren, ahnte, dass sich die Nabelschnur um meinen Hals gewickelt hatte wie ein Lasso. Weißt du, was ein Lasso ist?«

»Weiß ich.«

»Alle Achtung. Du bist doch so etwas wie ein Neueinwanderer, oder?«

»Nicht wirklich.«

»Okay, der Erste, der am Monitor sah, dass die Linien flacher wurden, war mein Vater. Verstehst du, was das bedeutet? Wenn er es nicht bemerkt hätte, wäre ich in meiner Mutter gestorben. Er schrie, ›Was ist los mit euch? Es gibt keinen Puls mehr!‹, und dann zerrte er die Hebamme zum Monitor. Bis der Arzt erschien, drang schon kein Schrei mehr aus der Kehle meiner Mutter. Der Arzt meinte, ich wäre soweit ganz in Ordnung, aber es könnte sein, dass ich eine leichte Entwicklungsstörung bekommen würde, wegen der Sekunde, in der das Gehirn keinen Sauerstoff bekommen hatte. Er sagte: ›Das Kind muss beobachtet werden, es ist noch zu früh, um zu sagen, welche Folgen die Sache haben wird.‹ Mein Vater fragte, ob es sein könne, dass ich geistig zurückbliebe, und er sagte: ›Alles kann sein.‹ Mein Vater schwor, wenn seiner Tochter nur ein bisschen was fehlen würde, würde er das Krankenhaus wegen Fahrlässigkeit verklagen. Nach dem Gespräch sagte meine Mutter zu ihm: ›Du bist wie ein Hund, der nur bellt und nicht beißt.‹ Dann begann ich zu weinen und mein Vater sagte, mein Weinen höre sich ganz normal an. Meine Mutter hielt sich den Bauch vor Schmerzen, wegen der Naht, und sagte: ›Seit wann verstehst du etwas davon, wie ein Baby weint? Das ist doch dein erstes.«

Edisso schaute sie an und fragte: »Woher weißt du das alles?« Er glaubte ihr und glaubte ihr nicht.

»Sie haben es mir erzählt. In unserer Familie gibt es keine Geheimnisse, was einer weiß, wissen alle.« Das war eine Lüge. Niemand von den Leuten, die Anna am meisten liebte, die, wie man so sagt, ihr eigen Fleisch und Blut waren, wusste die Wahrheit über das, was um 14.51 Uhr passiert war. An dem Tag, an dem ihre Eltern das erfahren würden, würde sie ohnmächtig werden, vielleicht sogar sterben. Edisso kümmerte sich nicht mehr um das Saubermachen, er wartete auf das Ende der Geschichte, und weil diese Geschichte kein Ende hatte, sagte sie: »Ein Jahr und zwei Tage später ist Naomi zur Welt gekommen, ohne Sauerstoffmangel und gesund, und sieben Jahre später wurde Tom geboren, und auch er war gesund und unversehrt.«

»Hat dein Vater sie angezeigt?« Sie sah, wie sein fragendes Gesicht sich in der Edelstahlfläche spiegelte, die er polierte.

»Sehen wir so aus? Wenn er sie angezeigt hätte, müssten wir nicht jeden Sommer unsere Wohnung verlassen, um diesen Imbiss zu betreiben, dann wären wir Millionäre.«

Er schwieg, polierte weiter die Edelstahlfläche und nach

einer Weile sagte er: »Wenn du sprichst, benutzt du die Worte der Erwachsenen.«

»Ein Wort ist kein Büstenhalter, wenn ich es habe, kann ich es benutzen, ich muss nicht warten, bis es mir passt.«

Sein Mund öffnete sich zu einem Lächeln, aber er bereute es sofort und presste die Lippen zusammen.

Die Sonne stand schon höher als die Müllcontainer und strahlte über den Schornstein der Imbissbude. Bald würden die Strahlen die Stufen erreichen und den Schatten zur Terrasse schieben, und die Frau würde kommen, die jeden Morgen kam, und ohne zu fragen einen ihrer Stühle nahm. Edisso sagt, der Stuhl, den die Frau nimmt, sei genau wie das Lächeln, das sie Annas Vater schenke, sie berühre zwei Dinge, die ihr nicht gehören. Aber er irrt sich. Der Stuhl kann sich nicht wehren, wenn sie ihn nimmt, aber ihr Vater könnte es, wenn er das wollte, er kann sich wehren, und wie er das kann.

Edisso sagte: »Ich wusste nicht, dass deine Schwester jünger ist als du.«

»Auch schöner als ich. Die Leute staunen, wenn sie Naomi und mich sehen. ›Was, sie ist deine Schwester? Was für ein Unterschied.‹«

»Du bist auch schön.« Er säuberte jetzt die Salzstreuer und die Ölfläschchen.

»Lachst du mich aus? Hast du gesehen, wie dünn meine Beine sind? Und wie blass ich bin?«

»Nein, ich lache dich nicht aus, ich schwör's.«

Angenommen, er hatte recht und sie war auch ein bisschen schön, na und? Ihre Tante Sara sagte, Schönheit ist wie das Wetter, nicht gleichmäßig und nicht andauernd, man muss hinnehmen, was man hat, und mit dem leben, was man nicht hat. Sara nimmt hin, was Gott ihr gibt und was Er ihr wegnimmt, sie färbt sich nicht die Haare, sie schminkt sich nicht und ist mindestens so schön wie Annas Mutter. Ihre Mutter hadert mit Gott, sie treibt Sport, benutzt anti-aging Cremes und hat nur drei Kinder bekommen, das bedeutet, dass sie insgesamt nur dreimal höllische Schmerzen erdulden musste, die das Gesicht Gott weiß wie zerknittern. Sara hat bis jetzt sieben Kinder bekommen. Wenn ungerechte Dinge passieren, wenn zum Beispiel Babys im Schlaf sterben oder in der Badewanne ertrinken, sagt Sara: »Das soll einer verstehen«, und schaut mit hartem Blick hinauf zum Himmel. Als Tom gestürzt war, stand sie neben seinem Bett und sagte: »Wer das verstehen kann, soll aufstehen,« und anstatt zum Himmel zu schauen, schaute sie ihren Mann Nachschon an und wartete, ob er aufstand, aber er blieb sitzen und betete Psalmen.

Sie hörten ein metallisches Klirren und drehten sich um. Es war die Frau, an deren Handgelenken Reifen blitzten, sie kannten diese Arme mit den Reifen und wussten, dass die Frau gleich eine Hand auf eine Stuhllehne legen würde. Sie würde den Stuhl von der Terrasse heben, ihn am Wasser in den Sand stellen und sich darauf setzen. Sie war keine Familienangehörige, kam nicht von der Stadtverwaltung und gehörte auch sonst nirgendwohin.

Die Frau trat zum ersten Mal in ihr Leben, als ein Flugzeug über den Imbissstand flog und das Wort »Schalom« an den Himmel schrieb. Sie schauten hinauf zu dem Flugzeug und als sie den Blick wieder senkten, sahen sie sie auf der Terrasse stehen. Ihre Locken, ihre Lippen und ihre Tunika waren rot wie Feuer, und was nicht vom Stoff bedeckt war, war weiß wie Milch. Sie wandte sich an Annas Vater und sagte: »Sie haben doch nichts dagegen, wenn ich mir einen Stuhl nehme, oder?« Sie nahm den Stuhl, ohne seine Antwort abzuwarten.

»Für dich ist es umsonst«, sagte er, und sein Blick wanderte langsam die einhundertachtzig Zentimeter ihres Körpers entlang, von oben nach unten und dann den ganzen Weg wieder zurück, von unten nach oben.

Sie lächelte ihn an. »Sei gesund, Süßer.«

Die Mutter sagte: »Er ist nicht krank«, und steckte sich eine Zigarette an.

Danach kam die Frau jeden Tag und nahm einen Stuhl von der Imbissbude, als gehörte diese ihrem eigenen Vater.

»Guten Morgen, Kinder. Was ist los, Anna? Machen deine Eltern Urlaub?« Sie stellte ihren nackten Fuß auf die unterste Terrassenstufe.

Anna antwortete: »Sie haben etwas mit Gott zu regeln.« Edisso schwieg und füllte Öl in die Fläschchen.

»Mit Gott? Er ist ein schlauer Fuchs, man muss wissen, wie man mit Ihm redet.« Sie lachte, nahm den weißen Plastikstuhl, schwang ihn durch die Luft, sodass die Armreifen an ihren Handgelenken klirrten, sagte »ciao« und ging mit ihm zu ihrem Platz unter dem Sonnenschirm, vier Schritte vom Meer entfernt. Sie sah heute viel zu strahlend aus, Annas Magen krampfte sich zusammen. Gut, dass ihr Vater nicht da war, und es war auch gut, dass ihre Mutter nicht da war. Immerhin – seit Tom im Krankenhaus war, benutzte ihr Vater kein Aftershave mehr, und manchmal rasierte er sich nicht einmal.

Die Frau stellte sich den Stuhl zurecht und legte ein Handtuch darauf, das die grelle Farbe der Schutzwesten von Bauarbeitern hatte, ein fluoreszierendes Orange, dessen Anblick die Möwen blenden und dazu bringen könnte, davonzufliegen, wenn sie eigentlich landen wollten.

Edisso sagte: »Das Glück kann sich schnell wenden.« Ein Gast kam und bestellte ein Omelett aus zwei Eiern.

Edisso deckte für ihn den Tisch und ging in die Küche, um das Omelett zu braten. In der Zwischenzeit tippte der Gast auf den Tasten seines Handys herum, etwas, was jeder Mensch tut, wenn er ein Handy besitzt und zwischen zwei Aktivitäten eine Minute frei hat.

Anna fuhr sich durch die Haare, schüttelte den Sand vom Kopf, rieb die Zehen des einen Fußes am Knöchel des anderen und schabte den Sand heraus, der sich zwischen ihnen festgesetzt hatte. Der schäbige Kater Karniel hörte auf, den Müll zu inspizieren und legte sich neben sie. Sie stand nicht auf, um ihr Heft zu holen, denn sie hatte keine neuen Ideen, die sie eintragen könnte, es fielen ihr auch keine erhabenen Worte ein, Worte wie ›Glanzlichter‹, ›Schwermut‹ oder ›Geistesgut‹. Sie sollte wieder lesen, aber Chajim-Tom erfüllte jede Zelle ihres Gehirns. Sie wollte nach dem Kater treten, tat es aber nicht. Der einzige Unterschied zwischen ihnen beiden war das Gewicht ihrer Köpfe. Karniels Kopf war fast hohl, der ihre bleischwer. Ansonsten waren sie beide auf dieser Welt und atmeten umsonst die salzhaltige Luft ein. Am Strand standen Menschen, die aufs Meer blickten, vielleicht maßen sie ihr Schicksal am Meer. Die Einzige, die solche Vergleiche mit dem Meer nicht anstellte, war Naomi, sie verglich höchstens die Farbe ihrer Augen mit der des Meeres, und das Ergebnis fiel zu ihren Gunsten aus. Sie und Tom hatten die Augen des Vaters geerbt, ein durchsichtiges grünliches Türkis wie die Schweizer Quellen auf dem Poster des Mineralwassers »Mej Eden«. Ohne diese umwerfend türkisfarbenen Augen hätte man sie nicht zur Siedlung auf der Westbank schicken müssen. Naomi war sofort einverstanden, sie sagte, das Meer sei keine große Sache mehr für sie und sie hasse es, Gemüse zu schälen, und von Gästen wegen eines Salzstreuers oder wegen Süßstoff durch die Gegend gehetzt zu werden, sei ihr sowieso zuwider. Sie war etwas über zwölf Jahre alt, ein wunderbares Alter für weite Blusen und lange Röcke, wie man sie in den Siedlungen trägt, ihr Körper würde sich im Verborgenen entwickeln, niemand würde sehen, wie schnell, und bei ihrer Rückkehr wäre sie vielleicht schon eine junge Frau. Außerdem könnte sie, falls es Demonstrationen geben sollte, mit Sara und Nachschon hinfahren und man würde sie im Fernsehen sehen. An Tagen, an denen Nachschon in die Stadt fuhr, nahm er sie mit und sie besuchte die Imbissbude, aber nicht am Wochenende, denn am Schabbat ist das eine große Sünde. Mike sagte, am Schabbat mache er das große Geld. Die belegten Brote, die er am Wochenende verkaufe, seien ihre Chance nach Amerika zu kommen. Nachschon hörte sich das an und schwieg. Er mochte am Schabbat kein Geld, er mochte Amerika nicht und er mochte den Namen Mike nicht. Ihm war unbegreiflich, wie aus dem Namen des Engels Michael, der zur Rechten der Menschen ging, Mike werden konnte. Er verstand auch nicht, warum Mike und Cheli Taylor besser sein sollten als Michael und Rachel Chajat. Ihr Vater sagte, mit einem Namen wie Michael und Rachel Chajat könne man höchstens einen Lebensmittelladen in Kiriat Jovel eröffnen oder eine Lottobude in einem armen Stadtteil. Annas Vater und ihre Mutter hatten sich Namen ausgesucht, mit denen man die große Welt betreten konnte, für den Fall, dass sie entgegen allen Erwartungen Glück haben sollten.

Der Name Anna passte gut zur westlichen Hemisphäre, und Naomi konnte Naomi bleiben, wie Naomi Campbell, und Tom war dort ebenso geläufig wie hier. Es war schon der vierte Sommer, in dem sie fünf Monate in dieser Baracke lebten, zehn Schritte vom Meer entfernt, und den Imbiss betrieben, doch bis heute waren sie Amerika nicht einen Millimeter näher gekommen. Und jetzt, nach allem, was

Tom passiert war, konnten sie diesen ersehnten Kontinent vergessen. An keinem Ort der Welt war man scharf auf behinderte Einwanderer, bestimmt nicht auf eine Familie, die gleich zwei davon hatte. Heute Morgen zogen sich die Eltern ordentliche Hosen und langärmlige Hemden an und gingen in die Synagoge, um Tom den zusätzlichen Namen *Chajim* zu geben. Als wäre dieses Chajim eine elektrische Sicherung, mit der man den Strom wieder in Gang bringen und das Bewusstsein zurückholen kann. Es könnte aber wirklich so sein. Ein Wort wog weniger als eine Feder und konnte über die Atmosphäre, das All und die Sterne hinaufsteigen und den Himmel erreichen. Gestern stand ein kleiner Junge am Strand und sagte zu seiner Mutter: »Das Meer ist größer als du.« Er reichte noch nicht einmal bis an ihre Knie und wusste schon, dass sie ihn nicht vor dem Leben retten konnte. »Oj, ich hab's vergessen, ich muss pinkeln«, sagte er, schaute auf die Wellen, zog seinen Pimmel heraus und vergrößerte die Wassermenge des Meers. Anna hätte am liebsten geweint. Es war nicht der Junge und es war nicht das Meer. Es waren die Worte. Eines Tages würde sie ein Wort finden, das die Schwerkraft besiegen, das bis zum Allerheiligsten hinaufsteigen würde. Dieses Wort würde Gott, der für die Ordnung in der Welt zuständig ist, anrühren und ihn dazu bewegen, ihren Körper wieder ins Lot zu bringen. Chajim-Tom sagte einmal, als er noch gesund war: »Du fällst hin, weil deine Akkordiona kaputt ist.« Dieses Wort rührte alle, aber es war zu schwer, um aufzusteigen und Höhe zu gewinnen.

Edisso sagte: »Los, wasch dich, bring dich wieder in Ordnung.« Er sprach wie ein großer Bruder, der seinen Geschwistern Vanilleeis aus dem Gesicht wischt und ihnen die Strümpfe hochzieht.

Anna betrat die Baracke in ihrem zerknitterten, unordentlichen Schlafshirt, nahm ein Handtuch, ein sauberes T-Shirt, eine Unterhose, eine Hose und Seife. Dann ging sie zu den öffentlichen Duschen, wo sie sich den ganzen Sommer über wuschen. Wenn sie Glück hatte, würde sie dort etwas finden, Shampoo in einer durchsichtigen Tube, eine Haarnadel mit einem Schmucksteinchen, einen Taschenspiegel, irgendetwas. Einmal hatte sie einen Hornkamm made in Hongkong gefunden, ein andermal einen lila Spitzenslip. Naomi verlangte den Slip für sich und sagte, sie würde ihn aufheben, bis sie dafür groß genug sei. Die Duschen waren leer, Anna musste sich vor niemandem schämen, musste ihre flache Brust nicht verstecken und ihre Hilflosigkeit nicht vertuschen – die Notwendigkeit, sich auf dem nassen Boden an der Wand abzustützen, um nicht zu fallen. Fünf Monate lang duschten sie mit kaltem Wasser. Anna hatte sich an das Zittern und Zähneklappern gewöhnt, das sich nach den ersten Wasserstrahlen einstellte. Wenn man beim ersten Strahl nicht gleich ohnmächtig wurde, gewöhnte man sich daran und betete, dass dieser halb verrostete und verstopfte Duschkopf weiter sein Wasser spendete und dass niemand käme und schimpfte, nun mach schon, Kind, hier wartet eine lange Schlange, du bist hier nicht die Einzige … Sie stand lange unter dem Wasserstrahl, vielleicht war sie sogar im Stehen eingeschlafen.

»Hallo Anna, ist alles in Ordnung?« Eine laute Stimme erklang vor der Tür, noch lauter als das Wasser. Es war Tehila, die dicke Frau mit dem fluoreszierenden Handtuch. Edisso hatte sie geschickt. Noch ein unerwünschter Vormund. Wer war er, dass er sich um sie kümmerte? Er sollte den Salat waschen und den Kürbis schälen und sie in Ruhe lassen.

Sie schrie aus voller Brust: »I-c-h b-i-n i-n O-r-d-n-u-n-g, wage es ja nicht reinzukommen.« Sie sollten endlich aufhören, sich wegen ihrer Beine um sie Sorgen zu machen.

Nur wegen eines bisschen Sauerstoffs, der den Weg in ihr Gehirn nicht gefunden hatte. Ein technisches Problem, nichts Genetisches und sonst auch nichts. Sie hatte alles darüber gelesen, in der Enzyklopädie und im Internet. Sie drehte den Wasserhahn zu, trocknete sich ab und sagte sich, sollte ich irgendwann Kinder haben, werden sie gesund und normal sein. Sie betrachtete ihren Körper, den sie gerade abgetrocknet hatte, und dachte, wie sollte sie Kinder bekommen, sie war schon dreizehn Jahre alt und kein Zeichen war zu erkennen, dass sie einmal eine Frau werden würde. Vermutlich gab es auf der Welt überhaupt keinen, der sie zur Frau nehmen würde. Sie würde jedenfalls nicht bereit sein, jemanden zu nehmen, der irgendwie seltsam war, der nachts auf den Dächern herumspazierte oder sich alle zwei Minuten die Hände wusch. Ihre bescheidene Schönheit lag in ihren braunen Augen mit der Überfülle dichter Wimpern, die sie von ihrer Mutter geerbt hatte. Gäbe es irgendwo ein Ersatzteillager, würde sie die meisten Wimpern gegen normale Beine eintauschen. Sie schaute in den trüben Spiegel mit den vielen schwarzen Flecken. Ihre nassen Wimpern standen wie dunkle Fächer um ihre Augen. Bestimmt hatte Edisso an ihre Wimpern gedacht, als er sagte: »Du bist auch schön.« Sie hob ihr Schlaf-Shirt vom Boden, nahm die nasse Hose, die Seife und das Handtuch und ging ungekämmt zurück zur Imbissbude. Sie gab sich beim Gehen keine Mühe, sie zog die Füße hinter sich her und stolperte, als trüge sie ein zu langes Kleid. Sie wusste, Edisso würde sie nie beim Gehen beobachten. Er würde sich mit irgendetwas beschäftigen, und wenn er nichts fand, würde er den geschnittenen Salat noch einmal schneiden, würde die gespülten Gläser noch einmal spülen und die abgewischten Tische noch einmal abwischen. Doch obwohl er seinen Augen verbat, ihre Knöchel anzuschauen, wenn sie lief, sah sie es in seinen

Augen, wenn sie stolperte, wenn ihre Knie und Fußgelenke versagten und den Boden nicht richtig einschätzten.

»Ich mag es nicht, wenn man mir nachspioniert.« Sie stieg die Stufen hinauf und lehnte sich ihm gegenüber an die Theke. »Was stellst du dich an? Ich bin nicht in den Krieg gezogen, ich war doch nur duschen.«

»Du warst lange weg.«

Wütend sagte sie: »Na und? Ich kann bis morgen früh unter der Dusche stehen, das ist mein gutes Recht. Du bist nicht als mein Babysitter eingestellt. Kümmere dich um deinen eigenen Kram und lass mich in Ruhe«. Dann schwieg sie. Eine Frau und zwei Mädchen in tropfenden Badeanzügen bestellten Milchshakes. Sie wartete, bis die drei verschwunden waren, und sagte: »Und? Wollt ihr in Zukunft etwa meine Zeit unter der Dusche mit der Stoppuhr messen?«

Er schwieg, wie üblich. Sie sah, wie sich das Meer in seinen Augen spiegelte und seine Pupillen sprengte und dachte, lass es, Anna, er hat genug Sorgen, auch ohne dich. Was willst du ihm sagen? Dass man in deiner Familie die Zeit nicht misst, dass man sich einfach mit dem Leben treiben lässt? Das stimmte früher, jetzt nicht mehr. Als Chajim-Tom vom Rettungswagen abgeholt wurde, ging eine Ära zu Ende und es begann eine neue Zeitrechnung, wie bei Jesus' Geburt. Alles wird ständig gezählt: Die Stunden, in denen Tom ohne Bewusstsein ist, sein Puls, die Tropfen aus der Infusion, die Milliliter im Urinbeutel, der Prozentsatz von Menschen, die im Koma lagen und aufwachten, und von jenen, die nicht mehr zu sich kamen, Edissos Überstunden, die Baguettes, die heute nicht verkauft wurden, die Kinder, die nicht geboren werden, weil man mit denen, die auf der Welt sind, schon genug Sorgen hat, die wenigen Dinge, für die sich das Aufstehen morgens doch noch lohnte. Nur Gott wird von niemandem gemessen. So wie man aufhört, einem Schüler, den man aufgegeben hat, zu sagen, du kannst es, du musst nur wollen. Man fragt Gott nicht, was denn so schwer daran sei, einen Tropfen Sauerstoff ins Gehirn zu pumpen oder die Lenkstange des Fahrrads im Gleichgewicht zu halten, die Beine zu koordinieren und Tom das Bewusstsein zurückzugeben. Man sagt Ihm auch nicht, Er solle sich gefälligst ein Beispiel an den Menschen nehmen, die Er geschaffen habe und die so durchschnittlich seien, ohne besonders große Chancen, und die sich trotzdem bemühen.

Anna war erschöpft, sie wollte in Ruhe gelassen werden. Sollte sich doch jeder um seinen eigenen Kram kümmern.

»Wenn jemand zu lange in der Dusche bleibt«, sagte Edisso, »bekommt man Angst, dass er vielleicht gestürzt ist, die Seife macht den Boden rutschig.«

»Seife, Schmiere, Atombombe. Lasst mich in Ruhe. Krieg ich ein Baguette mit einem harten Ei?« Ein hartes Ei ist immer die Rettung. Wenn du alles bis oben hin satt hast, verlange ein Ei, Brot, Öl, einen verstopften Salzstreuer, egal was.

Er gab ihr ein bereits belegtes Baguette, aufgeweicht vom Ei und der Mayonnaise. Sie stürzte sich auf das Baguette und Edisso verschwand in der Küche, um das Momentum nicht zu stören, wie ihre Mutter das nannte, damit Anna ja alles aufaß, als wäre sie ein Baby, das endlich äße und das man vom Essen nicht ablenken dürfte. Edisso hatte heute drei Ziele erreicht: Anna hatte geduscht, sie war nicht gestürzt, sie aß etwas.

»Du kannst zurückkommen, ich habe alles aufgegessen«, rief sie Richtung Küche und blieb sitzen, schwer und satt.

»Was arbeitet dein Vater im Winter, wenn ihr zu Hause seid?«, fragte er, setzte sich ihr gegenüber und spielte mit einem Tütchen Süßstoff.

»Busfahrer, Linie 18. In Jerusalem gibt es keinen, dem es bei der Linie 18 nicht kalt über den Rücken läuft, wegen der Anschläge und so. Und was machen deine Eltern?«

»Wenn es Arbeit gibt, arbeiten sie, und wenn es keine gibt, dann nicht.«

»Wie viele seid ihr?«

»Mit meinen Eltern acht.« Das Tütchen riss und das Pulver verteilte sich auf dem Tisch. Er stand auf und holte einen Lappen. Auch von hinten sah er aus wie jemand, der nicht viel lachte. Er hatte nicht genug Raum für die Luft, die man zum Lachen braucht, kaum genug zum Atmen. Die Luft, die er einatmete, blieb in seinem Brustkasten hängen und drang nur langsam in seine Lungen. Sie sollte lieber aufhören, ihm Fragen über seine Familie zu stellen, und sich ein Gesprächsthema überlegen, das nicht so belastend war.

»Habt ihr Tiere zu Hause? Einen Hund, eine Katze, einen Papagei?«

Er lachte. »Läuse, meine Schwestern haben Läuse. Wir können machen, was wir wollen, sie kommen immer wieder. Und ihr?«

»Wir? Noch nicht einmal eine Seidenraupe, abgesehen von Karniel, diesem schäbigen Kater, der uns adoptiert hat. Moment mal, ich habe etwas vergessen, Chajim-Tom hat eine Schildkröte.« Wozu musste sie Chajim-Tom erwähnen? »Wir haben keine Tiere, aber wir haben zwei Großmütter«, sagte sie schnell, bevor er fragen konnte, wie es zum Unfall ihres Bruders gekommen war.

Seine Hand lag mit der Handfläche nach oben auf dem Tisch, wie ein offenes Überraschungsei, innen hell und außen schokoladenbraun.

»Zwei Großmütter?« Er riss die Augen auf, als hätte sie gesagt, zwei Zebras – und als hörte er zum ersten Mal von ihnen. Vielleicht sterben die Frauen in Äthiopien jung und sie haben keine Großmütter, anders als in Israel, wo es viel zu viele Großmütter gibt und viel zu wenige Großväter.

»Beide sind Witwen«, sagte sie. Ein Junge kam an die Theke und fragte: »Habt ihr Mangonektar?«

Vom Strand schrie seine Mutter herüber: »Ido, bring zwei, aber ganz kalt. Wenn sie nicht kalt sind, lass es bleiben.« Edisso ging zum Kühlschrank und ließ sie allein mit ihren Großmüttern. Wenn er zurückkam, würde sie ihm von Großmutter Ahuva erzählen, die Nudeln aß, die so breit waren, wie die Gummibänder ihrer Unterhosen, und behauptete, dass sie das dürfe, weil sie ihre Schulden an das Leben schon bezahlt habe. Sie sei bereit zu gehen, hier warte nichts mehr auf sie. Sie war so groß wie der Vater und so dick, wie er nie im Leben sein würde, und futterte ununterbrochen Pasta und Mozartkugeln, denn solange man lebt, lebt man, und wofür sollte sich eine Frau überhaupt entschuldigen, die weniger Gründe hat, glücklich zu sein, als Zähne im Mund? Sie hat den Status einer Reservegroßmutter. Die Hauptgroßmutter ist Chana, die Mutter ihrer Mutter, die über ihr Leben sagte: »Was war, ist vorbei.« Sie hatte einen Freund, mit dem sie ins Kino ging, im Café Aroma saß und Blumen im Seniorenclub malte, und zwei Mal in der Woche hielt sie in der Neurologie Wache an Chajim-Toms Bett. Statt darüber zu jammern und zu stöhnen, was ihm passiert war, presste sie die Lippen zu einem Spalt von der Größe einer Makkaroni zusammen und stieß ganz langsam die Luft aus, damit Mike und Cheli es nicht merkten. Sie hatten es sowieso schwer genug. Einmal im Jahr besuchte sie das Grab von Großvater Matitjahu, ihrem verstorbenen Mann, zündete eine Kerze an und erzählte ihm, dass es ein Leben nach dem Tod gab, dass er sich ihretwegen keine Sorgen machen brauchte, dass Avram, der in der Wertpapierabteilung gearbeitet hatte, sich um sie kümmerte. Sie war zufrieden mit der Jerusalemer Sonne, die das Grab in mattes Lich tauchte. Tote haben keine 200-Watt-Birnen nötig, auf ihre Sonne kann man sich verlassen, sie hat genug Erfahrung mit den Toten und kennt die richtige Temperatur für ihre Knochen. Großmutter Ahuva sagte: »Das ist nur dummes Gerede, die Toten haben von der Wärme und vom Licht nichts, was sie am Leben hält, ist nur die Tatsache, dass sich jemand an sie erinnert, und was das angeht, hat jeder Tote sein eigenes Schicksal.«

Als Großmutter von Chajim-Toms Unglück erfuhr, sagte sie: »Was ist der Mensch schon wert?« Sie berührte Anna so vorsichtig, wie man feines Glas berührt, aus Angst, noch mehr zu zerbrechen. »Trink, Anna, du bist so weiß wie Schnee.« Als sie ihre Blässe mit Schnee und nicht mit einer Wand oder mit Mehl verglich, weckte sie in Anna die Vorstellung, das Herz bestehe aus tektonischen Platten, genau wie die Erde, und an jenem Montag habe sie eine Herzerschütterung Stufe sieben auf der Richterskala erlebt. Ihre Rippen bebten, die Herzplatte zerbrach und die Stücke fielen in ihren Bauch. Großmutter Chana nahm sie an der Hand, führte sie zu einem Stuhl, sagte: »Setz dich Anna, setz dich«, und erzählte ihr, dass Hunde ein Erdbeben schon einige Sekunden vorher in ihrem Bauch spüren. Anna dachte, wenn sie einen Hundebauch hätte, wäre dieser Sommer so schön, wie er eigentlich sein sollte. Egal, falls sie im nächsten Leben ein Hund sein würde, wollte sie sich bemühen, ein möglichst guter Hund zu sein.

Aber einstweilen geschah auch in diesem Leben so einiges. Tehila, die große Frau, die ihr bis in die Dusche nachspioniert hatte, stand von dem Stuhl auf, über den sie das orangefarbene Badetuch gebreitet hatte, hob die Arme, reckte die Brust, schüttelte ihre roten Locken und kam herüber.

Sie berührte Annas Haare mit ihren fleischigen, beringten Fingern. »Was ist los mit dir, warum hast du dich heute nicht gekämmt?«

Wer hatte ihr das erlaubt? Genauso gut könnte sie ihr die Hand in den Nacken legen oder sie schlagen.

»Ich hatte keine Lust.« Anna schaute zur Seite. »Es geht niemanden etwas an, ob ich mich kämme oder nicht.« Edisso streckte hinter der Theke den Daumen hoch, eins zu null für dich.

»Ist schon gut, ich hab nichts gesagt. Kann ich ein Sprite bekommen?«

»Sprite-light?«

»Warum light, hab ich jemandem was getan?«

»Ja, mir.«

»Ich? Dir?« Die Frau legte eine Hand auf die Brust und ihre Augen wurden so groß wie Taubeneier.

»Du hast mich beim Duschen gestört.«

»Hör mal, Süße, dieser Junge da hat sich Sorgen um dich gemacht, das war alles.«

Sie nahm das Sprite, setzte sich an einen Tisch und sah zu dem orangefarbenen Badetuch und den Gegenständen hinüber, die sie unter dem Sonnenschirm hatte liegen lassen. »Ihr seid also fünf Monate lang nicht zu Hause?« Sie saugte geräuschvoll an ihrem Strohhalm. »Alle Achtung, dass euch das Bildungsministerium erlaubt, so lange die Schule zu schwänzen.«

»Mein Vater hat sie so lange bequatscht, bis sie genug davon hatten und jetzt lassen sie uns machen, was wir wollen.«

»Was soll das heißen? Was meinst du mit bequatscht?« Die Frau war neugierig, sie wollte etwas über Annas Vater erfahren. Anna hätte ihr nichts erzählt, aber Edisso verließ den schmalen Gang zwischen Theke und Wand und gesellte sich zu ihnen.

Sie sah, dass vier Ohren auf sie warteten. Eine Hauptrolle vor Publikum bekam sie nicht alle Tage. Sie überlegte kein zweites Mal. »Sie haben zu meinem Vater gesagt, wenn wir am ersten Mai aufhören zu lernen, dann ist das eine Verletzung des Schulgesetzes und sie werden Anzeige erstatten. Er erwiderte, wir würden ja nicht aufhören zu lernen, denn das, was wir am Strand lernten, könnte uns keine Schule beibringen. Die ersten Male, als er zu ihnen ging, trug er noch eine lange Hose und ein Hemd mit Kragen. Später sagte er zu meiner Mutter: ›Ich ändere meine Taktik.‹ Er blieb unrasiert und zog ein rotgestreiftes T-Shirt an, eine kurze Hose und Flipflops. Meine Mutter sagte, er sähe aus, als wäre er gerade aus einem Gefängnis ausgebrochen. Er klopfte nicht an, als er die Amtsleiterin aufsuchte, sondern betrat einfach ihr Zimmer. Sie sprang von ihrem Stuhl auf und sagte: ›Herr Chajat?‹, und er sagte: ›Für Sie Taylor.‹ Sie sagte: ›Ach so, Sie haben früher, bevor Sie den Namen Chajat angenommen haben, Taylor geheißen?‹ ›Nein, umgekehrt‹, sagte er und verließ ihr Büro. Im Gang pfiff er ›You are my sunshine‹, und seine Flipflops schlugen im Hausflur den Takt.«

Die Frau lachte und saugte Luft aus der Dose. »Großartig«, rief sie. »Dein Vater ist unglaublich! Und dann, was war dann?«

»Sie ließen uns in Ruhe und wir konnten machen, was wir wollten.« Anna atmete schwer, sie war an einen langen Soloauftritt nicht gewöhnt. Sie senkte den Blick, die ganze Sache tat ihr schon leid, es war ein Fehler gewesen, diese Frau noch schärfer auf ihren Vater zu machen, als sie es ohnehin schon war.

Die Frau sagte: »Soll ich dir die Wahrheit sagen? Das Meer ist eine Superschule, dein Vater hat recht.« Sie saugte die letzten Tropfen aus der Dose. »Okay, ihr Süßen, ich gehe jetzt wieder meine Beine bräunen.« Sie stand auf, bezahlte, ging zurück zu ihrem Badetuch, zog die Tunika hoch und hielt ihre nackten Beine in die Sonne.

Edisso sagte: »Sie grillt ihre Schenkel.« Dann spülte er das Geschirr, das sich im Spülbecken türmte.

Die Sonne fädelte einen Strahl durch die Decke, das Licht fiel auf die Tische, prallte gegen die durchsichtigen Salzstreuer und verschwand im Salz. An einem anderen Tag hätte sie bei diesem Schauspiel die Luft angehalten und Worte wie ›Glanzlichter‹ und ›Wunschtraum‹ gedacht. Nicht heute. Sie konnte nur daran denken, was der zusätzliche Name *Chajim* ihrem Bruder Tom bringen würde. Wenn es möglich wäre, hätte sie den Besenstiel verlängert, wäre mit ihm aufs Dach gestiegen und hätte die Sonne Richtung Westen geschoben, um die Dämmerung zu beschleunigen. Der Besen war der große Erfolg dieses Sommers. Er hatte nur sieben Schekel auf dem Carmel-Markt gekostet und brachte so viel Spaß. Abgesehen davon, dass er die Baguettekrümel und den Sand beseitigte, beruhigte er die Nerven ihrer Eltern und schaffte, was zwanzig Zigaretten nicht schafften. Wenn ihre Mutter die Nase voll hatte, schnappte sie sich den Besen, nahm sich die Decke vor, zerriss Spinnweben und verscheuchte junge Spinnen, die sich hilflos in den losen, schleimigen Fäden verhedderten, und dann tat es ihr wieder leid. Oft sagte sie: »Ich wünschte, ich könnte die zerrissenen Spinnweben wieder flicken.« Doch das war, bevor die Hirnhaut ihres Kindes zerrissen war. Die Möwen haben Schwimmhäute zwischen den Zehen, aber das ist eine andere Geschichte. Oder auch nicht. Sie waren dort, als es geschah, sie pickten an einer Brotrinde und sahen alles.

Ihre Mutter hatte, seit Anna denken konnte, das Leben oft genug bis obenhin satt. Minutenlang schaute sie hinaus aufs Meer, und dann starrte sie plötzlich ihre Fingernägel an, als stünden die Lottozahlen im abgeschabten Lack. Der Vater beobachtete sie, verzog das Gesicht und hob drohend den Finger zum Meer. »Wart's ab, du Hurensohn, wir zerteilen dich noch wie einen Fisch. Das Rote Meer war ein Kinderspiel im Vergleich zu dem, was wir mit dir vorhaben.«

Nachts hörte Anna ihre Küsse, ihre Streitereien, ihre Sorgen, einfach alles. Der Vorhang, den sie in der Mitte aufgehängt hatten, um den Raum in ein Eltern- und ein Kinderzimmer zu teilen, nützte nichts, es war ein Duschvorhang aus billigem, schäbigem Plastik. Letzte Nacht hatte ihre Mutter Angst und der Vater sagte: »Schlaf Cheli, schlaf, Süße.« Dann stand er auf, verließ die Baracke und ging zum Meer, zum Pinkeln. Er hielt das für ganz natürlich, denn auf der ganzen Welt kam das Wasser vom gleichen Ort und ging zum gleichen Ort, nur die Menschen trennten das eine Wasser vom anderen, wie sie alles trennten, Schwarze und Weiße, Junge und Alte, Arme und Reiche, Gesunde und Kranke. Sie vergaßen, dass alle Menschen, solange sie lebten, Sauerstoff einatmeten und Kohlenstoffdioxyd ausatmeten. Und wenn sie es nicht mehr taten, hinterließen sie alle ausnahmslos einen leeren Schädel, egal ob es sich um Mosche Rabenu handelte, um Shakespeare oder um Marilyn Monroe. Anna wartete, bis er zurückkam, und zählte in der Zwischenzeit die Sterne, die sie durch das zerborstene Brett in der Decke sah. Tausende von leuchtenden Sternen füllten die Öffnung, Goldkörner aus Sternenstaub. Überirdisch schön. Vielleicht war das Gottes Art, sich zu entschuldigen oder die Menschen wenigstens teilweise zu entschädigen. Sie lag wach und wartete auf ihn. Das Meer roch scharf und salzig wie Anchovisbrotaufstrich. Der Geruch drang durch die Holzplanken der Baracke, durch die Ritzen im Boden. Er kam aus dem Stromstecker, aus dem Atem der Ameisen und Holzwürmer. Die Baracke war wie ein altes Fischerboot und die Familie Chajat-Taylor tauchte auf und ab, schwamm übers Meer und ließ sich schaukeln. Man könnte sagen, es waren nur zwei Fünftel der Familie, Anna und ihre Mutter. Die Betten von Chajim-Tom und Naomi waren leer. Auch das Bett des Vaters war leer, er war zum Pinkeln gegangen, zum Meer, und irgendwo abgeblieben.

»Warum unternimmst du nichts?«, fragte Edisso. »Schreib etwas in dein Heft, lies ein Buch, tu irgendetwas. Es ist nicht gut, dass du den ganzen Tag grübelst. Wenn du Lust hast, kannst du die Kartoffeln schälen. Ich sage das nur, damit es dir besser geht, zu viele Gedanken machen dich doch nur nervös.«

Er schob sich einen Zahnstocher zwischen die Zähne und ging in die Küche. Die Mittagsstunde war schon vorbei. Die Frau bedeckte ihre Beine, ging in den Schatten, legte die Arme unter den Nacken und lag da wie ein Felsen, den noch nie eines Menschen Fuß betreten hat. Anna betrachtete die Stirn der Frau und dachte, wenn sie von einer kleinen Kartoffel getroffen würde, wäre es aus mit dem Felsen. Sie ging in die Küche, um eine der runden Kartoffeln auszusuchen, die dazu bestimmt waren, Pommes Frites zu werden. Edisso schwieg. Er arbeitete wie eine Kartoffelschälmaschine und stellte keine Fragen. Anna trat auf die oberste Stufe der Terrasse, hob die Hand, zielte auf die Stirn der Frau, bog den Ellenbogen, schwang den Arm zurück und wieder vor und warf die Kartoffel, dabei verlor sie das Gleichgewicht und fiel fast zu Boden. Die Kartoffel flog durch die Luft und landete im Sand. Dummkopf!, schimpfte sich Anna. Hast du gedacht, eine Hand, die kaum ein Kilo wiegt, könnte das enorme Gewicht der Atmosphäre und die Sonderbehandlung, die Gott dieser Frau zukommen lässt, besiegen? Sie hielt sich am Geländer fest und zwei gelbe Schmetterlinge flogen von links zur Terrasse und kamen von rechts zurück. Die Schmetterlinge drehten sich um ihre eigene Achse und klammerten sich aneinander, als hätten sie sich verirrt. Schade, sie hatten ein so kurzes Leben und vergeudeten es für Irrtümer. Sie wussten nicht, dass es am Meer keine Blumen gab, in diesem Sand würde noch nicht einmal Petersilie wachsen. Sie waren dünn wie Papier und in ihren Körperchen hatten Sorgen keinen Platz. Hoffentlich konnten Schmetterlinge weinen, wenigstens das.

»Warum hast du das gemacht?« Edisso sah ins Spülbecken, seine Finger kratzten Schmutz von einem Radieschen.

»Ich wollte eine Kartoffel vor der Pfanne retten. Kannst du dir vorstellen, wie schlimm das ist, zu Pommes Frites zu werden?«

»Jetzt wird sie in der Sonne vergammeln, ist das besser?«

»Willst du wirklich wissen, warum? Weil mir die Leute auf die Nerven gehen, die sich ein großes Stück vom Glück schnappen und für die anderen nichts übrig lassen.«

Er sagte: »Jeder soll mit dem zufrieden sein, was er hat.« Als wäre er nie im Leben neidisch gewesen, als fände er es ganz in Ordnung, dass der eine sich in Ruhe sonnen konnte und der andere vor lauter Sorgen nicht wusste, welches seiner Probleme zuerst gelöst werden musste. Sie setzte sich auf den Küchenschemel neben dem Mülleimer, roch die Stärke aus den Kartoffelschalen und es tat ihr leid. Was willst du von ihm?, dachte sie. Was willst du von ihr? Sie hat dir nicht die Kontrolle über deinen Körper geraubt, und sie hat auch nicht Chajim-Tom fallen lassen. Du hättest nichts davon, wenn sie dünner, hässlicher und unzufriedener wäre.

Die zehn Kilo Glück, die sie abwürfe, würden dir nicht direkt in den Schoß fallen.

»Wie spät ist es?

»Vier.« Edisso brauchte keine Uhr. Er wusste, dass um vier Uhr die Sonne die Ölfläschchen auf den Tischen aufleuchten ließ und dass sie um fünf von der Terrasse verschwand, sodass das Öl wieder stumpfgelb aussah. Vor weniger als einem Monat geschah das noch um sechs Uhr. Die Tage wurden kürzer. Am 30. April hatten sie in ihrem Wohnzimmer in Kiriat Jovel einen Koffer auf den Boden gestellt und ihn für die nächsten fünf Monate gepackt. Annas Vater sagte: »Packt nur leichte Sachen ein, so wie man es tut, wenn man sich auf das Leben verlässt.« Und sie verließen sich auf das Leben, aber das Leben ließ sie links liegen. Bald würde das Meer grau und stürmisch sein. Die Badenden würden häufiger zum Himmel hinaufschauen als übers Wasser und Angst haben, in den Fluten zu versinken. Gut möglich, dass sie Sachen in den Duschkabinen liegenließen. Die Möwen, auch die beiden, die alles gesehen hatten, standen auf dem Steg, aufgereiht wie Wäscheklammern auf der Leine, zu Ehren der Zugvögel, die im Winter hier vorbei zogen. Die Familie Chajat-Taylor würde nach Kiriat Jovel zurückkehren, um das Leben da fortzusetzen, wo sie es unterbrochen hatte. Nun ja, nicht wirklich. Die Hoffnungen, die sie am 1. Mai mitgebracht hatten, waren tausendmal größer als die, die sie Ende September mit zurücknehmen würden. Die Nachbarn würden am Fenster stehen und zuschauen, wie sie ihre Gepäckstücke aus dem Kofferraum des Mazda räumten, und sie würden sagen: »Da arbeiten sie den ganzen Sommer wie die Esel und fahren noch immer das Modell von 1992. Ohne diese Sache mit Chajim-Tom hätten sie bestimmt schon ein Modell von '98 oder sogar von 2000. Sie hätten die Zahl der Gäste verdoppeln können, wenn sie Brötchen aus Vollkornmehl auf der Karte hätten, das würde ihre Gäste an die Erde erinnern, etwas Gesünderes als Erde gibt es nicht, was immer man ihr antut, wie man sie auch tritt und verletzt, sie stirbt niemals. Aber wer hatte die Ruhe, an so etwas zu denken. Hoffentlich würde Chajim, Toms neuer Name, das Rad des Schicksals zurückdrehen. Dann würden sie alles, was sie dieses Jahr versäumt hatten, im nächsten doppelt und dreifach tun. Sie würden Brötchen aus Hafer einführen und getrocknete Tomaten, sie würden Hirse und Quinoa kochen und eine kalte Gurkensuppe servieren. Die Kunden würden Schlange stehen, sie würden warten und sich um frei gewordene Plätze streiten. Entschuldigen Sie, ich war vor Ihnen hier. Vor mir? Vergessen Sie's, Sie waren auf der Toilette, Sie sind noch lange nicht dran …

Jetzt saßen vier Leute vor der Imbissbude. Zwei aßen eine richtige Mahlzeit und die beiden anderen tranken nur Milchkaffee und bestellten nicht einmal ein kleines Brötchen. Die Sonne verlor an Höhe und färbte die Wellen gelb. Die Frau band sich die Haare zusammen, sammelte ihre Sachen auf und faltete ihr orangefarbenes Handtuch. Jetzt musste sie nicht mehr lange warten. Sollte es etwas Neues von Chajim-Tom geben, würde der Mazda bis zum Strand fahren, die Scheinwerfer würden ausgeschaltet, der Motor abrupt zum Stehen gebracht, die Türen aufgerissen und laut zugeknallt werden. Anna dachte schon den ganzen Tag darüber nach, kratzte sich den Grind von den Knien, knabberte an den Nägeln, popelte in der Nase, ließ ihrem Körper keine Ruhe, entfernte alles, jede Kruste, jede Spur. »Zu viele Gedanken machen dich doch nur nervös«, hatte Edisso gesagt. Jetzt schälte er Kartoffeln. Seine Hände waren flink, die Augen auf das Messer gerichtet, und die Schalen hingen lang und dünn zwischen seinen Fingern herunter wie Milchstraßen. Plötzlich blickte er zu ihr hoch. »Wie ist das mit deinem Bruder passiert?«

»Er ist gestürzt. Schau dir mal die Kartoffel an, die du schälst, die Hälfte geht in den Abfall, das ist doch schade, oder?«

»Wie ist er gestürzt?«

»So wie man eben stürzt.«

»Was soll das heißen, er ist einfach so gegangen und plötzlich gestürzt?«

»Plötzlich, klar doch, plötzlich«, sagte sie und bekam unmenschliche Kopfschmerzen.

»Willst du Wasser trinken?«

»Wieso Wasser? Ich will nur Ruhe und kein Gequatsche, das ist alles.« Als es still wurde, hörten sie ein Knirschen auf dem Kiesweg. Der Mazda rollte schwer und langsam heran und blieb vor der Imbissbude stehen. Die Scheinwerfer brannten noch, der Motor lief, die Mutter öffnete die rechte Tür und ließ den Griff nicht los. »Kommst du?«, fragte sie.

»Ich komme«, sagte Annas Vater mit der Stimme eines Mannes auf einem Zahnarztstuhl. Er erhob sich langsam, stieg aus dem Mazda und sagte: »Schau nur, Cheli, so grün war das Meer schon lange nicht mehr.«

»Wie chinesischer Tee«, sagte sie, öffnete den obersten Knopf der anständigen Bluse, die sie morgens angezogen hatte, und atmete tief ein.

Zweites Kapitel

Hätte sie einen Hund bellen gehört, der aus voller Kehle die Nacht anheult, und zehn Hunde, die ihm laut bellend oder leise jaulend antworten, oder das Geschrei einer Möwe, einer Katze oder eines Babys, dann hätte sie gesagt, gut, ich bin nicht allein, es gibt noch andere Kreaturen, die nachts den Himmel herausfordern. Aber auf der Terrasse vor der Imbissbude war es still, und vom Meer war nur das regelmäßige Anrollen der Wellen am Strand zu hören. Ein Rauschen, das einfachen Naturgesetzen folgte, das nicht aus einer aufgerissenen Brust oder einer erstickten Kehle drang.

Sprachbürokraten würden über ihre Worte lächeln, eine einfache Frau drückt sich nicht so aus. Eine Frau, die im Sommer Sandwichs verkauft und im Winter überhaupt keinem Beruf nachgeht – woher soll sie auf Sätze wie »es ist kein Geschrei wie bei einem Sieg und es ist kein Geschrei wie bei einer Niederlage« kommen. Ihrem sozioökonomischen Stand nach, wie man die Ehre nennt, die nicht mit Mammon verknüpft ist, hätte sie eine Sprache verwenden müssen, die nur bis an die Theke ihrer Imbissbude reicht. Aber sie hatte diese Worte nicht gestohlen. Es stimmte schon, dass sie weder Geld noch eine angesehene soziale Stellung hatte, auch keine höhere Bildung, sie hatte schließlich keine Universität besucht, obwohl sie einen Studienplatz bekommen und sich schon eingeschrieben hatte. Aber sie hatte es sich in letzter Minute überlegt und alles rückgängig gemacht. Sie wollte ihre eigene Geschichte haben, nicht die abgedroschene Geschichte der meisten Frauen ihres Alters. Sie gab der akademischen Leiter einen Tritt und zog es vor, Mikes Frau zu werden und mit ihm Kinder in die Welt zu setzen. Sie entschied sich für eine steile Leiter des Glücks mit eingebautem Index für Bruchlandungen. Sie hatten drei Kinder, und nachdem ihnen das Schicksal die kalte Schulter gezeigt hatte, würden sie keine weiteren bekommen. An der Universität entwickelte man soziologische Verfahren zum Nutzen der Menschheit. Sie und Mike verkauften tagsüber Sandwichs und abends tranken sie Brandy, und auch das diente der Menschheit. Ebenso wie mondsüchtige Träumer, die nachts auf ihren Dächern stehen und mit dem Himmel streiten.

An jenem Tag, als Cheli begriff, dass Mike ihr Schicksal war – das stimmt nicht ganz, ihr Schicksal war ihr Charakter – jedenfalls, als ihr klar wurde, dass er und nur er der Richtige war, sagte sie sich, dieser Mann soll tun, was er will. Ich werde alles schlucken. Würde es ihr wehtun? Na klar, oder gab es eine Frau, die keine Schmerzen auf sich nahm? Aber der Mensch ist bereit, die Zähne zusammenzubeißen und alles Mögliche auszuhalten, nur um mit dem zusammen zu sein, den er liebt.

Ihm sagte sie nicht, dass er es dürfe, sie wollte nicht selbst die Tore der Hölle öffnen, aber er konnte in ihr lesen, wie man die Schlagzeile eines Zeitungsartikels liest. Er sagte: »Tu auch du, was du willst, Cheli, ich schwöre dir, ich bin nicht eifersüchtig.«

Auch heute, achtzehn Jahre später, konnte sie das Wort für Wort wiederholen, und auch er würde es können.

Heute Nacht war der Mond wild, und der Strand war wie eine Nonne, die ihre Kleider abgelegt hat, weiß, muschelnarbig und fröstelnd. Hätte sie keinen Grund zum Weinen gehabt, jetzt hätte sie geweint. Aber wenn du einen Grund hast, wirst du deine Spucke verschlucken und zurückstecken. Weinen wegen Sand und Meer? Ein Privileg der Dichter. Vielleicht später einmal, wenn sie alt sein würde und alles, was sie jetzt gegen das Weinen anführte, hinfällig geworden wäre – wenn auch der viel bemühte Vergleich unserer knapp bemessenen Zeit mit der Unendlichkeit des Meeres nichts Tröstliches mehr hätte – dann würde sie vielleicht weinen.

Anna war endlich eingeschlafen. Dieser Tag hatte sie erschöpft. Mike war zum Meer gegangen, und sie hatte nicht gemerkt, wie der Vorhang raschelte, als er ging. Seither war eine Stunde vergangen. Er war nicht am Wasser und auch sonst nirgends zu entdecken. Nachdem er sich erhoben hatte, war auch sie aufgestanden und zur Terrasse gegangen. Die morschen Dielen knarrten unter ihren Füßen, aber Anna wurde nicht wach. Anna lief den ganzen Tag am Strand herum, übte, ihre dünnen Knöchel nicht aneinanderstoßen zu lassen. Sie lief von der Imbissbude bis zum Steg und wieder zurück, markierte jedes Stolpern mit einem Kreis im Sand, zählte die Zeichen ihres Versagens und stemmte ihre zerbrechliche Wirbelsäule gegen die Schwerkraft und die allgemeine Ungerechtigkeit.

Diese Nacht hätte Cheli Gott ein paar wichtige Fragen zu stellen, sie könnte zu Ihm sagen, hör zu, Gott. Nein, das war kein guter Anfang. Schließlich handelte es sich um den Generaldirektor des Kosmos. Andererseits und mit aller gebotenen Ehre: Es konnte ihr egal sein, ob der Anfang gut war. Hör zu, Gott, ich Cheli, mit vollem Namen Rachel, will Dich wegen Anna sprechen, unserer jüngeren Tochter. Sie ist die kleinste, obwohl sie die Erstgeborene der drei Kinder ist, die wir haben. Ich frage Dich, Gott, frage geradeheraus, warum hast Du sie so verunstaltet? Warum hast Du darauf bestanden, ihrem Gehirn die eine Blase Sauerstoff zu verwehren? Was hat Dich dazu getrieben, ein vollkommenes Geschöpf zu erschaffen und es in der Sekunde, bevor es auf die Welt kam, so zuzurichten?

Hätte sie geglaubt, dass Er eine Antwort darauf hatte, hätte sie sie mit Nachdruck eingefordert. Aber nach dem zu schließen, wie es in der Welt zuging, waren die Gebrechen der Menschen zufällige Fehler bei einer Fließbandherstellung. Auf fünfhundert perfekte Strümpfe kommt einer mit einem Loch. Mike sagte: »Lass Ihn, hast du sonst keinen, mit dem du streiten kannst? Ich spucke nicht gegen den Himmel.« Ein Maulheld. Wenn er könnte, würde er sich von der Erde losreißen und zum Himmel fliegen. Sein Herz wollte aufsteigen, es wollte nicht zwischen Hals und Zwerchfell stecken bleiben, an die Brustwand geklebt, um dieses Leben einen Meter achtzig vom Boden entfernt zu verbringen. Er würde bald zurück sein, er würde aus der Dunkelheit treten und zärtlich ihren Arm drücken: Ach, wie gut, dass du es verstehst und keine Fragen stellst. Es ist wahr, sie versteht es. Er würde sie küssen, und das würde mit anderen Küssen, die er gegeben oder bekommen hatte, nichts zu tun haben. Er würde ihr sagen, dass er ganz verrückt nach ihr sei, und das würde stimmen. Von Tag zu Tag würde er wilder auf sie sein, von seltenen Ausnahmen abgesehen.

»Er ist der Mann meines Lebens.« Mit dieser Ankündigung à la Hollywood hatte sie ihn vor vielen Jahren ihrer Schwester Sara vorgestellt.

Sara war verblüfft: »Du übertreibst, oder?«

Sara war eine Schönheit, zwanzig Jahre alt, und ging mit

Nachschon, aber als sie Mike sah, trat sie Cheli auf den Fuß. »Woher hast du denn den?« Dabei sprach sie mit Nachschon bereits über die Hochzeit. Sie hatten sich dafür entschieden, ihren Bund mit Gottes Hilfe fester zu zurren, hatten die Siedlung ausgesucht, in der sie leben wollten, einen Wohnwagen beantragt und bereits einen Esstisch, einen Ofen und einen Kühlschrank im Auge. Sie waren schon auf dem Weg zum Flugzeug, das sie zu ihrem erwählten Ziel bringen sollte, und da kam auf einmal Mike, wild, und zu Hause in all jenen Welten, die Sara nie genießen würde. Sie sah ihn und begriff, dass sie erst zwanzig Jahre alt war und nur ein einfaches Billet in der Hand hielt, keine Rückfahrkarte. Doch wenn man zweimal darüber nachdachte, war Nachschon die Garantie für ein anständiges, solides und bescheidenes Leben, Mike hingegen das Rezept für Scherereien. Sie heirateten im Abstand von anderthalb Monaten. Nachschon und Sara zuerst. Seither waren achtzehn Jahre vergangen, und Sara hatte sieben Kinder bekommen. Vorläufig. Ihr Leben verlief, wie vorausgesehen, anständig, solide und bescheiden. Es war schwer zu sagen, auf welchem Rang der Glücksskala sie sich befanden, vorausgesetzt man wusste überhaupt, was Glück war: Hundert Schritte eines Mädchens geradeaus? Blut, das in den zertrümmerten Schädel eines fünfjährigen Jungen sickert? Siebenhundertzwanzig Punkte in einem psychometrischen Test? Heute hatte ihnen der Arzt mitgeteilt, gemäß der letzten CT sei noch nicht alles verloren. Mike packte den Arzt am Arm und schüttelte ihn. »Meinen Sie das ernst, Doktor? Was heißt das wirklich?« Seine Stimme brach. Er beugte sich zu dem Jungen hinunter, der seine breite Stirn geerbt hatte, und flehte ihn an: »Tom, meine Seele, Tom, hörst du mich? Hier ist dein Vater. Dein Vater. Dein Vater.« Tom schlief selig, er hörte und sah nichts, er spürte seinen

Vater nicht, der sich im Gitter seines Bettes verfing wie der Widder in der Hecke.

Heute Nacht würde sie sich nicht mit Gott streiten. Sie würde die Harmonie der Mondnacht nicht stören, die Er erschaffen hatte, und deren besondere Schönheit sicher auch Ihn erreichte. In einer anderen Nacht, in einer bewölkten Nacht, wenn der Mond und seine Gefährten hinter dem Vorhang des Himmels verschwinden würden, wollte sie zu Ihm sagen: Ich, Cheli, mit vollem Namen Rachel, sage Dir, dass Du eine wunderschöne Welt erschaffen hast. Das Problem ist nur, dass Du sie systematisch kaputt machst. Beispiele? Bitte sehr. Du hast mir Mike gegeben, einen richtigen Kerl, den Traum jeder Frau, die im Voraus auf Geld und Ehre verzichtet. Du hast die schöne Schwangerschaft gesehen, die aus unserer Liebe entstand, und hast dich wie eine unerfahrene Dichterin zu dem Klischee verleiten lassen, ›Nichts ist heiler als ein zerbrochenes Herz‹ und hast unserer Tochter die Sauerstoffzufuhr versperrt und ihre Motorik beschädigt. Aber über unserem zerbrochenen Herzen brannte noch die unversehrte Haut, ich wurde gleich wieder schwanger und Naomi wurde geboren. Schön wie keine andere. Du hast es mit ihrer Schönheit so übertrieben, dass wir sie den Sommer über ins Exil bringen mussten, in die Siedlung meiner Schwester. Zur Imbissbude kommen Männer, sie essen ein Baguette mit bulgarischem Käse und sabbern, wenn sie unsere zwölfjährige Lolita sehen. Anna sieht die Spucke, die ihnen bei Naomis Anblick aus dem Mund läuft, und zerbeißt sich den Daumen bis auf den Knochen. Sieben Jahre nach Naomi kam Tom zur Welt. Das kleine Abbild der goldstirnigen Engel, die durch dein himmlisches Wohnzimmer schweben, deren Hals weich und glatt ist, noch ohne Adamsapfel. Und Du Gott, wenn Du auch nur ein Viertel von dem kannst, was man Dir zuschreibt, hättest das zarte Köpfchen aufhalten können, als es auf den Steg stürzte, oder Du hättest – eine andere Möglichkeit – den Stein weich machen können. Aber Du hast beides nicht getan. Meine Schwester Sara betet zu Dir, das heißt, sie glaubt an Dich, aber als sie Tom sah, in Laken gewickelt und ohne Bewusstsein, ballte auch sie die Fäuste und sagte: »Soll der aufstehen, der das versteht.« Nachschon ging auf Nummer sicher, er blieb sitzen und las Psalmen. Sara ging zum großen Stationsfenster, suchte zwischen dem Wald der Sonnenkollektoren ein Stückchen Himmel und trocknete ihre Tränen mit einem Papiertaschentuch.

Sie hat nie gesagt, hättet ihr nicht eure Sachen gepackt, die Wohnung abgeschlossen und Jerusalem mit dem Strand vertauscht, wäre das nicht passiert. Sara weiß, dass Mike das Meer braucht wie andere die Dialyse. Als Busfahrer der Linie 18 chauffiert er seine Träume bis zur Zentralpost in der Jaffastrasse und wieder zurück in die Wohnung in der Siedlung Kiriat Jovel. Schon seit zwanzig Jahren fährt er diese lange Blechbüchse, ohne plötzlich zu bremsen oder eine Kurve zu scharf zu nehmen. Manchmal fliegt ihm das Herz aus der Brust, schlägt ein Loch in die Busdecke, steigt auf das Dach und winkt einem Hubschrauber oder einem Raumschiff oder auch Gott zu, sie möchten ihn mitnehmen zu einer Tour um die Welt. Manchmal ballt er die Hände ums Lenkrad, beugt sich vor und schüttelt den Kopf von einer Seite zur anderen, wie auf einem Rockkonzert. Dann rufen die Fahrgäste: »Lauter, Fahrer, wie hören nichts.« Einmal sprach ihn ein Fahrgast an, eine Frau, und fragte: »Sind Sie auf Drogen oder haben Sie Parkinson? Hören Sie, die Leute hier wollen heil und gesund nach Hause kommen.« Einer der Dauerfahrgäste sprang auf und rief: »Was haben Sie? Dieser Fahrer kann Sie im Schlaf nach Hause fahren. Wenn Eged auch nur acht Fahrer hat wie ihn, dann will ich ein Wurm sein.« Die Frau sagte: »Nun, Ihrem Aussehen nach sind Sie ohnehin ein Wurm.« Die Fahrgäste lachten. Mike schaute in den Spiegel und betrachtete diesen Fahrgast, einen mageren, verlegenen Mann mit einem Gesicht voller Narben, und wurde wütend. Menschen, die andere wegen ihrer körperlichen Benachteiligung beleidigen, sind der Rost dieser Welt. Wenn Mike gekonnt hätte, hätte er ihn mit den Fingernägeln aus dem letzten Winkel der Welt gekratzt.

Der Mond glitt hoch über dem Meer über den Himmel, die Wellen trugen sein milchig glänzendes Abbild zum Strand und ließen es an der Wasserlinie zerfallen. He, milchiges Abbild? Bist du nicht ein bisschen zu weit gegangen? Die Wächter der Sprache waren verärgert. Cheli sollte gefälligst über Käse und harte Eier sprechen, den Mond sollte sie den Dichtern überlassen. Aber Worte wurden umsonst verteilt, genau wie Luft und Unglück. Bis zur Morgendämmerung blieb nicht mehr viel Zeit. Mike war nirgendwo zu sehen, auch nicht am Strand. »Ach, wie gut, dass du es verstehst.« Was gab es hier zu verstehen? Der Mann brauchte Luft, um zu atmen. Wie viel Luft gab es in einer Dreieinhalbzimmerwohnung? Oder in einem Bus, der umsonst Moleküle von Rülpsern, Gähnen und Speichel durch die Gegend fuhr. Einmal multiplizierte Mike die Zahl der Bushaltestellen mit den Monaten und Jahren und rechnete die Tausende von Tagen aus, an denen seine Füße noch auf die Pedale treten müssten bis zu seiner Pensionierung, und sagte bitter: »Ja, ich bin wild auf Passagiere, deren Monatskarte nach frischem Koriander und Zwiebeln riecht.«

Vor fünf Jahren, an einem grauen Tag, einem jener Tage, an denen man die Wäsche nur dann zum Trocknen aufhängt, wenn es sein muss, winkte ihm an der Haltestelle Katamonim ein Mann in einem Ledermantel zu. Ein gepflegter Mann, der in Cowboystiefeln in den Bus stieg, und mit ihm kam der Duft seines Deodorants.

Er klopfte Mike auf die Schulter. »Michael, ich kann es kaum glauben. Du bist in der Linie 18 geboren und hier wirst du auch sterben.«

Mike warf ihm im Rückspiegel einen Blick zu und sagte: »Hi, Motti, bist du ein Filmschauspieler geworden oder was?«

»Erstens heiße ich jetzt Marco. Mit Mordechai und Motti und den ganzen Namen aus der Diaspora bin ich fertig. Zweitens bin ich Gastronom. Ich habe in Mailand eine gut gehende Pizzeria. Ich bin für ein paar Tage hier, um meine Mutter zu besuchen. Ich schwöre dir, wenn ihr Herz noch in Ordnung wäre, hätte ich sie mitgenommen. Aber da ist nichts zu machen, ihr Herz ist nur noch ein Lumpen. Ich sage dir, Michael, das dort ist eine völlig andere Welt.«

»Du hast es also geschafft«, sagte Mike. Er senkte sich über das Lenkrad wie die Spitze eines Flugzeugs. Im Spiegel über sich sah er, wie der Mann, der früher Motti war, die Lider senkte und sagte: »Hör mal, Michael, ich habe eine tolle Idee für dich, ruf mich heute Abend bei meiner Mutter an, dann sprechen wir darüber. Du kannst mich hier rauslassen. Du rufst an, nicht wahr?« Er stieg aus, überquerte in seinen hohen Stiefeln die Straße und betrat eine Autovermietung.

An diesem Abend schickte das Meer zum ersten Mal eine lange Wasserzunge ins Leben der Familie Chajat-Taylor. Marco kam zu ihnen und erzählte, er habe außer der Pizzeria in Mailand auch eine Imbissbude am Strand von Tel Aviv, die er wie mit einer Fernbedienung betreibe, aber das sei nicht das Wahre. Wenn die Katze in Mailand ist, tanzen in Tel Aviv die Mäuse auf dem Tisch. Er rauchte eine Zigarre, fragte, ob sie zufällig Whisky dahätten und meinte, Gott müsse ihn lieben, weil Er ihm gerade dann Michael schicke, wenn er jemanden suche, der die Pacht übernehmen und ihn von dieser Last befreien könnte. »Versteh mich nicht falsch, Michael, es ist ein Geschäft, das Geld abwirft. In den vier Sommermonaten verdienst du genug für das ganze Jahr. Im Winter bist du ein König. Und das Meer ist das Meer, es öffnet dem Menschen die Seele, es ist romantisch. Außerdem sieht man jede Menge Stringtangas, Bikinis und viele, viele Blondinen. Verheiratet, nicht verheiratet ... Was hast du, ich rede doch nur vom Hinschauen.«

Der Nebel am Strand war dichter geworden. Mike würde feucht und salzig von der Luft sein, wenn er zurückkam. Wenn er eine traurige Melodie pfiff, war es ein Zeichen dafür, dass er zufrieden war. Wenn die Frau kam, die jeden Morgen kam, ihre Tunika hochzog und ihre Oberschenkel entblößte, pfiff er eine Melodie wie an einem Gedenktag, um sich daran zu erinnern, dass sich von einer Sekunde zur anderen alles ändern kann.

Die Luft war sauber gewaschen, was Cheli jetzt einatmete, hatte vor ihr noch keiner eingeatmet, diese Luft war noch nicht von anderen Nasenlöchern gefiltert worden, sie hatte nicht für die Sauerstoffzufuhr irgendeines Gehirns gesorgt, keine Intrigen genährt, keine sündigen Gedanken. Rein und klar wie die Tränen eines Neugeborenen stellte sie sich aufgeblähten Nasenlöchern und nikotinbefleckten Lungen zur Verfügung. Dabei hatte das Glück ihres Lebens sie an einem grauen Tag mit stark verschmutzter Luft erreicht. Der Vormittag, an dem sie Mike kennenlernte, war besonders trüb. Über den Straßen staute sich dichter Smog, und vom Industriegebiet herüber kam ein Wind, der ihn aufwirbelte, der Nadeln von den Kiefern und Zapfen von den Zypressen riss, Plastiktüten aufblähte, die zum

Himmel stiegen, und einem Sand in die Augen blies. Der Busfahrer hörte nicht ihr »Stopp! Stopp!«, das sie aus trockener Kehle schrie, und sah auch nicht die Faust, mit der sie an die Buswand schlug. »Fahr zur Hölle«, schrie sie und sah dem sich entfernenden Bus hinterher. Aber der Bus fuhr nicht zur Hölle, sondern an drei beschädigten Bäumen vorbei und hielt an. Sie presste ihre Tasche fest an die Brust und rannte los, ihr Kleid wurde aufgeblasen wie ein umgedrehter Regenschirm. Sie stieg ein und ließ sich auf den freien Sitz hinter dem Fahrer fallen. Eines ihrer Augen war zugeschwollen und tränte, das andere war offen und sah durch die Wimdschutzscheibe des Busses, der in den Smog hineinfuhr, nach draußen. Der Fahrer pfiff und zwei runde Stücke, aus dem Himmel gebrochen, schauten sie aus seinem Rückspiegel an.

Sie bedankte sich nicht für sein rücksichtsvolles Anhalten, sie kümmerte sich um den Fremdkörper in ihrem Auge und sagte: »Ich zahle gleich.«

»Kümmer dich erst mal um dein Auge.«

Seine Stimme war rau und enttäuschend. Cheli hatte einen tiefen Bariton erwartet. Sie kümmerte sich um ihr Auge. Ein Körnchen, das sich unter dem Lid verfangen hatte, drückte auf die Tränendrüse. Sie hielt sich das tränende Auge zu und schaute hinaus auf die Straße, deren Konturen im Dunst verschwammen. Sie betrachtete die über das Lenkrad gebeugte Brust des Fahrers, den zwischen die Schultern gesunkenen Kopf, und sagte sich, da ist einer, dessen Leben sich mit einer Geschwindigkeit von fünfzig Stundenkilometern vorwärtsbewegt und alle zweihundert Meter anhält. Er fährt diese alten Straßen hinauf und hinunter. Das Aufregendste, was passieren kann, ist eine umgestürzte Ampel oder ein geplatztes Abwasserrohr. Und doch war sein Nacken männlich. Sie fragte sich, wonach er sich wohl sehnte, nach einem Hamburger in der Burgerranch an der Endhaltestelle? Nach einem Lottoschein, der ihm noch ein Rubbellos bescheren würde? Nach einer kleinen Frau mit grellem Lippenstift und aufgeklebten Fingernägeln? Er schien Anfang zwanzig zu sein, hatte noch keine Falten am Hals oder an den Handgelenken. Vermut- war er unverheiratet und wohnte bei seinen Eltern.

Untere Mittelschicht, Arbeitersiedlung, Wohnzimmer mit einer Sitzecke für drei Personen, eine Doppelcouch und ein Sessel, ein Tisch, den man für sechs Personen ausziehen kann, mit eingelassenem Fußboden in der Küche und einem frisch renovierten Badezimmer. Was nimmt sich so einer vor, wenn er im renovierten Badezimmer seiner Eltern vor dem Spiegel steht? Welches Gelübde legt er ab, wenn er sieht, dass seine Eltern den gleichen Weg gehen wie die anderen Bewohner der Siedlung, unscharfe, graue Flecken in Gottes Daily-Soap. Abends kommen sie mit Plastiktüten in der Hand nach Hause, und vorm Fernseher schlafen sie ein, er im Sessel und sie auf dem Sofa. Dazwischen liegen das Schweigen und die Kekse aus dem Sonderangebot »Kauf zwei, nimm drei«.

Auf sie jedoch wartete das große Leben. Das wusste sie so genau, wie sie wusste, dass sie Rachel hieß. Wie dumm sie war. Wie schön sie war. Wie hoch flog ihr Selbstvertrauen, höher als die Türme von Holiday-Inn und Augusta-Viktoria. Sie hatte sich an der Universität eingeschrieben. Betriebswirtschaft und Philosophie. Was sonst. Sie würde, das war zu erwarten, sehr gute Noten bekommen, und sie würde jede Menge Verehrer haben. Ihre Beine waren lang und braun und sie wusste, wie man den Hals hielt. Und da waren natürlich noch ihre Wimpern. Die Luft im Bus war schwül und das tränende Auge ging ihr auf die Nerven, aber ihr Herz war übermütig.

An der Endhaltestelle machte er den Motor aus, schaute in den Rückspiegel und sagte: »Beim Militär war ich Sanitäter, vielleicht kann ich etwas für dein Auge tun.«

Sie sagte: »Versuch's.«

Er nahm ein Papiertaschentuch aus einer Schachtel und drehte eine Spitze. Sie hob den Kopf und hielt ihm das zugeschwollene Auge hin. Er beugte sich über sie, nahm das Augenlid zwischen Daumen und Zeigefinger, zog es hoch und fummelte mit dem Papiertaschentuch an ihrem Auge herum. Ein Kaleidoskop von zerschmetterten Sternen drehte sich in ihrem Kopf, und darunter auch die beiden Himmelsstücke, die sie vorher im Rückspiegel gesehen hatte.

»Eine Wimper. Das ist alles. Aber der Rasen um deine Augen ist ziemlich dicht.«

Nun, da sie wieder mit beiden Augen sehen konnte, sah sie seine Jeans, wie aufreizend, abgewetzt und eng sie seine Oberschenkel umschlossen, und sie dachte, dass die Füße, die Tag für Tag die Pedale drückten, wohl auch bereit wären für andere Reisen.

»Nimm, es gehört dir«, sagte er und hielt ihr das Papiertaschentuch mit der Wimper hin, die er herausgeholt hatte. Seine Hand war flach, breit und groß.

Sie lachte: »Du bist medium, aber deine Hände sind extra large.«

»Das ist alles, was es im Vorratslager gab, als ich geboren wurde, und bei dir gab es Wimpern im Überfluss.«

Der Bus leerte sich. Sie stand auf und wollte gehen, und er gab ihr die Hand. Es tat ihr leid, dass er keinen tiefen Bariton hatte. Wer hätte damals schon wissen können, dass sich diese große Hand später zu einem sicheren Platz für die Babys öffnen würde, die sie bekommen würden, dass sie mit ihren zarten Beinchen strampeln und sich an dem Arm festhalten würden, der sie durch die Luft schwang? Nur Anna würde nach rechts und links fallen, mit aufgerissenem Mund und erschrocken.

Nach dem Mondlicht auf dem Wasser und dem schmalen Lichtstreifen am Horizont zu urteilen, war die Nacht nicht mehr jung. Mike war nirgends zu sehen, weder am Wasser noch sonst irgendwo. Vom Meer herüber wehte kühle und feuchte Luft. Sie musste hineingehen und Anna zudecken. Aber Anna hatte einen so leichten Schlaf, dass sie schon aufwachte, wenn man an sie dachte. Wenn sie wüsste, dass der Gedanke an Tom auch nur eine Zelle seines Gehirns wecken könnte, hätte sie ihren Neuronen befohlen, ausschließlich Gedanken an ihn zu produzieren. Heute Morgen hat der Arzt ein CT seiner kleinen Hirnlappen gemacht und gesagt, es sei noch nicht alles verloren. Sie hat geschwiegen. Sie hatte Angst zu fragen, ob das heißen solle, dass er sein herzergreifendes Lächeln behalten, aber den Verstand verlieren würde, oder ob er nur mit einem Bein gehen würde und das andere hinter sich herziehen.

Mike war irgendwohin gegangen und noch nicht zurückgekommen. Die Geräusche und der Wind ließen ahnen, wie lange die Nacht noch dauern würde. Aber Mike lebte sein Leben, wie man es früher gelebt hatte, bevor die Zeit in Stücke geteilt und die Uhr erfunden worden war, die zählte, wie viele Einheiten man schon verbraucht hat und wie viele einem noch übrig blieben.

Im Winter hatte er keine Wahl. Die Zeiten des Busses waren an die bürokratischen Uhrzeiten angepasst. Banken öffneten um halb neun, in den Krankenkassenambulanzen fing man um sieben Uhr an, die Blutsenkungen zu zählen, und der Araber, der Bagels verkauft, schob um halb acht sein

Wägelchen zwischen die Bank und die Krankenkasse. Aber am ersten Mai löste Mike seine Beziehung zur Zivilisation. Die einzige Verbindung war die Schnur, die seine weite Hose über den Hüften festhielt.

Auch in der Nacht davor verschwand er. Sie ging hinaus, setzte sich auf die Terrasse und rauchte. Vor zwanzig Stunden hatten sie Tom den zusätzlichen Namen Chajim gegeben. Hoffnungsvoll. Sie sagten Chajim und das Wort flog aus ihrem Mund und verbreitete sich auf der Welt. Als sie gestern auf der Terrasse saß und wartete, drang vom Steg herüber ein Schrei an ihre Ohren, der Schrei einer Möwe oder einer Frau, er bohrte sich in ihr Trommelfell wie ein scharfes Taschenmesser. Kurz darauf tauchte Mikes Schatten auf dem Steg auf, er trug nur seine abgewetzte Stoffhose, seine nackten Schultern glänzten in der Dunkelheit. Feucht und salzgetränkt setzte er sich neben sie. Er rauchte, drückte ihren Arm und sagte: »Komm, lass uns schlafen gehen.« Sie stellte keine Fragen. Auch heute würde er ihren Arm berühren, wenn er zurückkkommen würde. Selbst wenn er nichts sagen würde, hieße das, wie gut, dass du verstehst. Als sie seine Mutter das erste Mal traf, sagte sie: »Du musst wissen, Süße, sein Herz ist so groß wie ganz Jerusalem, und Lust hat er in der Größe von Tel Aviv. Bei seinem Bruder Gideon ist alles ganz normal. Deshalb ist Gideon ein Doktor an der Universität geworden, während Michael nur ein Busfahrer ist, und wir müssen uns noch auf einiges gefasst machen. Wir werden noch viele Nächte nicht schlafen können, bis er sich im Leben eingerichtet hat.« Cheli trug damals einen grauen Rock und eine rosafarbene Bluse. Sie hatte sich das Parfüm, das sie in der Drogerie geschenkt bekommen hatte, hinter die Ohren getupft und sah aus wie eine devote Lehrerin oder eine Beamtin, die hinter dem Schalter in der Stadtverwaltung das Geld für die Wasserrechnungen kassiert. Als sie seine Mutter das zweite Mal traf, hatte sie nur ein Trikotkleid an, das kaum ein Drittel ihrer Oberschenkel bedeckte, und darunter einen winzigen Slip aus Lycra. Ihre jungen Brüste schwangen frei unter dem dünnen Trikotstoff. In einer Hand hielt sie eine Coladose, in der anderen eine Packung Zigaretten.

»So schnell hat er es geschafft bei dir.« Seine Mutter legte die Handfläche auf ihre Wange und bewegte ihr geschwollenes Gesicht von einer Seite zur anderen.

»Was hat er bei mir geschafft?«

»Dich auszuziehen. Jetzt bist du eine andere als beim ersten Mal.« Sie drehte sich zu ihrem Sohn. »Was willst du von ihr? Vor einer Woche war sie noch ein braves Mädchen, ganz normal, und schau, was du aus ihr gemacht hast …«

Sie sagte: »Ihr Sohn tut mir nur Gutes, Frau Chajat.« Sie berührte seine Wange mit der kalten Coladose. »Ihr Sohn ist ein großer Lausbub.« Sie rieb die Dose an seinen Bartstoppeln, denn er hatte sich nicht rasiert. Er lachte.

»Sei vorsichtig, Süße, erst raubt er den Mädchen das Herz und dann bricht er es. Vermutlich sind es deine Wimpern, die ihn durcheinanderbringen. Aber daran gewöhnt er sich schnell. Was soll ich dir sagen, in diesen Dingen ist er nicht so geworden wie wir. Ist es nicht schade um sie, Michael? Wirst du denn nie zur Ruhe kommen? Es ist an der Zeit, dass du eine ernsthafte Frau zum Heiraten findest und aufhörst mit dem Herumspielen.«

»Mutter, sie heißt Rachel, und ich werde sie heiraten.«

Die zukünftige Braut sprang auf. »He, hast du mich gefragt?« Die Dose fiel ihr aus der Hand, Cola spritzte über ihr Kleid.

»Ich frage dich jetzt«, sagte er. Er bat seine Mutter um ein Papiertaschentuch und wischte die Colaspritzer von ihrem Kleid.

So bekam sie den ersten und einzigen Heiratsantrag ihres Lebens, und obwohl sie nicht vorhatte, nein zu sagen, sagte sie: »Gib mir Bedenkzeit.«

Er machte eine ausladende Bewegung mit seiner großen Hand und sagte: »Bitte sehr, denk nach. Wie lange brauchst du? Eine Woche? Einen Monat?«

Seine Mutter sagte: »Er macht Spaß. Glaub ihm nicht. Ehrlich gesagt, du bist nicht die Richtige für ihn. Ich glaube nicht, dass du dir vorstellen kannst, was ihn umtreibt. Aber angenommen, es wird doch etwas mit euch beiden: Ich heiße Ahuva und mein Mann heißt Ruben. Sehr angenehm.«

Cheli dachte: Du hast es nicht geglaubt, Ahuva Chajat, du hast gesagt, dir würden Haare auf den Zähnen wachsen, wenn dein Sohn es einen Monat mit diesem Flittchen aushält. Du warst so skeptisch, dass du nur das Allernotwendigste in mich investiert und mir einen vergoldeten Armreif gekauft hast, der leichter war als eine Haarnadel. Der Armreif war so dünn, dass er dem Händeschütteln vor der Trauung kaum standhielt, und nach der Trauung, als es wieder Händeschütteln gab, in zwei ungleiche Bögen zerbrach.

Hier hast du es nun, Frau Chajat, der Mond geht schon unter und dein Sohn ist noch nicht zurückgekommen. Und ich verstehe ihn. Wäre ich gegangen und bis zur Morgendämmerung nicht zurückgekommen, er hätte mich auch verstanden. Ich erfinde nichts. Es gab auch solche Nächte. Du wirst es nie im Leben begreifen, Ahuva, du wirst nie begreifen, dass ich, Cheli, mit vollem Namen Rachel, die Frau bin, zu der er zurückkehrt, solange er lebt. Kein Mensch, der draußen ein Stück Schokolade nascht oder ein Glas Whisky aus dem Ausland trinkt, wird auf das warme Brot verzichten, das er zu Hause hat. Wenn du nicht so eine passionierte Witwe wärst, hättest du mit mir darüber gesprochen, aber seit Ruben tot ist, seit ungefähr siebzehn Jahren, betest du dein Witwenleben an, und uns betrachtest du mit einer Arroganz, die eigentlich Märtyrern vorbehalten ist. Nur Anna schafft es, reinen Schmerz aus dir herauszulocken. Toms zertrümmerter Schädel hat dich zu einem »Um Gottes willen«, veranlasst, das dein Doppelkinn schüttelte, und noch ein »Um Gottes willen«, das nichts schüttelte. Und dann bist du schon mit den Fingern durch das schüttere Fell deines Hundes gefahren und hast gesagt: »Das ist nur wegen eurer Spinnerei. Wärt ihr zu Hause geblieben und hättet gelebt wie alle anderen, wäre das nicht passiert ...«

Sie zündete sich eine neue Zigarette an und lachte in den Rauch, den sie ausstieß. Was ist mir dir los, Cheli Chajat-Taylor, dass du auf der Terrasse sitzt und dich mit einer alten Frau zankst, die sich vermutlich gerade jetzt in ihrem großen Bett in Kiriat Jovel von einer Seite auf die andere dreht. Als hättest du sonst nichts zu tun. Sie sog an der Zigarette und schämte sich. Von all den Fragen, die ihr in den Sinn kamen, war die erste, ob Mike, als er ging, eine Unterhose unter seiner weiten Hose trug oder nicht. Und der zweite Gedanke, sie brauchte sich für nichts zu schämen. Sie war eine einfache Frau. Ihre Gedanken waren frei, sie atmeten, sie hatte es nicht nötig, irgendjemandem Rechenschaft abzulegen. Nur das Leben entschied über die Dringlichkeit und die Reihenfolge ihrer Gedanken.

Der Wind wurde stärker, Ahuva, das blasse Mondlicht verschwamm im Meer, die Wellen brachten Silberschuppen zum Strand. Ich wüsste gern, ob dich der Mond auf dem Wasser noch anrührt, dachte Cheli. Ich hasse dich nicht,

Ahuva, wirklich nicht. Im Gegenteil. Ich danke dir aus tiefstem Herzen dafür, dass du Mike geboren hast. Allein die Vorstellung, dass er, klein wie ein Brötchen, in deiner Gebärmutter lag. Zu denken, dass dieses überaktive Geschöpf zwischen zwei und vier Uhr schlafen und in deiner erschöpften Gebärmutter Ruhe bewahren musste. Er musste seine Beinchen still halten und seine Ärmchen zügeln. Wenn du stöhntest, und du hast bestimmt viel gestöhnt, hast du deine Bauchdecke über ihm angehoben und gesenkt, und er bewegte sich über den Windungen deiner Gedärme wie auf einer Schaukel, benebelt von dem Saft, den du gegen Sodbrennen und für die Zufuhr von Eisen, Kalzium und Folsäure nahmst. Er schluckte und schied trübes Fruchtwasser aus und konnte es kaum erwarten zu sehen, was draußen sein würde. Als seine Lungen kräftig genug waren, gab er seinen kleinen Gliedern einen Ruck und rutschte direkt in die Hände der Hebamme, öffnete seine nassen Augenlider, sah eine Frau und verstand, dass die Welt nicht nur aus Leid und Stöhnen bestand. Wie alle Neugeborenen weinte er das technische Weinen der sich öffnenden Lungen, und erst danach, als er in der viereckigen, geschlossenen Wiege lag, weinte er aus ganzem Herzen.

Ich habe nicht die Spur einer Anklage gegen dich, Ahuva, du tust, was du kannst, du schluckst Tabletten gegen deinen hohen Blutdruck und feilst an deinem Witwendasein, um deinen belanglosen Alltag zu verbessern. Das ist dein gutes Recht. Jeder hat ein Seil, das ihn nach oben zieht. Meine Mutter fand einen älteren Liebhaber, und statt sich der Vergangenheit zu überlassen und die Zukunft zu fürchten, trinken die beiden Kaffee aus Tassen, die man vor ihren Augen aus vergoldeter Keramik töpfert, und sind begeistert, weil die Zeit besiegt ist. Meine Mutter ist so glücklich, dass sie sich vollkommenen Schmerz um Tom leisten kann, trotz ihrer Sorgen um die alltägliche Existenz und ihrer Sorgen um Anna.

Anna. Auf fünfhundert heile Strümpfe ein beschädigter. Seit Toms Sturz zappelt sie wie ein Fisch im Sand. Stundenlang suchten sie damals nach ihr, schauten unter jedes Badetuch am Strand, wussten nicht, ob sie unter den Menschen gestanden hatte, die sich am Steg versammelten, ob sie ihren Bruder wie einen erschossenen Vogel auf dem Zementboden liegen gesehen hatte. Mike fuhr mit dem Rettungswagen mit, und sie, Cheli, rannte am Strand hin und her und schrie: »Anna, Anna.« Die Fischer sagten zu ihr: »He, was ist los mit dir, du verscheuchst die Fische.« Sie hörte nicht auf zu schreien. Ausgerechnet jener Tag war einer von Annas besseren gewesen. Bis mittags war sie kein einziges Mal gestolpert. Morgens hatte sie zwei Brötchen gegessen, entschlossen, dafür zu sorgen, dass ihre Beine dicker würden. Mit einem für sie ungewohnten Vertrauen in ihre Hände hatte sie drei Kartoffeln geschält und in Stücke geschnitten, hatte fasziniert zugeschaut, wie sie mit den Hunderten von Kartoffeln, die Mike zerschnitten hatte, im siedenden Öl brieten. »Meine Motorik wird besser, Vater«, hatte sie gesagt, »bald, sehr bald, werde ich mit dem Fahrradfahren anfangen.«

Mike legte eine Hand auf ihren Kopf und schwieg. Sie wartete, und als er weiter schwieg, schüttelte sie seine Hand ab, ging zur Terrasse, schaute mit ernsten Augen über das Meer und hob den Kopf, als habe sie einen Entschluss gefasst. Tom ritt auf einem Besenstiel um sie herum und fragte: »Und, werden sie dir das Fahrradfahren erlauben?«

»Was glaubst denn du, natürlich werden sie es mir erlauben.«

Tom spornte sein imaginäres Pferd an. Karniel, der räudige Kater, der sich ihnen angeschlossen hatte, döste vor sich hin. Mike pfiff eine traurige Melodie, denn es sah aus, als würden die Dinge langsam ins rechte Lot kommen. Wenn wir schon von Karniel sprechen, kein Kater wäre mit einem solchen Namen geehrt worden, hätte es nicht diesen Karniel gegeben, der in der Imbissbude gegessen und sich wie ein gemeiner Kater benommen hatte. Er hatte sich als Restaurantkritiker ausgewiesen, umsonst gegessen, sich die Finger und den Schnurrbart abgeleckt, war satt und vergnügt weggegangen und hatte dann in der Stadtteilzeitung, die ihn dazu beauftragt hatte, geschrieben, das Essen sei langweilig und ohne einen Funken Phantasie. Damals hatte Mike geschworen, er würde ihn bei seinem nächsten Besuch mit harten Eiern bewerfen, damit er mehr als einen Funken sah, und auf der Stelle nannte er den räudigen Kater nach dem Kritiker. Tagsüber fraß der Kater Essensreste und nachts strich er um die Müllcontainer herum und suchte verzweifelt nach Katzendamen. Manchmal verschwand er auch für zwei, drei Tage. Aber egal, das Schicksal dieses Gratisfressers war nicht das Wichtigste, was sie beschäftigte.

Toms Schädeldecke war schon vor einigen Wochen zertrümmert worden. Jetzt war es erst zehn Stunden her, dass sie die Nachricht bekamen, es sei noch nicht alles verloren. Als Anna es erfahren hatte, hob sie die Arme und bedeckte den Kopf, als hätte es zu regnen begonnen, und rannte zum Meer, wie eine, die bereit war, ihr Leben zu geben für eine Rettungsaktion. Mike rief ihr nach, sie solle zurückkommen, und briet für sie glasige Pommes Frites, so wie sie es mochte. Sie saß vor dem Teller und wartete, dass die Pommes Frites abkühlten, und ordnete sie um den Tellerrand, als wären sie Zuschauer in einem Amphitheater. Mike kochte eine Schakschuka und rührte im Topf. Er sagte: »Soll ich dir was sagen, Cheli? Ich habe Amerika noch nicht ganz begraben.«

Amerika. Das Codewort für unerreichbare Träume hinter fernen Bergen. Früher hatten sie sich einen großen Transit vorgestellt, mit dem sie den Kontinent der unbegrenzten Möglichkeiten von Norden nach Süden und von Osten nach Westen durchqueren wollten. Nachts wollten sie Halt machen, tagsüber von einem Ozean zum anderen fahren. Für Mikes Amerika benötigte man kein Visum und keinen Reisepass, es konnte schon am Strand von Tel Aviv oder am Teddy-Stadion in Jerusalem beginnen.

Bald würde der Morgen anbrechen, die Möwen plusterten sich schon auf und suchten Zeichen am Himmel, und er war fortgegangen, wohin auch immer, und noch nicht zurückgekommen. Der Mensch sucht sich Wege zum Glück zwischen den Minen, die Gott gelegt hat. Jeder andere mit einer behinderten Tochter und einem bewusstlosen Sohn wäre völlig am Boden zerstört, aber Mike war es nicht. Er rauchte zartbittere Zigaretten, pinkelte ins Meer und spuckte in hohem Bogen, er sagte: »Fucking day«, er sagte: »Solange man lebt, lebt man.« Er sagte, er hätte Amerika noch nicht ganz begraben. Auch Naomi, ihre gesunde und schöne Tochter, träumte von ihrem eigenen Amerika. Sie war erst zwölf Jahre alt und wusste bereits, was ein freier Nabel wert war und wie viele Menschen die Luft anhalten, wenn sie ihren grünen Badeanzug trug.

Ein Gast sagte einmal zu ihr: »Aus dir wird etwas ganz Besonderes.«

»Das bin ich schon«, antwortete sie ernst und deutete auf eine Haarnadel, die ihr zu Boden gefallen war. »Können Sie sie für mich aufheben?« Sie wusste, dass er sich bücken und die Nadel aufheben würde, und sie bedankte sich nicht einmal bei ihm. Er war vielleicht viermal so alt wie sie. Und weil sie sich schon jetzt für etwas Besonderes hielt, verstand sie nicht, warum man ihr verbot, in einem Café in der

Hayarkonstraße im Internet zu surfen. Oder warum man ihr kein Geld gab, um sich sechs blonde Strähnchen färben zu lassen. Sie betrachtete den Himmel und hatte das Gefühl, er sei im Vergleich zu ihren Erwartungen sehr niedrig.

»Am Ende wird sie dafür bezahlen«, sagte Mike. »Wir müssen etwas unternehmen.«

»Wir könnten sie für den Sommer zu meiner Schwester Sara schicken«, schlug Cheli vor. So ungefähr hatten sie ihre Entscheidung getroffen.

»Toll«, sagte Naomi. »Ich werde mit ihnen zu Demonstrationen gehen, ich werde eine orangefarbene Bluse mit dem Aufdruck ›ein Jude verjagt keinen Juden‹ tragen. Man wird mich im Fernsehen sehen.« Sie dachte an die langen, lockeren Kleidungsstücke, die sie dort tragen würde, und atmete tief durch. Diese Sache mit ihrem pubertierenden Körper war ihr zu viel. Auch ein schönes Mädchen hat die eigene Schönheit manchmal satt.

Anna hörte zu, knabberte an einem Fingernagel und fragte nicht, warum nur Naomi. Sie hatte sich mit der Ungerechtigkeit abgefunden. Sie wollte nicht mit Naomi tauschen, sie wollte nur, dass man ihr erlaubte, Fahrrad zu fahren. Sie zwang sich zu aufreibenden Übungen, um ihre Motorik zu verbessern. Sie schlenderte an den Fahrrädern vorbei, die an den Hütten lehnten, berührte Lenkstangen, ließ Glocken klingeln, drehte die armseligen Pedale an Edissos Fahrrad. Sie legte sich flach in den Sand, radelte mit den Beinen durch die Luft, schimpfte mit dem Knie, das gegen das andere Knie schlug, und radelte mit einem unsichtbaren Fahrrad steil hinauf zum Himmel. Mike sagte: »Du machst es dir wirklich zu schwer.«

»Na und«, antwortete sie, »in der Schoa war es noch schwerer.« Sie sah, wie Naomi zur Terrasse ging, in dem orangefarbenen T-Shirt, das man ihr für die Siedlung gekauft hatte.

Sie setzte sich in den Sand, warf ihrer jüngeren Schwester einen Blick zu und fragte: »Aber man hat Gaza doch schon zurückgegeben, oder?«

»Na und?« Naomi nahm sich keine Zeit für geschichtliche Zusammenhänge, sie wollte in einem langen Spiegel in der Damentoilette sehen, wie sie aussah. Zufrieden kam sie zurück. Das Orange passte gut zu ihrer gebräunten Haut und den blau-grünen Augen. Von der Toilette bis zur Terrasse lief sie mit den eleganten, gleichmäßigen Schritten einer Filmdiva.

Anna sagte: »Bis du zurückkommst, darf ich bestimmt schon Fahrrad fahren.«

»Meinst du?«

»Klar. Ich mache Fortschritte. Hast du das nicht gesehen?«

»Ich habe nicht darauf geachtet. An deiner Stelle würde ich dieses Rad da ausprobieren.« Sie deutete auf ein Rad, das im Sand lag und nicht abgeschlossen war. »Sie haben gerade in der Küche zu tun. Warum drehst du nicht eine Runde und kommst gleich zurück, los, nur eine kleine Runde, das merkt keiner.«

Aber Anna konnte doch nicht einfach ein Rad nehmen und es dann wieder zurückbringen, als wäre nichts geschehen.

»Wenn du aufs Rad steigst, wirst du dich verletzen«, warnte Tom.

»Halt die Klappe«, sagte sie. Er hielt die Klappe, schob seine Beine übereinander und äffte ihren hinkenden Gang nach.

Naomi schimpfte: »Hör auf, du Zwerg.« Seit einer Weile spielte sie die Schiedsrichterin, dafür musste sie sich nicht mal anstrengen. Hier ein Wort, dort ein Satz, so vermittelte sie zwischen dem Kleinen und der Schwachen und war stärker als beide zusammen.

»Du hast mir nicht zu sagen, was ich tun soll«, schimpfte er. Dann wurde er plötzlich ernst, als habe er etwas begriffen, was er vorher nicht gewusst hatte.

Doch da kam Nachschon und holte Naomi ab, um mit ihr zur Siedlung zu fahren. Anna kochte für ihn Kaffe und servierte ihn in einem Einwegbecher. Sie saßen zusammen auf der Terrasse und diskutierten die Lage: Kassamraketen, militärische Stützpunkte, Kürzungen der Renten, und sie sprachen auch darüber, ob es einen Gott gab oder nicht. Mike lachte. »Wie haben sie ihn angebetet, und am Ende hat man sie aus Gusch-Katif verjagt wie eine Schar Hühner.«

Tom sprang auf. »Wen haben sie fortgejagt, Vater?«

Naomi holte ihren Schulranzen, auf dem Britney Spears ihre nackten Brüste zeigte, genau zwischen den beiden Schnallen. Mike sagte: »Du musst Britney anziehen, sonst lässt man dich nicht in die Siedlung.« Nach längerer Beratung klebten sie einen Werbeaufkleber für Hühnersuppe zwischen die Schnallen, nun verdeckte ein roter Hahnenkamm, was Britney zu bieten hatte. Naomi ergriff die Riemen des Schulranzens wie jemand, der sein Leben in die Hand nimmt. Anna verfolgte sie mit den Blicken, drückte die Knie fest ans Geländer und rührte sich nicht vom Fleck, auch nicht, als Naomi sich bereits verabschiedet hatte und mit Nachschon losfuhr. Plötzlich gab es einen freien Platz im Fünfeck ihrer Welt, und Anna war still und bedrückt. Der freigewordene Platz war wie die Lücke im Mund, nachdem ein Zahn gezogen worden war.

Es war jetzt eine Woche her, seit Toms Schädel auf dem Steg aufschlug, und sie fühlte sich, als hätte man ihr alle Zähne und die Zunge herausgerissen.

Kaum zu glauben, dass es einmal eine Frau gab, die glaubte, ihr Versicherungsschein sei unbegrenzt gültig, ihre Gesundheit unzerstörbar, ebenso ihre langen, braunen Beine, ihre Wimpern, ihr gerader Hals. Und dann kam das Leben, streckte ihr die Zunge raus und sagte bätsch. Mike sah, was das Leben tat, und sagte laut, damit auch das Leben es hörte: »Cheli, hör mir gut zu, wenn wir wollen, erreichen wir den Mond, du und ich, wir haben das Zeug dazu.«

»Was haben wir, Mike?«, sagte sie jetzt zu der dunklen Terrasse.

Wo sind wir und wo ist der Mond. Sie beide hatten dem Leben einen Vertrauensvorschuss gegeben, und dann legte Gott ihnen eine Schale in den Weg, damit sie ausrutschten, und das Leben war von einer Sekunde auf die andere verpfuscht. Nachschon nennt das »die Vorsehung dort oben«. Wann würde er es endlich kapieren, was sie vor allem brauchten, war eine Vorsehung hier unten. Hier. Hier unten. In der Höhe von Annas Knöcheln.

Aber Mike und sie waren noch nicht fertig. Sie hatten der Welt noch etwas zu verkaufen, und es gab noch etwas, was sie kaufen wollten. Auch wenn man ihnen tausend Schalen in den Weg legte und ihnen damit das Genick brach, sie würden nicht voneinander lassen. Es gab Dinge, da konnte auch Gott, mit Verlaub gesagt, nichts ausrichten.

Vom Steg herüber hörte sie jemanden pfeifen. »Ich sah einmal ein Ufer, das von seinem Fluss verlassen wurde.« Ein trauriges Lied, Mike kam zufrieden zurück. Ganz in der Nähe des Pfeifens war die Stimme einer Frau zu hören, sie sagte so etwas wie Bye oder Hi oder genug oder vielleicht. Der Mond war blass geworden, die Dämmerung hatte den Strand verschluckt. Der Pfiff rollte wie eine Schnur zu ihr hin, wie ein Faden, der vom Knäuel zurückgezogen wurde. Die weite, weiße Hose bewegte sich entlang der Wasserlinie. Die Hände plusterten die Taschen auf. Er ging, als wäre nichts gewesen, als würde nichts anderes an ihm haften als seine dünne Bekleidung.

Er setzte sich neben sie. »Du schläfst nicht, Cheli.«

Sie roch Zigaretten, keinen Alkohol, kein Parfüm, keinen Lippenstift, nur Zigaretten und die salzige Luft des Sommers. Am 30. September wurde diese salzige Luft mit dem ersten Duschen in ihrer Wohnung in Kiriat Jovel abgewaschen sein und durch den trockenen, kühlen Duft des Winters ersetzt werden.

»Sie ist nett, die Dicke von heute Morgen. Ich habe sie getroffen.«

»Hast du sie zufällig getroffen?«

»Nicht zufällig.« Mikes Arm lag müde, schwer und warm auf ihrer Schulter.

»Komm schlafen«, sagte sie, bewegte sich aber nicht, sie wollte, dass der Arm auf ihrer Schulter liegen blieb.

»Es war nichts, Cheli, nur Gerede.«

»Komm schlafen, bald muss der Getränkekühlschrank aufgefüllt werden.«

»Sie ist sehr amüsant, diese Frau, Cheli, ich hätte sie auf der Stelle flachlegen können, aber ich habe sie nicht mal mit dem Fingernagel berührt.«

Mikes Kopf war eine dunkle Kugel, vor ihm das Meer. Sie würde gern mehr wissen, dann aber auch wieder nicht. Sein Arm auf ihrer Schulter tat ihr gut, aber es störte sie, dass sein Blick zum Meer gerichtet war, das die Menschen klein und einsam macht, das die Sünden erbärmlich und mitleiderregend erscheinen lässt. Es lag in seiner Natur, mit dieser Frau zu schlafen, und er hatte es nicht getan. Nicht weil er Angst hätte, Gott an dem Tag zu ärgern, an dem er erfahren hatte, dass das Gehirn seines Sohnes noch nicht ganz verloren war. Er bezog Gott nicht in seine Überlegungen ein, ebenso wenig wie Gott ihn, Mike, miteinbezog. Er hatte sich von dieser Frau genommen, was er brauchte, ein paar amüsante Stunden. Bevor der Himmel auf sie herabgestürzt war, ging sie, Cheli, für eine ganze Nacht weg. Am nächsten Morgen fragte er sie: »Hast du bekommen, was du wolltest?« Sie sagte: »So ungefähr.« Damals standen sie in der Küche der Imbissbude und schnitten Tomaten in Scheiben, er pfiff eine gewöhnliche Melodie, weder traurig noch fröhlich, und wollte nicht, dass sie ihm erzählte, was passiert war und was nicht. »Lass es, wozu sollte das gut sein?« Dann sahen sie Anna, wie sie sich bemühte, korrekte Fußabdrücke im Sand zu hinterlassen.

Er sagte: »Das ist die Hauptsache, Cheli, alles andere kommt und geht.« Manchmal waren seine Worte wie goldene Nieten.

»Komm schlafen, Mike, uns bleibt nicht mehr viel Zeit bis zum Morgen.«

»Die Frau heißt Tehila und sie wiegt doppelt so viel wie du«, sagte er und küsste vier ihrer Finger. Dann gingen sie hinein. Anna atmete tief und mit langen Pausen zwischen den Atemzügen. Er schlief sofort ein, sie nicht. Er lag auf dem Rücken wie ein Toter, die Beine dicht nebeneinander und die Arme an den Körper gepresst. Als wolle er alles, was ihm gehörte, dicht bei sich haben. Morgen früh würden sie die Dosen mit Cola und Sprite verstauen, sie würden Haltbarkeitsdaten auf den Blechdosen kontrollieren, danach würde er zu Tom fahren, sich über das Kind beugen und seine Brust auf dem Bettgitter abstützen. Am Abend, wenn er sein Hemd ausziehen würde, würden noch die Druckspuren des Gitters auf seiner Brust zu sehen sein. Sie blieb in der Imbissbude, mit Anna und Edisso, der ihnen bei den Salaten, dem Geschirr und dem Putzen half. Das Geld, das er verdiente, gab er seiner Mutter, sie kaufte damit Brot, um seine kleinen Geschwister satt zu kriegen. Sieben Münder zu stopfen, wenn man ihn und seine Mutter mitrechnet. Wenn das Sozialamt wüsste, dass er morgens im Imbiss zwei Eier aß und mittags ein Sandwich mit Gurkenscheiben und dazu noch Pommes Frites, würden sie die Leistung kürzen. Außerdem hatte er ein Fahrzeug, ein rostiges Fahrrad, das er in der Schapira-Siedlung im Müll gefunden hatte. Es war bei einem Unfall oder sonst wie kaputtgegangen. Er nahm es mit nach Hause und reparierte es. Anna stand stundenlang neben dem Spülbecken, fasziniert von seinen Händen, die mit der Geschmeidigkeit eines Pianisten Kartoffeln schälten.

»Was schaust du so«, hatte er einmal gefragt.

»Ich schau doch gar nicht.«

»Ja klar, du schaust nicht.«

Sie waren wie zwei Menschen, die sich im Wartezimmer eines Arztes trafen und unbedingt herausbekommen wollten, was dem anderen fehlte. Schon an seinem ersten Arbeitstag starrte sie die perfekten Schalen an, die unter seinen Händen hervorkamen, die exakt gleich großen Streifen der Karotten, und fragte sich, ob es auch bei den Äthiopiern Kinder gab, denen Sauerstoff gefehlt hat.

Durch die zerborstene Holzdecke war ein Stück des dunkelrosa gefärbten Himmels zu sehen. Im Holz, in den Dielen und an den Wänden bewegten sich Dinge, die herunterfallen würden, und niemand wusste, was es war, was zu viel und nicht mehr auszuhalten war. Die Wissenschaftler, die sozioökonomische Verfahren erproben, sanken jetzt in die dritte und tiefste Schlafphase. Die Arbeiter der Müllabfuhr suchten in ihren dunklen Wohnungen die Handschuhe, ohne die sie sich nicht am Müllauto festhalten konnten. In der Neurologie berechnete die Krankenschwester die Menge des Urins, die von den am Kopf verletzten in der

Nacht ausgeschieden wurde. Mike schlief wie jemand, der für den ewigen Schlaf trainierte.

Am Morgen würde sie zu der Dicken gehen, die ihre Tunika bis über die Oberschenkel hochzog, Tehila hieß sie, ja, und sie würde sich bei ihr bedanken, dass sie ihn zum Lachen gebracht hatte, einem Lachen, das ohne Berechnung war.

Herzlichen Dank für die amüsanten Stunden, die du ihm geschenkt hast, wirklich, herzlichen Dank, er lacht so gern, aber in der letzten Zeit hat er sehr wenig Grund dazu, nur das Schicksal lacht sich ins Fäustchen. Und das Schicksal kann lachen, oho, und wie es lachen kann. Ich wünsche dir nicht, dass du das Gelächter des Schicksals kennenlernst.

Drittes Kapitel

Nein, er würde nicht mit dem Leben hadern, er tat, was er konnte, um es zu verstehen. Er atmete leise wie ein Vogel, um Cheli glauben zu machen, er schlafe. Er behauptete ja nicht, Sokrates oder so jemand zu sein, er war Mike Chajat-Taylor, einer, der acht Jahre die Grundschule in den Katamonim und vier Jahre die Berufsschule ORT besucht hatte. Aber er hatte alles gelernt, was ein Busfahrer für das Leben brauchte. Angenommen, er hatte eine Panne, dann sagte er, okay, auf jeden aufgepumpten Reifen wartet an der Ecke ein Nagel. Dich hat's erwischt, du verlierst eine Stunde, sagte er, gut, deine Pläne sind hier und dein Leben ist dort, und du hast Glück, wenn beide zusammenkommen. Was kann man sonst sagen, er glaubte fest, er würde bald nach Amerika fahren, die große Welt berühren und mit einer sicheren Zukunft zurückkommen. Dann kam das Leben, überholte ihn an der Kreuzung und ließ ihn mit einem Kind auf der Intensivstation und einem anderen, chronisch kranken zurück. Er hatte zugeschaut, wie das Leben ihm einen Strich durch die Rechnung machte und gesagt, gut, die Welt ist eine Hure, aber so schnell gebe ich nicht auf.

Er war kein Philosoph. Er war ein einfacher Mann. Im Winter fuhr er einen Linienbus und im Sommer verkaufte er belegte Brötchen. Cheli lag neben ihm, auch sie stellte sich schlafend. Sie brauchte Zeit für sich. Das braucht jeder. Er dachte: Egal ob dir das Bein einschläft, ein Husten in deinem Hals kratzt oder du pinkeln musst, bleib ruhig liegen, damit sie nicht merkt, dass du wach bist. Cheli kannte alle Tricks, sie benutzte sie auch, und so lagen sie nebeneinander wie zwei Steinfiguren. Er war ganz verrückt nach ihr, wenn sie sich schlafend stellte, aber mit diesen dichten Wimpern hatte sie keine Chance. Sie konnte nicht mit den Lidern zucken, ohne dass ein Lufthauch entstand. Einmal hatte er zu ihr gesagt: »Deine Wimpern atmen, Cheli.« Und sie hatte geantwortet: »Ein Glück, dass Anna meine Wimpern geerbt hat, wenigstens etwas.«

Er hatte einmal ein Mädchen, eine gewisse Betty. Nachdem sie zusammen geschlafen hatten, lag er ganz still neben ihr und stellte sich tot, genau wie jetzt. Dabei ging ihm ein Werbeslogan, der auf seinem Bus stand, durch den Kopf, für Fertiggerichte. Er überlegte, wie viel Eged daran verdiente, wie viel die Werbeagentur verdiente und wie viele Packungen verkauft werden müssten, um die Kosten zu decken, und da fragte das Mädchen auf einmal mit der Stimme von Julia Roberts: »Woran denkst du, Süßer?«

»An die Fertiggerichte von Strauss.«

Sie sprang auf. »Was? Das ist nicht dein Ernst, an was hast du gedacht?«

»An Auberginen mit Tchina.«

»Ich fasse es nicht, das ist es, was du jetzt im Kopf hast?« Nun sprach sie wieder mit ihrer eigenen Stimme.

»Ich bin kein Filmheld«, sagte er. »Die Gedanken kommen in meinen Kopf, wie sie wollen, nicht wie ein Regisseur sich das wünscht, es können Auberginen sein oder der Bus oder dein hübscher Hintern. Was kommt, ist willkommen.«

»Ich glaub's nicht, vor einer Minute hast du gekriegt, was

du wolltest, und jetzt denkst du an so was? Die Männer sind doch alle gleich. Tiere, das seid ihr.« Als sie das Wort »Tiere« aussprach, hatte sie schon ihre Bluse an, und bei »das seid ihr«, den Rock. In die Schuhe und die Jacke schlüpfte sie im Treppenhaus. Sie wollte Liebe und leidenschaftliche Auseinandersetzungen wie im Kino, aber er stammte nicht aus einem Film, er lebte. Ihre Absätze klapperten im Treppenhaus, und als er sie auf der Straße hörte, dachte er an die Reklame für Fertiggerichte auf seinem Bus der Linie 18, der zum Krankenhaus Hadassa fuhr, und an die auf dem Bus der Linie 38, die zur Klagemauer fuhr. Betty sah er nie wieder.

Er hatte sich keinen Millimeter bewegt, seit sie ins Bett gegangen waren. Auch Cheli hatte sich nicht bewegt, man könnte glauben, ein Bildhauer habe ihr die eine Hand in den Nacken und die zweite auf den Bauch gelegt. Er hatte Lust, ihr Ohr zu küssen, sie hatte perfekte Ohren, wie Zimtkekse, die wie eine Acht geformt sind. Oder ihren Hals. Wo war er jetzt und wo war der Hals der dicken Tehila? Sie hatte einen unglaublichen Hals, diese Tehila, extra large, wie alles an ihr. Er hat schon viele Frauen gesehen, aber noch nie so runde Knie wie Tehilas. Teigig, fleischig und knochenlos, wie die weißen Brötchen, die sie am Schabbat verkaufen. Wie sollte man das verstehen, er hatte eine Frau wie Cheli, sie genügte ihm in jeder Hinsicht, und trotzdem flitzten seine Augen nach rechts und nach links. Sie war keine Schönheitskönigin, diese Dicke, wirklich nicht, was einen umwarf, war ihr Blick, ein Blick, vor dem sich das Leben verbeugte und einen Schritt zur Seite trat, als wollte es sagen, ist schon gut, Süße, du hast Vorfahrt. Saß am Wasser wie eine Königin, unberührbar, als hätte sie mit dem Leben einen Vertrag abgeschlossen. Heute Nacht hätte er alles von ihr haben können, aber er hatte sie nicht mal mit dem Fingernagel berührt. Nur in seiner Phantasie hatte er sich gefragt, wie es wohl wäre, mit einer Frau zusammen zu sein, die die Welt in den Händen hält und vor nichts Angst hat. Wenn sie mit dir zusammen war, war sie mit dir zusammen, sonst nichts, vom Anfang bis zum Ende. Nichts kümmerte sie, kein beschädigtes Gehirn, keine defekte Motorik, kein mieses Auskommen, nichts. Nicht weil sie es nicht kannte, sondern weil es sie nie betreffen würde. Es gab Menschen, denen man ansah, dass sie Glück hatten. Auf hundert- oder zweihunderttausend Geburten gab es eine Person, der das Leben nichts antun würde. Mit der Vaseline des Glücks eingerieben. Eine Person, die überall glatt durchrutscht. Die anderen bekamen von Anfang an Prügel, einen Blechschaden, eine defekte Felge, einen kaputten Scheinwerfer, eine Beule im Fahrgestell. Man reparierte da und übermalte dort, man schleppte sich ein Jahr weiter, dann noch eins, bis zum Totalschaden. Drei Kinder hatten er und Cheli, und keines war mit der Vaseline des Glücks eingerieben. Noch nicht einmal Naomi, die eine superschöne Frau sein würde. Woher er das wusste? Er spürte das Leben, wie man Fieber spürt, wenn man jemandem die Hand auf die Stirn legt. Deshalb hatten sie Naomi zu Sara in die Siedlung geschickt. Nicht dass das Leben dort keine Schläge verteilte, aber dort beschäftigten sich Mädchen in ihrem Alter mit Gott und mit der Regierung und nicht mit ihrem Bauchnabel. Cheli war wach. Kein Stück seines Körpers berührte den ihren, trotzdem spürte er, dass sie unruhig war. Es wäre schön, wenn sie jetzt von einer Filmszene träumte, oder vom Leben anderer, aber ihre Gedanken waren hier. Wenn es regnete, sah sie den Regen und dachte nicht daran, dass später wieder die Sonne scheinen würde. Sie sah, dass Anna nicht sprach, und sagte: »Mike, dieses Kind sagt kein Wort, irgendetwas frisst sie von innen her auf.« Er sagte: »Geduld, Cheli, es ist erst vier Wochen her, dass der Kopf ihres Bruders zertrümmert wurde. Die Seele des Mädchens zermalmt alles gründlich, bevor sie es runterschluckt.« Aber Cheli hatte keine Geduld, auf das Weinen zu warten, sie wollte es jetzt. Das Mädchen schwieg, ihre Tür war geschlossen. Cheli wollte sie zum Arzt bringen, damit er die Tür öffnete. Er hatte gesagt: »Lass das Leben tun, was es zu tun hat, es ist der beste Arzt der Welt.« Aber Cheli meinte, wenn man etwas in sich habe, das einen lähme, müsse man es herauskotzen. Er hingegen glaubte, man müsse es zerkauen, schlucken und den Abfall rausscheißen. Wie willst du das Leben bekämpfen, dachte er, wenn dein Blut die Scheiße nicht kennt und keine Antikörper bilden kann. Seit sie im Bett lagen, hatten sie nichts von Anna gehört, kein Husten, kein Knarren des Bettgestells, kein Knacken ihrer Knie, nichts. Vielleicht stellte sie sich auch schlafend, drüben im Kinderzimmer, auf der anderen Seite der Stoffwand, die sie aufgehängt hatten. Das Bett ihres Bruders war leer, das Bett ihrer Schwester war leer, sie war allein. Mike dachte an sie und fühlte sich schwach wie nach einem Fastentag, dabei war er ein kräftiger Mann, muskulös, er trug die Kästen mit Coca Cola, als wären es Streichholzschachteln, aber wenn es um sie ging, schaffte er es nicht, auch nur ein Gramm der tonnenschweren Gewichte zu bewegen, die ihr aufs Herz drückten. Ihr Herz war ein verschlossener Raum, ohne Tür und ohne Schlüssel. Er umkreiste es, versuchte einen Zugang zu finden, aber sie war wie ein Hase mit angezogenen Beinen: Wenn du ihn berührst, rennt er davon. Sie sah es und wusste, dass es ihm wehtat, wenn er helfen wollte und wie ein Holzklotz dastand und nicht wusste, was er tun sollte. Wenn sie könnte, würde sie ihm erlauben, ihr zu helfen, aber auch sie wusste nicht, wie das möglich wäre. Einmal wollte sie einem Gast griechischen Salat servieren, da gerieten ihre Beine durcheinander, sie bewegte sich nach vorn und nach hinten, versuchte den Salat, ihre Wirbelsäule und den Ruf der Imbissbude hochzuhalten und verlor an allen Fronten. Sie stürzte, der Teller zerbrach, die Hose des Gastes war mit Olivenöl bespritzt und ein Würfel Schafskäse steckte zwischen seinen Zehen. Der Gast schlug mit der Faust auf den Tisch. »Wenn ihr kein Geld für einen Kellner habt, dürft ihr keinen Imbiss betreiben. Ein hinkendes Mädchen! Die Reinigung meiner Hose müsst ihr bezahlen.« Er nahm den Käsewürfel von seinen Zehen und warf ihn weg, wie man einen Stein wirft, schob den Tisch zur Seite und zählte die Flecken auf seiner Hose. Dann sagte er: »Geht doch zur Hölle!«, und verschwand. Er, Mike, half Anna aufzustehen. Ihr Körper war schwer, obwohl sie nur aus Haut und Knochen besteht. Er sagte: »Ein Stück Dreck, atomarer Supergau, das Ende der Welt. Nur weil seine Hose was abgekriegt hat.« Aber Anna war klug, sie wusste, er sagte das nur, um sie abzulenken, um aus ihrem Sturz keine Affäre zu machen. Sie spürte, mit welcher Zärtlichkeit er ihre Schultern hielt und ihr die Haare aus den Augen strich. Er tat, als würden ihm der schmutzige Fußboden, der zerbrochene Teller, die herumliegenden Oliven nichts ausmachen. »Vater, ich habe zweiunddreißig Schekel, reicht das, um die Hose zu reinigen?«

Nun, da er sich daran erinnerte, würde er am liebsten aufstehen und sie anschauen, aber wenn er aufstand, würde Cheli anfangen zu reden. Und wenn Cheli bis jetzt schwieg, war es ein Zeichen dafür, dass ihr die Stille gefiel. Wie kompliziert war es doch mit den Menschen, denen man verbunden war. Verbunden, es gab kein Wort, das besser passte. Zog man an einem Faden, spannten sich die anderen, und alle waren miteinander verbunden, und jeder hob den Kopf und fragte, was los sei. Du kannst noch nicht mal aufs Klo gehen, dachte er, ohne dass dich jemand fragt, wie spät es ist, wo du hingehst, ob du schon geschlafen hast oder noch nicht, aber du hast jetzt keine Lust auf Fragen und Antworten, du willst nur kurz deine Tochter ansehen, ohne warum und wieso. Du weißt selbst nicht, warum du sie jetzt unbedingt sehen musst. Sie ist kein Baby, sie wird nicht im Schlaf ersticken, sie wird nicht am plötzlichen Kindstod sterben. Aber du musst jetzt nachschauen. Du machst dir die ganze Zeit Sorgen und brauchst den Beweis, dass vorläufig alles in Ordnung ist.

Ausgerechnet an jenem Tag, als der Junge stürzte, waren sie so entspannt, er und Cheli, und hatten nichts kontrolliert. Sie arbeiteten in der Küche, er hackte Koriander, Cheli briet Auberginen, die Kinder spielten auf dem schmalen Streifen zwischen Imbiss und Meer, was hätte schon auf so einer kleinen Sandfläche passieren sollen. Da fuhren keine Autos, es gab keine Haie, keine Bomben, sogar ein Erdbeben würde sie im schlimmsten Fall in den Sand werfen. Wenn man zu denen gehörte, die sich nicht für die atomare Aufrüstung im Iran oder für die Wahl in den palästinensischen Autonomiegebieten oder für den Wasserstand des Sees Genezareth interessierten, dann gab es nichts, was einen daran hindern könnte, Koriander zu schneiden, als würde man Diamanten schleifen, seiner Frau einen Kuss auf den Hals zu geben und ihre Bodylotion zu riechen, die sich mit dem Geruch der Auberginen mischte, die sie gerade briet. Mike hatte sich umgesehen und gesagt, unberufen, alles ist under control. Dann dauerte es einen Moment, bis er begriff, dass die Schreie vom Steg direkt auf ihn zukamen. Auf einmal war sein Hals trocken, er hatte keinen Tropfen Spucke mehr. Er suchte nach den Kindern, aber sie waren nicht auf dem Sandstreifen zwischen der Imbissbude und dem Meer. Er rannte los, wie aus einer Kanone geschossen, bis er ein Kind sah, dass auf dem Zementboden des Stegs lag, mit ausgebreiteten Armen, wie ein totes Huhn, wie in dem Spiel »Wer kommt zu Papa«. Die Sonne ging im Meer unter und er sah nichts mehr. Die vier Wochen kamen ihm vor wie vierzig Jahre.

Als er jetzt über diese Zeit nachdachte, erschrak er darüber, wie alt er geworden war, wie schwer sich seine Arme anfühlten, die er jeden Tag auf das Gitter des kleinen Krankenhausbettes legte. Er hatte schon blaue Flecken unter den Ellenbogen, seine Lider waren geschwollen, weil er die ganze Zeit das Kind beobachtete. Auch sein Kopf funktionierte nicht mehr wie er sollte. Die große Krankenschwester, die ihm zuzwinkerte, bewirkte nichts bei ihm, auch nicht die schöne Ärztin, die vorsichtig das Hemd des Jungen aufknöpfte und mit ihren Händen die Muschel des Stethoskops wärmte, bevor sie sie auf seine Brust legte. Umso unverständlicher war es, warum diese Tehila, wenn sie zum Strand kam und ihre Tunika hochzog, den alten Mike erweckte, den Mann, der noch immer etwas für Flirts übrighatte.

Sie hatte eines Tages gefragt: »Kann ich einen Stuhl nehmen?« Dabei hielt sie bereits einen der Plastikstühle in der Hand, als gäbe es kein nein.

Er sagte: »Für dich ist es kostenlos.« Er hätte gesagt, für dich, Süße, aber Anna stand neben ihm und Cheli schaute von der Terrasse aus zu ihnen herüber.

Die Frau lachte, hielt mit der einen Hand den Stuhl, mit der anderen ihren Rock und sagte: »Sei gesund, Süßer.«

Cheli sagte: »Er ist gesund, er ist nicht krank.« Anna stand auf dem Schatten der Frau, mit gespreizten Beinen, um ihr Gleichgewicht zu halten. Sie hatte keine Kraft mehr, sie setzte sich in den Sand und starrte die Frau wie hypnotisiert an.

Als sie sich abends zum Essen setzten, sagte sie: »Diese Dicke sitzt auf unseren Stühlen und bezahlt nichts.«

Cheli nagte an einem Hühnerflügel und antwortete: »Es kostet uns doch nichts. Soll sie doch ihren Spaß haben, warum auch nicht, soll sie sich hinsetzen. Übrigens, Mike, wir müssen Eier bestellen und das Öl ist auch fast alle.«

Anna schwieg, nachdem sie diesen Versuchsballon hatte aufsteigen lassen. Sie wollte doch nur wissen, ob der Dicken von der angespannten Cheli eine Gefahr drohte. Sie hoffte, sie würde auch morgen und übermorgen kommen, damit sie sich zu ihr setzen und sie anschauen könnte. Ein fairer Preis für einen Stuhl. Ehrlich gesagt, auch er interessierte sich für Chelis Stimmung, auch er hatte für einen Moment aufgehört zu kauen, und erst, als Cheli sagte, warum auch nicht, brach er das Brot und verschluckte ein Stück, das so groß war wie eine Banane.

Aber Cheli war nicht von gestern, sie wusste, dass sie auf die Probe gestellt wurde und hatte sich überlegt, was sie antworten wollte. Das war nicht zu ändern, die Menschen, die einem am nächsten standen, trieben den größten Handel mit Wörtern. Sie sagten etwas und man musste ergründen, was sich dahinter verbarg. Cheli war spezialisiert darauf, Verborgenes hinter und unter den Wörtern zu finden.

Die Frau kam auch am nächsten Tag, nahm einen Stuhl, warf ihm einen Blick und ein Lächeln zu, das bedeutete, darf ich, oder darf ich nicht? Er nickte ihr zu. Anna stand dabei und sah ihr zu, wie sie die Stuhlbeine in den Sand steckte und ein Badetuch ausbreitete, auf dem eine nackte Frau zu sehen war. Sie nahm einen Hut aus ihrem Korb, dann die Sonnenbrille, zog sich die roten Lippen nach und warf ihre Flipflops von den Füßen. Ihre Tunika rutschte bis ganz nach oben.

Anna hatte keine Kraft mehr, sie setzte sich in den Sand

und schaute dem Leben zu, das zu geizig gewesen war, ihr einen kleinen Tropfen Sauerstoff zu gönnen, und dieser Frau alles im Überfluss gegeben hatte, ohne dass sie etwas dafür bezahlen musste. Und er war ein Idiot, der ebenso gut wie seine Tochter sah, wie unfair das Leben war, und zugleich auf die Beine der Frau starrte, die er nicht einmal kannte.

Er sollte jetzt aufstehen und nach Anna schauen. Aber er blieb liegen, Arme und Beine ausgestreckt. Lang und gerade lag er auf dem Bett.

Die Frau bot Anna Erdbeeren an, aber Anna hörte nichts, nahm nichts, antwortete nicht, sie blieb nur wie hypnotisiert sitzen, als wäre sie im Kino. Der junge Mann kam und küsste die Hauptdarstellerin auf den Mund. Anna zog den Kopf zwischen die Schultern und schaute zu. Dann kam noch ein Mann, blieb bei der Schauspielerin stehen, rollte eine ihrer Locken über den Finger. Auch ihn lachte sie an und ihre Lippen glühten, als hätte sie ein Stück von der Sonne verschluckt.

Mike war heiß, er wollte aufstehen und Wasser trinken, die Arme bewegen, er sagte »Fuck«, Lippen und Beine hatte er im Kopf, und es waren keine zwanzig Stunden her, dass der Arzt gesagt hatte, es sei noch nicht alles verloren mit dem Jungen. Die schöne Ärztin schob ihre zarte, weiße Hand in die Haare des Jungen, als würde sie ihn kämmen. Er stand neben seinem Sohn und weinte. In den Augen hatte er nur zwei Tränen, aber innerlich floss alles aus ihm heraus wie aus einem Wasserhahn. Er behandelte die Worte des Arztes vorsichtig, als wären sie etwas Zerbrechliches, setzte sie auf die Stufen am Eingang seines Gehirns und sagte, sie sollten draußen warten. Er wollte sie nicht hereinlassen, bevor er den Beweis hatte, dass wirklich nicht alles verloren war. Ein Lächeln des Jungen. Wenn er wenigstens einmal »Vater« sagen würde. Einmal weinen.

Der Arzt sagte: »Der Bluterguss hat sich aufgelöst, die Schädigung scheint geringer zu sein, als es ausgesehen hat.« Und er, Mike, konnte sich nicht beherrschen, er packte den Arzt am Ärmel: »Was hat das zu bedeuten, Doktor, bitte, was bedeutet das?«

Der Arzt sagte: »Wir müssen geduldig sein und warten.« Und geduldig wartete er, dass Mike seinen Ärmel wieder losließ. Die schöne Ärztin sagte: »Die Zeit wird es zeigen.« Ausgerechnet in diesem Moment explodierte er und schrie sie an: »Was bringt es mir, dass die Zeit es zeigt, ich will, dass mein Sohn es zeigt. Eure Sprüche sind so abgelegen, wie eine Penthousewohnung. Kommt doch runter, sprecht mit uns im Erdgeschoss. Wird er wieder auf seinen eigenen Beinen stehen oder nicht? Was die Zeit zeigen wird, will ich nicht wissen, ihr sollt mir jetzt sagen, was los ist. Dafür werdet ihr doch bezahlt.« Die schöne Ärztin kämmte weiter die Haare des Jungen, aber ernster als vorher, als wolle sie sagen, der Arme, er hat nicht nur eine schwere Kopfverletzung, sondern auch einen verrückten Vater. Mike hätte ihr am liebsten auf die Finger geschlagen und ihr gesagt, sie solle sich gefälligst um das Gehirn seines Sohnes kümmern: »Die Haare können Sie uns überlassen, Haare sind nicht neurologisch, sie gehören nicht zu Ihrem Job, die Haare gehören dem Jungen, und er gehört uns.« Er war wütend auf die Ärztin, er war wütend auf sich selbst, und vor allem schämte er sich. Abwarten, nur ein Wort und er war in die Luft gegangen. »Entschuldigung, es tut mir leid«, sagte er, und die Ärztin sagte: »Ist schon in Ordnung.« Der Arzt zog seinen Arm zurück, schüttelte ihn, zupfte den Ärmel gerade und gab der Ärztin das Zeichen zum Gehen. Sie verließen das Zimmer. Er blieb allein mit Tom, fuhr ihm mit der Hand durch die Haare, wie zuvor die Ärztin, kämmte ihn, und der Junge zitterte. Er rief die Ärzte nicht, um ihnen das Wunder dieser Regung zu zeigen, weil er nicht wusste, ob sie von dem Jungen ausging oder von seinen Fingern. Er rief: »Tom, Tom, ich bin's, dein Vater, Tom, Tom.« Die Mutter eines Kindes mit einem geschwollenen Kopf sagte: »Entschuldigung, Sie sind hier nicht allein, geht es vielleicht auch leiser?« Er nickte, »ja, geht in Ordnung«, und flüsterte: »Tom, Tom ...« Cheli hatte gewollt, dass sie ihm den zusätzlichen Namen Chajim gaben. Er glaubt nicht an so etwas, nur Cheli zuliebe hatte er es geschehen lassen. Beim Schicksal gab es keinen Hokuspokus. Warum sollte sich, wenn sie ihn Chajim nannten, irgendwer im Himmel seiner annehmen? Warum jetzt und nicht vorher, in den Moment, als sein Schädel zerbrach? In Saras Siedlung beteten sie in der Synagoge für den Jungen. Er hatte gesagt: »Sagt, was ihr wollt, von mir aus auch Abrakadabra, ich glaube an nichts. Punkt.« Cheli war wütend auf Gott, er nicht. Es gab keinen Gott und keine Wut. Wenn es Gott gäbe, würden Kinder nicht so leiden müssen wie jene schwerkranken, die neben Tom lagen. Gott gab es nicht. *Mafisch, nada*. Punkt. Was gab es dann? Das Leben, dachte er, und du weißt nicht, wo es angefangen hat und wohin es gehen wird, in diesem Leben hat jeder sein eigenes Schicksal. Ein Huhn genau wie ein Mensch. Das eine Huhn hat das Glück, im Hof herumzulaufen und sich mit einem Hahn zu paaren, der Kikeriki schreit, und das andere erstickt zusammen mit fünfhundert anderen in einem engen Käfig auf dem Weg zur Fleischfabrik.

Anna glaubte, der Name *Chajim* funktionierte wie ein Antibiotikum. Mit riesengroßen Buchstaben hatte sie den Namen *Chajim* in den Sand geschrieben. Hätte man ihr gesagt, er würde davon gesund, hätte sie auch Domestos getrunken. Wenn über ihn gesprochen wurde, erstarrte sie wie ein Hase vor dem Jäger. Abends saß sie auf den Stufen der Terrasse und wartete darauf, dass sie vom Krankenhaus zurückkämen und berichteten, was es Neues gab. Als sie hörte, dass nicht alles verloren sei, wurde sie grün wie Broccoli. »Echt, ich falle gleich tot um, schwöre, dass es stimmt, Vater.« Sie sprang von der Terrasse und lief mit ihren erbarmungswürdigen Zickzackbewegungen zum Meer und schaute über das Wasser, als erwarte sie von ihm den Beweis, und dann kam sie zurück, mit Spuren ihrer salzigen Tränen auf den Wangen. Cheli ließ die Kasse los, schaute Anna an und ihr Unterkiefer sackte herunter. »Das Kind ist fix und fertig, Mike«, sagte sie. Und er sagte: »Im Gegenteil, endlich kommt das Weinen, auf das du so gewartet hast.«

Seither waren etliche Stunden vergangen. Cheli war wach, genau wie er, sie täuschte ihn, wie er sie täuschte, sie wollte den Arm herausziehen, der unter ihrem Nacken eingeschlafen war. Langsam zog sie ihn heraus, befreite ihn einen Millimeter nach dem anderen. Wie viel Energie musste der Mensch zum Täuschen aufbringen, nur um eine Weile seine Ruhe zu haben. Er klemmte auf dem Laken fest wie eine Wäscheklammer und hätte gerne gesagt, wen willst du hier reinlegen, du kleine Gaunerin. Er wollte sie gern an einer bestimmten Stelle küssen, aber woher sollte er wissen, ob sie das auch wollte. Dann war eine Lüge um des lieben Friedens willen besser. Es ist besser, dich schlafend zu stellen, dachte er, trotz des Rülpsers, der in deinem Hals steckt, trotz des Urins, der dich drückt. So oder so, du bist nie für dich allein. Du gehörst zu einer Familie, und in einer Familie ist jeder mit der Seele des anderen verknotet, im Guten wie im Bösen. Als Cheli in deinen Bus stieg und du dich vorbeugtest, um ihr eine Wimper aus dem Auge zu holen, hast du sie in deine Seele aufgenommen und mit dem Alleinsein war's vorbei. Seitdem trägst du eine Last. Dann kamen die Kinder, die du mit ihr gezeugt hast, und die Last wurde schwer. Na und, kannst du sie am Busbahnhof stehen lassen und weggehen, als würdest du von nirgendwoher kommen? Ach was. Du willst es ja auch gar nicht. Du liebst sie. Du liebst auch deine Kinder. Du möchtest nur ein kleines bisschen Zeit für dich haben, aber du weißt, dass das nicht geht. Auch wenn man dir das Gehirn rausreißt und dich mit einem leeren Schädel zurücklässt, bleibt deine Familie in deinem Kopf hängen.

Dennoch hatte er nicht zweimal nachgedacht, als die Frau zu ihm sagte: »Ich komme heute Nacht hierher, es wäre nett, wenn du auch kommst.«

»Ich komme«, antwortete er ohne zu überlegen, sein Gehirn war leer. Später dachte er darüber nach und freute sich, dass er so geantwortet hatte. Er war so ausgelaugt, die Bemerkung des Arztes hatte alles aus ihm herausgezogen, die ganze Hoffnung, die ganze Verzweiflung, alle Flüche und Worte der Angst, hatte alles durcheinandergewirbelt und in einem zerknitterten, ausgewrungenen Haufen zurückgelassen. In diesem Zustand hatte ihn die Dicke getroffen, als er vom Krankenhaus zurückkam, müde, erledigt, ein alter Mann von hundert Jahren. Ihr Mund war eine schwarz-rote Pflaume und ihr Körper war eine weiche Düne, weckte die Lust zu schreien, auf das Leben, auf den Tod, und sich auf sie zu stürzen, zu rollen und zu fallen, egal wie. Er sagte: »Ich werde kommen.« Er fragte noch nicht einmal nach dem Ort und der Zeit. Er erzählte Cheli nichts, was gab es schon zu erzählen. Als sie die Imbissbude schlossen und Edisso auf sein Fahrrad stieg, um nach Hause zu fahren, war es bereits vollkommen dunkel. Er zog die Hose und das Hemd mit Kragen aus, das er für seine Besuche im Krankenhaus trug, zog die federleichte türkische Hose an und ging dann zum Steg. Kein Hemd, kein Unterhemd, keine Sandalen, keine Schuhe. Wenn er gekonnt hätte, hätte er auch seine Haut ausgezogen und sie in der Baracke liegen gelassen. Wenn er gekonnt hätte, hätte er sich die Haare von Kopf, Brust und Händen rasiert und hätte sich die Wimpern und die Fingernägel bis zum Fleisch hinuntergeschnitten und wäre aus sich herausgesprungen. Aber er bewegte sich so schwerfällig auf den Steg zu wie ein Bus die Hänge hinauf nach Jerusalem. Sie war nicht dort. Er bedauerte es nicht und er freute sich auch nicht. Dann eben nicht. Er legte seine nackten Arme auf das kalte Geländer und betrachtete das Meer, dieses trügerische Meer, an dessen anderem Ufer Amerika lag. Er sah einen Mond mitten im Meer und noch einen mitten am Himmel, und die beiden schauten einander an. Das Geländer kühlte seine Ellenbogen und seine Arme und die Kälte stieg bis zu seinen Schultern und in sein Gesicht. Er dachte: Verdammt sollen die Steine sein, über die Toms kleine Füße zum letzten Mal gelaufen sind. Das letzte, was er gespürt hatte, waren die Kanten der Platten unter seinen Füßen. Es gab keine Zeugen, hier hatte man ihn gefunden, unter dem Geländer, und die Untersuchung ergab, dass er aus ungefähr einem Meter Höhe herabgestürzt war. Bestimmt war er auf dem Geländer herumgeturnt, denn solch ein Aufprall ist das Ergebnis von Höhe plus Geschwindigkeit. Er, Mike, verstand nicht viel von Physik. Er verstand viel von Tom. Er betrachtete die Stücke des Mondes, die auf dem Wasser tanzten, atmete den Geruch von Salz und verrottetem Holz alter Schiffe. Er wurde nass vom Dunst und begann zu pfeifen: Fliege, Küken, zerschneide den Himmel. Wer braucht ein Küken, das fliegen kann, es wäre schon schön, wenn es laufen könnte. Ein gelber Stern zitterte über einem fernen Schiff und er überlegte, welche Sorgen die Matrosen wohl hatten, außer den ganz gewöhnlichen, finanziellen. Ob es auf dem Schiff

Mädchen gab? Er folgte dem Licht, das Richtung Norden wanderte, und dann, plötzlich, erlosch alles, er wurde blind. Etwas Warmes und Weiches legte sich über seine Augen, drückte sie zu und es wurde dunkel.

Sie kicherte: »Du wartest und wartest, und wer kommt nicht?«

Ihr Lachen floss direkt in sein Ohr, diese große Frau atmete nur fünf Zentimeter von seinem Nacken entfernt. Ihr Parfüm roch nach Pfirsich.

Sie nahm ihre Hände von seinen Augen, trat zurück und das Licht des Mondes spiegelte sich in ihren Zähnen. Sie haut einen um mit ihrer Frechheit, dachte er, und mit ihrer Schönheit auch.

»Ich habe nicht gewartet. Ich dachte, wenn du kommst, dann bist du da, wenn du nicht kommst, dann eben nicht.«

Sie trug eine weite, weiße Tunika mit einem großen Ausschnitt, der Stoff war durchsichtig, im Mondlicht sah er, wie groß ihre nackten Brüste darunter waren.

»Lügner. Du hast gewartet, wie du noch nie gewartet hast. Schau, was ich uns mitgebracht habe.« Sie nahm eine Flasche Wein und Plastikbecher aus ihrem Korb. »Was ist los mit dir? Du siehst aus wie betäubt. Weißt du, was mein Freund über mich sagt? ›So viel Frau in einer einzigen.‹«

Sie hatte recht. Sie besaß mehr, als ein Mann jemals nehmen konnte.

Erst jetzt, als er wieder neben Cheli lag und wie ein Küken atmete, verstand er, dass diese Frau ihm genau das gegeben hatte, was er brauchte. Sie stürzte sich auf ihn wie ein Staubsauger und leerte seinen Kopf von allem, was darin war. Sie war Theater und Lichtspiel, ein Eilzug, sie bestand aus Scheinwerfern, Lärm und Farben und alles an ihr war groß. (Wenn er sie Cheli beschreiben würde, würde er sagen: Erinnerst du dich an die Hauptfigur von ›Out of

Rosenheim‹? Oder an die dicke Frau aus ›Afula Express‹? So etwa, aber mit viel mehr Pfeffer.)

Sie füllte die Plastikbecher, sagte »Zum Wohl« und leerte den Becher in einem Zug. Er trank nicht.

»Mein Gott, bist du ein Mönch oder was?«

»Was hat denn das mit Gott zu tun, ich kann nur keinen Wein trinken an dem Ort, an dem sich mein Sohn den Kopf zertrümmert hat.«

»Was soll das heißen, was hat das mit Gott zu tun?« Sie lachte und schob ihr Gesicht näher zu seinem. »Sag, hast du etwas gesehen, was nicht Gott gehört? Okay, lass uns von hier weggehen. Was, du trinkst nicht? Klar trinkst du. Als ich dich zum ersten Mal sah, war mir sofort klar, dass du die andere Seite meiner Münze bist. Sosehr ich eine Frau bin, sosehr bist du ein Mann.«

Widerstandslos ließ er sich von diesem Kompliment verführen, begleitete sie zum Norden des Stegs und kippte den Wein in seine Kehle.

»Ich habe nicht vor, mit dir zu schlafen«, sagte er und trank noch einen weiteren Becher Wein. Der Wein vertrieb sein Schamgefühl. Er stand ihr gegenüber und sein Körper war nur noch Augen, die sie musterten. Er dachte, wirklich, Mike, du tust, als hättest du noch nie im Leben eine Frau gesehen. Die Wahrheit ist allerdings, dass man ein solches Naturphänomen nicht alle Tage beobachten kann. Manchmal das ganze Leben nicht. Tsunami, Tornado, Wolkenbruch.

»Kein Problem. Ich habe nicht damit gerechnet. Was das angeht, bin ich in keiner Notlage. Wenn ich will, habe ich so viele Männer wie Haare auf dem Kopf. Hand aufs Herz, du hast doch auch so viele Frauen, wie du willst. Das sieht man schon aus einem Kilometer Entfernung. Soll ich dir was sagen? Ich glaube dir nicht. Warum bist du gekommen, wenn nicht deshalb?«

»Ich gehe jede Nacht zum Steg«, log er und betrachtete sie fasziniert. Die große Tunika glitt herunter bis zu den Ellenbogen. Ihre Schultern waren nackt, rund, gesund und glänzten, als hätte man sie mit Milch poliert.

Sie trank, ohne nachzudenken, erzählte ihm, dass sie male, dass sie einen Kerl aus Südamerika habe, und sagte, das Leben sei alles in allem großartig, man müsse es nur richtig sehen. Schade, dass die Menschen um das Leben herumschlichen, als wäre es ein dampfender Topf, und nicht den Mut aufbrachten, die Hand hineinzustecken. »Aber du und ich, wir haben den Mut. Ich habe dich schon aus einem Kilometer Entfernung erkannt. Und soweit ich gesehen habe, steckt auch deine Frau die Hände ins Leben. Schade um alle, die sich mit Politik beschäftigen. Besetzte Gebiete ja oder nein, Gaza ja oder nein, sie wissen nicht, wohin mit ihren Energien. Würden sie sich mit der Liebe beschäftigen, würde sich das Problem mit den besetzten Gebieten ganz von allein lösen.« Dann sagte sie: »Ich bin keine gebildete Frau. Wirklich nicht. Man hat mich aus jeder Schule, die ich besuchte, gleich wieder rausgeworfen, weil ich zu viel vom Leben wusste und zu wenig von Geschichte und Mathematik. In Wahrheit haben mich die Lehrer beneidet, sie haben begriffen, dass ich ein wundervolles Leben haben würde, mit oder ohne ihren Unterricht. Sie haben meine Eltern genervt und mich schließlich rausgeworfen, und ich wanderte von einer Schule zur anderen. Die Lehrerinnen waren vollkommen vertrocknet, Strommasten waren weicher als sie. Sie zählten, wie viele Knöpfe an meiner Bluse offen waren, und meine Titten machten sie verrückt. ›Warum knöpfst du deine Bluse nicht zu? Die Knöpfe gehen auf? Nimm eine Sicherheitsnadel. Kauf dir eine größere Bluse. Mach eine Diät.‹ Sie beneideten mich. Auch eine Lehrerin möchte vor allem eine Frau sein. Sie wird nur Lehrerin, wenn sie keine andere Wahl hat. Meine Eltern waren natürlich ebenfalls dafür, dass die Knöpfe geschlossen blieben und dass meine Lippen so weiß waren wie die einer Leiche. Sie sagten, so will es Gott. Ich bin sicher, dass er gerade das Gegenteil will, schließlich hat er Eva nackt erschaffen. Wenn diese dumme Frau den Apfel nicht gegessen hätte oder was es auch war, würden wir alle nackt herumlaufen, und die Welt wäre ein großartiger Ort.«

Er hörte zu und auch wieder nicht. Sie sprach ohne Unterbrechung, leicht betrunken, ihre Augen leuchteten, die Strahlen des Monds fielen in ihren Ausschnitt. Er schob seine Hand tief in ihr Kleid und suchte eine Stelle, um an ihr zu spielen.

Sie sagte: »Ich weiß, dass du jedes Wort unterschreibst, das ich sage, warum sollen wir uns dann nicht etwas Gutes tun?« Sie löste eine Schnur ihrer Tunika, hob ihre Arme und zog den Stoff über den Kopf. Sie war nackt, vollkommen nackt. Einfach so.

Sie lachte. »Ich erlaube dir, das gleiche zu tun.« Sie schüttelte die Locken von den Schultern und er dachte, diese Frau ist ein Ausrutscher der Natur, ein wilder Samen muss so ein Ergebnis hervorgebracht haben. Er ließ die Blicke wandern, seine Augen sollten alles sehen, was sie sehen wollten. Die Luft war feucht und salzig, sein Kopf war leer, leicht, offen, er wollte nichts anderes, als sie anzuschauen und ihr zuzuhören, jedes Wort erzeugte sieben Wörter, zehn, hundert. Er wollte sie nur noch ansehen und ihre Stimme hören, sonst nichts, mehr könnte er nicht aushalten, wenn er sich ihr nur um einen Zentimeter näherte, wäre alles aus.

»Komm schon, lass dich treiben«, sagte sie. Er wollte sich nicht davontreiben lassen, er wollte das, was sich ihm bot, nicht mehr, und auf keinen Fall weniger.

»He, man lebt nur einmal, hat dir das keiner gesagt?« Sie wandte sich zum Meer, tänzelnd wie eine Ballerina, als wöge sie nicht mehr als ein fünfjähriges Kind, und verschwand im ansteigenden Wasser, schwamm zum Mond, der mitten im Meer trieb, und dann sah er sie nicht mehr. Ihr würde nichts passieren, das Glück schwamm neben ihr und siebte alle Unglücksfälle heraus. Das Glück war ein geiler Bock, es wusste, auf welcher Seite die Butter geschmiert war. Und wie sah es bei ihm aus? Ein Schlag auf den Kopf. Mike sagte sich: Wirf die Hose weg und lauf ihr nach, das ist Teil deines Vertrags mit Cheli. Du darfst und sie darf. Das geht nicht gegen Cheli, das geht gegen niemanden, es ist für das Leben, das dich in der letzten Zeit vergessen hat. Er löste die Schnur seiner Hose und zog sie aus. Der Sand war kalt und sein Körper glühte vor Hitze. Das ist es, Mike, sagte er sich, du bist eine Rakete, abgeschossen und auf dem Weg zum Ziel. Mit dem Fuß kickte er die Hose weg und sah, wie das Ziel sich vor ihm im seichten Wasser aufrichtete. Die Urmutter aller Frauen stand im Mondlicht, einen Besenstiel lang von der Küste entfernt, und sah nicht, dass er nichts anhatte und bereit war, denn er stand in der Dunkelheit.

»Deine Tochter vergöttert mich«, rief sie vom Wasser herüber. »Körperliche Größe beeindruckt Kinder.« Getroffen. Er zerbrach in tausend Stücke, als wäre er aus Glas, schnappte seine Hose, zog sie wieder an und zitterte. Wie hatte diese Frau mit ihren zweihundert Kilo es geschafft, seine empfindlichste, anfälligste und verwundbarste Stelle zu treffen? Seine Tochter in ihrem Mund, nichts konnte genauer treffen.

Sie trat heraus, Wassertropfen von ihrem Körper spritzten ihn nass. »Deine Tochter schaut mich an und betet zu Gott, eine solche Zukunft möge sie erwarten. Aber mit so dünnen Beinchen, Gott behüte, was hat sie da schon für eine Chance.«

Er wollte sagen, sie solle den Mund halten, aber er schwieg. Der nasse Körper dieser glücklichen Frau atmete neben ihm, strahlte Gesundheit und Lust aus. Er merkte, wie seine Beine weich wurden, wie er seine Kraft verlor, seine Hochstimmung. Er wandte sich zum Steg. Da waren sie wieder, die Sorgen, und reihten sich hintereinander auf.

»Gott ist in deinem Kopf«, sagte er. »Wie soll Er sie behüten. Zieh dich schon an.« Er hob ihre Tunika auf und warf sie ihr zu. »Mach schon, zieh dich an.«

»Süßer, ich lasse mir von niemandem sagen, was ich zu tun habe, nicht von meinen Eltern, nicht von meinen Lehrern und erst recht von keinem Mann. Auch nicht von dir. Ich bin die Größte.«

Ihr war kalt. Er sah, wie die Haut auf ihren Rundungen zu Schmirgelpapier schrumpfte.

»Mir ist völlig klar, dass du Lust auf mich hast, und trotzdem rührst du mich nicht an. Ich habe keine Ahnung, ob du aus Eisen bist oder ob du vor lauter Angst wie Margarine schmilzt. Glaubst du, Gott gibt dir dafür einen Bonus?«

Gott gab ihm nichts und nahm ihm nichts. Es gab keinen Gott. Punkt. Und er war weder aus Eisen noch aus Margarine, er war aus Blech, er steckte Schläge ein und knickte zusammen. Aber wenn er so eine Frau sah, fing er an zu überlegen, ob es vielleicht doch einen Gott gäbe. Ihre langen, kräftigen Beine waren nass, sie hatten Falten wie ein Baby, das plötzlich erwachsen geworden ist. Einem Mann, der zwischen diese Beine geriet, könnte die Luft ausgehen und er könnte sterben. Aber er konnte es sich jetzt nicht erlauben zu sterben, er hatte eine Tochter mit zu dünnen Beinen, er hatte einen Sohn mit einem zertrümmerten Schädel, er hatte eine Frau mit einem klugen Kopf und mit perfekten

Beinen und in drei Stunden würden die Brötchen und die Milch geliefert.

»Zieh dich an, ich muss gehen.«

»Geh, wenn du musst, aber ich muss nicht, ich kann hier so lange bleiben wie ich Lust habe.«

»Hast du keine Angst?«

»Süßer, dass ich nicht lache. Ich und Angst? Claudio, mein Freund, meint, nicht mal eine Atombombe oder biologische Waffen würden mir auch nur ein Haar auf dem Kopf krümmen, sogar Uran und Bakterien hätten Respekt vor mir. Damit es dir klar ist, alles, was ich fürchte, ist der Tag, an dem dieses Leben zu Ende geht. Claudio hat gesagt: ›Mein Herz, der Tod wird seine Zunge verschlucken, wenn er kommt, um dich zu holen. Bis hierher und nicht weiter, wird er zu Gott sagen. Diese da? Nein, da gehorche ich dir nicht.‹«

Sie zog die Tunika an, ohne sich vorher abzutrocknen. Der durchsichtige Stoff klebte an ihrem nassen Körper und betonte ihre ohnehin unübersehbaren Rundungen noch um das Hundertfache. Wieder wurden seine Beine weich. Er drehte sich zum Meer, damit seine Augen dem weit entfernten gelben, flackernden Licht eines Schiffs oder eines Fischerboots folgen konnten. Was machten Matrosen in der Nacht? Sie lachten. Warum? Weil ihr Leben beschissen war. Seine Anna hörte dem Meer zu und schwor, dass es lachte. Das könnte sein. Nur der, in dessen Leben das Lachen eine Seltenheit war, konnte das Lachen des Meeres hören. Schau dich an, sagte er sich, neben dir steht die Urmutter aller Frauen, du hast nichts an, kein Gott und keine Bekleidung, nur diese weite Hose, die nicht einmal zehn Gramm wiegt, und dein Kopf ist so schwer wie eine Wassermelone, du schaffst es nicht loszulassen. Das ganze Land ist dabei loszulassen, nur du bist gefesselt. Was wäre, wenn du sagen würdest, jetzt bin ich ein Mann, sonst nichts, und es spielt keine Rolle, woher ich komme und wohin ich zurückkehre. Zeig doch den Mike, der aus dem Bauch heraus handelt und seine Zähne ins Leben schlägt und sich gierig Stücke herausreißt. Cheli ist sowieso überzeugt, dass du das machst. Sie wird kein Wort sagen. Sie hat es auch getan und du hast kein Wort gesagt. Mach's doch, Mike, wenn du nach Hause gehst, ohne es getan zu haben, wird dein Kopf nicht aufhören, mit dieser Frau zu tun, was dein Körper versäumt hat. Plötzlich war er wieder wach, der Mike, der seine Zähne ins Leben schlug, er kam ihr so nah, dass er das Salz und den Wein roch und fragte: »Hast du mal eine Ameise lachen gehört?«

Sie schüttelte ihre nassen Locken, fuhr sich mit der Hand durch die Haare, kämmte ihre Locken mit den Fingern und ihre Augen leuchteten. Sie lachte, und alles an ihr lachte mit. »Süßer, mir ist klar, dass auch die Ameisen lachen, ich habe keine Sekunde lang daran gezweifelt, dass du am Ende …«

Er sah, wie ihre Finger Locken drehten, und sofort fielen ihm die zarten Finger der schönen Ärztin ein, die weiße Stirn über dem zarten zerbrochenen Schädel, die feinen Haare und die Milchzähne, die sich durch das Leben gebissen hatten, bis sie einen Schlag bekamen. Das geht nicht, dachte er, nur Mann zu sein und sonst nichts. Jedes Stück, das du von dir abschneidest, ist Mann, Ehemann und Vater, und alles was du in deinem Leben gesehen hast, alle Schläge und Umarmungen, die du bekommen hast, alles, woran du dich erinnerst und was du vergessen hast. Der Mensch ist keine Apotheke, er ist nicht in Schubladen unterteilt. Der Mensch ist ein Teig, in dem alle Zutaten vermengt sind, Wasser, Öl, Salz und Mehl. Nie im Leben wird er die Bestandteile trennen können, um sie in ihren früheren Zustand zurückzuführen.

»Ich gehe.« Seine Augen wanderten wieder zu dem kleinen Licht, das auf einem Schiff weit hinten im Meer flackerte. Er machte die Schnur seiner Hose auf und band sie doppelt fest.

»Nicht zu fassen, wie du in einer Minute hochkommst und in der Nächsten zusammenfällst. Ich habe eine Schwester, eine gerechte Frau, die immer sagt, jedes Hindernis ist für etwas gut. Süßer, aus einem Kilometer Entfernung habe ich dich erfasst, mach dir keinen Druck, lass dir Zeit.«

Sie schüttelte den Kopf und die nassen Locken spritzten Wasser auf seinen Rücken, als er sich umdrehte, um wegzugehen. Sie sammelte ihre Sachen auf und folgte ihm, und er hatte das Gefühl, als flösse das ganze Meer hinter ihm her. Er hatte schon viele Frauen gehabt, aber keine hatte ihn so aus der Fassung gebracht wie diese. Noch nie hatte er sich so angeschlagen gefühlt wie jetzt, da eine Frau neben ihm ging, der das Schicksal eine Lebensversicherung ausgestellt hatte und die die ganze Erdkugel auf der Spitze ihres kleinen Fingers drehte. Er schaute noch einmal zu dem gelben zitternden Licht auf dem Meer und dachte, wie anstrengend das Leben ist. Wie oft hatte er diese Anstrengung schon in den Augen der Menschen gesehen, die in seinen Bus stiegen, Menschen, die von dem, der sie in diese Welt gebracht hatte, vergessen worden waren.

»Du denkst ständig über etwas nach, du biegst in Gedanken Nägel um.« Sie lachte und legte ihre große Hand auf seinen Nacken. »Oh! Wie heiß du bist.« Sie schloss ihre Finger um seinen Hals und öffnete sie wieder. Eine derartige Berührung hätte früher alle Sicherungen bei ihm platzen lassen. Jetzt passierte gar nichts.

»Du bist sensationell, aber glaub mir, ich kann nichts dafür, mein Kopf ist wirklich voller Nägel.«

Sie erreichten den Weg, der vom Strand zur Straße führte.

Er würde zur Imbissbude gehen und sie zu ihrem Claudio oder zu wem auch immer. Er ließ die Hände in den Taschen der weiten Hose stecken und sagte: »Also dann, bye.« Eine Möwe wurde wach, erschrak und flog auf. Die Möwe drehte Kreise über ihrem Kopf, flog tiefer und verhedderte sich in ihren Locken. Sie schrie: »Au«, und der Vogel erschrak, flatterte mit den Flügeln und stieg in die Luft.

»Das Mistvieh hat mir Haare ausgerissen.« Sie wühlte in ihren Haaren und stieg den Weg hinauf, der zur Straße führte.

Cheli saß auf der Terrasse und rauchte. Er sah das Aufglimmen ihrer Zigarette, dann ihren geraden Schatten auf der Stufe. Er verheimlichte nichts vor ihr, erzählte, dass er sich mit der Dicken getroffen hatte, sie aber nicht angefasst hatte. Er sagte, sie sei eine amüsante Frau, das sei alles. Wenn er sich richtig erinnert, war es das, was er ihr erzählte. Nun ja, was hätte er auch sonst erzählen sollen?

Jetzt sehnt er sich danach, Cheli zu umarmen, ihre aufreizenden Ohren zu küssen, aber falls sie eingeschlafen ist, ist es schade sie zu wecken, und wenn sie sich nur schlafend stellt, dann möchte sie jetzt allein sein. Bis zum Tagesanbruch bleibt nicht mehr viel Zeit, in der Bäckerei werden die Brötchen schon in Kartons gepackt und in den Transporter geladen.

Bei Eged beginnt die erste Schicht, Edisso pumpt bestimmt schon Luft in die Reifen seines Fahrrads. Er würde so gerne schlafen. Sogar nach einem Zehn-Minuten-Schlaf wäre er ein neuer Mensch. Er sollte einen Gang zurückschalten, die Gedanken wegschieben, aber warum denkt er jetzt an Edissos Fahrrad?

Kaum dachte er Fahrrad, fielen ihm alle Gelegenheiten

ein, bei denen er geschworen hatte, Anna würde Rad fahren, und wenn sich die Welt auf den Kopf stellt. Wie oft hatte er geschworen, jeden Tag eine Stunde lang mit ihr zu üben, aber nie war etwas daraus geworden. Er hatte zugesehen, wie sie Edissos Fahrrad berührte, und es hatte ihm das Herz zerrissen.

Du bist den Hang von Kiriat Jovel über Katomonim bis Malcha eine Million Mal mit deinem Fahrrad hinuntergerast, dachte er, freihändig, mit ausgebreiteten Armen, den Hintern aus dem Sattel gehoben, das Vorderrad in der Luft, als würdest du ein wildes Pferd reiten. Ahuva, deine Mutter, hat immer gesagt, wenn du dir die Knochen brichst, sammle ich sie nicht für dich auf, so etwas ist nichts für mich. Sie hatte Probleme mit dem Rücken, mit dem Zucker und mit wer weiß was noch allem. Sie warnte dich, dich nicht an einen Umzugswagen zu hängen, weil dann ein Kühlschrank auf dich fallen könnte, nicht neben einem Auto zu fahren, weil dir der Fahrer eine brennende Zigarette ins Ohr werfen könnte. Und ja keinen Zementmischer zu überholen, weil du daran kleben bleiben könntest. Bis heute behauptet sie, wenn man sie in die andere Welt ruft, wird man ihr vorwerfen, dass sie dir ein Fahrrad gekauft hat. Warum keine Enzyklopädie wie für deinen Bruder Gideon? Er ist ein Doktor an der Universität geworden und du nur ein Busfahrer. Gideon weiß, wie sich die Fliegen paaren und wie viele Eier eine Laus durchschnittlich legt, und du weißt nur, wie man Menschen transportiert und ihre Fahrscheine locht. Als sich Gideon in die Speisekarte der Würmer vertiefte, hast du gelernt, wo der Berg sich teilt und die Straße plötzlich steil abfällt, und dein Herz wurde so groß wie ein Flughafen und enthielt das ganze herrliche Leben, das vor dir lag. Er würde alles dafür geben, dass auch Anna einmal den Schwung erleben könnte, wenn sie den Abhang hinunterführe, die Luft zerschnitte und dabei spürte, wie die Erde und all ihre Geschöpfe zur Seite sprängen und ihr Ehre erwiesen.

Wie ihre Augen Edisso jeden Morgen verschlingen, wenn er mit seiner uralten Klapperkiste ankommt, als hätte er den ersten Platz bei einer Rallye gewonnen, als wäre seine alte Schüssel der Rolls Royce der Imbissbude.

»Wenn du magst, kannst du eine Runde drehen«, hatte Edisso einmal zu ihr gesagt.

Sie wurde rot. »Ich darf nicht.«

»Warum ist es verboten?«

»Meine Koordination funktioniert nicht richtig.«

»Deine was?«

»Meine ... also, bei mir funktionieren das Gehirn und die Muskeln nicht synchron.«

»Was heißt das?«

»Hast du nicht gesehen, wie ich laufe?«

»Wie denn?«

»Wie eine Ameise in der Suppe. Schau nur.« Sie ging bis zum Sonnenschirm, demonstrierte, wie ihre Knie aneinanderschlugen, und beide lachten.

»Wie ist das passiert?«

»Die Schnur hat sich um meinen Hals gewickelt und der Sauerstoff hat mein Gehirn nicht erreicht.«

»Eine Schnur um den Hals? Wolltest du dich umbringen?«

»Was redest du da, ich war doch noch gar nicht geboren. Es war die Nabelschnur.«

Sie kratzte Rost von der Lenkstange und fragte, ob er schon mal vom Fahrrad gefallen sei.

»Oft«, sagte er und machte das Rad an einem Pfosten fest. Er lachte: »Hach, eine Ameise in der Suppe.« Er hüpfte über die Stufen und ging in die Küche. Karniel erschrak und sprang zwischen ihre Beine.

»Verdammte Klette«, rief sie. »Dein Hirn wurde auch nicht mit genug Sauerstoff versorgt.« Sie trat mit dem Fuß nach ihm und jagte ihn davon.

Cheli war eingeschlafen, da war er sicher. Ein Mensch, der wach war, machte nicht so lange Atemzüge mit einer Spur von Schnarchen am Ende. Ihre Arme lagen auf der Seite, offen wie die Arme eines satten Babys. Ihr Schlaf verdiente Achtung. Diese Frau arbeitete schwer und beklagte sich nicht. Sie hätte eine bedeutende Person an der Universität werden können, stattdessen verkaufte sie am Strand Sandwichs und jammerte nie. Achtzehn Jahre waren vergangen und sie liebte ihn immer noch wie ein junges Mädchen. Sie konnte plötzlich, während sie Kartoffeln schälte, ihre Hände um seinen Bauch legen und ihn küssen. Damals in der Nacht kam sie vom Boot dieses mageren Fischers, biss ihn ins Ohr und sagte: Mike, du bist der Größte, ich schwöre es.

Der Himmel über dem Loch in der Decke war noch schwarz. Die eine Hälfte der Welt war jetzt dunkel. Bestimmt gab es Millionen Menschen wie ihn, die noch nicht eingeschlafen waren. Sie waren entweder mit einer Frau zusammen oder mit ihren Sorgen, oder ihr Magen war leer. Manche bettelten um etwas mehr, andere jammerten, weil sie zu viel hatten. Es gab genauso viele offene Augen auf der Erde wie Sterne am Himmel, Milliarden von Wimpern bewegten sich in der Dunkelheit auf und ab. Ein Mensch, egal wer er war, fand keine Ruhe. Einer wurde verrückt, weil seine Tochter dünne Beine hatte, ein anderer schleppte alle Probleme des Landes mit sich herum, die besetzten Gebiete, die Trennmauer, die Hamas. Aber alle, ohne Ausnahme, die Obdachlosen und die Huren, der Präsident der Vereinigten

Staaten, der Premierminister und die Zuhälter, die Gefangenen, die Rabbiner, die Schönheitsköniginnen und die geistig Zurückgebliebenen, alle wollten Liebe und waren bereit, jeden Preis dafür zu zahlen.

Nur die Dicke scherte sich um nichts und bekam alles umsonst. Aber er hatte nicht vor, jetzt über sie nachzudenken. Im Gegenteil, mehr als je zuvor sehnte er sich danach, Cheli zu umarmen.

Er hörte ein Rascheln hinter dem Vorhang, der die Ängste der Eltern von den Ängsten der Kinder trennte. Annas Bett quietschte. Ein benutztes Feldbett. Dreihundert Schekel hatten sie für fünf Betten bezahlt, nachdem sie das Quietschen und die verrosteten Federn vom Preis abgezogen hatten. Zwei Betten standen jetzt leer. Ein Kind schlief im Krankenhaus und eines in der Siedlung. Er erinnerte sich an sie und erschrak. Er hatte in den letzten Tagen so selten an sie gedacht, als wäre die Siedlung eine Lebensversicherung und als wäre sie unter Saras Obhut absolut unangreifbar. Diese Sara war auch einmal eine so schöne Frau wie Cheli gewesen, sie sehnte sich nach dem großen Leben … setzte all ihre Karten auf Nachschon und Gott … Der Arzt hatte gesagt, dass noch nicht alles verloren ist, und die schöne Ärztin hatte gesagt, dass …

Ein lauter Aufschrei weckte ihn. Er hätte schwören können, bei allem, was ihm heilig war, dass er gehört hatte, wie Anna schrie: »Halt dich fest, los, halt dich fest, oh Gott …« Vorsichtig stieg er aus dem Bett und ging zu ihr hinüber, um nachzuschauen. Im Loch in der Decke dämmerte es schon. Anna hielt ihre geballten Fäuste vor die Brust, um sich zu verteidigen oder um anzugreifen. Sie redete im Schlaf. »He, halt dich fest.« Ihr Mund öffnete sich zu einem Schrei, dann warf sie sich herum, auf den Bauch, und ihr zweites »He« wurde vom Kissen erstickt.

Er wollte ihre Stirn streicheln, aber seine Hand blieb in der Luft über ihr hängen und kehrte zurück, ohne Anna berührt zu haben.

Und wenn die Welt unterginge, bis zum Ende des Sommers würde sie Radfahren lernen. Er würde ihr am Hang einen solchen Schwung versetzen, dass sie die Luft zerschnitte, sie würde es dem Sauerstoff zeigen, der ihr Leben ruiniert hatte. Er würde ihr ein Fahrrad kaufen, das so viel kostete wie zehn Feldbetten, und wenn er ihr in diesem Sommer nicht beibrachte, dieses beschissene Rad zu beherrschen, wollte er nicht mehr Mike heißen.

Er ging zurück in sein Bett, legte sich hin und schlief auf der Stelle ein.

Viertes Kapitel

Sie würde bald ein Kind bekommen.

Ihre Nummer acht. Jetzt, nachdem sich alle hingelegt hatten, hatte sie Zeit, über das neue Kind nachzudenken. Bei der Nummer acht werden die Gedanken durch die Pflichten verdrängt, und diese sind unendlich. Bei der ersten Schwangerschaft war sie zur Klagemauer gefahren, hatte sich flache Schuhe angeschafft, hatte Feigen zu einem horrenden Preis gekauft, wäre am liebsten aufs Dach gestiegen und hätte allen Menschen verkündet, hört zu, ich bin schwanger. Jetzt war sie zu müde, um sich in sich zurückzuziehen und sich zu fragen, ob sie sich wirklich über diese Schwangerschaft freute oder ob sie sich freute, weil es von ihr erwartet wurde. Auf jeden Fall war sie Gott dankbar, denn auf lange Sicht lohnte es sich. Sie stand kurz davor, einen neuen Menschen auf die Welt zu bringen. Nachschon freute sich. Erstens, weil Kinder Freude bereiten und zweitens, weil sie langfristig eine Antwort auf die Sicherheitslage der Nation sind. Eine militärische Verpflichtung der Gebärmutter. Was du in dir hast, ist so klein wie ein Sesamkorn, dient aber bereits an der demografischen Front Israels.

Naomi sagte: »Meine Mutter hat nur drei Kinder bekommen, ich werde auch nicht viele Kinder haben.«

»Warum?« Hadas sprang auf, schaute sie mit Augen an, die sie von Sara geerbt hatte, und zuckte mit Schultern, die von Nachschon stammten.

Naomi stellte den Ventilator so, dass er ihre Haare aufwirbelte, und sagte, Schwangerschaften würden dick machen und den Körper ruinieren.

»Na und, Kinder sind wichtiger als das Aussehen.« Hadas spannte die Bauchmuskeln an und bemühte sich, ihr Zwerchfell einzuziehen. Sie war einen Monat jünger als Naomi, aber größer. Sie hatte Naomi das orangefarbene T-Shirt mit der Aufschrift »Ein Jude vertreibt keinen Juden« geliehen, aber Naomi war mager, und die beiden Juden auf ihrem Hemd gerieten ineinander, sahen durch die Fülle des Stoffs irgendwie faltig aus. Hadas stand das T-Shirt besser, bei ihr standen die Juden stramm, sie gerieten nicht ineinander und sie verjagten sich nicht gegenseitig.

Naomi war ein schönes Mädchen. Zu schön. Man hatte sie für diesen Sommer bei ihnen untergebracht, weil der Strand zu gefährlich ist für so schöne Mädchen. Hadas war nicht so schön wie sie, aber sie hatte andere gute Eigenschaften. Als die Kinder klein waren, verglichen sie und Cheli das Gewicht der Babys, ihre Größe, die Zahl ihrer Zähne. Hadas war immer früher dran als Naomi. Und sie, Sara, hatte Milch für zehn Babys und Cheli ging bald die Wände hoch. Naomis zahnloser Gaumen hatte ihre Brustwarzen so verletzt, dass der Arzt sagte, sie solle zwei Tage lang nicht Stillen und sich Kräuterkompressen auf die Brustwarzen legen. Sie, Sara, hörte es und war sofort bereit, ihrer Schwester zu helfen. Sie fuhr mit ihrem Baby zu ihnen nach Kiriat Jovel, betrat das kleine Zimmer, entblößte ihre Brust und stillte beide Babys.

Mike stand draußen und fragte: »Und was ist mit mir? Bekommen große Jungen nichts?«

Sie errötete, ihr Gesicht glühte, sie schrie: »Komm ja nicht rein.« Und er sagte: »Meine liebe Schwägerin, glaubst du wirklich, das du mir etwas Neues beibringen kannst?«

Er kam nicht ins Zimmer und sie bedeckte nicht ihre Brüste. Sie hatte keine Ahnung, warum das Gedächtnis solche peinlichen Bagatellen speicherte, als gäbe es nicht genug, woran sie Tag für Tag denken musste. Zwei Tage lang stillte sie die beiden Babys, dann kam Nachschon mit dem gepanzerten Auto des Sicherheitsoffiziers und brachte sie und Hadas zurück in die Siedlung. Am Tor wartete Eljaschiw, ihr Erstgeborener, mit dem Kindermädchen auf sie. Er war ein Jahr alt, ein gut entwickeltes Kind, und konnte schon laufen. Chelis Anna war auch ein Jahr alt, aber sie konnte kaum sitzen. Ihre Beine waren so dünn wie chinesische Essstäbchen. Heute waren beide Kinder dreizehneinhalb Jahre alt, Eljaschiw war ein Schütze in der Armee der Jeschiwa, er kämpfte für Erez-Israel, Anna kämpfte um hundert ordentliche Schritte.

Es war, als wären hundert Jahre vergangen, aber eigentlich waren es nur achtzehn. Die Anzahl ihrer Kinder war gewachsen, sie hatte mehr Kilos, mehr Falten, mehr Pflichten. Aber die Träume waren weniger geworden, sie beschränkten sich auf die Gesundheit, auf Nachschons Unversehrtheit, die Unversehrtheit der Kinder und des ganzen Landes. Gut, sie übertrieb, bei aller Wertschätzung, die sie für das Land aufbrachte, es würde nie so wichtig sein wie die Kinder. Aber wie war es mit dem richtigen Weg? Sie wüsste so gern, was das bedeuten sollte, der richtige Weg. Fliegender Staub. Rabbiner und Politiker hatten diese Worte zermalmt, bis sie zu Staub wurden. Ab und zu fand sie den Weg ermüdend und dachte über die Richtigkeit des Wegs nach. Sie war Mutter von sieben Kindern und das achte war schon in ihrem Bauch. Sie fand es einfacher, mit einem Bus zu einer Demonstration zu fahren, als das schwere Erbe der Väter zu prüfen und neu zu entdecken. Vor allem wollte sie, dass ihr Baby seine Zellen in einer entspannten Gebärmutter teilte und vermehrte, und dass der jüdische Zank nicht in sein embryonales Blut sickerte. Sie befestigte nun ein paar orangefarbene Stoffbänder am Fenstergitter und am Terrassengeländer. Was war schon dabei? Auf jeden Fall hatte sie vor, jetzt zu schlafen. Sie war erschöpft, und sollte Nachschon hereinkommen, würde sie sich schlafend stellen. Er fuhr mit dem Jeep des Sicherheitsoffiziers Patrouillen um die Siedlung. Er würde sich nichts dabei denken. Er liebte sie so sehr, das sie mit der Zeit zu einer Selbstverständlichkeit für ihn geworden war, er nahm die feinen oder gröberen Stimmungen, die sie bewegten, nicht mehr wahr. Wenn sie allein waren, umarmte er sie und sagte ihr gute Worte, aber er hatte keine Ahnung, ob sie sich dabei auf die Lippe biss oder ob ihr Kinn zitterte. Was war schon dabei, wenn er keine Ahnung hatte, sie dankte Gott für die ganze Güte, die er ihr schenkte. Wenn sie könnte, würde sie den Himmel dazu bringen, Chelis Sorgen zu lindern, aber so funktionierte das nicht. Von Anfang an war klar, dass Chelis Leben wie eine Achterbahn sein würde, mit Höhen und Tiefen. Aber an Unglück dachte niemand. Es gab Tage, an denen hatte sie das Gefühl, etwas zu versäumen, wenn sie sich all die Stürme vorstellte, die Cheli noch bevorstanden. Die Unruhe, die das Leben für Cheli von dem Moment an bereithielt, als sie beschloss, sich auf Mike einzulassen, hatte etwas Aufregendes und Provozierendes. Beide standen damals am Kreuzweg ihres Lebens, zwei schöne, selbstsichere Frauen mit dichten Wimpern, alle vier Himmelsrichtungen standen ihnen offen. Sie wählte Nachschon und wusste was sie tat. Als sie beide ihr gemeinsames Leben begannen, hatten sie Gott und das ganze Land auf ihrer Seite. Es war, wie man so sagt, ein vollbesetzter Wagen. Und während ihre Beine schwer davon wurden, dass sie den Wagen wie eine Raupe hinter sich herziehen musste, blieb Cheli ein Schmetterling.

Die Fenster sind offen, sie ist nicht zugedeckt, die Baumwolle ihres Pyjamas ist abgewetzt und dünn vom vielen Waschen und ihr ist heiß. Morgen ist sie wieder dran, auf Tom aufzupassen. Einmal in der Woche pilgert sie ins Krankenhaus und sitzt neben dem schlafenden Engel ihrer Schwester. Sie betet für ihn und liest Psalmen. Sie kann einfach nicht verstehen, warum Gott dieses Unglück nicht verhindert hat. Bis jetzt hat es noch keine »Sofortige Rettung von Gott« gegeben, wie es im Gebet heißt, das, was sofort auf sie zukam, war das Unglück. Und die Rettung? Sie lässt auf sich warten, und in den geschlossenen Augen des Kindes sieht man nichts, was man als »sofort« bezeichnen könnte. Vor einer Woche saß sie neben ihm, als ein Arzt kam, seine Lider hob und mit einer Lampe in die Pupillen leuchtete. Sie strahlten in einem lebendigen Grün, als wäre der Junge wach. Es waren Mikes Augen.

»Ihr werdet schöne Kinder haben«, sagte sie zu Cheli an dem Tag, als Cheli ihr Kinn auf Mikes Schulter legte, dann ihren Arm unter seinen schob und verkündete: »Wir haben uns entschieden, du kannst gratulieren.« Sie schaute sie an und dachte an die Kombination von Chelis dichten Wimpern und Mikes türkis-grünen Augen. Sie hatte Schwierigkeiten, Mike direkt und offen anzuschauen, als könne er in ihrem Inneren mehr sehen, als erlaubt war. Seither sind viele Jahre vergangen und es fällt ihr immer noch schwer, ihn anzuschauen, obwohl sie heute leicht den Blick abwenden und sagen kann, wo ist die Flasche für die Kleine, Renana, eine Stufe, pass auf, dass du nicht runterfällst, hat jemand Aminadav gesehen? Damit unterbricht sie jedes Gespräch, bewusst oder unbewusst, und ihre Augen sind die ganze Zeit beschäftigt und können hin und her wandern. Seit sie ihn kennt, hat sie das Gefühl, als wären ihre Pupillen weit offen und er könne in ihren Körper hineinschauen. Als ob es da wer weiß was zu sehen gäbe, die Spuren der Kinder, die sie schon geboren hat, und derjenigen, die noch entstehen werden, die Gedanken an einen anstrengenden Alltag, an Sandwichs, Wäsche, Bügeln. Eine schmerzliche und instabile Liebe zu Erez-Israel, eine gequälte Liebe zu Gott und eine aufrichtige und einfache Liebe zu Nachschon. Das ist mehr oder weniger alles, was es da gibt. Sie denkt sich, oh nein, meine Liebe, mach dir nicht selbst etwas vor, ein paar degenerierte Gelüste hast du da schon noch, zwar erstarrt, aber noch nicht ganz tot. Na und, an die kommt man ebenso leicht heran wie an ein Grundstück auf dem Mond. Und außerdem, wer hat keine Gelüste?

Vor zwei Jahren saß er mit ihr hier, in ihrer Küche, er war gekommen, um ein Darlehen zurückzuzahlen, das er für die Renovierung seiner Imbissbude bekommen hatte. Er saß ihr gegenüber, schaute durch das Fenster hinaus auf die Siedlung und sagte: »Ihr habt schöne Häuser, aber was ist das schon wert, am Ende werden sie alles zurückgeben.«

Sie sagte, diese Häuser seien doch nur Wohnwagen, die Menschen würden sie instand halten und ganz bescheiden darin leben. Zugleich ärgerte sie sich darüber, dass sie sich reflexartig rechtfertigte, als hätten sie jemandem seine Lebensqualität gestohlen. Und die Sache mit dem Zurückgeben konnte er vergessen.

Er lachte. »Die Liebe zu Erez-Israel kostet euch die Gesundheit, oder?«

»Ich liebe es, das gebe ich zu. Und merke dir, dass dieses Land …« Der Vortrag über das Land brach ab, sie machte den Kühlschrank auf und wieder zu. »Mist, die Milch ist alle, ich fahre schnell zum Lebensmittelgeschäft.«

»Kein Problem, lass Erez-Israel ruhig hier bei mir, ich werde solange für dich darauf aufpassen.« In seinen Augen war ein wilder Blick. Sie war froh, dass es keine Milch gab und sie zum Laden musste, dieses Gerede über Erez-Israel hatte sie satt. Es waren nur abgedroschene Worte, ohne Feuer. Bis man neue Wörter erfand, würde sie das Land schweigend lieben. Sie verließ die Küche und ließ das Land zurück, das ihre Verteidigung brauchte. Der scharfe Geruch des Luisastrauches machte sie schwach, weckte eine verschwommene Sehnsucht und einen dumpfen Schmerz. Sie kam mit drei Tüten Milch zurück und sah, dass der Funke in seinen Augen erloschen war. Ernst und düster beugte er sich über die Zeitung und las. Er bemerkte sie nicht, als sie hereinkam. Sie öffnete den Kühlschrank und schloss ihn wieder, setzte Wasser für den Kaffee auf, lehnte sich ans Spülbecken und wartete, bis das Wasser kochte.

»Verdammte Scheiße.« Er schob ihr die Zeitung zu. »Schau dir das an, ein Arzt hat bei der Geburt Mist gebaut, hat das Gehirn eines Babys zerstört und wurde wegen Mangels an Beweisen freigesprochen. Ein beschissenes Land. Das Leben der Menschen wird in einer Sekunde zerstört und es juckt niemanden. Da brauchst du nur euch zu nehmen, ihr lebt hier, als wäre das alles, als gäbe es auf dieser Welt keine anderen Probleme, nur Erez-Israel. Wenn dieses Problem gelöst ist, wird das Leben zu einem Kinderspiel. Ihr habt nur den Boden und Gott im Kopf. Arme, Kranke, Behinderte, Invalide – das interessiert euch nicht, das geht euch nichts an. Glaub mir, dieses Land führt zu nichts, man setzt den Zaun einen Kilometer nach innen, zwei Kilometer nach außen, aber das Land wird sich nicht bewegen. Das Einzige, was sich bewegt, ist das Leben, und kein Mensch hat ein zusätzliches Leben. Er hat nur eine einzige Chance. Wenn er sie verpasst, hat er sie verpasst. Und ihr? Ihr macht alle verrückt wegen ein paar Hügeln des Jehoschua Bin Nun. Ihr behindert die Arbeit der Regierung dieses Landes. Ich würde gern sehen, ob ihr euch mit eurem Sinn für Gerechtigkeit auch für ein Kind auf die Straße legt, das bei der Geburt zu Schaden kam, oder für einen armen Mann, der seine Hypothek nicht bezahlen kann und auf die Straße gesetzt wird. Mit dem Geld, das ihr für die Busse ausgebt, um zu Demonstrationen zu fahren, könntet ihr alle Hungernden in diesem Land satt bekommen. Glaub mir, die Erde interessiert sich nicht für euch, nicht solange ihr auf ihr herumlauft und nicht, wenn sie euch zudeckt. Darüber oder darunter, für sie ist alles gleich. Ein Mensch, ein Esel, ein Huhn – für die Erde spielt das keine Rolle. Ist das nicht eine Verschwendung, was ihr alles um ihretwillen anstellt? Von mir aus kann man ihnen alles zurückgeben. Ich lege Anna auf die eine Waagschale und das ganze Land auf die andere, und Anna wiegt mehr. Ihre Beine sind mein Judäa und Samaria, der Kurzschluss in ihrem Gehirn ist mein Erez-Israel. Wenn man Zahnschmerzen hat, denkt man nur an seine Zähne. Und entschuldige das ›verdammte Scheiße‹ von vorhin, ich habe ganz vergessen, dass ihr so steril seid und nur die Worte der Rabbiner benutzt, dass ihr Maul und Klauen desinfiziert.«

Sie wich seinem Blick nicht aus. Mit Wut kam sie besser zurecht als mit wilden Funken. Sie sah direkt in seine türkisfarbenen Seen und sagte: »Hör zu, Mike, wir sind nicht schuld an Annas Elend. Beschwer dich bei Gott.«

Da brach es aus ihm heraus. »Mit ihm habe ich nichts zu tun. Klar, ihr seid nie an irgendetwas schuld. Ihr seid die

Crème de la Crème dieses Landes, das Salz der Erde, könnte man meinen. Wie viele Brötchen hätte man mit all den Schekel kaufen können, die man euch hier gegeben hat. Jedes Fenster, das hier eingebaut wurde, bedeutet ein Paar Schuhe, das einem Kind fehlt. Eure Umgehungsstraßen sind die Gemeindezentren, die man anderswo schließt. Das ganze Militär, das dieses Loch hier bewacht, wird von der Einkommensteuer finanziert, die ich für jedes Sandwich zahle. Ein bescheuertes Land. Sag mal, kann ich noch einen Kaffee haben?«

Sie spülte zwei Tassen und kochte Kaffee. Das fiel ihr leicht. Wenn sie nervös war, funktionierte sie gut, da fiel ihr nichts aus den Händen. Sie goss für ihn und für sich selbst Kaffee ein, setzte sich ihm gegenüber und hoffte, er würde weiterhin auf das Land schimpfen und mit dem Schicksal hadern, aber er lächelte ruhig und sagte: »Schwägerin, du bist schön, wenn du wütend bist, so schön wie deine Schwester.« Sie wurde rot und ärgerte sich über die Röte, die ihr ganz von allein ins Gesicht stieg oder aus ihm entwich. Von ihr aus sollte er doch auf alles schimpfen, was ihr teuer und heilig war, es fiel ihr leichter, das Land vor Schande zu bewahren als sich selbst.

»Was ist? Darf man bei euch einer Frau kein Kompliment machen?«

Sie antwortete nicht. Was hätte sie auch sagen können. So war er. Er wollte mit Gott und den Siedlern abrechnen und brachte sie in Verlegenheit, als wäre sie die Vertreterin von beiden. Das kannte sie schon, solange er die Grenze nicht überschritt, würde sie nichts sagen.

Aber er überschritt die Grenze.

»Sag mal, hast du nie Lust, dir diesen Helm vom Kopf zu reißen? Ich kann mich erinnern, dass du früher sehr hübsche Haare hattest. Bald werden eure Ayatollahs noch verlangen, dass ihr Schleier tragt. Ihr seht immer aus, als wärt ihr auf dem Weg zu einer Beerdigung. Immer habt ihr lange, schwere Kleider an, schwarz und hochgeschlossen. Wenn man euch sieht, fragt man sich unwillkürlich, wer gestorben ist. Und weißt du was, der Tote macht ein Auge auf, wenn er auf der Bahre liegt, sieht euch und sagt sich: Gott behüte, da ist es wirklich besser, tot zu sein.«

Sie kochte vor Wut: »Mike!« Doch plötzlich war von draußen Lärm zu hören.

»Das sind Schüsse«, sagte er.

Sie sagte: »Es donnert.« Große Regentropfen schlugen gegen das Küchenfenster. »Mist, meine Wäsche.«

Sie rannte hinaus, er folgte ihr. Gemeinsam nahmen sie die Klammern und die Wäschestücke von der Leine, Wäsche von neun Personen, mindestens achtzehn Unterhosen, Unterhemden, Badetücher, Büstenhalter, kleine Talittücher. Mike war schneller als sie, seine Finger rasten über die Leine und sammelten die Wäsche ein, während sie die Unterwäsche mit einer Hand abnahm und mit der anderen mit ihrem Rock kämpfte, der vom Wind hochgeblasen wurde.

Er schrie durch die Regenwand: »Geh ins Haus, ich mache das schon fertig.« Sie bückte sich nach einem Strumpf, der heruntergefallen war. Sie stach sich an einer wilden Rose und ihr Hut verfing sich in einem Strauch. Sie stand auf, ihr Kopf war nicht mehr bedeckt, die Haare flogen ihr wild ums Gesicht und sie wusste nicht, um was sie sich zuerst kümmern sollte, um die Wäsche, ihren Rock oder ihre unbedeckten Haare. Mike rannte ins Haus, legte den Wäschehaufen ab und kam zurück, um ihr die Wäsche aus der Hand zu nehmen, dann liefen beide hinein. Er ging noch einmal nach draußen und kehrte mit ihrem Hut zurück. »Hier«, sagte er und schaute zur Seite, als sie ihren Kopf bedeckte. Als würde sie eine Bluse wechseln. Als hätte er sich nie über ihren Hut lustig gemacht. Sie standen sich nass und schwer atmend am Tisch gegenüber, und zwischen ihnen befand sich der Berg aus weißer Wäsche.

Mit kalter und harter Stimme sagte er: »Deine Haare sind immer noch bildhübsch.« Er schaute durch das Fenster hinaus in den Regen.

Sie schwieg, und ein Weinen stieg in ihrer Kehle hoch und blieb ihr im Hals stecken. Etwas Namenloses, Unbestimmbares, das sie traurig machte. Am Tag davor hatte sie einen Araber gesehen, einen mageren Mann, der mit einem ausgemergelten Esel durch den Wadi ging, beide hatten die Köpfe einander zugewandt. Der Mann passte seine Schritte denen des Tieres an, Huf an Schuh, zwei magere Geschöpfe, von der Sonne mitgenommen, mit gesenkten Köpfen. Sie sah sie und spürte ein Würgen. Eine stille Trauer, für die es keinen Trost gab. Mikes Telefon klingelte. Sie zog ein Geschirrtuch aus dem Wäschehaufen, trocknete sich damit das Gesicht ab und wandte sich ab.

Sie hörte nicht, was er sagte und mit wem er sprach, bis er ihr das Telefon hinhielt und sagte: »Nimm, es ist deine Schwester.«

Cheli stellte die üblichen Fragen, »Was gibt es Neues, wie geht's den Kindern? Wie benimmt sich mein wilder Mann? Ich hoffe, ihr kommt miteinander aus. Oj, gib ihn mir kurz, ich habe vergessen, ihm zu sagen, dass …« Sie gab ihm das Telefon zurück, er lauschte und sagte dann: »Es wird schon gut gehen, Cheli, ich kümmere mich darum, es wird in Ordnung kommen … Mach dir keine Sorgen, Süße, schon gut …«

Es gibt kein Wort, das nicht seine Zeit hat. Süße, das Wort von Verkäuferinnen, Fahrern, Frisösen. Zieh den Bauch ein, Süße, dann kannst du den Reißverschluss besser schließen. Wer hat dir das Fahren beigebracht, Süße? Wer hat deine

Haare so geschnitten, Süße? Dieses Wort war so wertlos wie ein Papiertaschentuch, trotzdem traf es sie und sie widmete ihm ein paar Sekunden ihres Lebens.

»Gut, ich gehe jetzt, pass gut auf dich auf, Schwägerin.« Er reichte ihr die Hand.

Nach einem kurzen Moment des Zögerns legte sie das Geschirrtuch zur Seite, um ihm schnell die Hand zu schütteln.

»Aha, wir machen Fortschritte!« Er sagte es ohne ein Lächeln, verließ den Wohnwagen und lief zur Haltestelle, um den Mittagsbus zu erwischen. Sie ging zum Fenster und betrachtete seinen Rücken, der sich langsam entfernte. Vielleicht würde er sich noch einmal umdrehen. Doch er schlug den Kragen hoch, ging weiter und drehte sich nicht um.

Sie blieb am Fenster stehen und drückte die Stirn gegen die kalte Scheibe. Sie fragte sich, wie viel ein Herz wog, das so klein war wie eine Faust und doch alles enthielt, was man vom Leben erwartete und was man tatsächlich bekommen hatte.

Die Erde wurde immer dunkler, die Dächer strahlten in einem grellen Rot. Und sie, als müsste sie keine Wäsche zusammenzulegen, kein Essen kochen und nicht bügeln, starrte aus dem Fenster. Müßiges Herumstehen erzeugt müßige Gedanken. Zum Beispiel, was geschehen wäre, hätte sie Mike als Erste kennengelernt, vor tausend Jahren, als sie noch ledig war, frei vom Joch Gottes und vom Joch der Menschen. Nichts wäre geschehen. Er war damals ein Busfahrer, zwar bezaubernd und attraktiv, aber eben nur ein Busfahrer. Sie stand vor den sperrangelweit geöffneten Toren des Lebens. Sie hatte alle Voraussetzungen, um das Beste zu wählen. Auch wenn es zwischen ihnen gefunkt hätte, so wäre der Funke sofort erloschen. Wie tiefgründig konnte die Welt eines Busfahrers schon sein? Wie weit sein Horizont?

Sie wollte einen Mann, der dies und jenes war, und sie hatte keinen Grund, ihre Ansprüche zu schmälern. Jetzt stand sie vor dem Regen und kicherte, wie arrogant und eingebildet sie als Zwanzigjährige gewesen war. Sie begann laut zu lachen, über sich selbst, über ihr damaliges Leben und über ihr heutiges, über alles und nichts. Gut, dass die Kinder nicht zu Hause waren und sahen, dass sie grundlos lachte. Auch heute würde sie ihn nicht heiraten, selbst dann nicht, wenn beide aus irgendeinem Grund verwitwet sein sollten. Wenn sie zum Beispiel alle vier im gleichen Auto fuhren und Cheli und Nachschon bei einem Verkehrsunfall sterben würden. So etwas gab's. Gott behüte, sie klopfte dreimal an den Fensterrahmen, ein Aberglaube, den sie nicht ablegen konnte. Als ob du Gott von einem Unglück abhalten könntest, dachte sie, das Er für dich bestimmt hat, nur weil du mit deinen erbärmlichen Fingern auf Holz klopfst. Es ist jedenfalls gut, dass er gegangen ist. Wenn er hier ist, ist es wie ein Sturm im Wasserglas. Die Tropfen werden aufgewirbelt und fliegen durcheinander – und wenn er gegangen ist, fließen sie wieder zusammen. Der Sturm hört auf.

Sie stand am Fenster, die orangefarbenen Proteststreifen, die an jedem Haken und jedem Gitter der Siedlung befestigt waren, waren nass geworden und hingen so schlaff herunter wie Nudeln in Ketchupsoße. Ein erneuter Regenguss prasselte auf die Motorhaube des VW-Transporters, der in den Hof fuhr. »Nachschon!« Mit einem Seufzer der Erleichterung drehte sie sich um und ging zum Tisch, um den Wäscheberg zu ordnen, sie atmete den Geruch der sauberen Wäsche ein und dachte, ich habe ein Haus, ich habe Kinder, einen guten Mann, alles andere ist Quatsch mit Soße. Früher wollte sie dies und das und alles haben, inzwischen wusste sie, dass man nicht mehr brauchte als den Duft eines Babys und den Duft frischen Brotes.

Komm, komm, ist das wirklich alles, was man braucht? Du bringst uns zum Lachen, Madame. Sie kicherte laut und faltete die Höschen des Babys, die Unterhosen ihres Mannes, die Hemden ihrer Söhne und ihrer Töchter, und immer so weiter.

Aber das lag zwei Jahre zurück, warum sollte sie sich jetzt damit beschäftigen? Sie musste schlafen. Ein neuer Mensch wuchs in ihrer Gebärmutter heran, dazu brauchte sie Kraft, und auch für die anderen sieben, die bereits vorher geboren worden waren. Sollte Nachschon kommen, würde sie sich schlafend stellen. Sie lechzte nach Ruhe, ohne Freude, ohne Ärger, ohne Worte, denen man lauschen und ohne Worte, die man sagen musste. Sie atmete tief ein, holte noch mehr Luft, pumpte den Bauch auf, hielt die Luft an, atmete langsam aus, dass ihr Zwerchfell wieder zusammensank, sie atmete und gähnte ohne Pause. Langsam legte sie die Sorgen und die Niedergeschlagenheit ab, so wie man Uhr, Armreif und Brille zur Seite legt. Sie seufzte leise. Dann, nach einer längeren Stille, knarrte die Tür. Nachschon. Sie stützte sich nicht auf die Ellenbogen, sie blieb liegen, sah zu, wie ihr Mann mit präzisen Bewegungen sein Hemd aufknüpfte, es auszog und auf einen Bügel neben der Tür hängte. Dann zog er die Schaufäden und das Unterhemd aus. Er bewegte sich leise, voller Rücksicht auf seine schlafende Frau. In ihr schlummerte ein winziges Küken. Er zog seine Schuhe und die Socken aus. Die Unterhose nicht. Er schlüpfte in seinen Pyjama und glitt mit seinem großen Körper und mit knackenden Knien wie eine Eidechse in sein Bett, das neben ihrem stand, leise, um sie nicht zu wecken und nicht zu erregen. Er hatte sich so bemüht, dass sie es beschämend fand, sich schlafend zu stellen. »Hi«, sagte sie und berührte seinen Arm.

»Habe ich dich geweckt? Das tut mir leid. Schlaf, Sara, schlaf.« Er küsste ihren Daumen, und bevor sie sagen konnte, dass sie nicht geschlafen hatte, atmete er schon tief und regelmäßig. Es war der Schlaf eines Mannes, dessen Herz rein ist und sein Verhältnis zum Leben so einfach wie das tägliche Brot. Wie Hadas gesagt hatte: »Vater hat keine Kratzer.«

Naomi hatte es gehört und gelacht. »Meine Eltern haben viele Kratzer, oho, und bei uns ist immer was los.«

Hadas schaute sie aufmerksam an. »Was denn?«

»Alles Mögliche. An einem Tag lieben sie sich wie im Kino und am nächsten streiten sie. Wenn sie sich über jemanden ärgern, geben sie unserem Kater seinen Namen, und wenn jemand etwas über Annas Beine sagt, gerät er in die Schusslinie meines Vaters. Das Tollste ist, wenn sie uns von der Schule befreien und wir alle am Strand wohnen …«

»Wenn es so gut ist, hätten sie dich nicht zu uns bringen müssen«, brach es aus Hadas heraus.

»Sie haben mich wegen der Perversen am Strand zu euch gebracht. Ich stecke schon in der Pubertät, man könnte mich vergewaltigen oder sonst was.«

Hadas erschrak und errötete. Sie musterte den Körper ihrer Cousine, der in einem T-Shirt steckte, das sie ihr geliehen hatte, und was sie sah, war ein magerer und flacher Körper, wie der eines Jungen.

»Du bist es nicht«, sagte sie.

»Was?«

»In der Pubertät.«

»Und wie«. Naomi zog das T-Shirt mit dem Spruch »Ein Jude vertreibt keinen Juden« über ihrer Brust stramm und lieferte damit zwei Beweisstücke, die so groß waren wie zwei kleine Spritzgebäckkekse.

Hadas schielte zu den Beweisstücken und sagte: »Das

ist nicht sittsam, was du da machst. Du hast auch einen Kratzer.«

In der Zwischenzeit ist Naomis Kratzer mehr als vernarbt. Morgens steht sie in der Ecke des Wohnzimmers, hält das Gebetbuch zehn Zentimeter entfernt von ihrem Herzen und betet. Sie beugt sich um neunzig Grad nach vorn, wenn sie das »Modim anachnu lecha« betet, kniet nieder bei »Alenu leschabeach« und trägt an jedem Arm ein orangefarbenes Armband. Nachschon hat ihr erklärt, warum sie den Namen Gottes »Elokim« und nicht »Elohim« aussprechen soll, warum die Gebiete befreit und nicht besetzt sind, was es mit dem zwölften Glaubensbekenntnis des Maimonides auf sich hat: »Ich glaube aus ganzem Herzen, dass der Messias kommt, und ungeachtet Seines langen Ausbleibens erwarte ich täglich Seine Ankunft.« Er hat ihr auch erklärt, warum sie nicht so sind wie die anderen Völker. Sie gehorcht ihm, achtet auf jede Silbe, die er spricht und ahmt die Bewegungen seines Körpers beim Beten nach.

Hadas fragte: »Sag mal, wirst du nach den Sommerferien eigentlich wieder weltlich sein?«

»Ich werde fromm sein, wenn Gott es will, und wenn Er es nicht will, dann nicht. Aber wir haben doch noch Zeit.« Der Gedanke an die Tage nach dem Aufenthalt in der Siedlung war nicht sehr verlockend. Es ist gar nicht so einfach, ein schönes Mädchen an einem Ort zu sein, an dem Schönheit eine große Rolle spielt.

Und wo spielte Schönheit keine Rolle? Mike sagt, der sei der beste Lügner, der den Spruch »lieblich und schön sein ist nichts« erfunden hat. Mit Recht. Warum sollte man in einer Welt, die Schönheit an die erste Stelle setzt, gegen sie sein? Sie ist eine schöne Frau. Nicht mehr so schön, wie sie vor den sieben Geburten und der achten Schwangerschaft war, aber ab und zu werfen ihr Männer noch Blicke zu, obwohl ihr Bauch schlaff ist und ihr Busen wegen des Stillens hängt und die Kopfbedeckung zwar ihr Haar verdeckt, aber den grauen Ansatz freigibt. Vor einer Woche hat der Arzt im Krankenhaus den Jungen im Bett neben Tom untersucht. Danach blieb er kurz bei Tom stehen und fragte sie, ob sie Volontärin eines Wohltätigkeitsvereins sei oder etwas Ähnliches.

Sie sagte: »Ich bin seine Tante.«

Am Kittel des Arztes klemmte ein silbernes Namensschild, Dr. Yoram Meron, Neurochirurg, und in seiner Brusttasche steckte ein kleiner Plastikkamm. Ihr Mann würde nie im Leben einen Kamm in der Brusttasche tragen.

»Die Schwester seiner Mutter«, fügte sie hinzu.

»Ich verstehe.« Er nahm Toms kleine Hand und kontrollierte den Puls, obwohl er auf dem grünen, fluoreszierenden Monitor angezeigt war. Dreimal kam der Arzt ins Zimmer und jedes Mal lächelte er sie an. Sie lachte sich insgeheim ins Fäustchen. Schaffte sie es tatsächlich noch, jemanden zu erregen? Sie, mit all den Kilos, dem Hut, der zugeknöpften Bluse und so weiter? Doch gleich darauf wurde sie traurig. War er so bedürftig? Als er zum vierten Mal das Zimmer betrat, fragte er sie, ob sie etwas brauche. »Eine Tasse Kaffee? Ein Sandwich? Sie sitzen immerhin viele Stunden hier, die Krankenschwestern hätten …«. Sie bedankte sich, sagte, sie brauche nichts und wurde rot.

Warum ist sie rot geworden? Der Arzt ist sechs- oder siebenundvierzig Jahre alt, mit leicht schütterem Haar, einem sommersprossigen Gesicht und schmalen Schultern, und in der Tasche trägt er einen Kamm aus Plastik. Er bringt ihr ein bisschen Interesse entgegen, aber jedes Blatt, das der

Ficusbaum im Garten abwirft, ist wichtiger als das. Aber das Blut fragt das Gehirn nicht, ob es ins Gesicht steigen darf. Es verhält sich noch immer wie in den Zeiten, als Männer sie um den Schlaf brachten und der Grund waren, morgens aufzustehen. Dieses gewisse Etwas, wegen dem man die Sonnenbrille im Kühlschrank vergisst, zwei verschiedene Socken anzieht und unter der Dusche singt. Sie redet nicht von Liebe. Die hat sie gefunden. Gott sei Dank, das hat sie. Sie redet über das Vielleicht und Was-wäre-wenn und das Hoffentlich. Sie denkt an die Tage, die mit Fragezeichen verbunden waren wie mit Haken. Unser Erzvater Jakob erlebte tausende Tage mit *vielleicht* und *hoffentlich*, und sie kamen ihm kurz vor.

Eine Frau, die neben einem kranken Baby saß, sagte: »Dieser Arzt macht Sie an, sieht er denn nicht, dass Sie verheiratet sind, dass Sie einen Hut tragen? Diese Männer haben keinen Gott.«

Nach einigen Tagen war sie wieder dort, um auf Tom aufzupassen, und er kam ins Zimmer, nur ihretwegen, und sagte: »Hi«.

Die Frau neben dem Baby sagte: »Sehen Sie, zu mir würde er nie im Leben Hi sagen. Auch nicht guten Tag. Für Leute aus meinem Viertel interessieren sie sich nicht. Sind Sie privat versichert oder was?«

Sie überlegte, ob sie etwas getan hatte, um sein Interesse zu wecken, und beschloss, ab jetzt weder von Tom noch von den Psalmen aufzuschauen. Sie war mit beiden Tätigkeiten beschäftigt, als er ins Zimmer kam, um dem Baby eine Infusion zu geben. Er fragte sie, wo sie wohne.

»Im Norden von Samaria.«

So wie er aussah, war der Norden Samarias nicht seine Liga. Wenn Norden, dann der Norden von Tel Aviv. Seine Lippe sank herunter und entblößte eng stehende Zähne mit starken Eckzähnen. »Im Norden von Samaria? Sehr interessant.«

»Herr Doktor, sie hat sieben Kinder«, verkündete die Frau mit dem Baby. Hätte sie ihn nicht gebraucht, sie hätte ihn getadelt: Lassen Sie sie in Ruhe, Doktor, sehen Sie nicht, dass sie verheiratet ist?

Er lächelte und ging zur Tür: »Trotzdem, wenn Sie etwas brauchen ...«

»Und was ist, wenn ich etwas brauche?«, fragte die Frau am anderen Bett, ballte die Hände und wurde rot. Er verließ das Zimmer. Sein Kittel schlug gegen den Türrahmen und das Klirren der Tabletts mit Essen verschluckte das Geräusch seiner Schritte.

»Ein Sexbesessener«, sagte die Frau, beugte sich zu dem schlafenden Kind vor und berührte mit dem Mund seine Stirn. »Was soll's. Bei Gott gibt es keine Sonderkonditionen, Aschkenasen, Sepharden, Juden, Araber, alle sind gleich, ob krank oder gesund.«

Auch morgen wird sie zu Tom fahren, das heißt, schon sehr bald. Draußen ist es still, die Nacht ist bereits im letzten Viertel, alles, was in der Welt atmet, schläft jetzt, Menschen, Vögel, Hunde, nur sie zerrt Gerümpel aus den hintersten Winkeln ihres Gehirns und entstaubt es. Sie hat ein Kind im Bauch, außerhalb des Bauchs hat sie sieben Kinder, sie hat einen Mann, sie hat Elokim und Erez-Israel, ihr Wagen ist voll beladen. Unter diesem Gewicht hätte sie wundervoll schlafen müssen, aber der Schlaf kommt nicht. Was soll sie tun, sie ist eben noch immer eine Frau, und manchmal macht sich diese Tatsache bemerkbar und fragt, und was ist mit mir? Du bist arm dran, Sara. Ein Arzt mit eng stehenden Zähnen und einem Kamm aus Plastik in der Brusttasche macht dich an. Und wo? Neben dem

Bett deines Neffen mit dem zertrümmerten Schädel, einen Meter entfernt von einem schwerverletzten anderen Kind. Sie erzählte Cheli nichts davon, was gab es da schon zu erzählen, aber die mit dem Baby konnte Mike gegenüber den Mund nicht halten. Sie sagte: »Der Arzt macht Ihre Schwägerin an. Sie haben keinen Gott, diese Menschen.«

Mike schwieg. Er mochte es nicht, wenn etwas zwischen ihn und Tom kam, etwas wie das Gerede von Frauen. Die Stunden, in denen er die Imbissbude in Chelis Obhut ließ, waren dem Jungen gewidmet. Doch als er aus dem Krankenhaus zurückkam, fiel es ihm wieder ein und er erzählte es Cheli. Diese rief ihre Schwester gleich an. »Was höre ich da? Der Doktor ist scharf auf meine Schwester?« Trotz aller Sorgen ist Cheli noch sehr lebendig, sie lacht und weint, sie schreit und schweigt. Sie ist immer noch sehr schön und ihr Mike sagt: »Das Leben ist ein Buffet, Cheli, nimm dir, worauf du Lust hast, alles frei, auf Kosten des Hauses.«

Dann sagt Cheli: »Du bist es. Auf dich habe ich Lust.«

Bevor der Himmel über ihr zusammenbrach, lernte Cheli am Strand einen Fischer kennen, schlank, sonnengebräunt, einen, bei dem sie schwach wurde. Mike sah ihre Augen, die zwischen den Broten und dem Strand hin und her irrten, er sah, dass sie zu viel Ketchup und Senf auf die Teller gab und dass sie ihre Haare offen trug. Er sagte zu ihr: »Mach dich an ihn ran.« Sie tupfte sich Parfüm auf den Hals und zog los. Die Kinder schliefen. Mike rauchte auf der dunklen Terrasse und drückte ihr die Daumen. Als sie zurückkam, fragte er: »Milchkaffee oder einen kurzen Espresso?«

Sie sagte: »Schwachen Nescafé mit viel Zucker.«

Es kippte vier gehäufte Löffelchen Zucker in ihren Kaffee. Er wusste, was sie hinter sich hatte.

Schon als Kind hatte sie nach körperlichen Anstrengungen eine große Menge Zucker gebraucht. Im Winter hatte sie Schokoladenwürfel im Ranzen und im Sommer Zuckerwürfel, und vor und nach dem Turnen aß sie etwas davon. Aber alle Untersuchungen auf Diabetes waren negativ.

Sie hatte den Fischer dreimal getroffen, erzählte sie Sara. Beim zweiten Mal kam sie erschöpft zurück, aber drei Löffel Zucker reichten ihr. Beim letzten Mal reichte ein gestrichener Teelöffel Zucker.

Ist sie neidisch auf Cheli? Wirklich nicht. Wenn sie gewollt hätte, hätte sie sich ein ähnliches Leben zurechtbasteln können. Sie hat sich ihr Leben ausgesucht, niemand hatte es ihr aufgedrängt. Ohne die vielen Geburten hätte sie eine ähnliche Figur wie Cheli. Und kann irgendjemand auf der Welt solche Zufallsaffären, egal wie aufregend sie sind, mit Kinderkriegen vergleichen? Dennoch muss sie ehrlich zugeben, dass Mike und Cheli ganz schön mutig sind, sie lassen die Liebe auf fremden Äckern weiden und nehmen sie mit offenen Armen wieder auf, wenn sie zurückkommt. Der Liebe freien Lauf zu lassen und darauf zu vertrauen, dass sie den Weg zurückfindet, das ist die wahre Liebe. Wenn sie nur ein einziges Mal mit Nachschon über solche Dinge reden könnte. Das Problem mit ihm ist, dass er bei jedem Gespräch Elokim anführt und die entsprechenden Stellen über Hurerei zitiert. Sie ist nicht der Meinung, dass ihre Schwester mit einem fremden Fischer das tun darf, was sie mit ihrem Mann tut – um Gottes willen nein –, aber sie hätte sich gern mal mit ihm über das Gewissen der Menschen unterhalten, ohne den Himmel und seine Heerscharen. Nachschon sagt: »Man kann Gefühle vom Gewissen nicht trennen. Der Mensch hat von Natur aus ein Gewissen, denn was würde es sonst bedeuten, dass er nach Gottes Ebenbild erschaffen wurde?«

»Ein Gewissen von Natur aus? Aber es gibt doch viele Arten von Gewissen auf der Welt.«

»Nein, es gibt nur ein Gewissen«, sagt Nachschon, und schon ist das Gespräch in eine Sackgasse geraten. Er legt die Ellenbogen auf den Tisch und beginnt zu dozieren, und sie schaut durch das Fenster auf den Guavenbaum, der voller harter Früchte hängt, und lauscht den ekstatischen Worten über die Thora und das höchste Ziel der Schöpfung und die Vision des Messias und, und, und …

Man könnte ihn darum beneiden, dass seine Welt in geraden Linien bis zum Horizont reguliert ist. Er vergeudet nur selten seine Zeit mit Überlegungen über richtig und falsch. Trotzdem belehrt er Cheli und Mike nicht, auch wenn sie ihm leid tun. Er sagt: »Jeder soll so leben, wie er es für richtig hält. Hätten sie ein gläubiges Leben geführt, hätten sie den Sinn in Annas und Toms Leiden gefunden, denn nichts in der Welt geschieht sinnlos. Wenn die göttliche Vorsehung Anna bei der Geburt nicht half, dann wird sie ihren Grund dazu haben. Aber wenn dein Herz leer ist von Glauben und unfruchtbar, ist es kein Wunder, dass du zusammenbrichst, wenn dein Kind um sein Leben als Ebenbild kämpft und verliert.«

So denkt Nachschon, und sie versucht nicht, ihn zu belehren, denn im Grunde denkt sie wie er. Was ihr fehlt, ist seine Entschiedenheit, nicht nur in dieser Sache, sondern auch wenn es um anderes geht, zum Beispiel um Erez-Israel. Sie kann sich einfach nicht genug dafür begeistern. Bei der Fahrt zu einer Demonstration in Jerusalem schlief sie unterwegs ein und wachte erst in Jerusalem wieder auf. Zu ihrer Schande geschah das auch auf der Rückfahrt, obwohl die anderen laut diskutierten und Lieder sangen: »Deinen Nachkommen will ich dies Land geben …« Sie schlief ein und wachte auf, als Nachschon ihren Arm berührte und sagte: »Wir sind da.« Danach sagte er: »Schade, es geht dir nicht wirklich nahe.«

»Warum schade?«

»Ihr verliert beide, du und Erez-Israel.«

»Was verliere ich?«

»Was du verlierst? Oho, ein Mensch, der für die Idee kämpft, an die er glaubt, vervollkommnet seine geistigen und seelischen Kräfte und wird selbst Vollendung finden.«

Sie sagte: »Mein Lieber, jede Mutter von sieben Kindern, die du in einen Bus setzt, wird auf der Stelle einschlafen. Wenn du sie in ein Flugzeug setzt, wird sie vom Flughafen Ben-Gurion bis zum John-F.-Kennedy-Flughafen schlafen.«

Er schwieg, er sagte nicht, und was ist mit den anderen Frauen, Schula hat neun Kinder, Ruthi acht und Nitza elf. Er schüttelte die Schlüssel des Transporters und sie sah ihm an, was er dachte. Nachschon, dachte sie, du kannst nicht die ganze Welt in Ordnung bringen.

Jetzt schläft er, wie jemand schläft, der von Tag zu Tag vollkommener wird, solch einen Schlaf nennt man auch den Schlaf der Gerechten. Ihr ist heiß, obwohl die Sonne noch nicht aufgegangen ist, es ist ihr heiß, nicht weil es wirklich heiß ist, sondern weil sie gereizt ist. Weshalb eigentlich? Das ist es ja, dass sie nicht genau sagen kann, weshalb. Diese ganze Sache mit dem Vollkommensein geht ihr nicht wirklich nah. Sie hat es nicht so eilig, ein perfekter Mensch zu werden, sie hat genug am Hals, auch ohne das. Dann singt sie eben nicht aus voller Kehle: Deinen Nachkommen will ich dies Land geben ... Sie hat kein Transparent getragen mit dem Spruch »Die Oslo-Verbrecher vor Gericht« oder »Lasst Zahal siegen«. Was hat sie eigentlich wirklich gemacht? Sie hielt die Hände ihrer beiden jüngsten Kinder, suchte in der Menschenmenge und zählte die Köpfe der anderen fünf. Die Füße taten ihr weh. Schon gut, Mama, Erez-Israel erwirbt man nur unter Opfern. Nachschon stand in der

Nähe der Bühne, er trug ein riesiges Schild und war Feuer und Flamme, mobilisierte all seine Kräfte für die heilige Sache. Seine Beine, seine Hände, sein Herz, sein Gehirn, sein Hals – seine 248 Körperteile und 365 Sehnen und Adern gehorchten Elokim und dem Land. »Er geht immer aufs Ganze«, sagt Cheli. »Er ist so vorhersehbar, ich hätte es mit ihm nicht einen Tag lang ausgehalten.«

Gut, Cheli.

Ein Vogel fliegt über den Hof und zwitschert laut, eine Taube gurrt in der Öffnung der Regenrinne, das Federvieh kündigt den neuen Tag an und empfängt Nachrichten aus jenen Teilen des Landes, die das Tageslicht schon erreicht hat. Sie muss schlafen, auch wenn es nur eine Viertelstunde sein sollte, sie muss den gestrigen Tag und den Tag, der gleich beginnt, auseinanderhalten. Sie geht zur Toilette, zieht an der Schnur der Jalousie, schließt die Lamellen, zieht den Vorhang vor und legt sich wieder ins Bett. Die Decke über Nachschons angezogenen Knien bildet eine Pagode. Sie glaubt, dass er schläft, aber er schläft nicht. Und er ist ihr sehr nah. Während der Schwangerschaft stellen sie die Betten zu einem Doppelbett zusammen.

Seine Hand kroch unter das Laken und umschloss ihre Schulter. »Was ist los, Sara?«

»Ich kann nicht einschlafen.« Sie kuschelte sich in seinen Arm und seine kühle Haut berührte ihren Nacken. Sie dachte, eigentlich geht es mir wirklich sehr gut mit diesem Mann.

Er küsste sie auf die Stirn, dann auf die Wange. Wann hatten sie sich eigentlich richtig auf den Mund geküsst? Vor Jahren, bevor die Kinder kamen, bevor sie Schwierigkeiten mit den Zähnen bekam und man ihr die Weisheitszähne zog.

»Küss mich auf den Mund«, sagte sie.

»Meinst du das ernst?«

»Vollkommen.«

Sie umarmte ihn und zog ihn zu sich, Stirn zu Stirn, Mund zu Mund, der Geschmack seiner Zunge auf ihrer. Er öffnete die Knöpfe ihres Pyjamas und sie öffnete seine Knöpfe.

Wie sagte Cheli? »Er geht immer aufs Ganze.« Sie hat recht. Wie bei dem Thema Erez-Israel ist er auch beim Liebesakt voll und ganz dabei.

Vor der Hochzeit hatte er sie nicht angerührt. Er beachtete das Verbot, eine Frau zu berühren, solange er die Kraft dazu hatte. Küsse gab es schon. Nicht sofort und nicht so oft. Sie kamen so plötzlich wie ein Herzstillstand oder ein Schlaganfall. Einen dieser Küsse bekam sie an der Bushaltestelle der Linie 18. Sie standen allein dort, es war dunkel, die Straßenlaternen waren ausgeschaltet, keine Spur einen Mondes am Himmel. Sie trugen Sommersachen, es war kühl, seine Haut war ihrer ganz nah, die Haare auf seinen Armen berührten sie kaum. Sie sah das Weiße seiner Augen, seiner Zähne, und dann sah sie nichts mehr, er saugte sie auf, als wäre sie sein letztes Mahl und er das ihre. Ein starkes Licht leuchtete auf und blendete sie. Sie umarmten sich noch fester. Der Bus wartete an der Haltestelle auf sie. Der Fahrer öffnete die Tür und konnte bestimmt hören, wie ihre saugenden Lippen sich voneinander lösten. Sie stieg zitternd in den Bus, gab dem Fahrer die Fahrkarte und ihre Lippen waren von Nachschons Speichel nass. Der Fahrer lochte ihre Karte und sagte: »Es ist das letzte Loch.« Sie hörte seine Stimme und erschrak: »Mike, oh, ich habe gar nicht gesehen, dass du das bist.«

»Das spielt keine Rolle, du hast andere Sachen gesehen.«

Noch in derselben Nacht überbrachten die Vögel des Himmels das Geräusch des Kusses, das der Student der

Jeschiwa Hesder der Jungfrau Sara gegeben hatte, Tochter des Matitjahu, ihrer Schwester Rachel, genannt Cheli.

»Welcome to the club«, sagte Cheli.

Nachschon erschrak über die Eigenständigkeit seines Körpers, litt aber nicht. Im Gegenteil, er bedankte sich bei dem Ewigen, gelobt sei Er, dass Er alles in seiner Klugheit geschaffen hatte, einschließlich des Komplexes (so redete er) von Mann und Frau und allem, was zwischen ihnen ist. Er beschloss, sie nur zu küssen, nicht mehr, und er schaffte es auch. Die Küsse danach waren schwach und abgezählt, selten und so aufregend wie der Ausgang von Jom Kippur. Sie waren der Prolog für eine schicksalhafte Zukunft und versprachen nur Gutes. Bei Mike und Cheli geschah es nicht so selten, sie wussten, was Männer und Frauen miteinander tun konnten. Sie zogen sich am Strand aus, in dunklen Parks, im dunklen Bus, wenn die Passagiere ausgestiegen waren, sie umarmten und küssten sich, wie es die Liebe verlangte. Nachschon sah es und blinzelte ihr triumphierend zu, wie gut geht es uns doch, unsere Schokolade ist noch ganz, während die beiden ihre bereits aufessen. Bald werden sie nichts mehr haben, während wir uns alles heil und unverdorben aufgehoben haben. Achtzehn Jahre, und noch gehen sie miteinander um, als wäre es gestern. Sie küssen sich, streiten sich coram publico mit dem Eifer von Schülern in der zehnten Klasse. Auch heute haben sie noch Knutschflecken am Hals und sie tauschen Blicke, die ein Fremder nicht versteht. Sie haben geheiratet, eine Hypothek aufgenommen und Kinder bekommen, sie sind zum Arzt gerannt, haben Steuern bezahlt und sich eine Küche auf Raten gekauft, ihr Auto geht alle Naslang kaputt – kurz, alles, was für französische Küsse tödlich ist, ist ihnen passiert, und trotzdem haben sie Küsse übrig. Annas Zickzackbeine, Toms Kopfverletzung und die harte Arbeit fressen sie innerlich auf, aber ihre Liebe ist ein Fels in der Brandung, sie trotzt der Strömung. Einmal hat sich Anna am Knie verletzt, und während ihre Wunde genäht wurde, umarmten sie sich neben der Tür des Operationssaals und küssten sich. Ein Arzt kam, um ihnen Bescheid zu geben, und musste sich räuspern, damit sie auf ihn aufmerksam wurden und sich voneinander lösten.

Nachschon liegt schwer atmend neben ihr, er ist fertig, erledigt, wie er es hinterher immer ist, hört nicht die Tauben in der Regenrinne, die sich zanken. Sie schläft nicht ein. In etwa zwei Stunden wird sie zur Bushaltestelle gehen und mit dem Acht-Uhr-Bus zu Tom fahren. Nachschon wird für die großen Kinder Brote schmieren, die Kleinen bekommen Brei. Er wird sie in den Kindergarten bringen und dann zu den Gewächshäusern gehen. Letztlich entscheiden deine Taten darüber, wer und was du bist.

Wer weiß, was der neue Tag bringt. Gestern rief Mike an und sagte, es sei noch nicht alles verloren, das habe der Arzt gesagt. Seine Stimme knarrte durch die Leitung, in seine Hoffnung mischte sich Angst. Er sagte: »Ich weiß nicht, ob er am Ende zwar hinkt, aber klar im Kopf ist, oder umgekehrt.« Sie wollte sagen, dass alles in der Hand des Ewigen liege, aber sie hielt sich zurück. Dann wollte er mit Naomi sprechen, um es ihr auch zu erzählen. In ihren Augen standen Tränen: »Meinst du das ernst, Papa?« Sie nahm das Gebetbuch, ging in die Ecke des Wohnzimmers und betete. Hadas saß im Sessel, schaukelte mit den Beinen und betrachtete sie und war sichtlich berührt von der Traurigkeit des schönsten Mädchens von Jerusalem, das ein filmreifes Drama erlebte. Auf ihre Art begriff sie es: Wenn jemandem ein Stück seiner Welt zerbrach, wurde er in ein anderes Licht getaucht. Danach hockten beide auf dem Boden und malten ein großes Transparent mit der Aufschrift »Wir grenzen uns ab von der Abgrenzung und verbinden uns mit den Wurzeln«, oder so ähnlich. Naomi sagte kein einziges Wort und arbeitete langsam und lustlos. Hadas suchte einen Weg, sie aus ihrer Traurigkeit zu holen und sagte, heute sei Frauentag im Schwimmbad. Naomi sagte: »Ja, warum nicht.« Sie zogen Badeanzüge an und darüber ihre Kleider, und gingen davon. Auf dem Weg zum Schwimmbad bemühte sich Hadas, sehr nett zu sein, sie redete ohne Unterbrechung, und Naomi pflückte Blätter von den Sträuchern und blieb gleichgültig und distanziert. Am Abend schrieb sie einen Brief. »Chajim-Tom, mein lieber Bruder, von Papa hörte ich, dass du mit Gottes Hilfe genesen wirst. Gott heilt die Kranken und befreit die Gefesselten. Heute habe ich übrigens kraulen gelernt. Du bist ja noch klein, wenn du gesund bist, kannst du mit mir ins Schwimmbad gehen, wenn Frauenschwimmtag ist. Ich habe dich lieb, Naomi.«

»Sara, Morgen bist du dran, auf meinen Bruder aufzupassen, nicht wahr? Gib ihm den Brief. Du kannst ruhig lesen, was ich geschrieben habe, das stört mich nicht.« Sie hielt ihr den Brief hin.

Jetzt schlafen Naomi und Hadas, die anderen Kinder und ihr Vater ebenfalls. Das letzte Achtel der Nacht schlafen sie besonders tief. Beim Aufwachen hat man keine Ahnung, wer man ist und woher man kommt, und es dauert eine Weile, bis man die Zeit und den Ort erkennt, bis man sich erinnert, dass Dienstagmorgen ist … Um diese Zeit sind auch notorische Schlechtschläfer nicht mehr standhaft und übergeben ihr Bewusstsein der Gnade Gottes. So auch sie, denn jetzt beugt sich jemand über sie, berührt ihre Schulter und sagt: »Sara, Sara, der Wecker hat geklingelt.« Und bevor ihr klar wird, dass sie es ist, die mit »Sara« gemeint ist, erinnert sie sich daran, dass sie schwanger ist und dass sie heute dran ist, auf Tom aufzupassen. In der Küche wartet schon ein schwarzer Kaffee auf sie, mit zwei Löffeln Zucker, und ein belegtes Brot für unterwegs. Nachschon ist bereits damit beschäftigt, die Brote für die Kinder zu schmieren. Sie hört die Brotschneidemaschine, die in der Küche frische Scheiben schneidet, und sagt sich, nichts ist selbstverständlich, Sara. Wenn du darüber nachdenkst, wie viele Milliarden Dinge deinen nächsten Atemzug verhindern könnten, dann ist die ganze Geschichte mit dem Leben ein großes Wunder.

Der Arzt mit den eng stehenden Zähnen und dem Kamm in der Brusttasche war der Erste, der ihr im Flur der Neurologie entgegenkam, und eigentlich war er der Letzte, den sie erwartet hätte. Sie schenkte ihm mit Mühe ein gemurmeltes »Guten Morgen« und ein halbherziges Lächeln.

»Haben Sie die Nachrichten schon gehört?«, fragte er. Unter ihrem weiten Kleid machte ihr Herz einen Satz. Nachrichten, ein Wort, das gut zu Schüsse, Verletzte, Sprengstoff, Selbstmörder, Handgranate, Geiseln, Gewächshäuser passte … Gott behüte …

»Was ist passiert?« Sie griff nach seinem weißen Ärmelaufschlag und ließ ihn gleich wieder los. Nachschon war in den Gewächshäusern, die Kinder waren zu Hause, in der Krabbelstube, in der Freizeit, man konnte nie wissen, aus welcher Ecke es einen treffen könnte. Sie blieb nicht stehen, wollte nicht hören, sie ging weiter, sie rannte zum Zimmer Nummer sechs, in dem die Hirnverletzten lagen, sie stürzte hinein, blieb auf der Schwelle stehen und wurde in den Flur zurückgedrängt. Ärzte und Krankenschwestern huschten um ihren Neffen herum. Es war etwas passiert, das war deutlich zu erkennen. Ein Schreck kam zum anderen.

Sie lehnte sich an die Wand des Korridors und wollte nichts wissen.

Eine Putzfrau, die mit einem Schrubber den Boden wischte, sagte: »Wow, was ist denn mit Ihnen los, Sie sind ja weiß wie der Tod. Soll ich Ihnen etwas zum Trinken holen?«

»Nein, nur etwas zum Festhalten.« Ihre zitternde Hand streckte sich nach der knochigen Hand der Putzfrau aus und klammerte sich an ihr fest. Der Boden unter ihren Füßen schwankte, sie tastete auch mit ihrer zweiten Hand nach der Frau. Fremde Finger, nass und krumm, hielten und stützten sie bei ihrem Fall. Das Putzwasser lief an ihren Armen herab und wurde von den Ärmeln aufgesaugt. Sie und auch die winzige Kreatur in ihrem Bauch waren mit der starken Hand und mit dem ausgestreckten Arm der Putzfrau verbunden, und siehe, der Boden wurde wieder fest, sie rappelte sich auf und sah, dass die Putzfrau geschwollene Sehnen und einen abgebrochenen Nagel hatte und einen Ehering trug.

»Soll ich Ihnen einen Stuhl holen?«

»Nein, es geht schon wieder.« Sie ließ die Frau los, ihre Arme waren noch nass vom Putzwasser, sie trocknete sie nicht ab.

»Was haben Sie, haben Sie heute morgen noch nichts getrunken?«

»Ich habe die vielen Ärzte beim Sohn meiner Schwester gesehen und bin erschrocken.«

»Haben Sie keine Angst, was Gott will, das wird geschehen.« Braune Augen, tief in die Augenhöhlen gesunken, starrten sie an. »Wenn Er gewollt hätte, dass Sie stürzen, hätte Er mich nicht mit meinem Schrubber hierher geführt, dann würde ich jetzt noch Zimmer vier putzen.« Die Putzfrau kreuzte ihre Hände über dem Schrubberstiel, suchte nach weiteren Beispielen für den guten Willen Gottes, hob den Daumen mit dem schwarzen Fleck im Nagel, deutete damit zur Decke und sagte: »Alles ist in Seiner Hand, wirklich alles, es geschieht, wie Er es will.«

Eine große Krankenschwester verließ das Zimmer mit den Hirnverletzten. Sie schimpfte mit der Putzfrau: »Nadja, was soll das Geschwätz so früh am Morgen, der Fußboden schreit nach Arbeit und du verbummelst die Zeit.«

»Es war nicht der Fußboden, der nach Hilfe schrie, das war ich. Ohne Nadja wäre ich hier gestürzt. Sagen Sie, gab es etwas in den Nachrichten?«

»Ach, ich habe Sie nicht gesehen.« Die Krankenschwester schaute sie an, als wäre sie aus dem Boden aufgestiegen. »Moment Mal, Sie sind doch Toms Tante, nicht wahr? Hören Sie, Ihr Neffe hat uns ganz schön durcheinandergebracht. Das ganze Team ist noch bei ihm, sie untersuchen ihn, es ist unglaublich … Hören Sie, sie sind etwas blass, man sollte Ihnen Blut abnehmen, um den Hämoglobinwert zu bestimmen …«

Sie verließ die Krankenschwester, die noch nicht fertig war mit ihrem Hämoglobinwert, und stürzte in das Zimmer Nummer 6. Die weiße Truppe drehte sich in ihre Richtung, der Professor hob schwere krötenartige Augenlider und sagte: »Madame, warten Sie bitte draußen.«

»Ich habe es versucht, Doktor, ich kann es nicht. Wenn Sie nicht noch einen neurologischen Fall haben wollen, müssen Sie mir sagen, was mit dem Kind los ist.«

Die Truppe schwieg, die Krötenlider senkten sich halb über die Augen und öffneten sich wieder.

»Er hat das Bewusstsein wiedererlangt«, sagte er. »Und jetzt warten Sie bitte draußen.«

»Wie bitte?«

Wo waren Nadjas gute Arme, die sie gegen die Schwerkraft der Erlösung stützten? Jetzt konnte ihr kein Gericht helfen, selbst der Premierminister und der Generalstabschef würden sie nicht vor den anderthalb Metern zurückhalten können, die sie von der Hilfe des Himmels trennten. Die weiß gekleideten Menschen beugten sich über die Gitterstäbe des Bettes und verdeckten die Sicht, wie in der Ankunftshalle am Flughafen. Nur eine Ärztin machte für sie Platz, damit sie ihre Ellenbogen aufstützen und das Wunder betrachten konnte. Aber sie stützte sich nicht auf, sie hielt die Ellenbogen an den Körper gepresst, sie schützten sie vor dem Zusammenbrechen. Würde sie Besuch aus dem Ausland bekommen, dann würde sie sich mit den Ellenbogen aufstützen, aber nicht, wenn sie Besuch aus dem Jenseits bekam.

Im Bus auf dem Weg nach Hause konnte sie sich nicht erinnern, ob sie zuerst die kleine Stirn küsste oder vorher betete: »Ich danke Dir, lebendiger und ewiger König, dass Du mir in Barmherzigkeit meine Seele wiedergegeben hast. Deine Treue ist groß.« Grüne Augen leuchteten sie an, kleine, lichtüberflutete Kleeblätter. Die weiße Kittelgarde verließ das Zimmer und sie schluckte die Tränen nicht hinunter, sie ließ ihnen freien Lauf. Toms durchsichtige Lippen öffneten sich einen Spalt und eine schwache Stimme flüsterte: »Mama.«

»Ich bin Sara, deine Tante«, sagte sie. Er sah sie an und der Spalt zwischen seinen Lippen war leer. »Schau, was ich dir mitgebracht habe.« Sie holte Naomis Brief aus der Tasche und las ihn laut vor, und ein paar Worte vor dem Schluss verließ sie die Stimme. Der Arzt mit den eng stehenden Zähnen und dem Kamm betrat das Zimmer und erzählte, das Wunder sei pünktlich um neun Uhr geschehen. »Nur ein paar Minuten, bevor Sie gekommen sind«, sagte er. »Die Krankenschwester ging in das Zimmer und hörte ein schwaches ›Wo ist Papa‹ von seinem Bett her. Sie ging zu ihm und sah, dass seine Augen offen waren. Sie dachte, sie würde gleich ohnmächtig werden und rannte hinaus, um die gute Nachricht zu verbreiten.«

Sie war also nicht die einzige Kandidatin für einen Ohnmachtsanfall.

Sie rief Mike an. »Halt dich fest«, sagte sie.

»Ein Moment, Sara. Edisso, stell die Cola in den Kühlschrank. Was ist los, Schwägerin?«

»Chajim-Tom ist aufgewacht.«

Das Telefon verstummte wie das Volk Israels bei der Offenbarung der Thora. Dann sagte er: »Sara, sag das noch einmal.«

»Noch einmal? Siebenmal, wenn du willst. Chajim-Tom ist aufgewacht, er ist aufgewacht, er ist aufgewacht …« Schon beim sechsten Mal war Mike nicht mehr da. Er schrie: »Cheli, Cheli.« Sara hörte, wie der Hörer zu Boden fiel, danach erklang nur noch das Freizeichen. Ihr blieb weniger als eine Stunde, um ganz allein das Wunder zu berühren, zu küssen, zu umarmen. Um zu sprechen, zu weinen und Gott zu danken. Sie fragte nicht danach, ob das Wunder Körperteile oder Hirnlappen unberührt gelassen hatte. Tom sagte abwechselnd Mama und Papa und war so müde, als hätte er einen langen Fußmarsch hinter sich. Sie hielt seine Hand. Seine kleine Hand war weich und dünn. Bald hörte man schnelle Schritte im Flur, Mike und Cheli stürzten herein, rot und verschwitzt. Sara ließ Toms Hand los und ging aus dem Zimmer. Als Joseph seine Brüder wieder traf, sagte er: »Lasst jedermann vor mir hinausgehen.«

Nadja putzte den Türrahmen von Zimmer 9 und rief ihr zu: »Wie geht es Ihnen, schon besser?«

Erst jetzt, im Bus, auf dem Weg nach Hause, erinnerte sie sich an das belegte Brot, das Nachschon ihr am Morgen vorbereitet hatte. Als sie hineinbiss und das Brot mit der Tomate und den Oliven kaute, fiel ihr wieder der achte Passagier in ihrem Bauch ein und es gab ihr einen Stich. Sie schob das Brot in die Tüte und die Tüte in ihre Tasche und dachte an die armseligen Gramm Mensch, die in ihrem Bauch wuchsen. In drei Monaten würde das Kind drei Kilo wiegen, dann würde es zur Welt kommen und wachsen und vier Kilo wiegen, dann acht, zehn, und wenn es fünfzehn Kilo wiegen würde, würde es schon alleine gehen können und auf den Steg klettern oder auf eine Mauer … Gott behüte. Was soll man sagen: Wenn der Herr nicht die Stadt behütet, so wacht der Wächter umsonst.

Fünftes Kapitel

In den ganzen dreizehneinhalb Jahren, die sie auf dieser Welt war, hatte es nichts so Aufregendes wie die Worte ihrer Tante Sara gegeben: »Chajim-Tom ist aufgewacht.« Ihr Herz schwoll an und hatte nicht genug Platz in ihrer Brust. Kaum zu glauben, dass dieses Herz gestern noch ein harter Avocadokern war und sie nicht wusste, was sie mit sich anfangen sollte, sie setzte sich in den kaputten Sessel und schaute zu, wie der Tag zum Abend wurde. Sie hoffte, die Sonne würde sachte untergehen, ohne den Himmel in Brand zu setzen, ohne dieses ganze Getue am Horizont. Sie mochte unspektakuläre Sonnenuntergänge lieber, zart-gelbe, unvollkommene. Ohnehin gab es nichts Ewiges außer Gott, warum sollte man dann so ein Theater um Sonnenuntergänge machen.

Sie setzte sich in den Sessel ohne Beine, den ihr Vater zusammen mit dem zerschlissenen Sitz eines Dodge Transporters beim Sperrmüll gefunden hatte. Er hatte beide einfach einen Meter vor dem Wasser in den Sand gestellt und gesagt: »Endlich ein Wohnzimmer, das nach allen vier Himmelsrichtungen offen ist.« Vor nicht einmal 24 Stunden hatte sie in ihre Heft geschrieben, sie hätten einen weiteren Tag hinter sich gebracht und Chajim-Tom sei schon

720 Stunden ohne Bewusstsein, das seien 43 200 Minuten. Sie notierte auch: »Ein invalider Sessel, ohne Glieder, amputiert.« Edisso war mit dem Geschirrspülen fertig und setzte sich auf den Dodgesitz, sie beide atmeten die salzige Luft ein und betrachteten den Sonnenuntergang. Er fragte, wozu sie das Heft habe.

»Für besondere Worte und für die Zählung von Chajim-Tom.«

»Was heißt das, Zählung?«

»Ich zähle die Stunden, die er ohne Bewusstsein ist.«

»Wozu ist das gut?«, fragte er. Seine Zehen gruben sich in den nassen Sand.

Sie sagte, sie habe geträumt, wenn er achthundert Stunden hinter sich habe, würde etwas Wichtiges geschehen.

»Etwas Gutes?«

»Natürlich. Schlimmer kann es doch nicht mehr werden.«

»Wenn du magst, kannst du mit meinem Fahrrad üben«, sagte er plötzlich. Seine Zehen bohrten Löcher in den Sand.

»Hast du Mitleid mit mir?«

»Wenn ich dir erlaube, mein Fahrrad zu benutzen, muss das doch nicht aus Mitleid sein, oder?« Die Sonne stand schon so tief wie der Dodgesitz und malte kupferne Ringe in Edissos Augen, am Himmel gab es kein Theater in Rot, dieser Tag schien sich bescheiden zu verabschieden.

»Wie hat sich dein Bruder verletzt?«

»Das hast du schon mal gefragt. Schau doch, die Sonne liegt auf dem Meer wie eine Orange auf einem Silberteller.«

»Was sind das für Worte?«

»Ich werde vielleicht mal eine Dichterin.«

»Wieso eine Dichterin?«

»Erstens gibt es wegen meines gestörten Gleichgewichts nicht viele Berufe, die zu mir passen. Zweitens kann ich gut reimen und mein Wortschatz ist größer als der von anderen in meinem Alter. Schau, jetzt ist die Sonne eine Blutorange, aus der man ein Drittel herausgeschnitten hat.« Edisso verschränkte die Hände unter dem Nacken, lehnte sich gegen die zerrissene Lehne des Dodgesitzes und schaute über das Meer. Beide schwiegen, bis sie fragte: »Glaubst du an Gott?«

»Ich weiß es nicht.« Er zog die Hände vom Nacken und faltete sie über einem Knie. Seine mageren Knochen drückten sich fast durch die Haut.

»Und du?«

»Was meinst du?«

»Glaubst du an Gott?«

»Das hängt von Gott ab. Wenn Er etwas für Chajim-Tom unternimmt, dann werde ich so religiös wie meine Schwester, vielleicht sogar noch religiöser.« Hätte sie gewusst, dass Gott in wenigen Stunden tatsächlich etwas für Chajim-Tom unternehmen und ihn aufwecken würde, hätte sie sich aufrecht hingesetzt, sie hätte sich gekämmt und eine frische Bluse angezogen, sie hätte irgendetwas Besonderes getan.

Karniel jaulte auf der Terrasse, als würde er um jemanden trauern, das ging ihrer Mutter auf die Nerven, sie drohte ihm mit dem Besen und jagte ihn davon. Karniel hatte Angst davor, allein zu sein, und kam zu ihnen. Er blieb zwischen dem Sessel und dem Dodgesitz stehen und starrte die orangefarbene Kipa an, die von der Sonne übrig geblieben war, und die Anzahl der Augen, die über das Meer blickten, war auf sechs angewachsen. Die Kupferringe verschwanden aus Edissos Augen. Er warf Muscheln ins Wasser, aber das Meer brachte sie wieder zurück. Wenn Gott oder einer der Engel sie jetzt sehen könnte, würde er bestimmt sagen, hier sind drei Exemplare von Säugetieren, die bei der natürlichen Auslese keine besonders guten Chancen haben, sie werden an irgendeiner Stelle versagen. In der Enzyklopädie und im

Internet steht, dass schwache Kreaturen nicht überleben. Dünne Beine und ein gestörter Gleichgewichtssinn sind nicht gerade das, was die Menschheit braucht. Und nach allem, was sie über Afrika und Amerika gelesen hat, ist die Menschheit auch nicht wirklich wild auf Menschen mit einer schwarzen Hautfarbe. Sie schaute Edisso an und er tat ihr leid.

»Sag, hast du schon mal was von der natürlichen Auslese gehört?«

Er streichelte Karniels schäbigen Hals und sagte: »Es gibt eine Band mit diesem Namen, ihr Sänger heißt Schlomo Bar.« Karniel saß da und starrte wie verhext das Meer an, er sah eher aus wie die schlecht modellierte Skulptur eines Katers, nicht wie ein lebendiger.

»Magst du ihn?«

»Wen? Schlomo Bar oder den Kater?«

»Den Kater.«

Er sagte: »Ja, warum nicht, ich habe keine Probleme mit ihm.« Von der Imbissbude herüber waren plötzlich Stimmen zu hören, Anna ließ ihr Heft auf den invaliden Sessel fallen. Edisso würde nie im Leben etwas lesen, was nicht für ihn bestimmt war, und außerdem war es sowieso schon zu dunkel dafür. Sie befahl ihren Beinen, normal zu funktionieren, ging hinüber zur Imbissbude und hörte, dass ihre Eltern über Ärzte sprachen.

»Was ist, hast du sie nicht gefragt?« Sie konnte sich vorstellen, wie sich die Wimpern ihrer Mutter aufrichteten.

»Kennst du mich so wenig? Ich habe sie mit Fragen gelöchert, aber es hat nichts gebracht. Sie waren höchstens bereit zu sagen: ›Die Zeit wird es zeigen.‹«

»Aha, die Zeit wird es zeigen.« Die Wimpern ihrer Mutter senkten sich wie eine Jalousie mit zerrissenen Bändern. Und dann sagte sie, wenn Tom am Ende geistig behindert wäre, sollte er besser bewusstlos bleiben. »Er soll nicht leiden und zum Gespött werden.«

»Als würde uns jemand fragen«, sagte der Vater.

Die Zeit wird es zeigen, hatten beide gesagt, und noch nicht gewusst, dass es nicht mehr lange dauern würde, bis der Morgen es zeigen würde.

Gestern, als sie es noch nicht wussten, verschwand die Sonne und das Loch im Himmel wurde grau, wie der unverputzte Fleck, den man an einer Wand zurücklässt, um an die Zerstörung des Tempels zu erinnern. Der Tag ging so leise zu Ende, als wäre er aus irgendeinem Grund beschämt. Der Dodgesitz war leer. Edisso und Karniel kamen wie uralte Leute herüber. Karniel ging langsam, weil ihn nichts erwartete, und Edisso, weil er sie bei ihrem familiären Gespräch nicht stören wollte. »Hier, sonst wird es noch nass«, sagte er und hielt ihr das Heft hin, das sie auf dem Sessel liegen gelassen hatte. Sie wollte das Wort »Spott« schreiben, hatte aber Angst vor dem Wort und ließ es bleiben. Ihr Vater fragte Edisso, wieso er denn noch hier sei, und er antwortete, er habe ganz in der Nähe Englischunterricht, es lohne sich nicht mehr, nach Hause zu fahren. Er schloss sein Fahrrad auf, nahm seinen Rucksack, sagte »Auf Wiedersehen« und »Bye, Anna«, und trug das Rad hinauf zur Straße.

Sie diskutierten, was sie zum Abendessen kochen sollten und ob man schon Wein trinken oder lieber damit warten sollte, bis Toms Zustand sich gebessert habe. Annas Mutter war fürs Trinken, das bedeute schließlich nicht, den Teufel an die Wand zu malen, der Teufel könne sowieso nicht mehr ausrichten, als er ohnehin schon getan hatte. Der Vater war einverstanden und öffnete eine Flasche mit halbtrockenem Weißwein. Alle drei saßen am Tisch auf der Terrasse und schwiegen, nur manchmal sagte jemand: »Gib mir die Butter«, oder: »Kann ich noch Pommes frites haben«. Wenn sie keine Lust hatten zu sprechen, ließen sie es einfach bleiben, sie fingen auch nicht mit den Sandwichs an, die sie heute verkauft hatten, und welche Brötchen man für morgen bestellen sollte. Nur das Meer schwieg nie. Das Wasser rauschte und brachte die Stimmen von Millionen Fischen, Algen und Korallen mit, die im Kampf ums Leben jagten und gejagt wurden. Keine Worte, keine Lügen, keine Geheimnisse. Leben und Tod, sonst nichts.

Eine Frau fragte: »Entschuldigung, hat das Restaurant noch auf?« Ihr Mann wartete auf den Terrassenstufen.

»Ja«, sagte der Vater, »es hat offen.«

Die Frau sagte, sie giere nach Pita und Omelett, aber die Kalorien … »Ich weiß echt nicht, was ich tun soll, ich bin in einem Dilemma.«

Ihr Mann sagte: »Hör auf, wir geh'n doch nur alle Jubeljahre essen …«

»Du übertreibst. Erst vorgestern haben wir im El Gaucho zweitausend Kalorien gegessen. Ich habe acht Kilo zu viel auf den Rippen.«

»Und, wenn du acht Kilo abnimmst, wirst du dann Sharon Stone sein?«

»Das hättest du wohl gern.«

Sie setzten ihre Brillen auf und studierten die Speisekarte als wäre sie ein Testament, das ihr Leben ändern würde.

Der Vater fragte: »Was möchten Sie?«

»Ich kann mich nicht entscheiden, einerseits sterbe ich vor Hunger, andererseits diese Figurprobleme …«

Die Frau lachte den Vater an, doch der hatte ganz andere Sorgen, er trat von einem Fuß auf den anderen und sah hinüber zum Meer.

»Gut, dann ein doppeltes Omelett, aber mit wenig Öl.«

»Natürlich, mit wenig Öl.« Der Vater ging zur Küche, die Mutter folgte ihm.

Die beiden Gäste schauten sich um, während sie auf das Essen warteten. »Mit ein wenig Aufwand könnte man hier ein tolles Lokal machen«, sagte die Frau. »Schade. Ob sie hier überhaupt das Öl nach dem Braten wechseln?«

Anna sagte von ihrem Platz aus: »Hier wird alle zwei Stunden Ölwechsel gemacht.«

Die beiden starrten sie an, als wäre sie die Kuh, die sie vorgestern im El Gaucho gegessen hatten. Anna dachte, die meisten Menschen können ihren Mund nicht eine Minute halten. Edisso gehört zu den Schweigern. Sie versuchte es auch. Es klappte nicht immer, aber sie machte Fortschritte. Seit Chajim-Toms Sturz schwieg sie oder sie log. Die erste Lüge hatte sie eine Woche nach dem Unfall ausgesprochen. Zwei Kundinnen waren zur Imbissbude gekommen. Die eine bestellte Baguette und die zweite zog sie am Ärmel und sagte: »Schau mal, Chanita, das ist doch das Mädchen, das mit dem Fahrrad stecken geblieben und ohnmächtig geworden ist.« Die Frau beugte sich zu Anna herunter, hob ihr Kinn an und sagte: »Kind, erinnerst du dich an uns? Wenn wir dir kein Wasser gegeben hätten …«

Anna wischte die Berührung der Frau vom Kinn und sagte: »Sie haben mir kein Wasser gegeben, das war ich nicht.«

Der Vater und die Mutter waren damit beschäftigt, Baguettehälften zu belegen und hörten offenbar nichts.

»Natürlich bist du das. So dichte Wimpern und so dünne Beine vergisst man nicht.« Die Frau musterte sie von oben bis unten.

»Ich habe eine Zwillingsschwester«, sagte sie. Die Eltern schienen nicht nur taub zu sein, sondern auch stumm. »Wir sind siamesische Zwillinge«, sagte sie. »Wir waren an den Beinen verbunden und man hat zwei Hälften aus uns gemacht, als man uns trennte.«

»Was?« Die Gäste starrten Annas Beine an, dann warfen

sie sich Blicke zu, atmeten tief ein und baten Vater um etwas mehr Ketchup und um saure Gurken.

Eine perfekte Lüge. Sie war glücklich nach hinten ins Lager gegangen, um über ihre nicht vorhandene siamesische Zwillingsschwester nachzudenken. Aber dann dachte sie doch nicht an sie. Ihre Gedanken wanderten zum Fahrrad, das wie verrückt von der Unfallstelle weggerast und im Sand stecken geblieben war, und zu den beiden Frauen, die gesagt hatten: »Kind, wie siehst du denn aus« und »Trink ein bisschen Wasser«. Und zu den Beinen, die sich wie zwei aufgescheuchte Hühner benahmen, und zu dem Rettungswagen, der kam und dann mit heulenden Sirenen wieder losfuhr, und zu den kreischenden Möwen und dazu, dass sie keine Ahnung hatten, ob jemand lebte oder nicht.

Sie würde weiter lügen, bis sie wüsste, welche Zellen in Chajim-Toms Gehirn beschädigt waren und welche nicht. Von ihr aus sollte er sich daran erinnern und alles erzählen, dann würde sie eben ins Kloster gehen oder in die Wüste oder einfach verschwinden. Oder sie würde ihren Körper für wissenschaftliche Versuche zur Verfügung stellen.

Doch zurück zu gestern: Da war sie so nervös wie nie zuvor, sie stopfte ein Kilo Kopfsalat in sich hinein, als wäre sie eine fanatische Anhängerin gesunden Essens. In der Zwischenzeit brachten der Vater und die Mutter dem Ehepaar die Omeletts und den Rest der Bestellung. Die Gäste stürzten sich auf die Teller, als wäre Essen das Einzige, was ihnen gefehlt hatte, und als stehe ihnen nun ein ewiges Leben in Glück und Reichtum bevor.

»Was ist los, Anna?«, fragte der Vater.

»Alles ist super.«

Die Mutter wollte wissen, was der Anfall mit dem Kopfsalat zu bedeuten habe: »Ich hoffe, du hast dir nicht irgendeine Diät oder so was in den Kopf gesetzt.« Mit anderen

Worten, sagte sie, ihre Tochter solle jetzt nicht auch noch magersüchtig werden, sie hätte schon genug Probleme. Sie legte Anna die Hand auf die Schulter und fragte, wie sie mit dem Schreiben weiterkomme.

»Ich werde vielleicht eine Dichterin. Ich kenne schon viele poetische Wörter, das ist ungewöhnlich in meinem Alter.«

Der Vater sagte: »Dichterin? Keine schlechte Idee«, und die Mutter meinte, dazu müsse man die Seele eines Dichters haben.

»Wie weiß ich, ob ich so eine Seele habe?«

»Das spürt man, man erlebt das Leben anders als die meisten anderen.«

»Was meint ihr, habe ich eine Chance?«

Sie warfen sich einen Blick zu. Die Mutter sagte, es sei noch zu früh, um das zu wissen, und der Vater sagte, er verstehe von so etwas rein gar nichts.

»Falls es euch interessiert«, sagte Anna, »ich empfinde das Leben wirklich auf eine andere Art und Weise.« Genau in diesem Moment fragte der Mann, ob er die Rechnung haben könne, und Annas Vater zählte zusammen, was sie sich in den Bauch gestopft hatten.

»Ich kann bei Menschen die Knochen unter der Haut sehen und das bringt mich zum Weinen. Heißt das, dass ich eine Chance habe?«

»Eine Chance wofür?«, fragte die Mutter und schaute den Vater an. Schade. Wenn der Vater bei ihr nicht immer an erster Stelle stehen würde, hätte sie sich weiter mit ihr unterhalten können, über Finger, über Knochen und über das Weinen der Dichter. Karniel stand neben ihr und miaute. Sie gab ihm ein Blatt Salat. Er fing an zu kauen und schaute sie an, wie die Mutter den Vater anschaute. Er kaute so langsam, als wäre ihm der Blickkontakt wichtiger als das Essen.

In der Nacht ging Annas Vater aus. Er trug nichts außer der weiten, weißen Hose. Kein Hemd, keine Schuhe, anscheinend auch keine Unterhose. So war er manchmal, da wollte er mit sich allein sein. Als wäre das Gehirn eine Hosentasche, aus der man die Probleme mit der Familie ausschütten konnte, um sie dann leer und sauber wieder zurückzustecken. Wahrscheinlich saß er irgendwo in der Dunkelheit, pfiff das Lied »Nacht, der Wind weht«, warf Steine ins Wasser und dachte über Amerika nach, den Kontinent der Sieger, oder an den Tag, an dem Chajim-Tom wieder ein normales Kind wäre und sie kräftige Beine hätte.

Die Mutter saß auf der Terrasse und las unter der Lampe in einem dicken Buch. Es hieß »Korrekturen«, und sie erzählte, es sei die Geschichte einer amerikanischen Familie, die auseinanderfalle. Nun würden also auch in Amerika Sachen kaputtgehen, und nicht nur irgendwelche Gegenstände, jetzt seien auch die Familien dran. Dann machte sie das Licht aus, klappte das Buch zu und blieb sitzen. Zwischen ihren Fingern steckte eine erloschene Zigarette, ihr Blick ruhte auf dem Meer. Man sah, dass sie keine Lust hatte zu reden, auch Anna hatte keine Lust dazu. Sie ging in die Baracke und legte sich auf Chajim-Toms leeres Bett, in dem nichts mehr an ihn erinnerte. Die Matratze nicht bezogen, glatt und kühl. Auch wenn ein Haar oder eine Hautschuppe zurückgeblieben wäre, hätte die Wäsche sie schon vernichtet. Chajim-Tom lebte, er war kein im Krieg gefallener Soldat, dessen Reliquien erhalten bleiben mussten, und dessen zuletzt getragene Kleidungsstücke nicht gewaschen werden durften.

Chajim-Tom lebte, sein Zustand war nicht endgültig, es gab eine Chance, dass es unter den Milliarden Zellen in seinem Kopf eine gab, die den Aufprall überlebt hatte und sich an alles erinnerte. Hört auf zu zittern, Schwachköpfe, sagte sie zu ihren Beinen und ging in ihr eigenes Bett. Schön wäre es, wenn sie den Gedanken Nummern geben, wenn sie sie wie im Wartezimmer eines Arztes auf eine Bank setzen und sie der Reihe nach behandeln könnte. Gedanke Nr. 1, was fehlt dir? Und wenn Nr. 4 sich vordrängen und sagen würde, ich habe nur eine kleine Frage, darf ich, würde sie ihm bedeuten, die Tür wieder zuzumachen und draußen zu warten.

Und wenn Nummer 8 hereinplatzen und behaupten würde, er wäre ein Notfall, würde sie sagen, tut mir leid, alle Gedanken sind ernsthaft krank.

Am liebsten würde sie ein Schild an ihre Stirn heften: Wegen Renovierungsarbeiten geschlossen, und nichts mehr wissen. Sie zählte die Sterne, die sich im Loch in der Decke zusammendrängten. Als sie zweiundfünfzig gezählt hatte, wurden sie von einer Wolke verdeckt. Dann zählte sie Sandkörner und hörte plötzlich ein Klatschen, die Mutter versuchte, einen quälenden Moskito zu ermorden. Aber der Moskito war wild entschlossen und mobilisierte seine ganze Familie. Die Mutter brachte die Waffe des Jüngsten Gerichts zum Einsatz, sie fluchte auf Russisch: »Geht zum Teufel«, und besprühte die Terrasse mit einem Spray zum Entfernen von Fettflecken, statt die Dose mit dem Insektenvertilgungsmittel zu nehmen, denn diese war leer. Der Geruch des Sprays verbreitete sich in der Baracke, aber was Moskitos tötete, brachte keine Menschen um. Dann zog der Rauch einer Zigarette herein, der konnte auch für Menschen tödlich sein. Die Mutter sagte immer, eine gerauchte Zigarette bringt dich dem Tod einen Schritt näher, und eine Zigarette, die du rauchen wolltest und nicht geraucht hast, bringt dich dem Tod zwei Schritte näher. Also verlängere sie ihr Leben, wenn sie rauche. Anna hörte, wie die Wellen an den Strand donnerten. Es hörte sich an wie die gregorianische Musik, die Mutter zu Hause in Kiriat Jovel so oft hörte. Das Loch in der Decke der Hütte war dunkel, das Brausen des Meeres klang dumpf wie die Gebete von Mönchen, die man in der Tiefe eingekerkert hatte. Einmal war Anna mit ihrem Vater in der Altstadt spazieren gegangen, da waren sie an einer Kirche vorbeigekommen und stehen geblieben, um dem Gesang der Christen zu lauschen. Der Vater sagte, ihr Gesang wäre zu Musik gewordene Verzweifelung. »Merkst du, dass ihre Musik sich nicht verändert? Sie singen die ganze Zeit das Gleiche. Wenn einer Schmerz empfindet, dann geht seine Stimme rauf und runter, er schreit, er bricht ab, weint, dreht durch. Wenn die Stimme gleich bleibt, dann ist die Person völlig verzweifelt, sie erwartet nichts mehr.«

Karniel miaute wie jemand, dessen Leben im Eimer ist, ein flaches, armseliges Heulen, kraftlos und ohne Echo. Damit konnte er keine Mäuse beeindrucken, und Menschen erst recht nicht.

Der Vater war noch nicht fertig mit seinem Alleinsein. Anna hatte keine Ahnung, wie spät es war. In Kiriat Jovel erkennt man die Zeit an den drückenden Blasen der Nachbarn, dachte sie. Um zwei geht die Frau aus dem dritten Stock aufs Klo, um halb vier werden den Zwillingen im zweiten Stock die Windeln gewechselt und die Hunde werden Gassi geführt. Der Mann vom fünften Stock geht stündlich aufs Klo und nach ihm seine Frau. Die Rohre, die alles in die Kanalisation bringen, sind wie die Schlagadern des Hauses, das den Bewohnern mitteilt, dass schon wieder eine Stunde vergangen ist. Am Meer weiß man nie, wie spät es ist. Es gibt keine Nachbarn, keine Müllabfuhr und keine Zeitungsträger. Tag und Nacht rauschen die Wellen und die Mönche singen, es ist ein Dröhnen, das sich nie ändert. Das Meer geht nirgendwo hin, aus dem Sand wird kein Gemüseacker und die Mönche kommen nie frei. Die Mutter hustete, ihre Füße rieben sich am Boden, das hieß, dass sie jetzt auf den Stufen saß, um den Steg im Blick zu haben. Falls sie je einen Liebsten haben würde, überlegte Anna, würde sie vor Sorge sterben, wenn er in der Nacht allein ausgehen und verlassene Orte aufsuchen würde. Aber noch gab es keinen Liebsten am Horizont, und solange ihre Beine so dünn wie Stricknadeln waren, würde wohl auch keiner kommen. Sie konnte höchstens einen Freund erwarten, jemanden wie Edisso, der ihr zuhörte und Mitleid für blöde Kater aufbrachte.

Der Vater war noch immer nicht zurück. Die Mutter zündete sich eine weitere Zigarette an und das Meer rauschte. Sie zählte Sandkörner, sie kam bis vierhundertsieben, und als sie morgens aufwachte, räumten die Eltern Sprite und Coca Cola in den Kühlschrank und sagten: »Stell diese Flaschen auf die rechte Seite, da, wo der kaputte Karton steht, lass mal, den schleppe ich.«

Sie band die Schnürsenkel ihrer neuen New-Balance Schuhe, als das Handy ihres Vaters klingelte.

Der Vater sagte: »Sara, sag das noch einmal.« Die Stimme kam aus seinem Hals, als hätte er einen Schlag bekommen. Zweimal sagte er: »Sag es noch einmal.« Dann schwieg er, als wäre jemand gestorben, und dann schrie er: »Tom ist aufgewacht!«

Sie erinnerte sich nicht mehr, was danach war, weil auch sie sich fühlte, als wäre jemand gestorben, oder als hätte sie den ersten Platz bei einem Wettrennen gewonnen. Die Mutter und der Vater weinten ein bisschen und umarmten sich immer wieder, und dann bemerkte die Mutter sie und sagte: »Oh, Anna.« Sie hörten auf, sich über Chajim-Tom zu freuen, weil sie sich unbedingt um Anna kümmern mussten. Sie warteten, bis sie wieder zu sich kam, und banden ihr die

New-Balance-Schuhe zu, denn das schaffte sie nicht. Danach riefen sie in der Siedlung an und erzählten es Naomi. Sie sagten: »Das ist in Ordnung, Süße, wir weinen auch.«

Sie zogen die Freizeitkleidung, die sie in der Imbissbude trugen, aus und ihre Ausgehkleidung an. Der Vater zog eine lange Hose und ein Hemd mit Kragen an und die Mutter einen Leinenrock, der ihr bis zu den Knien reichte, dazu eine weiße Bluse. Kurz bevor sie weggingen, schnitt die Mutter ein Viereck aus dem Brötchenkarton und schrieb darauf in großen Buchstaben: »Aus familiären Gründen gibt es heute nur eine kleine Speisekarte. Wir bitten um Ihr Verständnis.« Das Schild hängte sie über die Stufen.

Nur wenige Minuten, nachdem Tante Sara die Neuigkeit verbreitet hatte, waren sie schon auf dem Weg zum Krankenhaus. Die Imbissbude überließen sie Anna und Edisso, eigentlich eher Edisso. Er zerkleinerte Gemüse, briet Omeletts und schnitt Brötchen auf. Sie legte die Omeletts und das Gemüse in die halbierten Brötchen. Sie arbeitete langsam und Edisso sagte: »Soll es dauern, so lange es dauert, ich mache mich nicht verrückt.« Als er mit dem Braten und Schneiden fertig war, packte er die Brötchen in Frischhaltefolie und wischte die Theke ab.

»Mein Bruder ist aufgewacht«, sagte sie. »Glaubst du, er erinnert sich an das, was vor dem Unfall war?«

»Keine Ahnung, vielleicht.« Edisso warf dem Kater eine Gurkenscheibe hin. In der Zwischenzeit kam die Clique der Rentner, die ihre Stühle im Kreis aufstellten, und einer fragte: »Junge, kann ich einen griechischen Bauernsalat haben?« Edisso deutete auf das Schild und sagte, es gebe heute nur belegte Brötchen und heiße und kalte Getränke.

Der Mann sagte: »Aus familiären Gründen. Was ist passiert, ist die Schwiegermutter gestorben? Heiratet der Schwager? Ist das ein Grund, keinen bulgarischen Käse mit ein paar Oliven zu servieren? Man kann sich auf diese Kioske nicht mehr verlassen. Und was ist mit dir, junge Dame? Hat man dich zu dem familiären Ereignis nicht mitgenommen?«

Sie hatte schon eine freche Antwort parat, aber Edisso gab ihr ein Zeichen, sie solle sich zurückhalten, und das tat sie auch.

Er fragte: »Möchtest du einen Kakao?« Er machte ihr einen, sie trank und ihre Lippen zitterten vor Nervosität. Vielleicht erzählte Chajim-Tom es ihnen gerade, und wenn er es nicht tat, war er zurückgeblieben, zuckte mit der Zunge und schnitt schreckliche Grimassen, erkannte seine eigenen Eltern nicht mehr. Sie verschüttete etwas Kakao auf ihre Bluse, Edisso gab ihr ein Geschirrtuch und sagte: »Gratuliere zu den neuen Schuhen. New-Balance, oder? Toll!«

»Ich habe jetzt was anderes im Kopf als Schuhe«, sagte sie und ging hinein, um die neuen Zeitrechnungen in ihr Heft einzutragen. Aber sie tat es nicht, sie ging wieder hinaus. Edisso reinigte die Espressomaschine und fragte, ob sie bereit wäre, die Löffel abzutrocknen.

Sie fragte, ob er Mitleid mit ihr habe.

»Wieso Mitleid?«, fragte er gereizt. »Bist du bereit, die Löffel abzutrocknen?«

»Nur wenn du schwörst, dass du kein Mitleid mit mir hast.«

»Ich habe kein Mitleid und ich schwöre nichts. Trockne ab, wenn du willst, und wenn nicht, lass es bleiben.« Er polierte die Espressomaschine und sah noch schwärzer aus als sonst. Karniel stand neben ihm und leckte seinen Fuß. Das machte ihn nervös, er fuhr den Kater an: »Was hast du denn?«, aber er versetzte ihm keinen Fußtritt, um ihn zu verjagen.

»Ich trockne nicht ab.« Sie drehte ihm den Rücken zu, ging die Stufen hinunter und schlug die Richtung zum Strand ein. Sie wusste, dass er ihr nachschaute. Ihre Eltern hatten ihm die Verantwortung für alles übertragen, was hier geschah. Sie gab sich beim Gehen große Mühe. Der Sand, der in ihre Schuhe drang, machte ihre Beine schwer und sie dachte, das sei ein Vorteil, schließlich sei mehr Gewicht genau das, was ihren Beinen fehlte. Aber so funktionierte es nicht. Dann eben nicht. Schaute Edisso zu? Sollte er doch. Das riesige Meer war müde und glatt, es atmete langsam, ließ niedrige Wellen an den Strand rollen, die, wenn sie den Sand erreichten, schon ganz flach waren. Sie setzte sich in sicherer Entfernung zum Wasser auf den Boden, vorsichtig, damit die New-Balance-Schuhe nicht nass wurden, sie waren zu teuer gewesen, standen in keinem Verhältnis zur Anzahl der in den letzten Tagen verkauften Sandwichs. Die Dicke kam und nahm einen Stuhl, als hätte sie ein Abonnement. Anna wollte schon sagen, es gehört sich eigentlich, vorher zu fragen, aber als die Frau sie mit ihren roten Lippen und den weißen Zähnen anlächelte, ließ sie es bleiben.

»Guten Morgen«, schrie die Frau, obwohl es am Strand ruhig war. »Was tut sich?« Sie breitete das geblümte Badetuch auf dem Stuhl aus.

»Alles in Ordnung«

»Viel Spaß mit den neuen Schuhen.«

»D-a-n-k-e!« Sie antwortete laut und nervös. Die Frau hielt mit ihren Lippen den Haarclip fest, fasste ihre Locken am Hinterkopf zusammen und brachte zugleich ein Lächeln zustande, das besagen mochte: Heute ist ein herrlicher Tag. Sie brauchte keinen Sand in den Schuhen, um mehr zu wiegen. Sie war auch so zufrieden. Man sah ihr an, dass sie weder Albträume noch Minderwertigkeitskomplexe kannte. Und sie hatte einen Körper, der Männer beeindruckte, mit Busen und allem.

»Was ist los?«, fragte die Frau, »wo sind sie alle hin?« Sie sagte alle und meinte den Vater. Anna wies auf das Schild.

»Familiäre Gründe, ach so, toll! Viel Glück.« Sie setzte sich auf den Stuhl und zog ihr Kleid weit über die Knie. An ihrem Oberschenkel war eine blaue Vene deutlich zu erkennen. Trotz allem, was ihr der Himmel geschenkt hatte, war sie also nicht hundertprozentig perfekt.

Viel Glück. So eine dumme Kuh, wusste sie denn nicht, dass familiäre Gründe auch eine Beerdigung sein konnten, Gott behüte, wie Tante Sara sagen würde. Vielleicht hatte Gott Chajim-Tom absichtlich gerade an dem Tag aufgeweckt, an dem Sara ihn hütete. Er wollte diese Gnade nicht an Menschen vergeuden, die seine Regeln nicht beachteten. Er saß als Beauftragter für Glück in seinem Chefsessel im Himmel, sah, wie Sara mit dem Bus zum Krankenhaus fuhr und bat den diensthabenden Engel, er solle ihm ihre Kartei bringen. Er überflog sie und sagte, Sara hat in diesem Semester Fortschritte gemacht, gut, sie bekommt eine Belohnung. Und dann weckte Er Chajim-Tom auf. Und jetzt sah Er den Vater und die Mutter im Bus, erinnerte sich, dass sie samstags rauchten und sagte sich, schau an, die zwei haben nichts gelernt, sie haben nicht mal ein Viertel von der Belohnung verdient, und dann würde Er Chajim-Toms Gehirn zusammenschrumpfen lassen und ihn zu einem Krüppel machen, der zuckt und dem der Speichel aus dem Mund läuft. Sie fing an zu zittern, sie musste mit jemandem sprechen. Zum Glück schaute die Dicke sie an und sagte: »Sag mir noch einmal, wie du heißt.«

»Anna.« Sie atmete tief ein und blähte den Bauch auf, wie man es ihr beigebracht hatte, um eine Panikattacke zu verhindern.

»Bist du erkältet, dass du so schnaufst?«

»Ich habe eine Grippe.« Sie fügte ihrer Sammlung von Lügen eine weitere hinzu.

»Ah, deshalb bist du nicht zu dem familiären Ereignis gefahren.« Die Frau setzte die große Sonnenbrille auf, und Anna wusste nicht, ob die Frau sie anschaute oder den aufreizenden Typ in Badehose, der gerade vorbeiging.

»Tolle Bräune«, sagte die Frau zu dem Mann, »mein Kompliment.«

»Tolle Figur«, antwortete er, »mein Kompliment.« Beide lachten, er ging ins Wasser und es wurde still. Nur das Meer rauschte und Anna wollte ganz dringend reden, Worte hören, die ihr Erschrecken übertönten, und sie stellte drei Fragen in einem Atemzug: »Kennst du diesen jungen Mann? Färbst du dir die Haare? Glaubst du an Gott?«

Die Frau lachte. »Erstens, ich habe keine Ahnung, wer dieser Typ ist. Zweitens, klar färbe ich mir die Haare. Drittens, wir glauben beide, ich glaube an Gott und Gott glaubt an mich.«

Sie war gerade fertig mit ihrer Antwort, als das Handy klingelte, das Vater für Edisso zurückgelassen hatte. Edisso erzählte ihm, was hier los war, und Anna rief ihm zu: »Warte, leg nicht auf.« Aber sie hatte Probleme mit ihrer Atmung und ihre Beine gerieten durcheinander. Bis sie in den neuen Schuhen fest auf dem Boden stand, war das Gespräch schon beendet und Edisso bereitete zwei Tassen Espresso, die jemand bestellt hatte.

»Warum hast du aufgelegt?«

»Wenn du möchtest, kannst du ihn doch anrufen«, sagte er und wischte mit einem Lappen die Kühlschranktür ab.

»Wie war seine Stimme, fröhlich oder traurig?«

»Normal« sagte Edisso und setzte seine Arbeit fort.

»Möchtest du, dass ich die Löffel abtrockne?«

»Ich möchte gar nichts.«

»Hat mein Vater etwas über Chajim-Tom gesagt?«

»Hat er nicht. Ruf ihn an, wenn dich das interessiert.« Er bückte sich zum Fach mit den Zitronen. Das Hemd über seiner Hüfte zeigte Schweißflecken und am Rücken drückten sich seine Wirbel heraus wie getrocknete Oliven.

»Nun, warum rufst du nicht an?«, fragte er gereizt. Er sortierte Zitronen, die alten nahm er heraus.

»Ich habe Angst.«

Seine Hand mit der angefaulten Zitrone, die er wegwerfen wollte, blieb in der Luft hängen. »Wovor?« Er drehte ihr den Rücken zu und warf die Zitrone in den Mülleimer.

»Dass Chajim-Tom geistig behindert bleibt.«

Edisso schwieg. Das Meer schwieg. Karniel schwieg. Sie sagte: »Verdammte Stille.«

»Wie ist das mit deinem Bruder passiert?«, fragte er.

»Er ist gestürzt, das habe dir doch schon erzählt. Mann, wie oft willst du noch fragen, wie ist es passiert, wie ist es passiert, wie ist es passiert …«

Edisso drehte sich zu ihr um, wischte sich über Stirn und Hals und schaute sie an, als wollte er den Umfang ihres Schädels messen oder sonst etwas, und sie versuchte sich zu erinnern, ob sie jemals einen Äthiopier mit blauen Augen gesehen hatte. Tief in seinen Augen stand das Meer, blau, durchsichtig, glänzend.

»Willst du Wasser?«

»Ich will, dass du mich nicht mehr fragst, wie das mit meinem Bruder passiert ist. Das nervt mich.«

»Okay. Ich frage nicht mehr. Wasser?«

»Wasser.«

Er nahm eine Flasche Wasser aus dem Kühlschrank, steckte einen Trinkhalm hinein und hielt sie ihr hin. Dann ging er hinter die Theke und fing an, einen Takt zu klopfen.

Tack … tack … tacktacktack … Seine Finger trommelten und sie sah pochende Herzen unter seinen Fingernägeln.

»Trink schon, warum trinkst du nicht?«

Sie trank langsam, lauschte dabei auf das Klopfgeräusch und dachte, dass Finger traurige Körperteile seien. Sie verstand nicht, warum die Menschen Ringe trugen, warum sie ihre Finger mit Metall einfassen ließen und so einen vom anderen trennten.

Die Frau kam mit hochgeschürztem Kleid die Terrassenstufen herauf. »Kann ich einen großen Milchkaffee bekommen?« Sie schob ihren großen Busen vor Edisso auf die Theke, sodass er alles sehen konnte, aber er war mit ihrem Milchkaffee beschäftigt.

»Junge, der Kaffee ist spitze.« Sie trank mit Genuss. »Echt, du bist ein Superprofi.«

Edisso lächelte unter dem Schnurrbart, den er noch nicht hatte, verschluckte das Lächeln sofort wieder und trommelte weiter … Tack … tack … tacktacktack.

Die Frau wandte sich an Anna: »Was sind das für familiäre Gründe?«

»Der Hochzeitstag meiner Eltern. Sie sind ins Hotel gefahren, um zu feiern. Mein Vater ist ganz scharf auf meine Mutter, er sagt, keine Frau der Welt ist toller als sie. Sie lieben sich wie im Kino.«

Die Frau lachte. »Entzückend. Kann ich noch einen Milchkaffee haben? Hört mal, Kinder, Liebe ist etwas Wundervolles. Wenn ihr groß seid, werdet ihr das verstehen. Wie lange bleiben sie weg?«

»Nur heute. Ihr Leben ist ein großes Fest, es spielt für sie keine Rolle, ob sie im Hotel sind oder hier.«

Diese Antwort erfreute die Frau noch mehr als die erste. »Toll!«, sagte sie. Aus ihrer Bauchtasche holte sie 50 Schekel. Edisso tippte die Summe in die Kasse und gab ihr das

Wechselgeld zurück. Sie verließ die Imbissbude und setzte sich wieder auf ihr geblümtes Badetuch. Ihre Haare brannten. Sie hob die Beine hoch, streckte die Arme aus und lag da wie eine Frau, in die Gott tatsächlich verliebt ist. Anna hoffte, sie würde spurlos verschwunden sein, wenn ihre Eltern zurückkamen.

Trotzdem war ihr heute, abgesehen von Chajim-Toms Aufwachen, von dem man noch nicht wissen konnte, ob es gut oder schlecht war, etwas Gutes passiert. Ihre Lügen waren raffinierter geworden, sie konnte schon besser lügen als atmen. Endlich gelang ihr etwas wirklich gut. Wie leicht wäre ihr Leben, wenn sie ihre erfundenen Geschichten selbst glauben könnte. Zum Beispiel, dass ihr kleiner Bruder über den Steg rannte, stolperte und auf die Steine fiel, dass sie nichts damit zu hatte, nichts gehört und gesehen.

Edisso stützte sich auf die Theke und sah sie so prüfend an, als hätte sie sich eine andere Haut übergezogen und er frage sich, ob sie noch die gleiche Person sei. Auch das Meer veränderte sich. Der blaue Riese rappelte sich endlich auf, er knurrte, ein starker Wind kam auf und die Wellen stürzten sich auf den Strand und brachten sich um. Ihr Herz flatterte vor Freude wie ein Vogel, der versehentlich in einem Zimmer gefangen war, als hätte sie keinen kleinen Bruder mit einer schweren Kopfverletzung, als würden ihre Lügen alles wieder zurechtrücken und Ordnung ins Leben bringen.

Es gab keine Gäste. Edisso verließ die Theke und setzte sich zu ihr auf die Stufen, und Karniel, sein Schatten, setzte sich zwischen sie. Alle drei blickten starr über das Meer, als warteten sie auf das Rettungsboot, das sie abholen sollte.

Edisso sagte: »Toll, wie du sie reingelegt hast.«

Sollte er sich doch über sie lustig machen, das war ihr egal, er mochte keine Lügen, noch so ein Gerechter. »Von mir aus kannst du dich bis morgen über mich lustig machen«, sagte sie. Sie zog die New-Balances und die Socken aus. Über ihre Fußsohlen zogen sich kreuz und quer rote Streifen. Sie streckte die Beine bis zur untersten Stufe aus und schämte sich nicht wegen der Streifen und wegen ihrer dünnen Beine.

»Ich lache dich nicht aus. Sie hat es verdient, dass man sie belügt, und das war eine Superlüge.«

»Warum hat sie das verdient?«

»Nicht wichtig.« Er pustete Körnchen von seinem Bein, Zucker oder Sand.

»Doch, es ist wichtig.« Sie schlug mit ihren nackten Füßen aus.

»Wenn du es wirklich wissen willst: weil sie mit deinem Vater schäkert.« Er sprach, als hätte er den Mund voller Schalen von Sonnenblumenkernen, was nicht der Fall war.

»Woher weißt du das?«

»Komm schon, das sieht man doch.«

»Was sieht man?«

Edisso streckte seine Beine aus, jetzt waren es vier Beine, die bis zur untersten Stufe hingen. Er schaute sie an, als würde ihm jetzt erst auffallen, wie schwarz seine Beine waren und wie weiß die ihren. »Los, sag schon, was sieht man?«

»Man sieht es eben.«

»Was?«

»Ach, hör auf, sie ist eine Nutte, das ist alles.«

Ein Mann in einer gelben Badehose kam zur Treppe und fragte, ob es kaltes Bier gebe. Edisso stand auf, der Mann ging hinter ihm her zur Theke und Karniel folgte beiden.

Nutte. Ein herrliches Wort, derb, stark, aufregend. Die Motorik war eine Nutte, wie die Titten, die dünnen Beine und die Lügen, das Gleichgewicht ein Hurensohn. Toll, dass

Edisso dieses Wort in ihrer Gegenwart benutzt und nicht daran gedacht hatte, dass er vor ihr nur saubere Wörter benutzen sollte, um ihr ein Vorbild zu sein.

Diese Tehila saß auf dem Stuhl und aß Weintrauben. Mit Stöpseln in den Ohren hörte sie Musik und ihre Zehen trommelten im Rhythmus der Melodie. Anna konnte es selbst nicht erklären, warum diese Frau in ihren Augen noch wichtiger wurde und sie sich von ihr noch mehr angezogen fühlte, nachdem sie gehört hatte, dass sie eine Nutte war und ihre Netze nach ihrem Vater ausgeworfen hatte. Sie ließ ihre Schuhe auf der Treppe stehen und ging barfuß zu ihr hinüber.

»Ich habe auch mal die Haare gefärbt«, sagte sie.

Die Frau nahm einen Stöpsel aus dem Ohr und fragte: »Was hast du gesagt?«

»Dass ich mir auch mal die Haare gefärbt habe.«

Sie entfernte auch den zweiten Stöpsel. »Das macht Spaß, einen anderen Kopf zu bekommen, nicht wahr?«

»Ich habe keinen anderen Kopf bekommen. Mein Kopf ist mit Sauerstoffmangel geboren worden. Ich habe neunprozentiges Wasserstoffperoxyd darübergeschüttet und gewartet, dass das Zeug in mein Gehirn dringt. Meine Mutter hat mich erwischt, als meine Haare schon so blond waren, wie die von Pnina Rosenblum. Sie hat eine ganze Flasche Shampoo vergeudet und mir die Haare ganz kurz geschnitten, und die anderen in meiner Klasse haben geglaubt, ich hätte mir blonde Spitzchen gemacht.«

Sie hatte gedacht, die Frau würde lachen, aber das tat sie nicht. Sie nahm ihre Sonnenbrille ab und betrachtete Anna, als wäre sie ein UFO, das gerade vom Meer an den Strand gespült worden war. »Hast du Lust auf Weintrauben?« Sie hielt ihr die dunkellila Weintrauben hin, aber Anna nahm keine. Wenn sie etwas von ihr annahm, dann schuldete sie ihr etwas. Solche Weintrauben hatte Chajim-Tom am Morgen des Unfalls gegessen. Nach jeder zweiten Weintraube, die er sich selbst in den Mund schob, hatte er Karniel eine gegeben. Chajim-Tom. Ein kalter Schauer lief ihr über den Rücken.

Die Frau richtete sich auf. »Auch jetzt fehlt dir Sauerstoff, du bist ja ganz blass. Junge, bring ihr kaltes Wasser, schnell.« Edisso übersprang die Stufen und kam mit einer Flasche Wasser angeflogen. Karniel folgte ihm, als würde hier Eis am Stiel verteilt. Edisso hielt ihr die Flasche an den Mund, wie man ein Baby füttert, und sie trank und sah sich klein in seinen schwarzen Pupillen gespiegelt.

Die Frau sagte: »Sie ist ja ganz ausgetrocknet.«

Edisso gab ihr keine Antwort. Sein magerer Körper war über Anna gebeugt, bis sie die Lippen von der Flasche löste. »Komm, du musst dich hinlegen, damit du nicht ohnmächtig wirst, oder was dir sonst noch alles passieren kann.«

Sie gehorchte, legte sich in der Baracke aufs Bett und starrte durch das Loch in der Decke hinauf zum blauen Himmel und den Fetzen weißer Wolken. Über diesen Wolkenfetzen saß Gott und verwaltete die Welt aus höchster Höhe. Egal ob Er zuhörte oder nicht, sie würde Ihm jetzt sagen, dass es nicht fair war, Kinder zu schädigen, wenn Er eigentlich die Eltern bestrafen wollte. Bitte, Gott, bloß nicht geistig behindert. Tu mir einen Gefallen, Gott, lass ihn nicht geistig behindert sein und nicht hinken. Und auch wenn Du mir böse bist, weil ich gelogen habe, musst Du zugeben, dass meine Lügen nur die Rechnung ausgleichen, die wir beide miteinander haben. Du hast mich vor meiner Geburt bestraft, da hatte ich noch nicht die kleinste Sünde begangen. Jetzt habe ich gelogen, bitte sehr, das ist eine Sünde. Aber Chajim-Tom ist ein Gerechter, er hat nicht einmal gesündigt, keine einzige Sünde. Auch meine Eltern sind letztlich in Ordnung. Sie sind gute Menschen. Es stimmt schon, dass sie am Schabbat rauchen, aber müssen sie dafür zweimal bestraft werden? Und entschuldige, dass ich frech bin und Dir nicht schmeichele und sage, wie gnädig und barmherzig und heilig Du bist, wie die meisten Menschen es tun. Diese Sache mit der mangelnden Sauerstoffzufuhr in meinem Gehirn hat die Schmeichelzellen zerstört. Manchmal tust Du mir trotzdem leid. Es tut mir weh, wenn die Menschen Dich anmachen und alles bei Dir abladen, obwohl Du gar keine Schuld hast. Vielleicht hast Du ja den Kontakt zu ihnen abgebrochen, nachdem Du sie erschaffen hast. Anstatt Dir für ihr Leben zu danken, beschweren sie sich, dass Du ihnen keine Versicherungspolice mitgegeben hast. Bei Tieren wirst Du so etwas nicht beobachten. Ein Küken, das aus dem Ei geschlüpft ist und von der Schale verletzt wurde, wird nicht das Huhn beschuldigen. Auch Du bist wahrscheinlich sehr einsam, Gott.

Sie schloss die Augen, atmete tief ein, um sich zu beruhigen und sah eine lange Reihe hinkender Kinder vor sich, taub und blind, mager und fett, geistig zurückgeblieben, manche stotterten, andere waren gelähmt. Die ganze Reihe bückte sich, jedes Kind hob einen Stein auf, eines schrie, drei, zwei, eins, und alle warfen die Steine nach oben, zum Himmel. Nur ein kleiner, süßer, blinder Junge saß auf seinem Stein und sang mit einer dünnen Stimme: »Danke für alles, was Du geschaffen hast, für alles, was Du mir gegeben hast …«

Anna weinte. Gott ist einsam, das Kind ist einsam, die Finger sind einsam. Sie lag auf dem Bauch und wünschte sich, dass Edissos Hand mit den Fingern und Knochen und Nägeln ihre halten sollte, wie vorhin, als er sie zur Baracke geführt hatte.

»Anna, bist du in Ordnung?« Sein Ruf drang durch das

Loch in der Decke. Er machte sich Sorgen, das stand fest, er musste sie ihren Eltern im gleichen Zustand zurückgeben, wie sie ihm übergeben wurde.

»Ich bin völlig in Ordnung«, schrie sie zurück. Sie stand auf, ohne in den Spiegel zu schauen, der im Elternschlafzimmer an einem Nagel hing, es machte ihr nichts aus, wenn ihre Haare zerzaust waren und ihre Augen gerötet. Sie nahm das Heft und ging zur Terrasse. Edisso nahm gerade den Entsafter auseinander und spülte die Einzelteile.

»Wie geht es dir?«, fragte er.

Auch die Frau rief ihr zu: »Wie geht es dir?« Sie schüttelte ihr Badetuch aus und faltete es wieder zusammen.

»Alles prima, super.«

Sie stieg die Treppe hinunter und Edisso fragte, wo sie hinwolle.

»Ins Wohnzimmer mit allen vier Himmelsrichtungen«, sagte sie. Sie setzte sich in den beinlosen Sessel am Strand. Die Frau schüttelte noch immer ihr Badetuch aus, dann ihre Flipflops, ihr Kleid und ihre Locken. Die Sonne stand tief und das Meer war gelb und leuchtete, als hätte man glänzendes Konfetti darübergestreut. Vom Tag war nicht mehr viel übrig. Bald würden sie vom Krankenhaus zurückkommen. Sie waren schon unterwegs und Chajim-Toms Zustand saß mit ihnen im Bus. Wenn er geistig behindert war, hielten sie sich aneinander fest, wenn er es nicht war, küssten sie sich bestimmt auch. Wenn er sich an alles erinnerte und es ihnen erzählt hatte, würde die Mutter schweigen und der Vater würde aus dem Fenster schauen und pfeifen. Nie im Leben würde er zu ihr sagen, er sei schockiert oder so etwas. Entweder schwieg er, oder er pfiff oder lachte. Je nachdem.

Edisso schloss die Kasse ab, wischte die Theke sauber und setzte sich dann neben sie auf den zerrissenen Dodgesitz.

Karniel, der den Blick nicht von Edissos Knöcheln wandte, kam hinter ihm her. Die Frau rief: »Hallo, Kinder, seid gesund.« Sie trug den Stuhl zur Terrasse zurück, führte die Finger zum Mund und warf ihnen eine Kusshand zu. Dann nahm sie ihren Korb und ging. Anna und Edisso saßen am Meer und schwiegen. Edisso hatte seinen Arbeitstag schon beendet. Sobald er ihren Eltern berichtet hätte, wie der Tag abgelaufen war, würde er auf sein Fahrrad steigen und nach Hause fahren, um seiner Mutter im Haushalt zu helfen.

»Ist dein Vater tot, oder was?«, fragte sie.

In seiner Wange sprang ein Muskel auf und blähte seine Kinnbacke. Er lehnte sich auf dem zerrissenen Polster zurück und fragte: »Wieso tot?«

»Weil deine Mutter die ganze Zeit mit euch allein ist. Sind sie geschieden?«

»Nein.«

»Ist er in Äthiopien geblieben?«

»Nein.«

»Was dann?«

»Ach, lass doch. Alle möglichen Probleme, was spielt das für eine Rolle?«

»Wenn sie nicht geschieden sind und er nicht zu Hause ist«, sagte sie, »dann bleiben nur noch die Irrenanstalt oder das Gefängnis.«

Er trat gegen ein Knäuel aus Algen, das vom Meer an den Strand gespült worden war, und sagte: »Das Zweite, was du gesagt hast.«

»Welches Zweite, das Gefängnis?«

»Ja.«

Sie fragte erschrocken, ob sein Vater gestohlen oder gemordet habe.

»Was ist los mit dir, bist du komplett verrückt geworden?« Er beugte sich vor und schaute sie von der Seite an, wie ein

Schauspieler in einem Kinofilm, die schwarzen Pupillen bewegten sich bis zum Rand der Wimpern, man sah das Weiße in seinen Augen. Nie im Leben hätte er so etwas zu ihr gesagt, wenn er nicht so nervös wäre.

»Ich schwöre, dass ich deinen Vater nicht beleidigen wollte.«

»Mein Vater spinnt.« Er grub einen Finger in das zerrissene Polster. »Eine Nutte hat ihn angemacht, er ist zu ihr gezogen und hat keine Alimente für uns bezahlt und auch sonst nichts. Er hat sich über zwei Jahre lang versteckt. Alle haben nach ihm gesucht, die Polizei, das Sozialamt, alle. Am Ende haben sie ihn betrunken in einer Wohnung am alten Busbahnhof gefunden. Jetzt sitzt er wegen Drogenbesitz und wegen der Alimente, die er nicht bezahlt hat.«

»Und die Nutte?«

»Sie interessiert mich nicht. Bestimmt macht sie das gleiche mit jemand anderem.«

Das Meer war grau und durchsichtig. Die Konfettiflocken leuchteten wie Fischschuppen. Karniel verließ sie und ging zur Terrasse hinauf. Er hatte den Schwanz eingezogen und lief mit gesenktem Kopf, als hätte er genug gehört.

»Hast du sie gesehen, die Nutte?« Ihr Mund war an dieses Wort noch nicht gewöhnt und es klang wie ein englisches Wort, wenn sie es sagte.

»Ich mag nicht über sie reden.«

»Willst du mir etwa sagen, dass die Frau, der du zweimal Milchkaffee gemacht hast, mit meinem Vater auch so etwas vorhat?«

»Ich will gar nichts sagen.«

Er zog seine Beine auf den Dodgesitz, legte das Kinn auf die Knie und betrachtete das Meer. Zweimal setzte er zum Sprechen an, beim dritten Mal sagte er: »Einmal kam ich mit meinem Bruder von der Schule, und dieses Miststück stand hinter einem Auto und wartete, dass mein Vater seine Sachen aus unserer Wohnung holte. Mein Bruder hatte keine Ahnung, er sagte: ›Schau dir diese Blondine an, was die für große Dinger hat.‹ Ich sagte, er solle den Mund halten. Er war zwölf und fragte: ›Warum soll ich den Mund halten?‹ Ich habe ihn ins Treppenhaus gestoßen und gesagt: ›Du bleibst jetzt hier.‹ Dann ging ich hinaus, hob einen Stein auf und warf ihn nach ihr. Der Stein traf sie am Rücken und sie schrie. Genau in diesem Moment kam mein Vater aus dem Haus und sagte: ›Wart nur ab, was ich mit dir anstelle, wenn ich zurückkomme ...‹ Ich sagte: ›Sei ein Mann und zeig's mir jetzt.‹ Das war's, seither habe ich ihn nicht mehr gesehen.«

»Oh«, sagte sie. Ihr Mund war ganz trocken geworden. Edisso hatte sich in dem Dodgesitz zusammengerollt und sah kleiner aus, als er war. Sie überlegte, was sie ihm erzählen könnte, und sagte: »Du kannst mich fragen, wie das mit meinem Bruder passiert ist.«

Er zuckte mit den Schultern. Die Wellen verwandelten sich im Sand zu Schaum, es sah aus, als stünden der Sessel und der Dodgesitz auf einem zerrissenen Spitzenteppich. Sie zog ebenfalls die Beine an und legte das Kinn auf die Knie. Wenn jetzt ein Flugzeug über sie fliegen würde, dachte sie, würde der Pilot sie für Menschen halten, die das Meer angespült hatte. Menschen, die schweigend aufs Meer blicken, denken über ihre Liebsten nach, und wer keinen Liebsten hat, träumt davon, einen zu haben. Die Straßen im Zentrum von Kiriat Jovel sind abends von Menschen bevölkert, die jemanden lieben, und von anderen, die mit dem Gesicht zur Straße auf den Pollern sitzen und schauen, ob sie das Glück irgendwo entdecken. Einmal hatte sie ein Mädchen gesehen, das mit einem jungen Mann an einem Baum stand, sie küssten sich, mit Zunge und Spucke und allem. Als der junge Mann sie bemerkte, ließ er vom Mund des Mädchens ab und fragte: »Na, Kleine, gefällt dir das?« Sie sagte: »Nein, das ist ekelhaft.« Dann ging sie schnell weiter. Sie beneidete die junge Frau sehr um diesen Mann, den sie so sehr liebte, dass ihr seine Spucke nichts ausmachte.

»Glaubst du, Liebe ist das Wichtigste im Leben?«

Edisso erschrak und sein Kopf fuhr hoch, als hätte man ihn plötzlich geweckt. »Nein.« Er verschränkte die Hände hinter dem Kopf und lehnte sich zurück.

»Nein? Was ist dann das Wichtigste?«

Er lachte: »Geld.« Er breitete die Arme aus und gähnte. Dann sagte er: »Das war nicht ernst gemeint.« Die Sonne, die schon zur Hälfte im Meer versunken war, gab seinen Lippen die Farbe von Erdnussbutter. Wenn sie ihren Mund auf seinen drücken müsste, würden ihr seine Zunge und seine Spucke nichts ausmachen. Das Meer sah aus, als wäre die Sonne verletzt, ein roter Streifen ergoss sich vor ihr über das Wasser. Er sagte: »Geld und Treue.«

»Was ist mit Geld und Treue?«

»Das Wichtigste im Leben.« Er öffnete den Mund, um noch etwas zu sagen, aber da hörten sie, wie jemand nach ihnen rief, »Hallo, wo seid ihr?« Anna sank das Herz …

Ihr Vater und ihre Mutter standen oben auf der Terrasse, in ihrer Ausgehkleidung, und die untergehende Sonne färbte ihre Gesichter rosa. Der Vater zog die Sandalen aus und warf sie quer über die Terrasse. Die Mutter zog sich die Klemmen aus den Haaren. Edisso sprang vom Dodgesitz auf, wie ein Soldat, der plötzlich seinen Offizier sieht, und lief hinüber. Anna kauerte sich im Sessel zusammen und machte sich noch kleiner.

Die Mutter schrie von der Terrasse herüber: »Was ist los?« Ihrer Stimme war nicht anzuhören, ob das Ende der Welt bevorstand oder nicht. Egal, sollte doch kommen, was wollte. Sie nahm ihr Heft und erhob sich. Ihre Beine gehorchten ihr nicht. Sie versuchte zu gehen, blieb im Sand stecken, versuchte es erneut …

Chajim-Tom war aufgewacht und es gab drei Möglichkeiten: 1. Er war geistig behindert. 2. Er war nicht geistig behindert, aber er erinnerte sich an nichts. 3. Er erinnerte sich und hatte alles erzählt.

Nur eine der drei Varianten konnte stimmen.

Gott, bitte nicht die Nummer 1, bat sie, bloß nicht geistig behindert. Musst Du jemanden bestrafen? Bitte, dann amputiere meine Beine bis zum Knie, amputiere sie ganz … nur nicht die Nummer 1.

Die Mutter sagte: »Mike, das Mädchen ist fix und fertig.« Der Vater sprang von der Terrasse, kam zu ihr, hielt ihr die Hand hin und half ihr, die wenigen Meter bis zur Imbissbude zurückzulegen.

Sie musste stehen bleiben, um Luft zu holen. »Was ist mit ihm?«, fragte sie.

Ihr Vater sagte: »Soll ich dich tragen?« Sie schämte sich vor Edisso, aber er hatte sich schon abgewandt, als würde sie sich ausziehen. Nachdem sie kaltes Mineralwasser getrunken und ihre Stirn gekühlt hatte, verschwanden die schwarzen Punkte vor ihren Augen. Ihre Eltern sagten zu Edisso, er habe alles ganz wundervoll hinbekommen. Er nahm sein Fahrrad, verabschiedete sich und sagte: »Bye, Anna.« Erst dann war sie wieder ganz bei sich und trug in ihr Heft ein, was sie gehört hatte: 1. Chajim-Tom ist aufgewacht. 2. Er hat sie erkannt und Papa und Mama gesagt. 3. Er hat geweint. 4. Er hat sich erinnert, dass auch Naomi und Anna zur Familie gehören. 5. Er war müde und wollte die meiste Zeit schlafen. 6. Sein Zustand ist nicht endgültig. 7. Die linke Hand und das linke Bein sind sehr schwach. 8. Er ist nicht geistig behindert.

Die Farbe verließ das Meer und den Himmel. Die Mutter fragte, ob sie Lust hätten, Schakschuka zu essen, und der Vater pfiff: »Segle, segle, mein Schiff, das Meer ist so groß …« Sie aßen Schakschuka und die Mutter sagte: »Schaut her, das Leben dreht sich von einer Sekunde zur anderen, und in der nächsten dreht es sich wieder zurück.«

Der Vater sagte: »Das ist das Schicksal, Cheli, das Schicksal.«

»Das ist Gott, Mike.«, sagte die Mutter und steckte sich eine Zigarette an.

»Weißt du was, es ist mir egal, nenne es, wie du willst.«

»Vielleicht ist ja alles, wovon wir keine Ahnung haben, nur Physik und Chemie.«

Danach schwiegen sie fast die ganze Zeit. Vielleicht hatten sie Angst, durch Reden das Leben in seinen früheren Zustand zurückzuverwandeln. Die Mutter meinte, man könne nicht wissen, was hinter allem stehe. Sie räumten den Tisch ab, gingen in die Küche und Anna nahm eine Gabel und ritze GGT in den Tisch, Gott, Glück und Treue. Dann stellte sie den Salzstreuer darauf und verließ den Tisch. Morgen oder später am Abend würde sie diese Worte prüfen und sehen, ob sie überhaupt etwas wert waren.

Sechstes Kapitel

Er wird ihnen nicht mitteilen, dass er heute fünfzehn Jahre alt wird. Wenn er das sagt, werden sie ein ganzes Theater daraus machen, mit Kuchen, Glückwünschen und so weiter. Das kann er nicht ausstehen. Man soll die Menschen in Ruhe leben lassen. Bei diesen Leuten hier ist alles anders, alles ist laut. Wenn sie sich freuen, sind sie laut, wenn sie traurig sind, sind sie ebenfalls laut, und ohne dass man es will, erfährt man sofort alles über sie. Angenommen, er sagt Mike, dass er Geburtstag hat, dann weiß es eine Minute später der ganze Strand samt allen Fischern, die bis Zypern segeln, und allen Jachten vom Marinehafen. Und was ist bei ihm seit gestern anders geworden? Die Sonne geht auf und die Sonne geht unter, und weitere dreihundertfünfundsechzig Tage sind hinter Schloss und Riegel. Sogar seine Mutter weiß es nicht. Er wird auch zu ihr nichts sagen, er wird sie nicht daran erinnern, wie glücklich sie war, als er das Licht der Welt erblickte, was sie damals über das Leben dachte und wie anders alles gekommen ist. Auch sie würde dann nach etwas suchen, was sie ihm schenken könnte, aber woher sollte sie es nehmen. So ist es besser. Sie braucht es nicht zu erfahren. Selbst er hätte es nicht gewusst, hätten sie es nicht in Äthiopien und später auch hier in die Unterlagen eingetragen. Seit er hier lebt, besteht sein Leben aus Unterlagen. Er hat ein Programm im Kopf, das alle Daten, Geburten, Sterbefälle und Überweisungen der Sozialhilfe speichert. Auch die Öffnungszeiten der Versicherung, des Gerichts, des Sozialamts, des Kindergartens von Iris, des Horts von Nurit, der Arztpraxis, des Gesundheitsamts und des Wohnungsamts, der Besuchszeiten im Gefängnis, alles. Sein Kopf ist voller Zahlen. Die Zahlen sind geordnet wie die Ministerien: Nummern, die mit Gesundheit zusammenhängen, in einer Gruppe, Soziales und Geld in einer anderen. Dann kommen die Zahlen, die mit seinen Geschwistern zu tun haben, die Geburtstage wegen der Impfungen und der Zuzahlungen der Sozialhilfe und wegen der Einschulung. Ferner hat er die Fahrpläne der Busse im Kopf, in jede Richtung. Alles speichert er. Wenn er nachts aufwacht, sind die Nummern noch da. Sollte er einen Schlag auf den Kopf bekommen, wie Annas kleiner Bruder, wäre alles ausgelöscht und seine Familie hätte keine Möglichkeit, zu ihrem Recht zu kommen. Heute beendet er sein fünfzehntes Lebensjahr. In einem Jahr bekommt er einen Personalausweis. In drei Jahren wird er zur Armee eingezogen und kann für die Knesset wählen. So ist das Leben. Es gibt Stationen, die von der Regierung vorgegeben sind. Man muss sie ordnungsgemäß durchlaufen: Säuglingsstation, Kinderhort, Kindergarten, Grundschule, Gymnasium, Militär. Zwischen den Stationen versucht man, das Beste aus dem Leben zu machen, je nach den Möglichkeiten und Wünschen, die man hat. Er hat viel Kraft, aber Nogu, sein vierzehnjähriger Bruder, hat gar keine, er ist schwach. Nogu treibt sich an allen möglichen Plätzen herum, und weil es nichts gibt, was er von sich aus will, will er alles, was die anderen haben. Er kann sich selbst nicht leiden, weil seine Haut schwarz ist, er erhitzt seine Haare und verbrennt sie, um sie zu glätten, er blondiert die Spitzen, trägt eine blaue Sonnenbrille als Ersatz für blaue Augen, die er nicht hat und nie haben wird. Er ist frech zu seiner Mutter, beschimpft sie mit unanständigen Wörtern, erzählt nicht, woher er die Taucheruhr hat und die Fußballschuhe von Nike. Früher reichte ein Blick von Edisso, um ihn zur Räson zu rufen, aber seit der Vater im Gefängnis sitzt, ist der Himmel zerrissen. Die Welt ist zu einem Haus ohne Dach geworden, und ein Mensch ohne Dach über dem Kopf ist anfällig für Probleme. Kein Himmel, kein Morgen, kein Abend, kein Gestern und keine Hoffnung. Nogu lebt nur in der Gegenwart, und die vielen Dummheiten begeht er aus Schwäche und nicht aus Bösartigkeit. Und er, Edisso, schaut zu, wie Nogu die gefälschte Levis anzieht, die ihm viel zu groß ist. Er wird traurig, wenn er sieht, wie er sich Wachs in die Haare schmiert, um sie zu glätten, und Gel, damit sie glänzen, wie er einen Gürtel aus Lederimitat mit einem Totenkopf auf der Schnalle anzieht, und das alles nur, um vor dem zentralen Busbahnhof Eindruck zu schinden. Auf den Treppen am Busbahnhof sitzen all diejenigen, denen der Himmel davongeflogen ist, sie haben keinen anderen Ort mehr. Sie trinken und fluchen, sie lachen mit offenem Mund und mit verschlossenem Herzen. Sie warten auf die Polizei, die sie abholt, eine Akte anlegt und sich um ihre Sorgen kümmert. Edisso hat Angst. Er stirbt vor Angst wegen Avi und Jakob, die zehn und acht sind, er hat Angst, dass sie Nogu nachahmen, sie sind noch wie weicher Teig, man kann sie formen oder verformen, man kann aus ihnen Engel machen oder Schlangen und Eidechsen. Er hat ständig ein wachsames Auge auf sie. Für ihn reichen Jeans aus den Nähstuben in den besetzten Gebieten, fünfunddreißig Schekel auf dem Carmel-Markt. Seine Haare sind schwarz und dicht. Er wäscht sie mit Shampoo für acht Schekel aus dem Lebensmittelladen und lässt sie einfach trocknen, und einmal im Monat schneidet er sie über dem weißen Waschbecken im Badezimmer. Er sieht die schwarzen Krauslocken, die ins Waschbecken fallen und aussehen wie Schafwolle. Er sagt sich, so ist das Leben, weiß und schwarz, weich und hart, und es ist verlorene Liebesmüh, das ändern zu wollen.

Es stört ihn nicht, Geschirr zu spülen. Besonders viel Geschirr fällt morgens an, wenn die Rentner kommen, um die Zeit totzuschlagen, die ihnen im Leben noch bleibt und die sie doch nicht nutzen. Sie wissen nichts mit sich anzufangen. Ihre Frauen sind entweder schon tot, oder sie haben sich so an sie gewöhnt, dass sie sie nicht mehr beachten. Ihr Leben ist wie ein Teller voller Kartoffeln, die sie aufessen müssen. Obwohl sie keinen Hunger mehr haben, würgen sie auch die letzten Bissen runter. Früher sind sie zur Arbeit gegangen, heute stechen sie die Stechuhr am Strand, und hinterlassen jeder drei schmutzige Teller, Schalen mit eingelegtem Gemüse und Oliven, mit Marmelade und Honig. Dazu das Besteck. Sollen sie doch, was geht ihn das an, er macht seine Arbeit, er seift ein, spült ab, hört das Meer, riecht es und denkt nach, ständig denkt er nach. Er hat mit der Arbeit hier begonnen, nachdem der Kopf des Jungen bei seinem Sturz zerbrochen war und er ins Krankenhaus gebracht wurde. Sie suchten eine Aushilfe für die Imbissbude. Genau an dem Tag, als sie das Schild »Aushilfe gesucht« aufhängten, ging er mit Avi und Jakob an diesem Strand spazieren. Er brachte sie hierher, damit sie baden konnten, und er wollte ihnen ein Eis am Stiel kaufen. Mike fragte ihn, ob er schon vierzehn Jahre alt sei und ob er acht Stunden am Tag arbeiten könne, auch am Schabbat, und ob er mit neunzehn Schekel die Stunde einverstanden sei. Er sagte: »Ja.« Mike fragte: »Was, ja?«, und er antwortete: »Ja auf alle drei Fragen, die Sie gestellt haben.« So bekam er den Job. Mike rundete auf zwanzig Schekel auf. Außer seinem Gehalt bekommt er hier jeden Tag zwei Brötchen und trinkt Cola oder Sprite. Cheli sagte: »Was soll das? Für neunzehn Schekel bekommt man nicht einmal ein Baguette. Gib ihm doch gleich zweiundzwanzig«, und Mike sagte: »Er soll sich erst bewähren.«

Als ihr Kleiner aus dem Koma aufwachte, überließen sie ihm die ganze Verantwortung für die Imbissbude und fuhren beide los. Danach sagte Cheli zu ihm: »Alle Achtung«, und Mike schlug ihm auf die Schulter und erhöhte seinen Stundenlohn auf zweiundzwanzig Schekel. Er könnte kein schlechtes Wort über sie sagen. Sie sind in Ordnung. Sie fragen ihn die ganze Zeit: »Hast du gegessen? Iß, nimm auch davon und davon, trink.« Sie sind nicht hochnäsig, sie machen alles, auch schmutzige Arbeiten, Cheli macht es nichts aus, sich die Fingernägel an der Omelettpfanne abzubrechen. Mike ist es egal, wenn man ihn schwitzen sieht, er putzt die Töpfe, bringt Müll weg und all das. Wenn sie ihn tadeln müssen, dann tun sie es, sind aber nicht nachtragend, wie zum Beispiel an dem Tag als er zu Anna sagte, wenn sie wolle, könne sie ruhig sein Fahrrad nehmen und eine Runde drehen. Da sagte Mike: »Hör zu, bevor du ihr irgendwelche Vorschläge machst, frag mich gefälligst. Wir haben schon ein Kind mit einem zertrümmerten Schädel, willst du, dass wir noch eines bekommen?« Er antwortete nicht. Was hätte er schon antworten können? Dieses Mädchen schwirrt um sein Fahrrad wie eine Biene um eine Blume. Wenn er sich getraut hätte, hätte er Mike gefragt, warum er nein zu einem zerbrochen Kopf sagte und ja zu einem gebrochenen Herzen. Aber es ist ihm zur zweiten Natur geworden, darauf zu achten, was er sagt. Was dieses

Mädchen betrifft, so sieht er viele Dinge und schweigt. Sie ist stärker als die ganze Familie zusammen. Sie kämpft gegen ihr Gehirn, hadert mit ihrer Behinderung. Du siehst sie so, wie sie ist, und du hast Lust, ihr Beifall zu klatschen, dachte er. Hätte Nogu doch nur ein Viertel von ihrer Kraft, dann wäre er heute nicht in einem geschlossenen Heim für jugendliche Straftäter, mit einem Bewährungshelfer, der jeden seiner Schritte verfolgt. Hätte Nogu sie nur einmal gesehen, hätte er vielleicht verstanden, was kämpfen bedeutet, und was es heißt, ein Mensch zu sein, der um sich schlagen muss, um überhaupt zu leben. Aber Nogu ist schwach, das Leben schießt Tore und er verliert ein Spiel nach dem anderen. Eine leere Muschel, die an der Stelle liegen bleibt, an die das Meer sie hingespült hat. Das geschlossene Heim ist seine letzte Chance. Hätte es in dem Elektroladen keine versteckte Kamera gegeben, die ihn und die beiden anderen Idioten in der Nacht, als sie einbrachen, filmte, hätte er mit dem Blödsinn weitergemacht. Aber die Polizisten erwischten sie in flagranti, mit geklauten MP3-Playern in den Händen. Man legte ihnen Handschellen an, stieß sie in den Polizeiwagen und steckte sie in Abu Kabir in U-Haft. Am nächsten Morgen rief die Polizei an und sagte, die Eltern sollten kommen. Er, Edisso, ging mit seiner Mutter hin. Sie weinte und er freute sich. Er sagte: »Von allein hört Nogu mit diesem Blödsinn nicht auf, die Polizei wird ihm dabei helfen.« Die Mutter weinte leise, wischte sich die Augen mit dem Ärmel ab, schüttete aber ihr Herz nicht aus. Die Lampe in der Polizeistation beleuchtete ihr Gesicht, ihre seidigen Lippen, ihre Wangenknochen. Nie hat er eine schönere Frau gesehen. Sie ist ein bisschen über dreißig Jahre alt, eigentlich fast vierzig, genau wie Cheli, aber was für ein Unterschied. Cheli geht mit ihrem Herzen um, wie sie mit der Arbeit umgeht. Sie schüttet alles aus. Sie liebt es, wenn alles leer und sauber ist, sowohl in der Imbissbude als auch in ihrem Herzen. Sie sprachen mit Nogu durch die Gitterstäbe. Seine Mutter knetete den Stoffgürtel ihres Rocks, als wäre er zäher Teig, und sagte auf Amharisch: »Was hast du Nogu, was ist mit dir los, Nogu.« Nogu war wie das Skelett, das im naturwissenschaftlichen Labor der Schule hängt. Die Levis, die von dem bis aufs letzte Loch zugezogenen Gürtel gehalten werden sollte, rutschte nach unten, sie hatte einen Fleck. Es sah aus, als hätte er in die Hose gepinkelt. Es roch auch so. Das Wachs und das Gel waren aus seinen Haaren verschwunden, die krausen Locken, gegen die er immer gekämpft hatte, waren wieder da, und er hatte Augen wie ein geschlagener Hund. »Ich mach das nie wieder, holt mich hier raus«, sagte er, erst frech, dann weinend. Mit seinen Fingern, dünn wie Vogelbeine – dünn und schmutzig von der Tinte für Fingerabdrücke – krallte er sich an die Gitterstäbe. Die Mutter knetete ihren Gürtel nicht mehr, und als sie die Hand hob, um ihn zu berühren, zog er die Finger weg, brachte sie aber sofort wieder zurück und wartete auf ihre Hand. Edisso sagte: »Mach schon, fass ihn an, er braucht das und du auch.« Sie ärgerte sich und sagte auf Amharisch: »Du wirst deiner Mutter nicht sagen, was sie zu tun hat.« Am Ende berührte sie die Vogelbeine, und Nogus Finger klammerten sich an ihre wie an einen Handtuchhaken. Er weinte, sein ganzes Gesicht weinte, der Mund, die Augen, die Nase, das Kinn, und sie, obwohl sie innerlich zerfloss, brachte nur drei kleine Tränen heraus. Auf dem Heimweg sagte sie: »Jetzt sind sie schon zu zweit, er und sein Vater.«

Man gab ihm ein Jahr in einem geschlossenen Heim und zwei Jahre auf Bewährung. Avi und Jakob fragten, ob er jetzt ein Krimineller sei, und Iris und Nurit freuten sich, denn bis er geschnappt wurde, hatten sie in einem Bett schlafen müssen. Nach seiner Verhaftung hatte jede ein Bett für sich allein. Doch in der Nacht darauf schliefen sie wieder beisammen und Nogus Bett blieb leer. Avi und Jakob benutzen es als Sprungbrett, sie steigen mit Schuhen darauf und springen herunter. Wer eine Weite von sechs Fußbodenfliesen schafft, hat gewonnen.

Edissos Hände arbeiten wie von allein. Sie seifen ein, kratzen Dotterreste von den Tellern, spülen und trocknen ab, und zugleich lässt sein Kopf die ganze Familie durch die Gedanken wandern, einen nach dem anderen, und sieht, was jeder braucht. Nur seinen Vater hat er aus der Reihe entfernt. Wenn er über ihn reden muss, nennt er ihn Dego Tadesa, nicht Vater und auch sonst nichts. Er wundert sich darüber, dass er ausgerechnet gegenüber Anna zum ersten Mal davon sprach, wo sein Vater war. Als hätte sie nicht genug eigene Probleme. Wäre da nicht diese große Frau mit den roten Haaren, die sich an Mike heranmachte, hätte er Anna bestimmt nichts erzählt, aber wenn der Mensch sieht, dass es bald ein Unglück geben wird, ist es seine Pflicht zu warnen. Er musste ihr Angst einjagen, damit sie die Augen offenhält. Aber Anna ist noch ein Kind, körperlich und im Kopf, und versteht von solchen Dingen noch nichts. Sie ist schon über dreizehn, aber sie zeigt noch keine Anzeichen von Weiblichkeit. Nichts. Sie merkt nicht, dass die Frau sie als Türöffner für ihren Vater benutzt. Die Dicke lacht mit ihr, gibt ihr Weintrauben, macht sich Sorgen, wenn sie blass ist, und dabei geht es ihr nur um den Vater. Und Mike ist ein Mann mit großen Augen, wenn es um Frauen geht. Er liebt seine Frau abgöttisch, aber wenn man ihm etwas anbietet, greift er zu. Auch Cheli ist kein Kind von Traurigkeit, eine ziemlich heiße Nummer, sieht alles und wartet auf ihren Einsatz. Die Wahrheit ist, dass er bis jetzt nicht begriffen hat, wie diese Familie funktioniert. Sie haben solche Sorgen, den Sohn mit dem zertrümmerten Kopf, die Tochter mit der Koordinationsstörung, Geld haben sie auch nicht besonders viel, sie arbeiten schwer und trotzdem läuft ihr Leben wie ein Skateboard auf der Straße. Sie ziehen an, was sie haben, essen, was da ist, tun, was sie tun müssen, und wechseln innerhalb einer Sekunde vom Weinen zum Lachen, ihr Kopf ist nicht verstopft mit Gedanken darüber, was und wie etwas werden wird und warum alles so gekommen ist. Sie lassen das Leben laufen, wie man bei Tisch Salz weiterreicht. Was für ein Unterschied zu seiner Familie. Bei ihnen wird jede Kleinigkeit zu einem Problem. Sogar das bisschen Stoff, das Iris und Nurit, die beiden Kleinen, tragen, wird zum Anlass für Streitigkeiten. Die eine will die rote Hose nicht, der anderen passt die gelbe nicht, eine ist zu kurz oder zerrissen. Sie ziehen sich an, ziehen sich aus, weinen, zerren sich an den Haaren. Zweieinhalb Bekleidungsstücke besitzen sie, und vom frühen Morgen an gibt es Streit. Beim Essen ist es nicht besser, auch nicht abends, wenn sie ins Bett gehen, oder wenn sie einkaufen. Seine Mutter bittet Mosche vom Lebensmittelladen, bis zum Monatsende anzuschreiben. Mosche sagt, höchstens bis zum 28. des Monats, denn da kommt das Geld vom Sozialamt. Sie hat nicht mal Zeit, das Geld eine Minute lang in der Hand zu halten. Es wandert vom Sozialamt sofort in Mosches Tasche. Wohin sie auch gehen, immer werden ihnen Steine in den Weg geworfen. Er, der noch in Äthiopien zur Welt kam, und Nogu, der unterwegs geboren wurde, bekamen Namen, die für Äthiopien gut waren. Die später Geborenen bekamen schon israelische Namen, Namen aus der Thora, Namen des Glücks, von Abraham und Jakob. Woher sollten sie wissen, dass diese Namen nicht mehr modern sind? Sie lassen sich nur noch auf dem Markt der Frommen gut verkaufen. Sie hielten an den Namen fest, aber aus Abraham wurde Avi und aus Jakob Kobi. Wenn man Jakob nach seinem Namen fragt, sagt er Kobi und gibt seinem kleinen Bruder einen Schubs, damit er nicht verrät, dass er Jakob heißt. Als die erste kleine Tochter zur Welt kam, legten sie keinen Wert mehr auf Namen, die mit dem Land und mit der Thora zu tun hatten, so wie sie auf das Land und die Thora keinen Wert mehr legten. Sie wollten ihr den Namen einer Blume geben. Dego, ihr Vater, ging in einen Blumenladen und fragte, wie diese schöne, violette Blume hieß. Der Verkäufer sagte Iris, er kaufte eine, kam nach Hause und sagte: »Das ist ihr Name.« Man nannte sie Iris. Als die zweite zur Welt kam, gingen sie in keinen Blumenladen. Dego sagte »Nurit« und Mutter sagte: »in Ordnung«. Jetzt schimpfen die Mädchen und klagen: »Warum habt ihr uns nicht Juval, Agam, Ma'ayan oder Moran genannt.« Sie glauben, dass ein Name dem Menschen seine Farbe gibt. Eines Tages schmierte Nurit eine ganze Tube Zahnpasta auf ihren kleinen Körper, sie war über und über weiß und roch wie die Praxis eines Zahnarztes, und Iris wusch sich mit einem Geschirrschwamm, schrubbte ihren Bauch und erwartete, dass die Farbe abgehen würde. Kobi sagte: »Du blöde Kuh, du wirst dein Leben lang schwarz bleiben.« Avi sagte: »Eine geile Schwarze«, und dann lachten sie und fingen an, sich zu boxen. Die beiden Kleinen weinten, die eine, weil die Zahnpasta brannte, die andere, weil die Farbe nicht abging. Er hätte sie gern im Sommer in eine Siedlung geschickt, so wie seine Arbeitgeber es mit Naomi gemacht haben, dieser Schönheit. Aber wo soll er eine Siedlung hernehmen, es gibt keinen Äthiopier, der einen Onkel in einer Siedlung hat. Dort wirst du nur aufgenommen, wenn du Arbeit hast und Hebräisch sprichst, wenn du Gott und jemanden in der Regierung auf deiner Seite hast, wenn Erez-Israel das

Hauptthema deines Lebens ist. Aber jemand, der morgens eine Nummer für die Warteschlange vorm Sozialamt zieht, vorm Arbeitsamt, im Ministerium für Neueinwanderer, für den ist die Nacht schon angebrochen – zu spät, um Erez-Israel zu erreichen. Die gesamte Verwandtschaft seines Vaters Dego wohnt in den Blocks der Baugesellschaft Amidar in Bet-Schemesch, und die seiner Mutter in Afula. Deshalb hat er, Edisso, für Avi und Jakob die Rolle der Siedlung übernommen. *Wer, wenn nicht er?* Er hält sie kurz und hofft, dass sie nicht auf die Idee kommen, sich benachteiligt zu fühlen, etikettiert, als Ausschussware. Einmal kaufte er im Supermarkt runde Brötchen. Ein Brötchen legte er in eine schwarze Tüte, das andere in eine weiße. Er verschloss die Tüten, damit man nicht sah, was darin war, und sagte zu ihnen: »Wählt eine aus.« Vier Hände griffen nach der weißen Tüte. Sie öffneten sie und fanden ein Brötchen. Auch in der schwarzen Tüte war ein Brötchen. Sie sagten: »Es ist genau das Gleiche.« Und er sagte: »Da seht ihr's, ein Brötchen ist ein Brötchen, es spielt keine Rolle, in welcher Tüte es liegt, in einer weißen oder einer schwarzen, es schmeckt gleich. Wir sind wie die Brötchen. Die Haut des Menschen ist wie die Tüte, einer wird in einer schwarzen Tüte geboren, der andere in einer weißen. Wichtig sind das Herz und der Kopf des Menschen, der in der Tüte steckt.« Sie wurden still, betrachteten die Tüten und dachten nach, dann sagte Avi: »Wenn ich ein Brötchen wäre, würde ich mir wünschen, in eine weiße Tüte gelegt zu werden.« Kobi stieß ihn in die Seite und lachte. »So ein Idiot, er will ein Brötchen sein.« Danach füllten sie die Tüten mit Luft und ließen sie platzen. Avi sagte: »Peng, die Haut ist zerrissen, der Typ in der Tüte ist tot.«

Avis Lehrerin hat gesagt, er könnte zu den Klassenbesten gehören, wenn er sich anstrengen würde. Edisso sagte Avi, was er von der Lehrerin gehört hatte, und Avi schämte sich. Er starrte auf seine Schuhe, dann kletterte er auf Nogus Bett und sprang, er schaffte die sechs Fußbodenfliesen, ging zum Fenster, stützte die Ellenbogen aufs Fensterbrett und legte das Kinn in die Hände, sein Kopf war ihm auf einmal zu schwer. Er schaute hinaus, wie es alte Frauen tun, die niemand besucht und die trotzdem warten. Kobi wollte ein Spiel mit Aprikosenkernen beginnen, aber als er Avi da stehen sah, ließ er ihn in Ruhe, wie man jemanden in Ruhe lässt, der beten will. Avi blieb lange am Fenster stehen, zog manchmal eine Hand unter dem Kinn hervor, verscheuchte eine Fliege und schob die Hand wieder darunter. Bestimmt dachte er darüber nach, wie es sein würde, sich anzustrengen und zu den Klassenbesten zu gehören. Die wären vielleicht so etwas wie ein Geheimbund und zwängen einen, die Wahrheit über sich selbst und die Familie zu sagen. Dabei erzählte er schon allen, sein Vater wäre nach Äthiopien gefahren, um die Möbel und das Geld, die sie dort zurückgelassen hätten, abzuholen, aber die äthiopische Polizei erlaube ihm nicht, nach Israel zurückzukehren. Ein Junge hatte gesagt: »Dann ist dein Vater ein Gefangener Zions.« Er schwieg, er hatte Angst, Ja oder Nein zu sagen, er wusste nicht, was ein Gefangener Zions war, woher auch. Der Gefangene, den er kannte, war ohne Zion und ohne alles. Er stand jetzt am Fenster, mit dem Rücken zur Wohnung, und schaute hinaus auf die Straße. Entweder weinte er oder es war ihm was ins Auge gekommen, jedenfalls sah Edisso, dass er sich die Augen rieb und hustete. Als er sich umdrehte, sagte er: »Edisso, schwör mir, dass die Lehrerin das wirklich gesagt hat.«

Er schwor es beim Leben seiner Mutter. Wenn er nicht sicher ist, schwört er nicht. Anna sagte: »Schwöre, dass du kein Mitleid mit mir hast.« Er weigerte sich, zu schwören, denn er weiß nicht, ob er das Gesicht aus Mitleid oder Respekt abwendet, wenn sie Schwierigkeiten mit ihren Beinen hat. Er hat viel Respekt vor ihr. Mehr Respekt als vor dem Torwart von Hapo'el oder vor dem Sänger Schlomo Arzi oder vor Sarit Hadid. Diese Stars konkurrieren einer mit dem anderen, aber Anna muss Gott besiegen. Sie verzeiht ihm nicht, dass Er bei ihrer Geburt mit Sauerstoff gegeizt hat. Was Er ihr nicht freiwillig gab, will sie sich mit Gewalt nehmen. Hundertmal am Tag legt sie die Strecke zwischen dem Lokal und dem Strand zurück, mit rotem Gesicht und schwitzend, die Arme ausgebreitet, um das Gleichgewicht zu halten. Wenn es nicht klappt, wie sie will, beschimpft sie ihre Beine, sagt, sie seien dumm und blöd, sie ist so hart mit ihnen, als gehörten sie einem anderen Menschen. Für jedes Versagen bestraft sie sie mit zwanzig Strecken von der Imbissbude zum Strand und zurück, wie wenn man in der Schule fünfhundertmal schreiben muss: Ich werde den Unterricht nicht mehr stören. Edisso steht hinter der Theke und sieht, wie sie vom Strand herankommt, eine Taube mit einem gebrochenen Bein, ihr Schatten hüpft vor ihr her über den Sand und wartet auf sie. Sie atmet schwer, ihr Brustkorb hebt und senkt sich, noch ist die Brust glatt und flach wie bei den beiden Kleinen, Iris und Nurit. Ihre Wimpern schwitzen und kleben wie Sterne um ihre Augen. Er würde gern »Alle Achtung« zu ihr sagen, aber das wird er nie im Leben tun. Sie würde ihn beschimpfen, du Mistkerl, und einen Stein nach ihm werfen. Sie würde denken, er lache sie aus. Stattdessen sagte er zu ihr: »Du kannst gern mein Rad benutzen.« In der letzten Zeit sagt er das nicht mehr, weil Mike sich darüber aufregt. Sie ist ganz wild aufs Fahrradfahren. So wie manche wild darauf sind, im Lotto zu gewinnen. Er würde ihr helfen, er würde den Gepäckträger halten und aufpassen, dass die Räder nicht im Zickzack fahren, er würde ihr beibringen, den Lenker gerade zu halten und die Augen auf die Straße zu richten, denn das ist es, was ihr schwerfällt, zwei Dinge gleichzeitig zu tun. Zum Beispiel beim Laufen. Ein Bein streckt sich nach vorn und das zweite beginnt zu früh mit der Bewegung und stößt gegen das erste. Wenn sie seine Schwester wäre, hätte er ihr längst beigebracht, wie das geht, sie ist doch gescheit. So wie er seiner Mutter die Knöpfe an der Waschmaschine erklärt hat. Erst sah sie zu, wie er die Maschine bediente, und hatte Angst. Als wäre das Gerät ein Tier. Sie sagte: »Wir haben kaum Platz genug in dieser Wohnung, und da kommt noch dieses dicke Tier da und quetscht sich dazu.« Und heute ist sie schon so weit, dass nur sie das dicke Tier füttern darf, sie bestimmt selbst das Waschprogramm und den Schleudergang. Er darf das Gerät nicht mehr anfassen, die Waschmaschine ist die Königin der Wohnung geworden.

Heute fuhr Anna zum ersten Mal ins Krankenhaus, um ihren Bruder zu besuchen. Als er noch im Koma lag, nahmen sie Anna nicht mit. Sie hatten Angst um sie. Wenn er sie fragt: »Wie ist das mit deinem Bruder passiert?«, sagt sie immer: »Mann, warum fragst du das schon wieder?« Und dann wechselt sie das Thema wie ein Drachenflieger, dessen Richtung vom Wind bestimmt wird. Auch von Mike und Cheli würde er nicht erfahren, was vorgefallen war. Als wäre es ganz normal, dass ein Kind zum Steg geht, auf das Geländer steigt, stürzt und sich den Schädel bricht. Aber Edisso merkt genau, wenn die Menschen etwas sagen und dabei etwas ganz anderes denken.

Früher, als Nogu noch ein normales Kind war und zur Schule ging, sah Edisso einmal, dass er Kratzer im Gesicht hatte. Er fragte ihn danach, und Nogu antwortete: »Ich bin vom Baum gefallen. Hast du das Tor von Hapo'el gesehen?

Wie sie denen eins reingeschossen haben!« Edisso verstand sofort, dass das Tor von Hapo'el ihn von den Kratzern ablenken sollte. Als er über Hapo'el sprach, stand Nogu auf, suchte eine Schere, riss Schubladen auf und knallte sie wieder zu. Weil es in ihrer Wohnung nicht so viele Schubladen gab, öffnete und schloss er die gleichen Schubladen mehrmals und fluchte dabei: »Verdammter Mist, wo ist die Schere?« Edisso fragte ihn, wozu er die Schere brauche, und er sagte: »Ich will mir eine Glatze schneiden.« Am Ende fand er in einer Schublade ein paar Schekel, die für den Einkauf von Lebensmitteln bestimmt waren, nahm sie und rannte hinaus. Eine halbe Stunde später kam er mit einem rasierten Kopf zurück, glatt wie eine der Kugeln, die man im Sportunterricht benutzt. Sein Gesicht sah ganz anders aus, als hätte man ihm im Frisörsalon die Augen vergrößert, die Wangenknochen hervorgeholt und das Fleisch in die Nähe der Zähne geschoben, und als hätte man mit einem Eddingstift die Kratzer unterstrichen. Seine vier kleinen Geschwister kamen aus ihrem Zimmer. Erst dachten sie, er wäre ein Geist, sie erschraken und wichen vor ihm zurück. Aber in ihrer Wohnung konnte man nicht weit zurückweichen, sie standen an der Wand und starrten ihn an. Der Erste, der anfing zu lachen, war Kobi, er hielt sich den Bauch vor Lachen und schrie: »Du Idiot, du hast dir eine Glatze gemacht.« Die Lippen der kleinen Schwestern zuckten, als wüssten sie nicht, ob sie weinen oder lachen sollten. Iris sagte: »Glatze« und kicherte, Nurit hörte sie, sagte »Glatte« und lachte auch. Nur Avi lachte nicht, er sagte kein Wort, starrte seinen Bruder nur an und kaute an seinem Hemdkragen. Er war noch keine neun Jahre alt, aber er begriff bereits, dass der Frisör Nogu die Haare geschoren hatte und ein anderer seine Seele. Nogu stand vor ihnen und sah noch kleiner und dünner aus, sodass man Lust bekam, ihn an die Hand zu nehmen, wie man ein kleines Kind an die Hand nimmt. Nur wenn man genau hinsah, erkannte man an seinen zusammengepressten Lippen, dass er schon erwachsen wurde. Ihre Mutter kam von ihrer Putzstelle in der Krankenkasse zurück, sah ihn und blieb erst wie versteinert stehen, dann sagte sie: »Was hast du gemacht, schämst du dich für unsere Haare?« Als sie kurz darauf die Schublade aufmachte und sah, dass die Schekel fehlten, sagte sie. »Du hast ihnen deine Haare und unser Brot gegeben.«

»Ich werde es zurückzahlen«, sagte er. Seine Kopfhaut war grau wie der Stahl eines Gewehrlaufs. Er achtete darauf, dass die Glatze glänzte, ständig fuhr er mit der Hand darüber, als wollte er Staub wischen. Zwei Tage lang arbeitete er beim Gemüsehändler, sortierte angefaultes Gemüse aus Kisten, ordnete Zucchini und Gurken in Reihen und legte die Schekel, die er dort verdiente, in die Schublade.

Es vergingen ein paar Tage, in denen Nogu schwieg, als wäre sein Mund zugenäht. Am dritten Tag fragte ihn Edisso: »Wie hoch war der Baum eigentlich, von dem du heruntergefallen bist?«

»Von was für einem Baum redest du?«

»Von dem Baum, wegen dem du die Kratzer hast.«

»Vergiss es«, sagte Nogu und sah noch kleiner aus als an dem Tag, als er mit der Glatze nach Hause gekommen war.

»Hör auf, mir Theater vorzuspielen, Nogu, sei ein Mann und sag mir, wer dir das Gesicht zerkratzt hat.«

Nogu saß auf dem Fußboden des kleinen Zimmers, das sie sich teilten und das früher ein Balkon gewesen war, bis die Wohnungsbaugesellschaft es umfunktioniert hatte. Nogu gehört das Bett und Edisso schläft auf einer Matratze, die morgens unter das Bett geschoben wird, damit das Zimmer nicht völlig zugestellt ist. Die vier Kleinen schlafen nebenan und die Mutter im Wohnzimmer, in dem sie auch essen,

Schulaufgaben machen, spielen und sich zanken. Da stehen ein langer Tisch und acht Stühle, die sie irgendwo aufgegabelt haben. Zwei Stühle sind aus Bambus, und wenn man nicht genau in der Mitte sitzt, kippen sie um. Drei Stühle haben Polster, aber mit Brandlöchern von Zigaretten. Zwei sind aus grünem Plastik, und dann gibt es noch einen Holzstuhl mit einer hohen Lehne. Auf diesem Stuhl hat Dego früher immer gesessen. Seit er weg ist, bleibt sein Stuhl leer, keiner setzt sich darauf. Er wird als Kleiderablage, als Tisch und Schrank benutzt. Immer liegt irgendetwas darauf, Schulranzen, Mäntel, schmutzige Wäsche, die darauf wartet, dass sie in den Bauch des großen Tiers geschoben wird, Wasser- und Stromrechnungen. Wenn jemand etwas sucht, heißt es: »Bestimmt auf Vaters Stuhl.«

Sie saßen also in ihrem Zimmer und Nogu gab keine Antwort. Er hockte auf dem Boden und ritzte mit dem Fingernagel den Dreck aus einer Ritze, so heftig, als wollte er die Fliese herausreißen, als wäre sie der Zugang zu einem Tunnel, durch den er von hier fliehen konnte.

»Also los. Was hast du denn? Woher hast du diese Kratzer?«

Nogus Finger hörten auf, und dann sprach er ohne Pause, als müsse er alles herauskotzen. Er sagte, er habe sich in ein Mädchen aus der Schule verguckt, eine von den Normalen, keine Äthiopierin. Er wartete in den Pausen auf sie und fand heraus, aus welchem Klassenzimmer sie kam. Er sprach sie nicht an. Aber eines Tages flocht er aus roten und gelben Wollfäden ein Armband für sie. Er wollte es ihr geben, wenn er sie einmal ohne ihre Freundinnen erwischen würde. Er wartete, und das Armband war die ganze Zeit in seiner Tasche. Dann hatten sie Englisch und die Lehrerin schickte ihn aus der Klasse, weil er kein Buch dabei hatte, sein Heft hatte er auch vergessen. Er saß bei den Wasserhähnen im

Hof und sah, wie das Mädchen aus ihrer Klasse kam und zur Toilette ging. Schon auf dem Weg knöpfte sie ihre Hose auf, vielleicht hatte sie ja Bauchschmerzen oder so etwas. Er wollte draußen warten, neben der Toilette, und ihr dann das Armband geben. Sie war lange auf der Toilette und er stand in der Sonne und fühlte sich ganz ausgetrocknet. Sein Kopf tat weh. Er ging zu dem Baum neben der Toilette, wo auch ein paar Sträucher wuchsen, die viel Schatten warfen. Er hörte, wie sie die Wasserspülung drückte und hatte Angst, sie zu verpassen, denn vielleicht würde sie ja in ihre Klasse zurückrennen. Als er sah, dass sie die Toilette verließ, sprang er auf und sagte: »Nimm.« Er hielt ihr das Armband hin. Sie erschrak und rannte wie verrückt los, ihre Haare flogen durch die Luft, die Bluse, die Arme, alles. In ihrer Klasse sagte sie: »Ein Äthiopier aus der siebten Klasse hat mich auf dem Klo beobachtet.« Da brach ein Chaos los. Der stellvertretende Schuldirektor packte Nogu und zerrte ihn zur Direktorin, wo schon seine Lehrerin und das Mädchen und ihre Lehrerin warteten. »Ist es der, der dich beobachtet hat?«, und das Mädchen sagte: »Ja, und er hatte einen Strick in der Hand, mit dem er mich fesseln wollte.« Er stand wie versteinert da und brachte kein Wort heraus, er konnte nicht sagen, dass es nur ein Armband war und dass er sie nicht heimlich beobachtet hatte. Das Armband aus den roten und gelben Fäden war in seiner Tasche. Er zeigte es ihnen nicht, er tat gar nichts. Erst als sie mit der Polizei drohten, zog er das Armband heraus und fragte: »Ist das ein Strick zum Fesseln?« Seine Lehrerin beugte sich vor und sagte: »Das ist aber eine schöne Handarbeit.« Sie nahm das Armband, berührte die gelben Fäden und sagte: »Wie künstlerisch.« Auch die Direktorin und die zweite Lehrerin betrachteten das Armband, und die Direktorin fragte: »Hast du das selbst gemacht?« Nogu nickte. Da änderte sie ihre

Meinung und der stellvertretende Direktor sagte, mit diesem kleinen Armband könne man noch nicht mal ein Huhn fesseln. Und zu dem Mädchen sagte er: »Du hast dich geirrt, Schachar, er wollte dir nichts tun, er wollte dir nur etwas schenken.« Das Mädchen sagte: »Das stimmt nicht, er hat mich überfallen, als ich aus der Toilette kam.« Der stellvertretende Direktor glaubte ihr nicht. »Du hast ihn missverstanden, Schachar, er wollte dir ein Geschenk geben, das er für dich gemacht hat.« Sie sagten zu dem Mädchen, sie solle in die Klasse zurückgehen, gaben ihm das Armband und schickten ihn ebenfalls in seine Klasse. Er nahm das Armband und warf es auf dem Weg in den Abfluss für das Putzwasser, es sollte von dem stinkenden Schmutzwasser weggeschwemmt werden, wohin auch immer. Noch nie hatte er so nah vor dem Mädchen gestanden wie im Zimmer der Direktorin, und er hatte gesehen, dass sie aus der Nähe sogar noch schöner war. Ihre Augen waren so grün wie Trauben und ihre Haare so schön wie die einer Sängerin aus dem Fernsehen. Nach Schulschluss stieg er die Treppe hinunter. Auf der Straße fielen drei Jungen aus ihrer Klasse über ihn her. Einer hatte einen großen Stock in der Hand, er hielt Nogu fest und fragte Schachar: »Ist er das?« Sie sagte: »Ja.« Dann ging sie zur Seite und beobachte alles aus der Entfernung. Die beiden anderen Jungs rochen an seinen Haaren und sagten: »Igitt, ein stinkender Äthiopier.« Er wurde wütend, ließ seine Schultasche fallen und versetzte dem ersten der beiden Jungen einen Boxhieb. Sie warfen ihn auf die Erde, knieten alle drei auf ihm, hielten seine Arme und Beine fest und sagten: »Stinkender Neger.« Er fing an zu spucken, und der Junge, der getroffen wurde, schrie: »Ich bringe dich um, das ist dein Ende, Nigger!« Er schlug mit dem Stock in sein Gesicht, und als sie sahen, dass er blutete, ließen sie ihn liegen und liefen davon. Das

Mädchen ging langsam, als wäre sie gerade erst gekommen, und tat, als hätte sie nichts gesehen. Irgendwann würde er es ihr vorhalten.

Nogu fuhr mit dem Finger wieder zur Ritze zwischen den Fliesen und presste die Lippen zusammen wie vorhin, bevor er angefangen hatte zu reden, und sah aus, als würde er Spucke sammeln, um sie, falls er sie brauchen würde, parat zu haben.

Edisso wollte ihn anfassen und etwas Beruhigendes sagen, aber er schaffte es nicht. Nogus Kopf war so klein und mager ohne die Haare, er sah aus wie ein Küken ohne Federn. Am liebsten hätte er das Küken hochgehoben und zu ihm gesagt, es brauche keine Angst zu haben, stattdessen sagte er etwas, was Nogu noch mehr demütigte. »Heute sagen sie zu dir, dass du stinkst, und du machst dir eine Glatze. Und wenn sie morgen sagen, dass du verrückt bist, schneidest du dir dann die Ohren ab?«

»Halt den Mund, Mistkerl«, sagte Nogu. Er saugte an seinen Wangen, bis sie im Gesicht verschwanden und die Tränen aus seinen Augen drückten.

Am liebsten hätte er sich geohrfeigt für das, was er gesagt hatte. Er dachte, du bist ein Idiot, Edisso, warum hast du nicht gesagt: Vergiss dieses Mädchen, das bei der Direktorin gelogen hat und drei Jungen aus seiner Klasse dazu angestiftet, dich fertig zu machen. Es ist nichts wert, eine Null. Augen wie Trauben, Haare wie eine Sängerin und ein verfaultes Herz. Was ist ein Apfel wert, der von außen schön ist und von innen faul? Drei gegen einen, sie nennen dich Nigger, aber Hunde sind mehr wert als sie. Er hätte sagen sollen, der Mensch ist vor seiner Geburt wie ein Fallschirmspringer im Flugzeug. Er steht an der Luke, und wenn seine Zeit gekommen ist, gibt ihm Gott einen Stoß und er stürzt irgendwo in die Welt hinab. Niemand fragt ihn, ob er ein Mensch oder ein Vogel sein will, weiß oder schwarz, er muss da, wo er hingefallen ist, aufstehen und losgehen, und wenn man ihn auf dem Weg überfällt, muss er zurückschlagen, er darf nichts von sich hergeben, weder Haare noch Ohren oder Zähne. Er hätte sagen sollen, dass es Menschen gibt, die weich fallen und andere, denen es weniger gut gelingt. Zum Beispiel dieses Mädchen, Anna, sein Fallschirm hat sich nicht geöffnet. Anna hatte einen sehr harten Sturz, und trotz ihrer Schmerzen stand sie auf. Kann kaum gehen und geht doch, schlägt die Zähne in ihr beschissenes Schicksal und geht.

Heute fuhr sie mit Mike in die Stadt, um ihren Bruder im Krankenhaus zu besuchen. Sie trug ein Kleid und ihre neuen New-Balance-Schuhe, war ordentlich gekämmt und sauber und so nervös, als ginge sie zu einer Gerichtsverhandlung. Sie schlug mit einem Stuhl auf den Boden, tack-tacktack, wieder und wieder, und fragte: »Papa, wann fahren wir endlich?« Als wolle sie es schnell hinter sich bringen. Ihr Vater hatte noch ein paar Kleinigkeiten zu erledigen, und Cheli explodierte fast wegen des ständigen Klopfens. Sie fasste sich an den Kopf, sagte aber nichts, sie ließ zu, dass ihre Tochter Krach machte und ihre Nervosität auslebte. Schließlich zog Mike ein normales Hemd an und sagte: »Komm.« Cheli warf ihm einen Blick zu, der bedeutete: Pass gut auf sie auf!, dann gingen sie los. Keiner muss Mike sagen, er solle atmen, ebenso wenig muss man ihm sagen, er solle auf seine Tochter aufpassen. Seine Blicke spinnen ununterbrochen einen Faden zu Anna, sie kann sich daran festhalten, wenn sie stolpert. Zum Beispiel wenn er Baguette aufschneidet und sie zum Meer geht. Dann dreht er sich zwar nicht um, um ihr nachzuschauen, aber er lauscht aufmerksam, ob er etwas hört, und er sieht in den Spiegel über der Theke wie in den Rückspiegel eines Autos. Mit diesem Spiegel überblickt er den ganzen Strand und ein großes Stück vom Meer. Er sieht auch die Dicke mit ihrem feuerroten Haar. Er sähe sie, auch ohne es zu wollen, aber er will es ja. Sie ist trickreich und stellt den Stuhl immer so, dass er ganz im Spiegel zu sehen ist. Auch Cheli merkt das, sie ist ja nicht dumm und lässt sich nichts vormachen, aber sie hat eiserne Nerven, sie schmiedet in aller Ruhe ihre Pläne. Edissos Mutter sah einmal die Freundin seines Vaters Dego vom Fenster aus, sie zog das Kopftuch über den Mund, biss die Lippen zusammen und hütete den Fluch den ganzen Tag, um ihn ja nicht auszusprechen. Auch am nächsten Tag bewegte sie sich langsam. Bei allem was sie tat, schien sie blutarm und kraftlos. Ihre Arme waren so schlaff, als hätte man die Knochen daraus entfernt, nur ihre Finger trugen Dinge von einer Stelle zur anderen. Ihr Gesicht war leer, nichts war zu sehen, weder Wut noch Rachgier, nichts, es war, als hätte sie mit der Welt abgeschlossen. Cheli ist das genaue Gegenteil. Sie weiß, dass keine besser ist als sie, dass Mike zu ihr gehört und dass er sich nicht wegen irgendeiner anderen von ihr trennen würde.

Auch heute sah Cheli, wie die Frau ankam und den Stuhl und das Badetuch an der Stelle platzierte, die im Spiegel zu sehen war, und konnte ein Kichern nicht unterdrücken. Als hätte sie einen geheimen Sieg errungen. Nach einer Weile stand die Frau auf und kam zur Imbissbude herüber, um sich einen Eiskaffee zu bestellen.

»Klein oder groß?«, fragte Cheli.

Die Frau lachte, breitete die Arme aus, wie um zu zeigen, wie groß ihr Körper war, und sagte: »Schau mich doch an, glaubst du, ein kleiner Kaffee würde mir reichen?«

»Dicke Frauen haben kleine Portionen oft lieber«, sagte Cheli, »sie wollen abnehmen.« Sie ging in die Küche, um den Kaffee zuzubereiten, und hörte, wie die andere hinter ihr sagte: »Ich aber nicht. Ich liebe alles groß, größer, am größten. Ich würde auf kein Stück meines Körpers verzichten wollen.«

»Das ist dein gutes Recht«, sagte Cheli. Sie setzte ihre Arbeit fort und die Frau lehnte sich auf die Theke und trank ihren Eiskaffee. Man sah ihre Rundungen, aber das machte ihr wohl nichts aus. Als sie fragte: »Wo ist Anna?«, drehte sich Cheli zu ihr um, als hätte sie eine Pistole in der Hand und erwischte gerade einen Dieb, der ums Haus schlich.

Gereizt fragte sie: »Woher weißt du, wie sie heißt?« Genau in dem Ton, in dem der Polizist Nogu gefragt hatte, woher die Kamera sei.

»Anna hat es mir gesagt.«

Cheli hörte den Namen ihrer Tochter aus dem Mund jener Frau, die ihn so selbstverständlich aussprach, als gehöre sie zur Familie. Sie warf einen Blick zum Meer und sagte zu Edisso: »Bring den Müll weg.« Der Müllsack war noch nicht halb voll, deswegen verstand er, dass sie mit der Frau allein sein wollte, ihr irgendwelche Sachen mitten ins Gesicht sagen, die eine Frau nur zu einer anderen Frau sagt.

Er ging zum Müllcontainer und fand dort Karniel, den blöden Kater, der die ganze Nacht nicht zurückgekommen war. Sie hatten schon gedacht, er läge tot in irgendeinem Loch oder er habe eine Katze gefunden und wäre bei ihr geblieben. Jetzt sah Edisso ihn zwischen Kartons mit verfaultem Gemüse, er rollte ein altes Brötchen hin und her wie einen Ball. Edisso pfiff und Karniel hob den Kopf, um zu sehen, woher das Geräusch kam. Als er Edisso sah, ließ er das Brötchen liegen und rieb den Kopf an seinem Bein. Wie lange braucht man, um Müll wegzubringen? Eine halbe Minute? Aber wenn er zu schnell zurückkam, hätte Cheli nicht genug Zeit, um das zu tun, was sie tun wollte. Also blieb er neben den Müllcontainern stehen und Karniel wartete mit ihm und betrachtete die Berge von Essensresten, die die Menschen wegwarfen: Brot, Obst, Gemüse, Sachen, die sie anbissen und liegen ließen, Käse und Fleisch, die sie so lange im Kühlschrank aufbewahrten, bis das Zeug schlecht wurde. Edisso schaute hinauf zum Himmel. Er war blaugrün, wie Mikes Augen und wie die seiner schönen Tochter, die sie zur Siedlung geschickt hatten. Klar, ohne jede Trübung. Was hatte solch ein Himmel mit dem Chaos auf der Erde zu tun? Gott liebte Ruhe und Sauberkeit. Er dachte, Kater, lass den Müll, schau nach oben! Er gab Karniel einen Stoß. Aber sogar Katzen sind schlau genug zu wissen, dass sie vom Himmel nichts zu erwarten haben. Wenn sie etwas geschenkt bekommen, dann eher vom Müllcontainer. Manchmal glaubte Edisso, dass es Gott gab, und manchmal war er sicher, dass es Ihn nicht gab. Wenn er den Rücken seiner Mutter sah, wenn sie nach ihrer Putzarbeit in der Krankenkasse müde die Treppe heraufkam, sagte er sich: Gott ist eine Erfindung für die reichen Leute. Wenn er Naomi sah, die schöne Tochter dieser Leute, dachte er, vielleicht gibt es Ihn doch, denn so etwas entsteht doch nicht von allein. Er war erst fünfzehn Jahre alt, er hatte noch nicht genug Zeit, um herauszufinden, ob es Gott gab. Wenn er erst mal sechzig oder siebzig sein würde, würde er auf sein Leben zurückblicken können und wissen, ob es Ihn gab oder nicht. Der Mensch kann mit dreißig Jahren einen Gott haben, Ihn aber mit fünfzig verlieren. Vielleicht findet er Ihn in letzter Minute oder nie im Leben. Dego, sein Vater, war nicht bereit, ihn und seine Brüder in eine religiöse Schule zu schicken. Er sagte, die Religiösen bekämen für jedes äthiopische Kind, das bei ihnen eingeschrieben würde, Geld, und deshalb gebe es bei ihnen auf drei weiße Köpfe mindestens einen schwarzen.

Sie versprechen einem, dass die Kinder bei ihnen eine großartige Erziehung genössen und sauber blieben. Hauptsache, man schriebe seine Kinder bei ihnen ein. Aber Dego meinte, seine Kinder sollten erst alles fürs richtige Leben lernen, für den Himmel bliebe dann noch Zeit genug. Und erzogen würden sie zu Hause. Das ist doch zum Lachen, Dego, dachte Edisso. Ja, seit du im Gefängnis sitzt, werden sie großartig erzogen. Ihre Mutter muss sich abrackern, um Brot kaufen zu können, und hat weder Zeit noch Kraft dafür. Ihr Herz ist zerrissen. Sie ist die Einzige zu Hause, die Gott noch ehrt und ein Kopftuch trägt, als schämte sie sich vor ihm, obwohl Gott sich manchmal vor ihr schämen sollte. Edisso stand da und betrachtete den Himmel, der dem Meer seine Farbe gab. Er nahm sich vor, eines Tages, wenn er genug Geld hätte, würde er in ein Flugzeug steigen und die Welt von oben betrachten, dann würden die Menschen aussehen wie Mohnkörner auf einem Brötchen. Manche klebten fest, andere fielen ab. Manche waren oben, auf der glänzenden Seite des Brötchens, andere unten, an dem Teil, der im Backofen verbrennt. Oben, unten, das spielte keine Rolle, am Ende landeten sie alle im Bauch oder auf dem Müll und nichts blieb übrig, und aus dem Ofen kamen neue Brötchen. Er hatte keine Ahnung, wie viel Zeit vergangen war, seit er den Müllsack weggetragen hatte, und ob Cheli der Frau schon alles gesagt hatte. Er beschloss, vorsichtshalber langsam zurückzugehen, und wenn er ihre Stimmen hörte, würde er kehrtmachen, er wollte nicht hören, was nicht für seine Ohren bestimmt war. Karniel lief neben ihm her. Beide gingen sie langsam, und als sie wenige Meter von der Terrasse entfernt waren, hörten sie ein zweistimmiges Lachen. Das eine Lachen klang wie das Aufprallen eines großen und schweren Balls, das andere wie ein hüpfender Pingpongball. Das Pingpong-Lachen gehörte Cheli, ihr Hals war voller kleiner Bälle, und wenn sie lachte, ließ sie sie herausspringen. Edisso ging weiter, und das Lachen hörte nicht auf, es vermischte sich mit dem Brausen des Meeres. Als er die Terrasse erreichte, sagte die Frau gerade: »Du lieber Gott«, und hielt sich den Bauch vor Lachen. Cheli sah ihn kommen und hörte so plötzlich auf zu lachen, als hätte man einen Schalter umgelegt. Vielleicht erinnerte sie sich, als sie ihn sah, an ihren Sohn, der im Krankenhaus lag. Ohne dessen Unfall hätten sie Edissos Hilfe nicht gebraucht. Aber vielleicht wollte sie ja auch nicht ihr ganzes Lachen vergeuden und sich noch etwas für später aufheben. Manchmal dachte er, dass der Mensch bei seiner Geburt Lachgutscheine bekommt, und wenn er sie verbraucht hat, hat er nichts mehr zu lachen. Seine Mutter hatte nicht viele Gutscheine bekommen, sie hatte sie längst verbraucht. Auch die für das Weinen hatte sie verbraucht. Sie lachte nicht mehr und weinte nicht mehr. Vielleicht hatte sie sich ja noch einmal Weinen aufgehoben, für den Notfall, für einen fröhlichen oder auch traurigen Anlass. Zum Beispiel für den Tag, an dem er selbst seine militärische Grundausbildung mit Auszeichnung abschließen würde, oder für den Tag, an dem er seinen Pilotenschein erhalten würde. Vielleicht auch für die Zeit nach Nogus Heimaufenthalt, wenn er in sein normales Leben zurückfinden und wieder sein würde, wie er war, bevor er all die Dummheiten beging. Oder für Degos Rückkehr aus dem Gefängnis, wenn sie in ihm den Mann wiederfinden würde, den sie einmal geheiratet hatte.

Cheli sagte zu der Frau: »Ich bekomme von dir noch neunzehn Schekel für den zweiten Eiskaffee.« Die Frau lachte immer noch, ein schwerer Laster braucht Zeit, bis die Bremsen ziehen. Was für einen Grund konnte es außer Mike für dieses gemeinsame Lachen geben? Edisso hatte geglaubt, dass Cheli ihr eine Lektion erteilen wollte, dass die Frau sich schämen, ihr Badetuch zusammenfalten und sich woanders hinsetzen würde. Doch nun waren sie wie zwei Schwestern, die gemeinsam über ihren Bruder lachten. Auch wenn er sich auf den Kopf stellte, würde er diese Menschen nicht verstehen. Sie sprachen Hebräisch, genau wie er, und doch war es, als sprächen sie in fremden Zungen. Er hörte ihre Worte, ohne sie zu begreifen.

»Also ciao«, sagte die Frau. »Gib Anna und ihrem Vater einen dicken Kuss von mir.« Sie zahlte, und das Lachen war ihr noch anzusehen, ihre Gesichtszüge hatten sich noch nicht beruhigt. Mit zwei großen Eiskaffee im Bauch hüpfte sie wie eine Tänzerin die Stufen hinunter und ging zu ihrem Badetuch.

»Das hat aber lange gedauert, mit dem Müll«, sagte Cheli, und er antwortete nicht.

Sie stieß mit ihrem Flipflop nach Karniel und sagte: »He, du Parasit, los, verschwinde.« Sie war nervös. Wenn sie lachte, lachte sie, wenn sie sich ärgerte, ärgerte sie sich. Sie spielte einem nicht vor, sie sei fröhlich, wenn sie innerlich etwas quälte. Mike war genauso. Sie versteckten weder ihre Körper noch ihren Seelen, man konnte alles sehen. Seine Mutter bedeckte ihren Körper, sie trug einen langen Rock und eine Bluse mit Ärmeln, sogar ihr Kopf war bedeckt, und ihr Gesicht war verschleiert, obwohl es nicht von Stoff bedeckt war. Nie zog sie sich anders an. Nur an der Art, wie ihre Hände Gegenstände ordneten, erkannte man, ob sie so traurig war wie am Vortag oder noch trauriger. Er war noch nicht sicher, ob er, wenn er erwachsen sein würde, so sein wollte wie diese Familie, ob er sich zur Schau stellen wollte, oder sich lieber verstecken, wie seine Mutter. Er arbeitete noch nicht sehr lange für sie und wusste schon über alle Bescheid, sogar über ihre Großmütter und die Verwandten in der Siedlung. Er wusste, was sie aßen und tranken, was sie ärgerte und was sie freute.

»Iß etwas«, sagte Cheli. Er wusch den Salat und schnitt die verwelkten Ränder ab, ordnete die Blätter auf einem Tablett und antwortete: »Gleich, ich habe noch keinen Hunger.« Sie trank einen Espresso und blickte über das Meer. Ihre Augenlider verrieten, dass sie aufgeregt war, sie waren zusammengekniffen, und Edisso begriff, dass sie sich noch nicht beruhigt hatte.

»Diese Frau ist scharf auf Mike«, sagte sie plötzlich. Er erschrak und wurde rot. Aber wenn man schwarz ist, kann niemand sehen, dass man rot wird.

»Statt sie zu erwürgen, habe ich ihr gesagt, los, lass dich gehen. Was sagst du dazu?«

Sie ist verrückt, dachte er, Cheli ist verrückt. Der Unfall des Jungen und die Probleme mit Anna haben sie um den Verstand gebracht, jetzt wird sie noch ihre ganze Familie ruinieren.

Er spürte, dass sie auf eine Antwort wartete, und sagte: »Ich weiß es nicht.«

»Was heißt das, du weißt es nicht. Sag einfach, was du denkst.«

Er wurde nervös. Sie konnte zu ihm sagen, er sollte Kartoffeln schälen und den Salat waschen, aber seine Gedanken gingen sie nichts an. Nicht einmal seine Mutter erfuhr sie.

Er sagte: »Ich bin gut im Salatschneiden, nicht im Reden.« Er schnitt Kopfsalat, und die Streifen sahen aus wie lange Schnürsenkel.

»Wenn es eine Frau wäre, die es auf deinen Vater abgesehen hätte, was würdest du ihr gesagt haben?«

»Nichts. Ich hätte mit einem Stein nach ihr geworfen.«

Cheli schaute weiter über das Meer, als würde sie sich mit dem Wasser unterhalten. »Wirklich?«, sagte sie. »Hör mal, du bist in einem Alter, in dem alles schwarz oder weiß ist. Es gibt aber auch etwas dazwischen, oder?«

Er schwieg. Er wusste, es gab eine Frau und einen Mann und nichts dazwischen. Aber das würde er nicht sagen, er arbeitete für sie, er kam hierher, um Kopfsalat zu schneiden und den Müll wegzubringen. Noch nie hatte eine Frau so mit ihm gesprochen. Und überhaupt, wann hatte sich jemand für seine Gedanken interessiert? Sie schauen auf das, was du machst, und dann bekommst du ein Lob oder einen Tadel zu hören, sagte er sich. Deine Gedanken gehören dir, die haben keinen zu interessieren. Er hob hinuntergefallene Blätter vom Boden auf und sah Chelis Zehen, gerade, lang, dünn und voller Kraft.

»Du bist viel besser als sie.« Die Worte waren ihm einfach herausgerutscht, er hörte sie, als habe sie ein anderer gesagt.

Sie lachte: »Das habe ich auch gedacht.« Ihre Augen waren noch halb geschlossen, wie vorhin, als sie nervös war. Sie nahm einen Schluck von ihrem Espresso, wandte ihren Blick vom Meer ab und sagte: »Hör zu, Edisso, ich gehe bald weg. Unser Sohn wird nach Jerusalem verlegt, in eine Rehabilitationsklinik, und ich werde mit ihm gehen. Mike wird sich hier ums Lokal kümmern müssen, das heißt, er und du.«

»Wie ist dieser Unfall mit eurem Sohn eigentlich passiert?«

»Wie Unfälle passieren. Er ist auf dem Steg herumgelaufen und ist gestürzt.«

Als er fragte: »War er allein dort?«, klingelte das Telefon, sie ließ ihren Espresso stehen und ging zum Apparat. Ihren Worten konnte er entnehmen, dass sie sich mit ihrer Schwester Sara unterhielt. Er machte sich daran, Pommes frites zu braten und überlegte, er würde sie später fragen, ob Anna auch mit nach Jerusalem gehen oder mit ihrem Vater am Strand bleiben würde. Er erinnerte sich an das Lachen, dass sie mit der Frau geteilt hatte, und dachte, wie es wohl sein würde, wenn Mike Tag und Nacht hier war, und was sie damit gemeint hatte, als sie sagte, nicht alles sei schwarz oder weiß und es gebe noch etwas dazwischen. Er ärgerte sich über sich selbst; was ging es ihn an, sie gehörte nicht zu seiner Familie. Wenn er Sorgen haben wollte, brauchte er doch nur an seine Mutter und seine Geschwister zu denken. Er sollte einfach seine Arbeit machen. Cheli würde wegfahren, sie würden ihn die ganze Zeit brauchen, er würde mehr arbeiten und mehr Geld verdienen. Er würde für seine Geschwister Schulbücher und Hefte kaufen können und für seine Mutter Schuhe und einen Spiegel für sein Fahrrad. So war es. Wie es bei diesen Leuten weiterging und was Mike machen würde, das ging ihn nichts an. Aber je mehr er versuchte, keinen Gedanken an sie zu verschwenden, umso schneller kamen die Gedanken zurück, wie Wasser, das unter der Tür hereinfließt und das Zimmer überschwemmt. Gleich würde er eine Pause machen und ein Brötchen essen.

Er sah, dass sie sich wieder gefangen hatte, und beschloss, ihr gleich zwei Fragen zu stellen, erstens, ob Anna hierbliebe, und zweitens, ob der Junge bei seinem Sturz allein auf dem Steg war.

Es kamen viele Kunden, manche wollten Eis am Stiel, andere bestellten ein doppeltes Omelett mit Salat und Nachtisch. Cheli und er schnitten, brutzelten, servierten, schafften das Geschirr fort, spülten, machten eins nach dem anderen, und als die Omelett-Gäste gegessen hatten und weggegangen waren, entstand eine kleine Pause und Cheli sagte: »Jetzt iss endlich was, damit du mir nicht vom Fleisch fällst.«

Er aß ein Käsebrötchen und sie steckte sich eine Zigarette

an. Sie war unfähig, ruhig stehen zu bleiben und ging beim Rauchen auf und ab. Er stellte seine beiden Fragen, und sie antwortete: »Eins: Anna wird selbst entscheiden, wo sie bleiben will. Zwei, er war allein dort. Drei, jede Sekunde stürzt irgendwo auf der Welt ein Kind. Neunundneunzig Prozent schürfen sich nur die Knie auf und gehen weiter. Tom ist nicht aufgestanden. Warum? Man müsste den da oben fragen.« Sie deutete mit der Zigarette hinauf zum Himmel. Blauer Rauch stieg zielgerichtet nach oben, als wüsste er, wohin es ging, er flog über die Theke und verlor sich unterwegs, bog nach rechts und nach links ab, wurde dünner und löste sich in der Luft auf, bis er nur noch aussah wie ein weißer Faden, und dann war er verschwunden, ohne auch nur ein Viertel des Wegs nach oben geschafft zu haben.

Sie kamen spät aus dem Krankenhaus zurück, die Sonne war schon fast hinter dem Meer verschwunden, das glänzte wie ein frisch geputztes Fenster. Die Dicke, die zwei Eiskaffee getrunken hatte, saß noch auf ihrem Badetuch und winkte ihnen zu, aber sie waren erschöpft. Mike ging geradewegs in die Küche, hielt seinen Kopf unter den Wasserhahn und schüttelte sich wie ein Hund, der aus dem Meer kommt. Anna erlaubte ihm nicht, ihr beim Treppensteigen zu helfen, sie blieb auf jeder Stufe stehen, bis sie oben war und halbtot auf den erstbesten Stuhl sank. Schwer atmend sagte sie: »Das war's.« Er wusste nicht, ob sie damit das Treppensteigen meinte oder den ganzen Tag, vielleicht auch den ganzen Sommer. Die New-Balance-Schuhe sahen groß aus an ihren dünnen Beinen, am liebsten hätte er sie ihr ausgezogen. Er fegte die Terrasse und kam ihr nicht zu nahe, damit sie die Füße nicht anheben musste, aber sie sagte: »Komm, feg auch hier.« Sie schob einen Fuß zur Seite und machte Platz für den Besen, und als er dicht vor ihr stand, sagte sie: »Chajim-Tom hat mich erkannt.«

Edisso fragte: »Und wie sieht er aus?«

»Kleiner als früher.« Sie trank das Mineralwasser, das Cheli ihr brachte. Wie ein Kamel trank sie, stürzte mehr als die Hälfte der Flasche hinunter und sagte: »Wirklich, er ist geschrumpft.« Und dann fing sie an zu weinen.

Cheli sagte: »Edisso, du bist für heute mit der Arbeit fertig.« Er schob den Schmutz auf die Schaufel, kippte ihn in den Mülleimer, stellte den Besen an seinen Platz, machte sein Fahrrad vom Pfosten los und sagte: »Auf Wiedersehen«, und »Bye, Anna.« Er schob das Fahrrad den Sandweg hinauf, der zur Straße führt. Auch die Dicke verabschiedete sich für heute vom Meer, er hörte das Klirren ihrer Armreifen hinter sich, sie holte ihn ein und sagte: »Schau dir den Himmel an, der Abend wird großartig.« Er gab ihr keine Antwort, bis sie nebeneinander die Straße erreichten. Er stieg auf sein Fahrrad und bevor er losfuhr, sagte er: »Lass sie in Ruhe. Siehst du nicht, dass sie genug Probleme haben?« Er trat in die Pedale. Die ganze Straße konnte hören, wie sie ihm nachrief: »He, Junge, wovon sprichst du …«

Er fuhr aber nicht gleich nach Hause, sondern zu den Fischrestaurants, die zum Meer hin offen sind. Er schob sein Fahrrad zum Steg, um zu sehen, wie hoch er war. Dann gab er dem Fahrrad einen Stoß, dass es auf die Steinplatten fiel. Nichts war passiert. Ein fünfjähriges Kind wie seine Schwester Iris, dachte er, würde sich nichts tun, wenn es hier stürzte, es würde sich nicht den Kopf aufschlagen, noch nicht mal ein Zahn würde ihm abbrechen. Die Schädelknochen sind bei Fünfjährigen noch elastisch wie Fahrradschläuche, sie sind noch nicht hart, selbst wenn man ein fünfjähriges Kind umstößt, wird es sich höchstens die Knie aufschürfen. Aber angenommen, er setzte Iris auf den Gepäckträger, sie würde ihre kleinen Arme um seinen Bauch legen und ihn kitzeln. Ihre Wange an seinem Rücken wäre warm und weich wie ein Brötchen, sie würde sich kaputtlachen, sie würde ihre kleinen Beine zur Seite strecken und ihre Sandalen würden aussehen wie zwei rote Schmetterlinge. Er würde schreien, Iris, halt dich fest, aber sie würde lachen und den Halt verlieren … Ihm wurde heiß. Er packte das Fahrrad und fuhr nach Hause, trat wie ein Besessener in die Pedale. Er wollte Iris, Nurit, Avi und Jakob sehen, wollte sicher sein, dass sie nicht gestürzt waren, dass sie sich keine Zähne abgebrochen hatten, dass ihre Schädelknochen heil waren und dass sie zu den neunundneunzig Komma neun Prozent gehörten, die nach einem Sturz aufstehen und weitergehen.

Er fuhr so schnell, als säße er auf einem Motorrad, der salzige Wind schlug ihm ins Gesicht. Der Mond ging auf. Er war kreideweiß, als ob er sich vor der Nacht fürchtete. Gott hatte ein Laken über das Schapira-Viertel gebreitet und glänzende Pailletten darübergestreut. Edisso spürte den Wind an seinem Hals und sagte sich, die Dicke hat recht, der Abend wird großartig.

Siebtes Kapitel

Wenn Tom ein lebendiges, warmes Tier bei sich hätte, wäre die Neonwelt des Krankenhauses weniger kalt. Sie erwartete von der Krankenhausverwaltung nicht, dass sie sich einfach mit einem Vierbeiner anfreundete, aber sie würde nicht nachgeben. Sie würde versuchen, sie zu überzeugen, sie würde sagen, bei allem Respekt gegenüber den Menschen, die Tiere wurden vor ihnen erschaffen, sie können besser zuhören und besser schweigen. Sie dachte an einen Hund, einen Hasen oder einen Wellensittich. Schließlich entschied sie sich für eine Schildkröte und brachte ihm eine statt jener, von der man nicht wusste, wie sie ihr Leben verloren hatte. Wer hätte an jenem Montag auch nur einen Gedanken daran verschwenden können? Ihren seltsamen Namen hatte sie von Anna bekommen, die ein Fragezeichen auf ihren Panzer malte und sie als *Lama*, als *Warum*, in die Welt entließ, um mit einer unbeantworteten Frage herumzulaufen. In der Wohnung in Kiriat Jovel war sie eine gleichberechtigte Mitbewohnerin gewesen. Die siebzig Quadratmeter standen allen zur Verfügung. Aber am offenen Meer beschränkte sich ihr Lebensraum auf einen Karton mit schmalen Gucklöchern, und ihre Verwunderung über die Schöpfung wuchs. Tom nahm sie mit zu Exkursionen am Rand des Meeres, aber sie war eine Landschildkröte, ihre Füße hinterließen stotterige Striche im Sand, die Wellen peitschten gegen sie und sie zog sich, zitternd vor Angst und Kälte, in ihren Panzer zurück. Tom ließ sie in einer Brotschachtel auf dem Meer segeln, sie wurde nass, versteckte sich in ihrer knöchernen Behausung und wollte nur noch heim. Zu Hause bekam sie Kopfsalat und Kohlblätter, sie fiel darüber her, fraß, schied Kot aus, fraß weiter. Sie fraß und trank als gäbe es kein Morgen. »Sie frisst aus Nervosität und kackt jede Menge«, sagte Anna, »hätte sie Arme, würde sie uns schlagen.« Sie hatte recht. »Halt durch«, sagte Cheli zur Schildkröte, »bald ist der Sommer vorbei, und *deine Augen mögen schauen, wenn du nach Zion zurückkehrst.*« Hätte ihre Schwester Sara das gehört, hätte sie sich zusammengekrümmt und gesagt: Cheli, du hast keinen Gott. Doch das wäre ein Irrtum. Sie hatte so etwas wie einen Gott. Wer einmal einen Gott hatte, konnte tun, was er wollte, er konnte Ihn ausreißen, vertilgen, entwurzeln, Gott kehrte zurück wie Unkraut – es blieb immer ein Rest, der sich nicht rausziehen ließ.

Die Sache mit Lama geschah jedenfalls vor der neuen Zeitzählung, bevor die Welt auf den Kopf gestellt wurde.

Und jetzt, in diesen Tagen, in dieser Zeit ging sie mit einem Weidenkorb ins Krankenhaus, mit Lamas Double. Sie betrat das Zimmer, und alle Schädelerneuerer standen um Toms Bett und betrachteten das Wunder ihres Werks.

Die Ergotherapeutin gab ihr ein Zeichen stehenzubleiben und ihre Anwesenheit nicht groß anzukündigen. Sie stellte sich hinter eine Krankenschwester und sah über deren Schulter ihren Sohn an, der sich mit der rechten Hand abstützte und sich aus eigener Kraft aufsetzte. Er sah ernst aus, ein Soldat, zurückgekehrt aus einem Krieg, in dem es keine Sieger gab. Alle sechs Knöpfe seines Pyjamas standen offen. Schon fünf Jahre war er auf dieser Welt, und noch immer vertraute er der Logik der Erwachsenen. Sie sagten: »Tom, Schatz, heute knöpfen wir den Pyjama zu. Das kannst du doch allein, nicht wahr, Süßer?« Sein kleiner Kopf, zertrümmert und wiederhergestellt, nickte, seine rechte Hand zog die Knopflöcher über die Knöpfe, Daumen und Zeigefinger kämpften, um das Knopfloch zu öffnen, doch das Knopfloch war zerknittert und rutschte weg. Die linke Hand hing schwach an seinem Körper herunter, die rechte musste es allein schaffen. Dann hatte er Glück, der Knopf rutschte ins Knopfloch und wurde auf der anderen Seite sichtbar. Halleluja!

Das war der Stoff, aus dem die Freude war. Ein Knopf hatte ein Tor geschossen. Wirklich, Halleluja! Vier Knopflöcher blieben offen und leer, doch ein Knopf hatte es geschafft, durch den Spalt zu schlüpfen, und das Publikum jubelte: Bravo! Der Arzt, die Krankenschwester, die Ergotherapeutin, die Sozialarbeiterin, die Eltern des am Kopf verletzten Kindes im Bett nebenan und die medizinische Assistentin, sie alle jubelten.

Alle außer ihr. Sie sah, wie Tom erschöpft ins Kissen zurücksank, er ertrank förmlich in dem viel zu großen Pyjama, der bejubelte Knopf befand sich über dem kleinen Zwerchfell, oberhalb und unterhalb stellten sich Brust und Bauch zur Schau, ihre Bräune war schon verblasst. Sie legte eine Hand auf seinen Kopf, streichelte über die Stoppeln, die auf dem rasierten Schädel nachwuchsen, umging vorsichtig die dünne, kahle, sichelförmige Narbe. Da waren die Schläuche eingesetzt gewesen, die das Blut absaugten, die für die Drainage sorgten, die die Nervenzellen vom Druck befreite und die geduldigen Zellen rettete. Die ungeduldigen Hirnzellen starben ab. Es war noch zu früh, um festzustellen, welche Zellen abgestorben waren und wie viele. »Die Zeit wird es zeigen«, sagten die Ärzte. Es ist noch nicht endgültig. Wie am Flughafen, solange das orangefarbene Licht leuchtet, reckt man den Hals und wartet hoffnungsvoll.

Und sie hatte in jenen Tagen, als sie noch nicht wusste, wie viel Glück in einem einzigen Knopf stecken konnte, geschworen, ihr Leben unter das Zeichen des Nicht-Endgültigen zu stellen, es fließen zu lassen, es sollte sich bewegen, fliegen, trudeln, dieses ganze luftige Blabla der Anhänger des New-Age mit ihren verklärt leuchtenden Augen.

Auch heute hatte sie nicht vor, am Bahnsteig des Lebens zu stehen und zuzuschauen, wie es an ihr vorbeizöge, sie würde nicht dastehen und an ihren Nägeln kauen. Sie würde mit dem Leben um die Wette laufen, ihre Wimpern würden sich gegen den Wind aufrichten, ihre Augen würden brennen, ihr Kleid würde hochfliegen und ihre Beine entblößen … Was für ein Blödsinn. Über diesen Kitsch war sie hinaus. Sie wollte nichts anderes als ihre Hand auf den Kopf ihres Sohnes legen, mit einer absichtslosen, natürlichen, liebevollen Bewegung. Aber man konnte so viel wollen, wie man wollte. Es gab keine absichtslose Liebe mehr. Die Hand, die sie auf seinen Kopf legte, maß die Wärme seiner Haut, prüfte die Festigkeit seines Schädels, erwog die Widerstandsfähigkeit im Verhältnis zur Schwerkraft, berechnete den Weg, den der Schädel zurückgelegt hatte und multiplizierte ihn mit der Geschwindigkeit, mit der er auf den Steinen aufschlug. Wie sie sich früher über die beiden Züge lustig gemacht hatte, die den Bahnhof nach genauen Angaben der Geschwindigkeit, der Entfernung und der Zeit verließen. Mit Leichtigkeit hatte sie solche Aufgaben gelöst, aber keinen Gefallen daran gefunden, sie hatte sich nach wirklichen Zügen gesehnt, nach ratternden Zügen, nach zitternden Beinen und einem Geliebten am Bahnsteig …

Aber das war nicht vorbei. Sie würde noch leben. Und wie! Auch wenn sie es nicht wollte, das Leben würde sie dazu zwingen. Wenn man eine Tochter mit einer leichten zerebralen Lähmung und einen Sohn mit einer Schädelfraktur hat, liegt es nicht im eigenen Ermessen, ob man leben will oder nicht, man lebt einfach, dachte sie. Dieser verblasste Oleander, der am Krankenhaustor blüht, fragt ihn jemand? Ob die Pflanze es will oder nicht, ihre rosafarbenen Blüten blühen am Eingang zu diesem Jammertal. Die Lungenkranken spucken, die Chemotherapieflüchtlinge erbrechen auf seine Blätter, empfindsame Menschen, die öffentliche Toiletten vermeiden, pinkeln darauf. Und der Oleander, stinkend und ausgebleicht, demonstriert eine ärgerliche Gesundheit und treibt trotzig kräftige, rosafarbene Blüten. Nun, sie hatte keine Ahnung, ob der Vergleich gelungen war, aber wenn jemand versuchte, ihr mit diesen Prüfungen ein Bein zu stellen, würde sie ihm den Spaß verderben. Sie würde mit Mike in den Laken toben, als gäbe es kein Morgen. Sie würde schnaufen, stöhnen und lachen, sie würde gut aussehen, sie würe ihren Haaransatz färben, wenn er grau würde. Sie würde auf ihre Figur achten und einen schwarzen Strich unter das Unterlid ziehen. Sie würde mit zwei behinderten Kindern am Strand sitzen, eines rechts und eines links, und sie würden über das Meer schauen, Sonnenblumenkerne knacken und die Schalen dem Wind überlassen. Sie würde ihnen erklären, wie sich die Welt drehte, warum es dunkel wurde und wieder hell, und wenn in Toms Gehirn die Zellen, die fürs Staunen zuständig waren, noch lebten, würde er sich wundern und fragen: Wenn sich die Erde dreht, wie kommt es dann, dass sich das ganze Wasser vom Meer nicht über uns ergießt? Sie würden lachen und singen, »*Siehe, wie fein und lieblich ist's, dass Brüder einträchtig beieinander sitzen*«, und sie würden nicht an jene fernen Tage denken, an denen sie ihnen nicht mehr behilflich sein konnte, an denen sie allein durch die Welt hinken müssten. Auch Mike würde sich mit dem begnügen, was er hatte, er würde am Meer stehen und Fotos machen, eine glückliche Familie in dem leuchtenden, strömenden, strahlenden, ruhigen, anrührenden Licht der Abenddämmerung … Was ist mit ihr los? Mike würde auch leben. Und wie. Nichts war vorbei. Sie selbst hatte die Frau gebeten, Mike zum Lachen zu bringen. Es war so: Diese Frau kam zur Imbissbude, um etwas zu trinken. Sie stützte ihre runden Ellenbogen auf die Theke und sagte: »Ich gratuliere dir zu Mike. Du hast einen richtigen Kerl gefunden.«

»Was du jetzt siehst, ist noch gar nichts. Er ist ziemlich fertig.« Sie erzählte ihr nichts vom Sturz ihres Sohnes, nicht, dass es sich um eine ernste und schwerwiegende Angelegenheit handelte, nicht, dass Mike Le Père Goriot war.

Die Frau sagte: »Da könnte ich helfen, ich bin gut, wenn es darum geht, Leute zum Lachen zu bringen.« Ihr Speck zitterte wie Wackelpudding in einem Windstoß.

Cheli legte einladend einen Arm über die Espressomaschine und sagte: »Los, tu's doch, bring ihn zum Lachen.«

Und mutig fügte sie hinzu: »Was für ihn gut ist, ist auch gut für mich,« und, irgendwie dümmlich: »Bei uns sagt man, es ist ein Gebot, fröhlich zu sein.«

»Bei uns auch«, sagte die Frau. Sie war glücklich. Sie stellte sich schon vor, wie sie ihn zum Lachen bringen würde und wie er sich vor lauter Lachen den Bauch halten würde.

Aber was sollten diese Gedanken ausgerechnet jetzt. Jetzt musste sie aufpassen, sich auf die eifrige Ergotherapeutin konzentrieren.

Sie beugte sich über ihn und sagte: »Noch einen Knopf,

gut, Schätzchen?«, und er hob die schmalen Schultern. »Ich will nicht.«

Die Schultern kannten also noch den Weg hinauf zu den Ohren, um Unwillen und Widerstand auszudrücken. Und das war ja auch schon was.

Die Ergotherapeutin versuchte, ihn mit einer Kinderstimme zu bestechen: »Nur noch einen, mein Süßer.«

»Ich will nicht.« Er stampfte mit dem gesunden Bein auf das Laken.

Sehr gut. Er würde sich nicht unterdrücken lassen, er würde das Wort »Nein« kennen und nutzen. Man würde nicht auf ihm herumtrampeln können. Aber der Ergotherapeutin reichte dieser Erfolg nicht, sie legte eine Hand auf seine magere Schulter und sagte: »Nur noch einen, mein Süßer, gut? Noch einen ...«

»Lasst ihn in Ruhe! Er will nicht. Habt ihr das nicht gehört?« Sie drückte sich mit ihrem Weidenkorb zwischen den Arzt und die Krankenschwester. Lamas Nachfolgerin erschrak, streckte Kopf und Beine aus dem Panzer, kratzte am Stroh im Korb, und kein Mensch hörte sie. Alle konzentrierten sich auf Toms Weigerung und den unangemessenen Ausbruch seiner Mutter.

»Ich will doch«, schrie er plötzlich und wandte ihr sein blasses Gesicht zu. Seine rechte Hand bewegte sich zu dem Knopf, aber er zitterte so sehr, dass ihm der Pyjama von der Schulter rutschte. Die linke Hand hob sich und fiel gleich wieder zurück. Es schien ein vergeblicher Kampf zu sein. Er tobte, packte die Seite mit den Knopflöchern und zog sie sich über die Schulter, versuchte, sie mit dem Kinn festzuhalten, kämpfte. Als er endlich ins Kissen zurücksank, schwer atmend und verschwitzt, war der obere Knopf im fünften Loch. Der Pyjama bedeckte seinen halben Hals, die andere Hälfte blieb nackt. Eine Schulter blieb nackt, übersäht mit hellen Flecken, braune Haut, die sich schälte.

Das Team sagte halbherzig bravo, sie tauschten Blicke aus. Die Produzentin der Veranstaltung, die Ergotherapeutin, beugte sich zu ihm, legte eine Hand auf seine nackte Schulter und sagte: »Du machst fabelhafte Fortschritte.«

Sie verließen das Zimmer, wandten sich im Flur nach links und waren noch ganz versunken in Gedanken an die Veranstaltung, die sie gleich in der Teamsitzung besprechen, analysieren und bewerten würden. Sie würden Konsequenzen ziehen, Ziele bestimmen, Notizen verfassen und einen Bericht über das Verhalten der Mutter und über die schwierige Integration von Eltern im Rehabilitationsprozess schreiben …

Aber was wollte sie denn, sie machten ihre Arbeit. Es tat ihr leid, dass sie sich eingemischt und ihn zu einer Wahl gezwungen hatte. Er hatte recht. Er wählte die Experten, die sein Hirn zusammenflickten und ihm das Bewusstsein zurückgaben, und zog sie seiner Mutter vor, die versagt hatte, die ihn nicht vor dem Unfall beschützt hatte, wie Mütter das sonst tun. Er schwitzte, seine aufgerissenen Augen sagten, wer hat dich um diesen Gefallen gebeten, warum mischst du dich ein, lass mich meine Sachen selbst regeln … Aber er sagte kein einziges Wort. Er betrachtete den Knopf, der nur halb im Knopfloch steckte. Sie wollte ihn anfassen, wusste aber nicht, ob ihm das angenehm wäre oder nicht, ob er sie abschütteln würde. Sie überrumpelte ihn, nahm seine rechte Hand, er war gefangen. Seine linke, gelähmte Hand, würde sich weder wehren noch ihn retten, sie würde noch nicht mal einer Fliege etwas zuleide tun können. Er lag gleichgültig und erschöpft da, und sie wusste nicht, ob er im nächsten Moment einschlafen oder die Nerven verlieren und ihr eine runterhauen würde. Die

Psychologin, die ein Gespräch mit ihnen geführt hatte, hatte sie gewarnt, es könnten Persönlichkeitsveränderungen und Aggressionen auftreten. Es sei jedenfalls sehr selten, dass jemand nach einer Gehirnverletzung wieder so sei wie vor dem Unfall …

Bei diesem Gespräch war Mike sehr ungeduldig gewesen, er hatte ein in Zellophan gewickeltes Bonbon aus der Tasche genommen und es auf den Boden geknallt. Dann hatte er das zerschmetterte Bonbon aufgehoben, der Psychologin hingehalten und gesagt: »Hier, dieses Bonbon ist zerbrochen, sagen Sie mir, schmeckt es deshalb anders?« Die Psychologin nahm das Zellophanpapier mit den Bruchstücken des Bonbons und sagte: »Ein wunderbares Beispiel, Herr Chayat. Auch bei ihrem Sohn bleibt die DNA, also die genetischen Grundlage, unverändert, aber es ist anzunehmen, dass er nicht mehr ganz heil sein wird, so wie dieses Bonbon hier.« Mikes Schultern wurden von einem heftigen Lachen geschüttelt. »Sagen Sie mir doch, Süße, gibt es irgendjemanden auf der Welt, der ganz heil ist? Außer Ihnen natürlich.« Dann stand er auf, und auch Cheli erhob sich. Die Psychologin raschelte mit dem Zellophanpapier und schaute sie an, als wolle sie sagen, ich habe meine Arbeit getan.

Als sie schon im Korridor waren, drehte Mike sich noch einmal um und sagte durch die offene Tür: »Und hören Sie gut zu, Süße, ein Rabbi, oder wer auch immer, hat einmal gesagt, es gibt nichts Heileres als ein zerbrochenes Herz. Haben Sie schon mal was davon gehört?« Er nahm Cheli am Arm, und während sie den Flur entlanggingen, sagte er, die Psychologin tue ihm leid. »Sie hat einen beschissenen Beruf. Eine Wahrsagerin mit Hiobsbotschaften und ein Gehalt von der Krankenkasse. Sie sollte lieber in Jaffa eine Praxis aufmachen, Teppiche an die Wand hängen,

Wasserpfeife rauchen, Glück und Reichtum prophezeien und dafür gutes Geld kassieren.« Der Gedanke, in Toms Körper könne ein fremdes, gewalttätiges Kind wohnen, machte ihm Angst. Er pfiff so laut es ging: »Morgen früh aufstehen, mit einem neuen Lied im Herz.« Eine Frau kam aus einem der Zimmer und beschwerte sich: »Mein Herr, das ist ein Krankenhaus, keine Diskothek.«

»Sie haben recht.« Er legte eine Hand auf die Brust, verbeugte sich vor ihr und verstummte. Beide schwiegen, bis sie das Krankenhaus verlassen hatten. Draußen nahm er Cheli in die Arme, drückte sie ganz fest und rief: »Flöten im freien Wind hören, ja, Cheli? Flöten, Gitarren, Trompeten …« Es war ein idealer Moment zum Weinen, die Luft war feucht und salzig und mischte sich mit den Tränen und es war schwer festzustellen, ob man von den eigenen Flüssigkeiten nass wurde oder vom Saft der Welt.

Eine Frau trat hinter ihnen aus der Tür, betrachtete sie, wie sie sich umarmten, und sagte: »Dass diese Leute sich nicht beherrschen können, bis sie zu Hause sind. Tiere.«

»Muuuuh« machte er zu der Frau, als wäre er ein verrückt gewordener Stier.

Gut, das war damals, und jetzt hat sie einen erschöpften Jungen und eine erschrockene Schildkröte.

»Ich habe dir etwas mitgebracht.« Sie hob die Schildkröte aus dem Korb. Ihre vier Beine zappelten in der Luft.

Tom lag mit einem leeren Gesicht im Bett. Sie legte die Schildkröte auf seinen Bauch, aber er berührte sie nicht, es war, als müsse sich der Panzer dieses Tieres durch tote, zerschnittene und zusammengeflickte Hirnzellen hindurcharbeiten, bis zu einem Neuron, das sich erinnerte. Die Schildkröte zog die Beine in den Panzer und konnte sich nicht entscheiden, ob die weiche Fläche unter ihr gut oder schlecht für sie war. Nach einer Minute oder zwei oder fünf, die sich anfühlten wie ein Jahr, hob Tom seinen angezogenen Arm und legte eine geballte Faust auf die Schildkröte, als wolle er sie schlagen, aber dann öffnete sich die Faust wie ein Fallschirm und seine Finger breiteten sich auf dem Panzer aus.

Mit brechender Stimme rief er: »Lama,« und der Zipfel Erinnerung, der in ihm aufstieg, drehte ihr den Magen um. Sie brauchte eine Weile, bis sie merkte, dass er weinte. Lamas Nachfolgerin nahm Rücksicht darauf, sie übergab sich der Obhut des Jungen. Geduldig und gehorsam hielt sie unter der Hand still, die sie von oben tätschelte. Die Tränen flossen über Toms Wangen. Seine linke Hand hob sich, sank aber nach der halben Strecke wieder zurück, hob sich wieder, kämpfte um ihr Recht, sich durch die Luft zu bewegen, auf die Schildkröte zu, torkelte über ihr wie ein Flugzeug, das außer Kontrolle geraten ist, sank tiefer und landete auf ihrem Panzer. Die runzlige Haut ihres Halses streckte sich. Sie schob ihren Kopf heraus, Toms Finger berührten ihn, sie zuckte und zog den Kopf wieder in den Panzer. Sie besaß nicht das Vertrauen ihrer Vorgängerin. Tom erinnerte sich nicht an das weiße Fragezeichen, vielleicht dachte er auch, man habe die Schildkröte beim Betreten des Krankenhauses gewaschen und desinfiziert. »Komm her, Lama«, murmelte er. Er zog ein Knie an und ermunterte das Tier, den Hang hinaufzuklettern. »Komm schon, Lama, kletter hoch, hab keine Angst, los, mach schon …«

Sie war nicht gerade verrückt nach diesem klobigen, langsamen und hässlichen Tier, aber insgeheim dankte sie ihm. Diese ungelenke kleine Kreatur schaffte etwas, was sie und das ganze Expertenteam nicht geschafft hatten. Es hatte Tom durch die Prüfung der Erinnerung geholfen, hin zu Tränen und einer bedingungslosen Liebe. Ganz zu schweigen davon, dass dieses gepanzerte Reptil seine Hand dazu anregte, gegen das Schicksal zu kämpfen, die Muskeln anzuspannen, den Ellenbogen anzuwinkeln, die Finger auszustrecken und zu beweisen, dass die Situation nicht endgültig verloren war. Der Erfolg der Schildkröte war größer, als sie sich vorgestellt hatte. Sie bekam eine Behausung aus Karton, mit Salatblättern und Gemüse aus der Küche, wurde unter Toms Bett gestellt und erhielt schnell einen festen Platz in der Reihe der Therapeuten. Die offiziellen Therapeuten nannten sie »die kleine Physio«.

Sie war ein Geschöpf, das seine Protektion vom Himmel bekommen hatte, ein Panzerfahrzeug der Natur, sie stürzte und stand auf, ohne ihr winziges Bewusstsein zu verlieren. Die Zahl fünfzehn auf der Glasgow-Coma-Scala.

Und weil dieses Reptil den Mund hielt, Tom nicht gut zuredete und keine leeren Komplimente machte, glaubte er ihm. Die Lebenslust der Schildkröte wirkte ansteckend auf Tom, er übte mit seinen schwachen linkischen Gliedern, um das Tier zu berühren. Er baute für sie Hürden und Gräben aus Kissen und Decken. Nach ein paar Tagen nannte er sie ebenfalls »kleine Physio«. »Komm hierher, kleine Physio, los, ich hab doch gesagt, du sollst kommen. Pfui, du hast mir auf das Laken geschissen … Wenn ich wieder laufen kann, bringe ich dich zu meinem Versteck am Strand.«

Wenn ich wieder laufen kann … Die mühsamen Schritte während der Physiotherapie zählten in seinen Augen nicht. In seiner Naivität rechnete er fest mit einer perfekten Zukunft. An einem Tag kam sie ins Krankenhaus und konnte nicht begreifen, dass der winzige Greis, der ihr da entgegenkam, geschrumpft, zwergenhaft und hinkend wie nach einem Schlaganfall, ihr Sohn sein sollte. Sie schlug mit der Faust gegen die Wand und stieß Luft aus, um ihre Tränen zu trocknen.

Mike sagte: »Er ist noch ein Kind, bei ihm ist alles frisch, es wächst nach wie Petersilie, man pflückt etwas ab und es kommen neue Triebe heraus, du wirst sehen, bei ihm werden neue Zellen und neue Nerven nachwachsen und er wird gehen, was heißt gehen, er wird rennen, nur Geduld, Cheli, die brauchen wir. Er wird wieder so gesund, wie er bei seiner Geburt war …« Wenn er an seine eigenen Worte glauben würde, hätte er sie nicht immer wieder vor den Ohren des Schicksals wiederholt, oder des Glücks, oder des Wunders, des Teufels oder vor wessen Ohren auch immer. Man konnte kaum beschreiben, wie geschockt er war, als der Professor ihm eines Tages mitteilte, die Behandlung hier sei beendet. »Ihr Sohn hat alle Möglichkeiten ausgeschöpft, die wir ihm hier bieten können.«

Mike wurde rot. »Was soll das heißen, Herr Professor, er hinkt, sein Arm funktioniert nicht, und das heißt bei Ihnen, ›die Behandlung ist beendet‹?«

Ihre Mütter, Ahuva und Chana, hätten gesagt: »So spricht man nicht mit einem Arzt.« Aber für Mike saß die ganze Menschheit auf demselben Breitengrad. Alle kamen aus dem gleichen Loch und alle endeten in der gleichen Grube.

Das Blut stieg ihm in den Kopf und sie liebte ihn und legte mitfühlend die Hand auf seinen Arm.

»Das ist schon in Ordnung«, sagte der Professor, als wolle er damit sagen, dass er nicht beleidigt war. Sie verstand, dass er ihre Handbewegung falsch interpretiert hatte, legte den Arm demonstrativ um Mikes Hüfte und spürte, wie steif und angespannt er war.

»Verstehen Sie mich nicht falsch, sein Zustand ist nicht endgültig, aber bei uns kann er nicht weiterbehandelt werden. Er muss die Rehabilitation in einer Anstalt fortsetzen …«

»In einer Anstalt?« Mike sprang auf. Auch ihr stockte der

Atem, bei dem Wort Anstalt blieb ihr die Luft weg. Anstalt, ein Sammelbegriff für Orte, an denen man für längere Zeit Sorgen aller Art lagert.

»Von mir aus können Sie es auch eine Rehabilitationsklinik nennen.«

Bedrückt verließen sie das Krankenhaus. Statt zur Imbissbude und zum Meer zurückzukehren, zu Edisso und Anna, gingen sie zur Nachmittagsvorstellung eines Kinos. Im dunklen Zuschauerraum küssten sie sich wie Gymnasiasten, denen die Hormone in den Kopf gestiegen sind. Sie dachte, diese Küsse sind unsere Waffen in dem beschissenen Krieg, der uns aufgezwungen wird. Mike hatte gesagt, das Leben ist ein Omnibus. Du steigst ein und fährst deine Stationen ab, und an der Endstation sagt man dir, c'est tout. Chelis Bus quietschte, blieb immer wieder stecken, war überfüllt und stank, aber sie war bereit, bis zu ihrem letzten Tag damit zu fahren, vorausgesetzt, Mike war der Beifahrer. Er schob ihre Haare zur Seite und biss in ihr Ohrläppchen. »Gottes Frau hat nicht solche Ohren wie du.« Und sie sagte: »Wie soll es weitergehen?«

»Was meinst du damit?«

»Die Anstalt, von der der Arzt geredet hat, ist in Jerusalem. Ich werde mit Tom dorthin gehen und du bleibst am Meer.«

Er umarmte sie so fest, dass ihre Schulterblätter schmerzten, es war, als wollte er ihr ein Konzentrat aus Umarmungen injizieren, damit sie in Jerusalem davon zehren könnte. Sie hatten keine Ahnung, um was es in dem Film gegangen war, sie verließen das Kino, bevor er zu Ende war, und kehrten wie Fremde zum Meer zurück, jeder in sich versunken und schweigend. Wer eine Last auf dem Rücken trägt, verschwendet keine Luft für Gerede. Als sie ankamen, sahen sie die Frau, und zwischen ihrem Stuhl und ihrem Gesäß das geblümte Badetuch.

Cheli sagte: »Sei es, wie es sei.« Sie hob die Hand wie eine Polizistin, die dem Leben und allem, was nicht zu vermeiden war, signalisiert, los, zieht es durch. Sie waren seit achtzehn Jahren zusammen und sie hob den Arm, um zu erlauben, dass Dinge geschahen, die Dumme und Eifersüchtige zu verhindern suchen. Ja, dachte sie, es soll geschehen, was geschehen soll. Die Blumen auf dem Badetuch der Frau waren so rot wie ihre Lippen und so orangefarben wie ihre Haare, als wäre etwas von der glühenden Konsistenz der Sonne im Sand gelandet. Daran konnte man nicht gleichgültig vorbeigehen und dabei die Schalen von Sonnenblumenkernen ausspucken, als wäre nichts. Zu denken, dass dieses Stück Sonne an den Tagen strahlen würde, an denen sie ihr beschädigtes Kind durch die düsteren Korridore der Rehabilitationsanstalt in Jerusalem führen würde. Cheli dachte, du liebst einen Mann, bringst Kinder zur Welt, und die Biologie sorgt dafür, dass sie für dich an erster Stelle stehen. Du kannst deinen Mann noch so sehr lieben, die Kinder kommen immer zuerst.

»Hi, Anna«, sagte sie und küsste ihre Tochter, die oben auf der Stufe stand und ihr konzentriert entgegensah. »Tom wird aus dem Krankenhaus entlassen. Die Behandlung wird in einer anderen Klinik fortgesetzt.« Sie hütete sich vor dem Wort Anstalt, als wäre es ein Fluch.

Anna schwieg. Sie wagte nicht zu fragen, ob das eine gute oder eine schlechte Nachricht war. Sie trat gegen das Geländer und sagte zu dem Kater: »Was geht dich das an.«

Cheli wollte ihr erzählen, was der Professor gesagt hatte, doch da drangen Motorengeräusche vom Meer herüber, wurden lauter und stachen in die Ohren wie eine Biene, die plötzlich auftaucht. Kopf und Herz wandten sich dem

Meer zu, als hätte es in der Zwischenzeit nicht den Urknall gegeben, als wäre ihr Leben nicht durchgerüttelt und auf den Kopf gestellt worden. Ihre Augen suchten nach einer Nussschale, die durch die Wellen zog. Es war die Fata Morgana eines Fischers mit verbrannten Haaren, gegerbter Haut und Armen mit einem Relief aus Adern und Sehnen, die man im Anatomieunterricht vorführen könnte.

Damals hatte er ihr zugerufen: »He, willst du eine Runde mit mir drehen?« Das war vor jenem Montag gewesen, der sie bis ins Mark getroffen hatte. Er trug eine khakifarbene Bermudahose, sein Oberkörper war nackt, er bückte sich und polierte das Deck seines Scorpio-Bootes. Das sei sein ganzer Besitz, sagte er, und untertrieb damit, wie er immer untertrieb. »Warum nicht?«, rief sie zurück. Sie hielt in einer Hand eine Aubergine, in der anderen ein Messer. Die Aubergine warf sie in die Kiste, das Messer steckte sie in die tiefe Tasche ihrer weiten Hose. Dann lief sie zum Wasser. Ein Sonnenstrahl ließ die Spitze eines silbernen Delphins aufleuchten, der an einer Kette auf seiner Brust hing. Er hatte alle Attribute, die ihrer Meinung nach notwendig waren, um einen Fischer zu beschreiben: das Tattoo eines Ankers auf dem einen und einer Frau auf dem anderen Arm, eine raue Stimme, den Geruch nach Meer, Zigaretten und Fisch, gebleichte Wimpern und eine magere Brust. Er hustete trocken, wie man es von einem Fischer erwartete. Er polierte das Bootsdeck. Er sagte: »Das sind keine Zehen, die du am Fuß hast, das sind Flossen, in meinem ganzen Leben habe ich noch nie so lange Flossen gesehen.«

Sie wusste, dass Mike sie von der Imbissbude aus beobachtete und lächelte, zufrieden darüber, dass sie ihrem Herzen gehorcht und nicht gefragt hatte, ob es sich lohne oder was sie davon haben würde. Er konnte das viele Für und Wider nicht leiden, das die Menschen zu einer Sprotte machte, die man nach dem Öffnen der Dose in den Mund stopft.

»Ich habe später noch in der Imbissbude zu tun, wenn wir eine Runde fahren wollen, dann jetzt gleich«, sagte sie. Als wollte sie irgendjemandem etwas beweisen. Wem? Diesem stereotypischen Fischer? Sich selbst? Eigentlich sollte sie Auberginen in Scheiben schneiden, stattdessen ließ sie sich auf dieses Abenteuer ein. Wäre sie zwanzig, hätte sie höchstens säuerlich gelächelt und weitergearbeitet.

»Du musst nicht, wenn du nicht willst.« Er wischte mit einem Stofffetzen die Schrauben der Seile und des Ankers am Bootsrand sauber, sein Oberkörper war vorgebeugt, die Wirbel stachen heraus.

Sie verzichtete auf jedes Getue. »Ich muss.« Was hätte sie davon, sich aufzuplustern und zu ihren Auberginen zurückzukehren? Sie war fast vierzig, man hatte ihr eine Runde auf einem Fischerboot angeboten, mit fünfzig würde sie ein solches Angebot nicht mehr bekommen, kein Fischer würde eine ältere Frau mit zu viel Cholesterin und hohem Blutdruck mit an Deck nehmen. Die Möglichkeit, dass ein solches Abenteuer mit einer an die Küste geschwemmten Leiche endete, würde dann ernsthafter erwogen. Jetzt war sie noch gesund, stark und neugierig, und trotz ihrer Probleme mit den Kindern, der Sorge um das Einkommen und allem möglichen anderen hielt die Welt noch Wunder für sie bereit.

Er kicherte: »Du musst?«

»Ja, so ist es.« Sie schaute zum Himmel hinauf. Es würde noch etwa eine Stunde lang hell sein. Es wehte ein Westwind, die Wellen würden bald höher sein und der junge Mann sah aus, als wäre das Meer das Einzige, von dem er etwas verstand, und nach seinem lächerlichen klischeehaften Fischer-Aussehen zu urteilen, kam er wohl nicht auf dumme Gedanken. Er würde sie heil und gesund nach Hause zurückbringen. Er lechzte danach, ihr oder wem auch immer zu beweisen, dass er das Meer beherrschte. Sie betrachtete ihre flossenähnlichen Zehen. Gut, man hatte ihr schon gesagt, dass ihre Zehen lang und witzig waren. Sie bog sie nach unten und bohrte sie in den Sand, und als sie die Hand in die Tasche steckte, kratzte sie sich am Messer.

Er ließ sich Zeit, putzte die Griffe der Ruder, bis er endlich »fertig« sagte. Als er sich aufrichtete und sein Werk begutachtete, begutachtete sie ihn. Sein Hals war von der Sonne und vom Salz faltig und spröde geworden und seine Arme glichen denen eines Boxers. Die Hände waren breit vom Kampf mit den Wellen, mit Angelruten, vom anstrengenden Existenzkampf im Revier der Fische, denn unter Lebensgefahr erwarb er sein Brot, wie es heißt. Sie vertraute ihm völlig. Das Messer war dumm und überflüssig, aber wie sollte sie es jetzt loswerden. Er schaute über das Meer, gleichgültig und arrogant, und sagte kein einziges Wort, während sein Scorpio die ersten hundert Meter zurücklegte. Sie saß in dem Plastiksitz und dachte, blöde Kuh, dieser Mann ist so langweilig wie das Fiberglas, aus dem sein Boot gemacht ist. Ich klebe mit meinem zitternden Arsch in diesem Sitz und gebe mir die größte Mühe, Begeisterung für das Meer aufzubringen, seine nasse Schönheit zu rühmen, sein Rauschen und seine Kraft, die Maler und Dichter beflügeln. Aber Hand aufs Herz, wenn dieser Fischer etwas Tolles an sich hätte, oder wenn ich in ihm nur ein Achtel des Interesses wecken würde, das jede magere Makrele und jede Sprotte in ihm weckt, dann wäre die salzige Luft aromatisch, der Wind hätte etwas Erhabenes und die Wellen etwas Majestätisches. Doch wie es jetzt aussieht, ist der Wind nur Wind, sind die Wellen nur Wellen und die Angst ist nur Angst. Nicht mehr, nicht weniger. Alles ist, wie es ist, wenn das menschliche Auge es nicht beobachtet. Zum Glück hatte sie wenigstens einen starken Magen. Diese Plastikschale drehte ihr die Eingeweide um, aber die waren aus Eisen …

»Wirf das Messer ins Meer«, sagte er, ohne sich nach ihr umzudrehen. Aha, er hatte also bemerkt, dass sie ein Messer hatte, aber sie wollte dieses Messer, das eine Kartoffel schnitt, als wäre sie Butter, nicht verlieren, ganz bestimmt nicht unter solchen Umständen.

Mit beängstigendem Ernst sagte er: »Dieses Boot verträgt keine bewaffneten Passagiere.« Was wusste sie über ihn? Schließlich gab es genug Geisteskranke auf der Welt. Vielleicht hielt er sich für den Kapitän einer Handelsflotte oder eines Flugzeugträgers? Madame, du hast dir Probleme aufhalsen wollen? Gut, jetzt hast du sie, dachte sie.

Er sagte: »Los, wirf es weg.« Sie dachte, wenn ich das Messer wegwerfe, kann ich mich nicht verteidigen, wenn er mich belästigt, und wenn ich es behalte, wird er mich ins Wasser werfen und dann bekomme ich es mit Haien zu tun … Sie dachte an Mike und an die drei Kinder. Für diese vier Menschen wäre sie schon ein Verlust.

»Und wenn ich das Messer nicht wegwerfe?«

»Das gibt es nicht. Du wirfst es brav weg, wie eine gute Puppe.«

Hätte er sich zu ihr umgedreht, hätte sie sehen können, ob in seinen Augen so etwas wie Wahnsinn lag oder ob er sich über sie lustig macht. So oder so, das Wort Puppe war schwerer auszuhalten als ihre Angst.

»Ich bin keine Puppe, ich gehöre niemandem. Ich heiße Cheli.«

»Und ich heiße Nachman.«

Sie lachte und spürte, dass ihr etwas Urin heraustropfte,

aber sie riss sich zusammen. Nachman. Der Name eines unschuldigen, schwächlichen Thorastudenten. Einer, der *Ascher jazar* betet und das Leben einer Ameise schont. Ein Name aus dem Gebetbuch, genau wie Jerachmiel, Noah, Jerucham, Nach, Nach, Nach …

»Unglaublich!«, rief sie und versuchte, das Meer zu übertönen.

»Aus Petah-Tikva«, rief er ihr zu. »Los, Cheli, wirf das Messer ins Wasser!«

Gut, dachte sie, bei jemandem mit einem Namen wie Nachman kannst du beruhigt sein, auch wenn du keinen einzigen Zahn mehr im Mund hast und keine Fingernägel. Sie holte das Messer aus der Tasche. Ein Faden hatte sich am Griff festgehakt, und als sie daran zog, löste sich eine Naht ihrer weiten Hose. Sie biss den Faden ab und warf das Messer hoch über seinen Kopf ins Meer. Das Messer durchschnitt die letzten Sonnenstrahlen, die Schneide blitzte auf, stach in den Himmel, drehte sich wie ein eleganter Delphin, sank ins Wasser und landete auf dem Planeten der Meeresbewohner, ein Ufo aus der Galaxie der Kartoffeln.

Nachman brachte eine Frau zurück, die um ein Messer ärmer und um eine Erfahrung reicher war, eine Erfahrung, die so viel wog wie eine Alge. Sie fragte, ob er einen Kaffee oder sonst etwas trinken wolle.

»Kaffee nein, sonst etwas ja.«

»Was soll das heißen?«

»Nicht heute, nicht jetzt.« Er lud seinen Scorpio auf einen Anhänger, der an einem kleinen Traktor befestigt war.

»Gehört er dir?«

»Sieht es so aus?« Er war nass, barfüßig, fast nackt. Es passte zu ihm, die Pose des glücklichen Armen einzunehmen. »Ich habe mich und mein Boot. C'est tout. Das ist der ganze Besitz, der auf meinen Namen eingetragen ist, außer meinem Anteil an Sonne, Luft und Sand. Das Ding da habe ich von einem Fischer bekommen, für einen Monat. Ein Tauschgeschäft. Ich bekam den Traktor und er mein Mädchen. Am Ende des Monats gebe ich ihm den Traktor zurück, und die Frau darf er behalten.«

Er band das Boot an den Seiten des Wagens fest. Irgendwer rief: »Mama.« Tom sprang barfuß von der Terrasse und sie sah seinen kleinen Körper auf sie zulaufen. Bald würde es dunkel werden.

»Und das ist mein Eigentum«. Sie streichelte den Kopf des Jungen, der sich an ihrem Oberschenkel festhielt. »Und keine Tauschgeschäfte. Selbst ein Angebot von Gott würde abgelehnt. Stimmt doch, Tom, oder?« Sie hob das Kinn des Jungen, er lächelte und rieb seine Wange an ihrer nassen Hose. »Was soll das heißen, Mama, gehört dieser Mann zu unserer Familie?«

Nachman lachte und auch die Dämmerung konnte die Nikotinflecken auf seinen Zähnen nicht verbergen. »Klar, Junge, wir sind aus der gleichen Familie, hast du schon von den Säugetieren gehört?« Er setzte seinen Traktor in Bewegung, und durch den Lärm des Motors sagte er: »Deine Mutter soll dir von unseren Cousins im Dschungel erzählen …« Der kleine Traktor grub sich in den Sand, gewann an Kraft, machte einen Satz, fuhr Richtung Süden und hinterließ zwei parallele Striche im Sand.

Sie gingen zurück zur Imbissbude. Sie wollte gerade die Hose wechseln, als sie hörte: »Aber Papa, dieser Mann hat gesagt, wir haben dort Cousins.«

»Hat er das wirklich gesagt?«

»Laden wir sie ein, wenn ich Geburtstag habe?«

Anna mischte sich in das Gespräch. »Du bist blöd, auch Affen und Katzen sind Säugetiere. Der Mann hat dich auf den Arm genommen.« Sie deutete mit dem Fuß unter den

Tisch. »Schau, da ist noch ein Cousin von dir.« Unter dem Tisch knabberte Karniel an einem abgenagten Maiskolben. »Du bist blöd«, sagte Tom. So ungefähr hatte ihre Affäre mit Nachman geendet, die nicht mehr gewesen war als ein Niesen, ein dummer Luftstoß, versprühtes Sekret. Aber Niesen kam normalerweise wieder. Eines Abends spülte sie die Gummimatten aus der Küche im Meer, da wurde sie von den Scheinwerfern des kleinen Traktors getroffen.

»Kommst du?«

»Warte.« Sie nahm die tropfenden Matten, brachte sie hinauf und sagte: »Ich drehe eine Runde mit Nachman und komme dann zurück.«

»Ach, dieses verrückte Säugetier«, sagte Mike. »Geh nur, viel Spaß!«

»Mama, wo gehst du hin? Mama, ich will mit …« Der Motor des Traktors verschluckte die Stimmen, die ihr von der Terrasse folgten.

Als sie zurückkam, bat sie um einen Kaffee mit vier Löffelchen Zucker. Sie war fertig.

Warum war das passiert?, fragte sie sich. Warum passierten Dinge? Ganz einfach so. Wenn alles einen Grund hätte, wäre das Leben ein Einkaufszettel für den Supermarkt: Achtzig Kilo Ehemann, fünfundvierzig Kilo Kinder, zweimal die Woche Sex, zwei leichte Wortgefechte im Monat und ein ernsthafter Streit im Quartal … Aber das Leben ist launisch. Manchmal wird der Einkaufswagen zur anderen Seite geschoben, es wird etwas hineingelegt, was nicht auf der Liste steht, und am Ende der Fahrt erreicht man die Kasse und bezahlt die Rechnung.

Aber dieser Nachman war ein günstiger Snack, etwas, was man im Vorbeigehen isst. Und nein, sie ist nicht Lady Chatterley, die nicht weiß, wo sie ihre Leidenschaft lassen soll, und Mike ist nicht Lord Clifford, dessen Unterkörper gelähmt ist. Das Letzte, was man über Mike sagen könnte, wäre, dass ausgerechnet sein Unterkörper gelähmt wäre. Und Nachman? Ein kräftiger Fischer, kein verbitterter Sklave, nicht Mellors, der Wildhüter. Letztlich ein Mann, der weiß, wie man eine Frau nimmt. Mike sagte: »Lass es, das musst du nicht bezahlen.« Mike kannte den flauen Geschmack, den diese Art Snack hinterließ, den Hunger nach dem Echten, dieses: »Ich schwöre Mike, es gibt keinen besseren als dich.« Er fragte nicht nach Einzelheiten, wollte nicht wissen, wie und was, er vertraute ihrer Liebe, Ausrutscher wie der mit Nachman waren unbedeutende Kratzer, sie betreffen nur die obere Hautschicht ihrer Liebe und hinterlassen keine Narben. Quatsch. Wenn Lady Chayat in den Wald geht, beißt sich Lord Mike auf die Lippe und schaut übers Meer, und wenn der Lord verschwindet, beißt sich die Lady auf die Lippe. Hätte sie ihn nicht geliebt, wie sie es tat, hätte sie ihn nicht der Universität vorgezogen, sie hätte heute ein umfassendes Lexikon für Anthropologie und Soziologie, sie würde die statistischen Fakten der Erdbewohner kennen, wüsste alles über ihre Unwissenheit, ihre Armut, ihre durchschnittliche Lebenserwartung, die Sinnlosigkeit ihres Lebens, sie hätte säuerlich zugeschaut und ihr Lachen hätte sich den Umständen angepasst. Alle sieben Jahre hätte man sie zu einer Podiumsdiskussion im Fernsehen eingeladen und sie wäre davor zum Friseur gegangen und hätte sich perfekt geschminkt. Auch ihr Mann hätte irgendeinen Doktortitel, und obendrein einen nervösen Tick, blinzelnde Augen wahrscheinlich. Ewig würde er an seinem nächsten Artikel hocken, in der Hoffnung, dass dieser vom zweitwichtigsten Magazin Israels gedruckt würde. Seine Tischlampe würde einen Kopf beleuchten, der allmählich die Haare verlor, sie hätten eine Maisonettewohnung mit eigenem Eingang. Ihre Kinder wären Mitglieder in einer Jugendorganisation, die Wissenschaft fördert, sie würden Bio-Eier essen, halbtrockene Weine trinken und sich sportlich-elegant kleiden, mit einem Hauch von Bohemien. Niemand kann behaupten, sie hätte etwas gegen höhere Bildung, im Gegenteil, aber die Handschellen, mit denen die akademische Welt ihre Mitglieder fesselt, machen sie wahnsinnig. Was ist das letztlich wert? Die meisten erwerben eine Portion Wissen, die sie so, wie sie ist, an die nächste Generation weitergeben. An einer Hand lassen sich jene zählen, die dem etwas Neues hinzufügen oder etwas Überflüssiges entfernen. Und alle, bis zum letzten von ihnen, verkaufen ihre Freiheit für eine erstrebte Planstelle, für Titel und Ämter. Gut, sie übertreibt. Aber trotzdem – wenn sie so geworden wäre, hätte sich niemand für ihre langen Zehen begeistert und sie hätte nie im Leben die Chance bekommen, ein Kartoffelmesser ins Meer zu werfen.

Doch das hatte der Wind längst verweht. Jetzt hatte sie ein Kind mit einer Kopfverletzung, und heute war heute. »Und wo ist das andere Krankenhaus?«, fragte Anna.

Sie sah das Elend ihrer Tochter und beschimpfte sich selbst, da gab sie sich Gedanken an Fischer und Akademiker hin, während ihre Familie, die Familie Chayat, Vater, Mutter und drei Kinder, das Kreuz in der Mitte der göttlichen Zielscheibe waren.

»In Jerusalem.« Sie wollte Anna umarmen, blieb aber stehen, die Arme vor der Brust verschränkt.

»Wer wird mit ihm dort sein?«

»Ich.« Sie hätte sie umarmt, wäre es eine Umarmung der reinen Liebe gewesen. Aber wer konnte sagen, wie man Liebe herausfiltert, wie entfernt man von ihr die derbe und billige Schlacke des Mitleids?

»Und ich? Was ist mit mir?«

»Du kannst mit mir kommen oder mit Papa hier am Strand bleiben, wie du möchtest.«

Anna zog die Knie an die Brust und stützte ihr Kinn darauf.

Hätte sie sich die Haare schneiden lassen oder sie zusammengebunden, sähe sie weniger armselig aus. Würde sie eine Bluse aus einem weichen Stoff tragen statt des billigen T-Shirts, das vom vielen Waschen hart geworden war, würden ihre Schulterknochen nicht so herausstechen. Sie kämmte sich nicht, vielleicht putzte sie sich auch nicht regelmäßig die Zähne. Sie ging gebückt und ließ die Arme hängen. Verdammt, warum hielt sie sich nicht gerader? Diese Front habe ich vernachlässigt, dachte Cheli, ich habe um Toms Gehirn gekämpft, als wäre alles andere rings um mich in Ordnung. Denn was würde es uns nützen, sich damit zu beschäftigen, wie »dieser verdammte Unfall« geschehen ist? Was vorbei ist, ist vorbei, verschüttete Milch, wir sind doch pragmatische und optimistische Menschen, wir schauen nach vorn. Und vor lauter nach vorn schauen haben wir vergessen, zurückzuschauen, ob auf dem Feld nicht vielleicht eine Verwundete zurückgeblieben ist. Mike und ich sind zwei gefühllose Klötze, wir schauen zu, wie sie verwildert, wie sie verstummt, wie sie Edissos Nähe sucht, eines Menschen, der nicht zur Familie gehört und sich von unseren Sorgen nicht anstecken lässt. Wir schauen zu, wie sie mit den Fingernägeln Toms Namen in die Barackenbretter ritzt. Tagaus, tagein sitzt sie oben auf den Stufen und wartet auf denjenigen, der im Krankenhaus war, um die aktuellsten Nachrichten von Tom zu hören. Wir Dummköpfe haben nicht gemerkt, wie viel Unverdautes sie mit sich herumträgt, wir haben uns nicht gefragt, was sie geheimhält, wie nahe sie an einem Zusammenbruch ist. Wir warten darauf, dass sie sich einen Finger in den Hals steckt und erbricht, wir halten keinen Moment inne, schlagen uns aber mit der Faust an die Stirn.

Sie setzte sich neben Anna auf die Stufe, rollte einen Schnürsenkel von den New-Balance-Schuhen über ihren Finger und sagte: »Anna, hast du eine Ahnung, wie der Unfall passiert ist?«

Anna streckte die Beine mit einer ungestümen Bewegung aus und der Schnürsenkel ging auf. »Nein, woher soll ich das wissen? Verschwinde, Karniel. He, ich habe was zu dir gesagt, oder nicht?« Sie stieß den Kater mit dem Fuß weg, aber er, der keinen Stolz besaß, rutschte nur einen halben Meter weiter und kam dann zurück. »Hörst du nicht? Ich habe dir etwas gesagt, du Esel.« Sie stürzte sich auf ihn, und er, mit dem Schimpfwort »Esel« auf der Skala der Säugetiere auf eine höhere Stufe befördert, lief zum Katzenparlament bei den Müllcontainern, sprang auf einen Deckel, schaute von oben herunter und brach in ein außerordentliches Miauen aus. »Du blöder Kater«, sagte Anna und drückte einen Daumen gegen ihre Schläfe.

»Du hast also keine Ahnung? Ich dachte, dass …«

Ein fröhlicher Ausruf kam von dem bunten Badetuch herüber. »Habt ihr Appetit auf Weintrauben?«

»Ja.« Anna sprang auf, hielt sich am Geländer fest, stieg die Stufen hinunter und ging zu der Frau hinüber. Ihre Schnürsenkel waren offen, die Schuhe auch, der Sand drang ein und ihre Schritte waren so schwer, als würde sie auf bleiernen Prothesen gehen. Sie mochte Weintrauben nicht besonders, doch diese lila Kugeln erschienen ihr nun wie die Rettung durch eine Elitetruppe. Der Mund der Frau öffnete sich wie ein aufgeschlagener Granatapfel, sie sagte: »Nimm nur, Kind, diese Weintrauben schmecken wirklich prima.« Anna aß ihre dunklen Retter, konnte sie aber nur langsam und mühevoll hinunterschlucken. Die Frau trennte eine Traube von der großen, hob sie hoch und rief: »Hallo, komm, probier sie auch mal, diese Weintrauben schmecken paradiesisch.« Und sie, Cheli, lächelte säuerlich, bewegte die Hand von rechts nach links, wie ein Scheibenwischer und signalisierte: »Nein.« Sie hätte schon Lust auf diese rötlichen Rubine gehabt, aber sie wollte Abstand wahren. Sie würde die Madame nicht durch die Vordertür in ihr Haus lassen. Es war ein Fehler, dass sie ihr überhaupt erlaubt hatte, Mike zum Lachen zu bringen. Nähme sie die Einladung zu den Weintrauben jetzt an, würde die Dicke ihren Platz auf die Terrasse verlegen und ihr dickes Bein in die Tür schieben. Das hätte ihr gerade noch gefehlt, das empfindliche Gleichgewicht aufs Spiel zu setzen, um das die Menschen ihrer kleinen Familie sich so bemühten. Sie hingen wie Schmetterlinge im Netz, und wenn einer von ihnen sich bewegte, wurden die anderen aufgerüttelt. Sie zitterten und fanden nur langsam und mit großer Anstrengung wieder einen Platz. Wenn so eine ankam, war es vorbei mit den feinen Schwingungen, das Gleichgewicht ging verloren. Anna aß die Weintrauben, als wäre sie eine Gans, dazu verurteilt, gestopft zu werden. So mager sie war, bewegte sie sich doch so schwerfällig, als wäre sie gepanzert. Kein Wunder, dass sie sich von der Leichtigkeit des Seins angezogen fühlte, die diese Frau verbreitete. Die Frau holte einen Fächer aus der Tasche, klappte ihn auf und zeigte ihr die Flamencotänzerinnen, die auf den meisten Fächern der Welt abgebildet sind und mit ihren Hintern wackeln. »Nimm, probier's auch mal.«

Anna streckte die Hand nicht aus. Sie sagte: »Mir ist nicht heiß.« Die Frau fächelte sich das Gesicht, und die roten Locken fielen ihr über die Stirn. Sie streckte die großen Füße vor sich und sagte: »Was für ein Vergnügen.« Das Fleisch ihres Unterarms bewegte sich im Rhythmus des Fächers.

»Probier's mal, Süße, man stirbt nicht davon.« Sie streckte ihr den Fächer entgegen.

»Ich muss gehen«, sagte Anna. Sie bückte sich, um ihre Schnürsenkel zu binden, tat es aber nicht. Sie stand auf und torkelte wie eine lahme Ente zur Imbissbude hinüber. »Wo ist Edisso?«

»Hier bin ich.« Er bückte sich, um seine Hose hochzukrempeln, damit sie nicht in die Fahrradkette geraten konnte. »Wolltest du etwas?«

»Wollte ich, ja, aber es ist egal.« Sie sah zu, wie seine flinken Finger den Stoff glatt strichen und noch einmal hochklappten.

»Was denn, sag schon.« Er zog seine Sandalen an.

»Das spielt keine Rolle mehr.«

Sie ist so traurig, dass jedes Wort sie verletzt, dachte Cheli. Wenn Tehilas Leben fliegender Staub war, dann bestand Annas aus zerbrochenen Scherben. Aber Anna definierte ihr Leben nicht mit solchen Worten, sie kannte sie noch nicht einmal. Noch bevor sie laufen konnten, als sie noch auf den Schultern ihres Vaters saßen, zuckten Saras Kinder zusammen, wenn sie ihn erschauernd beten hörten: »Wer leben wird und wer sterben ... Des Menschen Ursprung kommt vom Staub, und an seinem Ende kehrt er zurück zum Staub ... Er gleicht einer zerbrochenen Scherbe.« Ein Wunder, dass sie sich an jedes dieser Worte erinnerte, obwohl sie seit neunzehn Jahren nicht mehr am Jom Kippur in der Synagoge gewesen war. Schade. Ihre Kinder wussten nichts von solchen Dingen. Anna wäre vielleicht ruhiger, hätte sie etwas von Gott in ihrer Welt. Sie würde vielleicht glauben, dass sich hinter jeder Schädigung des Gehirns eine gewisse Logik versteckte, dass Gott es gut meinte mit Kindern, auch wenn Er ihnen Schaden zufügte. Aber weil es in ihrer Welt keinen Gott gab, suchte sie Edisso. Seine

Schweigsamkeit, seine Zurückhaltung und die Farbe seiner Haut machten aus ihm ein Mitglied der UNO. Ein Fremder, ein Abgeschiedener. Er hatte sich seinen Rucksack aufgesetzt und schloss gerade sein Fahrrad auf. Anna stellte sich neben ihn und betrachtete seine Hände, die auf dem Lenker lagen. Sie sagte: »Du bist der schwärzeste Mensch, den ich kenne.« Sie wartete auf die Reaktion auf diese harte Worte.

»Na und?«, sagte er, lächelte ein bisschen schief und fing an, sein Fahrrad zu schieben.

Tehila schüttelte so wild das Badetuch aus, dass ihre Locken hüpften, klopfte sich den Sand aus dem Kleid und rief: »He, Junge, gehst du schon? Warte einen Moment, ich komme mit.«

»Warte einen Moment, ich komme mit«, äffte Anna sie böse nach. Es ärgerte sie, dass die Dicke die Prüfung störte, der sie Edisso unterzog. »Du musst einen Leuchtstreifen tragen, wenn du in der Dunkelheit gesehen werden willst«, sagte sie und verschränkte die Arme vor der Brust. Als wollte sie sagen, nun zeig schon, was du kannst.

»Ich lache in der Dunkelheit, dann sieht man meine Zähne.«

Tehila stand schon neben ihm, einen Kopf größer als er und doppelt so breit, und so selbstzufrieden, wie Edisso nie sein würde. »Gehen wir, Junge?«

Anna rief ihm hinterher: »Von hinten sieht man dich nicht mal aus einem Meter Entfernung. Du brauchst Zähne im Rücken. Du bist so schwarz, dass man dich nicht sieht.« Sie rief noch, als sie vom Strand hinauf auf die Straße gingen. Dann kehrte sie zur Imbissbude zurück, setzte sich auf die Stufen und kratzte Holzstückchen aus dem Geländer. Sie schüttelte den Kopf, löste ihre Haare und sagte: »So ein Mist.« Das war der Anfang der Zeit, die sie »Strand oder Jerusalem? Vater oder Mutter? Edisso oder Tom?« nannte.

Als sie auf ihren dünnen Beinen das erste Mal die Rehaklinik betrat, sagte sie: »Was, hier trägt man keine Pyjamas? Das ist ja super.«

Halleluja, ein positiver Anfang. Das Mädchen sah die Bekleidung und nicht die defekten Körper, die darin steckten.

»Nicht schlecht, dein Training, Chajim-Tom, ist das neu?« Sie zog am Ärmel seines T-Shirts und bückte sich zu der Schildkröte, die vorn aufgedruckt war.

»Mama hat es mir fürs Krankenhaus gekauft, und ich heiße nicht Chajim-Tom, hast du das vergessen?« Sie vergaß nichts, und weil sie nichts vergaß, vertiefte sie sich in den Anblick der Schildkröte und sagte: »Hast du gewusst, dass Schildkröten länger leben als Menschen? Hast du gewusst, dass sie aus Eiern schlüpfen?«

Schon seit zwei Wochen, täglich um die gleiche Zeit,drückte Cheli ihre Stirn an die große Scheibe und wartete, dass die tägliche Behandlung in der Station für erworbene Hirnschäden beendet sein würde. Schon seit zwei Wochen ersetzte das Fenster auf der Westseite der Rehaklinik die Theke der Imbissbude, und die Kiefernwälder ersetzten das Meer. Zwei Wochen war es her, dass sie sich trennten, dass sie ihre Sachen gepackt hatte und nach Jerusalem zurückgekehrt war. Tom hatten sie in einen kleinen Rollstuhl gesetzt und ihn von dem großen Krankenhaus in Tel Aviv zu der kleinen Rehaklinik am Stadtrand von Jerusalem transportiert, wo der Berg seine Kraft verliert und ins Tal übergeht. Durch die Westfenster sah man auf die bewaldeten Hänge, ein trostloser Anblick, wenn die Kiefern schwarz wurden. Es war schon zwei Wochen her, dass sie mit Mike geschlafen hatte. Alle drei Tage überließ er die Verantwortung für die Imbissbude Edisso, fuhr für wenige Stunden nach Jerusalem und brachte Anna mit. Drei Tage später kam er wieder und holte Anna ab. Cheli wartete auf ihn, wetteiferte mit Tom um seine Aufmerksamkeit, obwohl sie sich dafür schämte, sie drückte ihre Brust gegen seinen Arm, und Mike, der auch nicht aus Stein war, sah Tom an und sein Herz zerriss zwischen ihm und ihr, er umarmte ihn, er umarmte sie, dann umarmte er sie erneut und vergaß Tom, und auch er schämte sich dafür. Beide warteten sie am Haupteingang der Rehaklinik auf ihn, und wenn Anna da war, warteten sie zu dritt. Tom stützte sich auf eine Krücke, verfolgte den Sicherheitsbeamten mit den Augen und flüsterte ihm zu: »Öffnen Sie die Tasche. Haben Sie eine Waffe bei sich? Haben Sie eine Kamera?« Der Sicherheitsmann lachte. »Willst du mir bei der Arbeit helfen, Junge?« Tom war fasziniert von dem ganzen Metall, das der Mann an sich trug, von der alten Pistole in seinem Gürtel und von dem Goldzahn in seinem Mund. Er hatte gesagt, wenn er groß sei, wolle er Sicherheitsmann werden, er wisse ja jetzt schon, was zu tun sei. Mit der Zeit würde er lernen, dass ein Sicherheitsmann vorher die Armut kennenlernen muss, das Arbeitsamt und viele Personalabteilungen. Diese drei sind es, die dafür sorgen, dass er schließlich ein weißes Hemd trägt, an dem ein Schildchen mit dem Namen der Sicherheitsfirma befestigt ist, dass er am Tor steht und Taschen mit Sandwichs, Mäntel und Monatskarten vor ihm liegen. Bis Tom erwachsen wäre, würde er die Tasche mit dem kleinen Physio neben seinem gesunden Bein abstellen und mit seinem neuen Sportschuh danach treten. »He, Physio, wir warten auf Papa.« Anna stand an der Tür, den Blick ins Innere des Gebäudes gerichtet. Ihre Augen verschlangen die vielen Menschen, die mit Sauerstoffmangel auf die Welt gekommen waren. Anfangs hatte sie die große Zahl der Defekte, die von der Natur erfunden wurden, verblüfft, und als ihr klar wurde, dass sie alle im gleichen Boot saßen, ließ sie die Schultern fallen und hörte auf, ihre Beine zu tyrannisieren. Bitte sehr, sollten sie aneinanderstoßen, sollten die Knie und die Knöchel gegeneinanderprallen. Sie führte ihre Behinderung vor, übertrieb sogar und schämte sich, dass sie im Vergleich zu den anderen noch relativ gut weggekommen war. Sie ging an den Kranken vorbei, die künstlich beatmet wurden, an jenen, die auf Tragen transportiert wurden oder sich mithilfe viereckiger Gehgestelle fortbewegten. Sie verstärkte ihr Hinken und schämte sich dafür, dass ihr Defekt so leicht war. Sie starrte jedes deformierte Bein und jeden steifen Hals an. »Wie blöd für das Mädchen, dass sie nie allein irgendwo hingehen kann, und wie kommt der Junge in dem Gestell auf der Toilette zurecht? Mama, glaubst du, dass man je ein Medikament erfindet, damit dieses Zittern aufhört? Wenn ich bis zur Schulter eingegipst wäre, würde ich sterben. Warum fehlt diesem kleinen Mädchen eine Hand? War das ein Unfall oder ist es als Baby so auf die Welt gekommen?« Sie sprach leise und ließ ihre Blicke nur verstohlen wandern. Sie hatte nicht gewusst, dass die Natur so gemein sein konnte, und vor lauter Staunen vergaß sie den Grund, warum sie hier standen. Sie lief durch die Gänge und las die Schilder: Praxis für Zerebralparese, Abteilung für Inkontinenz. »Mama, was ist das, Inkontinenz?« Neuromuskuläre Abteilung. »Mama, was ist das, neuromuskulär?« Hydrotherapie … Nach kurzer Zeit beherrschte sie die Begriffe, hatte sie auswendig gelernt, als handle es sich um kulturelle Schätze des Landes.

Doch nur allzu schnell gewöhnte sie sich an den Anblick und an die Trostlosigkeit, die sich ihr darbot, und wurde wieder die alte Anna, die vor lauter Angst um Tom den Kamm und die Zahnbürste vergaß. Sie verfolgte seine motorischen Leistungen und schnappte fast über, als die Therapeutin in der Abteilung für erworbene Hirnschäden sagte:

»Das Kind macht außergewöhnliche Fortschritte.« Sie sah, dass Physio auf den Boden fiel, und rührte keinen Finger, weil die Orthopädin gesagt hatte, man müsse ihn unbedingt zur Selbstständigkeit erziehen.

Tom schimpfte mit der Schildkröte: »Siehst du, Physio? Du bist runtergefallen und hast dir den Kopf angeschlagen. Das nächste Mal fragst du um Erlaubnis und steigst nicht einfach auf ein Fahrrad, hast du gehört?«

Sie erschrak: »Was redest du da von einem Fahrrad? Hast du vergessen, das Physio eine Schildkröte ist? Was willst du mit einem Fahrrad? Was ist bloß los mit dir. Gehst du heute nicht zur Hydrotherapie?«

»Wo soll ich hingehen?«

»Na, ins Schwimmbad.«

»Ja! Ja! Ich will! Jetzt gleich!« Er öffnete seinen Spind, wühlte und suchte seine Badehose, und er benutzte dazu auch seinen linken Arm, bis er keine Kraft mehr hatte. Anna atmete auf. Der Unfall, das Fahrrad, die neurologische Zukunft der Schildkröte hatten vorläufig alles andere von der Tagesordnung verdrängt.

An dem Tag, als Naomi Tom besuchte, wich Anna zurück, bis sie an der Wand stand, kratzte sich Grind vom Knie, band ihre Schnürsenkel auf und wieder zu und hörte nicht auf, an ihrem Kragen zu kauen.

Naomi freute sich: »He, Tomtom! Wie schön, mit Gottes Hilfe wirst du bald nicht mehr hinken.« Sie trug einen Jeansrock und ein orangefarbenes T-Shirt, und in ihren Zopf hatte sie ein orangefarbenes Band geflochten. »Los, zeig mir, dass du auch ohne dieses Gerät laufen kannst, versuch's, sei doch nicht so ein Angsthase. Willst du es nicht mal versuchen?«

»Ich werde hinfallen.«

»Wieso hinfallen? Hi Physio. Sag mal, scheißt sie dir auf die Hose? Schildkrötenscheiße ist echt ekelhaft. Lass mich das Ding mal probieren. Oh, Mist, wie läuft man denn damit?«

Anna lehnte sich an die Wand und zerrte an ihrem Kragen. Naomis Unbefangenheit, ihre Kleidung, ihre Schönheit, ihr Kopfschütteln, das den Zopf durch die Luft schwingen ließ, ihre Beine, die sich so elegant wie die eines Models bewegten – all das war zum Verzweifeln.

Cheli betrachtete die Kinder, die sie zur Welt gebracht hatte, und wusste, wer von ihnen sie am meisten brauchte. »Anna, kommst du mit mir zum Kiosk? Wir kaufen Eis am Stiel.«

Tom freute sich: »Eis, Eis!« Und Anna, wie ein Soldat, der die Fronten wechselt, gab gleichgültig ihre Stellung an der Wand auf und folgte ihrer Mutter zum Kiosk neben dem Eingang.

»Anna, welches Eis hättest du gerne?«

»Das ist mir egal«, sagte Anna nervös: »Es spielt keine Rolle.« Sie warf verstohlen einen Blick zu dem Verkäufer, dessen Augen hinter dicken Brillengläsern blinzelten. Er saß in einem Rollstuhl, seine Brust war an der Rücklehne festgebunden, der Hals war kraftlos nach vorn gesunken. Seine Hände lagen auf dem Deckel der Kühltruhe, während er wartete.

»Nun, Anna, Vanille oder Schokolade?«

»Vanille oder Schokolade, das ist mir egal. Ich will zum Strand, zu Papa.« Sie wandte das Gesicht zur Seite und weinte.

Sie kauften viermal Schokolade. Drei wurden gegessen, das vierte änderte seinen Aggregatzustand und endete als braune Pfütze im Mülleimer.

Anna war trist zumute, all die bedrückenden Gefühle

dieses traurigen Ortes bedrängten sie. Sie ging zum Fenster auf der Westseite, legte eine Wange an die Scheibe, hauchte einen feuchten Fleck darauf und schrieb mit dem Finger »TA« hinein.

Naomi sprang auf und sagte: »Tel Aviv.«

»Quatsch. Tel Aviv interessiert die Oma meiner Oma.« Wieder hauchte sie das Glas an und schrieb: TA. TA. TA. *Taw* und *Alef*, die Buchstaben für Tom und Mama.

»Tom und Mama?«

»Wie kommst du darauf?« Sie starrte in das Tal, das sich hinter dem Fenster erstreckte, als erwarte sie, dass jemand von dort kommen würde, und sagte: »Taw und Alef. Tehila. Und Edisso.«

Cheli spürte einen Stich im Herzen. Das war ein Schlag unter die Gürtellinie. Edisso, das ging ja noch, aber Tehila als Objekt ihrer Sehnsucht? Ausgerechnet dieses Flittchen. Sie wurde von ihr angezogen wie ihr Vater. Der Zauber, der von dieser Frau ausging, wirkte auch bei Anna. Beiß dir auf die Lippe, Lady Chatterley, befahl sie sich, und atme tief durch, du kannst nicht alles kontrollieren.

»Hör zu, Anna, dieser Sommer ist völlig schiefgelaufen, für uns alle, vom ersten bis zum letzten Tag. Du bist nicht die Einzige, die es schwer hat.«

»Bei Tehila und Edisso ist nichts schiefgelaufen, sie haben überhaupt keine Sorgen.«

Tom murmelte: »Keine Sorgen.« Er hob Physio auf die Lehne seines Sessels. »Mach dir keine Sorgen, Physio …«

»Sorgen sind schlimm, Chajim-Tom, hörst du? Was tust du mit der Schildkröte, pass auf, gleich fällt sie runter und geht kaputt.«

Es irritierte ihn nicht mehr, wenn sie Chajim-Tom sagte. Das war von allen neuen Dingen, an die er sich gewöhnen musste, noch das Erträglichste. Überhaupt war er der Erste in der Familie, der sich an sein Leben nach dem Koma gewöhnte, an die Kommunikationsstörungen zwischen Nerven und Muskeln, an die weißen Kittel, die um ihn herumschwirrten, und an ihre schmeichlerischen Bitten: »Komm, Süßer, noch ein Schritt, versuche es noch einmal, bravo! Nur los, du schaffst es …«

Nach drei Wochen verließ Tom die Rehaklinik und wurde ambulant behandelt. Morgens fuhr Cheli ihn und die kleine Physio mit ihrem Mazda Jahrgang 92 zur Praxis und mittags brachte sie beide wieder nach Hause. Seine linke Hand schaffte es inzwischen, die Schildkröte ganze zwei Minuten lang festzuhalten, dann fiel sie hinunter. Sein linkes Bein musste er trotz aller Bemühungen nachziehen. Die linke Schuhsohle war stark abgewetzt und sogar den Socken merkte man an, dass sie ungleichmäßig beansprucht wurden. Er verwechselte noch immer Wörter, regte sich sehr schnell auf, wenn es ihm nicht gelang, sich an Namen von Gegenständen oder Menschen zu erinnern. »Nun, wie heißt es?« Er wühlte in seinem Gehirn und suchte nach den richtigen Wörtern, schrie und stampfte mit dem gesunden Bein auf. »Das will ich nicht, ich will das nicht. Mach den Fernheser an. Welche Sügißkeiten hast du im Schrank? Ich habe es schon satt in Jesuralem.« Die Gehirn-Restauratoren der ambulanten Abteilung machten Versprechungen, das sei nicht das Ende, sie konjugierten seinen Zustand in allen drei Zeiten: Er machte Fortschritte, er macht Fortschritte, er wird Fortschritte machen. Du musst geduldig sein, Cheli, sagte sie sich.

Mike war am Strand, sie war in Kiriat Jovel, und das Leben ging weiter, sowohl hier als dort. Das Haus blieb gleich, egal was die Herzen seiner Bewohner empfanden. In diesem Sommer waren die Herzen der Menschen in diesem Haus schwerer geworden. Eine Wohnung in Kiriat Jovel hält offenbar mehr Kummer und Leid aus, als man es von draußen ahnt. Die Nachbarin aus dem zweiten Stock rief: »Nun, wie geht es dem Jungen?«, und Cheli antwortete: »Er macht Fortschritte.« Die Frau aus dem dritten Stock gab ihren Senf dazu, und ein ermutigendes Beispiel: »Dem Sohn meines Cousins ist auch so etwas passiert, er kam unter ein Auto und sein Gehirn war so flach wie ein Fladenbrot. Und jetzt …« Cheli reckte den Hals zu den tropfenden Unterhosen vom dritten Stock. »Was ist jetzt?«, fragte sie. »Und was ist jetzt?« Die Frau antwortete: »Er lebt. Das ist doch das, was zählt, oder?« Cheli verließ das Fenster und die Diskussion über Hirnverletzungen ging ohne sie weiter. »Die Ärmste, ich wollte ihr nicht sagen, dass der Sohn meines Cousins seit diesem Unfall total behindert ist.« Und die andere sagte: »Sag nicht behindert, sag beeinträchtigt …« Cheli knallte das Fenster zu. Sie wischte Staub von den Lampenschirmen, von den wenigen Bücherregalen, die sie besaßen, von der blöden Anrichte, die sie leichtsinnig und spontan gekauft hatten. Sie stammte noch aus der Zeit, als sie wunderbare Momente von Leichtsinn hatten, als sie noch frei waren und niemandem Rechenschaft ablegen mussten. Heute wäre sie bereit, tausend solcher idiotischen Anrichten mit Schnitzereien im Stil von Ludwig dem Vierzehnten zu kaufen, wenn sie dafür nur ein paar unbeschwerte Momente zurückbekommen würde.

Trotz allem war ihr nicht entgangen, dass Anna in der letzten Zeit Mike, Edisso, Tehila, Tel Aviv, den Strand und den Horizont, hinter dem sich die Amerikas von früher versteckten, bevorzugte. Sie war braun geworden, ging aufrechter als früher und kämmte sich öfter. Sie tat alles, um nicht mit ihr allein zu sein, noch weniger mit Tom. Sie kam mit Mike zu Besuch, und zwei Stunden später fuhr sie mit ihm zurück zum Strand.

Mike lachte und küsste Chelis Ohrläppchen. »Sie ist mein Wachhund. Papa, wo warst du, Papa, wohin gehst du, Papa, warum dauert das so lange … Ich tue alles, um Geld zu verdienen, und sie sitzt mir im Nacken, nicht wahr, Anna?« Er schlug ihr auf die Schulter, sie war ernst, protestierte nicht, lächelte nicht. Und sie, Cheli, stellte ihm keine Fragen, weil Anna dabei war, und Anna sagte nichts zu ihm, weil Cheli dabei war. Familie. Eine Gruppe einzelner Menschen, die sich gegenseitig beschützen und sich voreinander in Acht nehmen, und wenn einer Sorgen hat, haben die anderen auch welche. Mike war müde, die Falten um seinen Mund waren tiefer geworden, seine Haut war trocken, nur die Augen waren noch lebendig, in seinen Pupillen leuchteten grüne Feuer wie gefangene Heuschrecken.

Heute Morgen rief sie in der Imbissbude an, wie sie es jeden Morgen tat.

Diesmal nahm Edisso ab, und im Hintergrund lachten ein Mann und eine Frau und konnten gar nicht aufhören zu lachen. Als Mike »Hi, Cheli« sagte, füllten die Reste des Lachens noch seinen Mund.

»Was gibt es zu lachen?«, fragte sie.

»Die Wahrheit? Es gibt nichts zu lachen, also lachen wir.«

»Schluss mit der Klugscheißerei, Mike. Warum lachst du so?«

»Süße, beruhige dich. Habe ich dir nicht gesagt, dass du die Allerbeste bist? Das ist es doch, was zählt, Süße, alles andere kommt und geht.«

»Deine Süße, das hättest du wohl gern.« Es hatte witzig klingen sollen, hörte sich aber verbittert an. Danach besprachen sie die notwendigen Dinge, Schuhe für Tom, die Einkommensteuer, die Zehntausendkilometerinspektion des Mazda, die Krediterweiterung bei der Bank, und während sie redeten, dachte sie, Quatsch, das gibt es doch nicht, Verletzungen, die nicht durch die Epidermis der Liebe dringen. Das ist ein nichtssagender Spruch aus einem medizinischen Lehrbuch für Haut- und Geschlechtskrankheiten. Das Gegenteil ist richtig, die Haut der Liebe ist superallergisch, empfindlich, verletzlich, durchsichtig, dünn und schnell verwundbar. Dann zog sie sich aus und betrachtete sich prüfend im Spiegel. Ich bin nicht schlecht, wirklich, er hat etwas zu verlieren, sagte sie sich und zog das dünne Sommerkleid an, das sie vor vielen Jahren gekauft hatte, weiß, mit lila Orchideen bedruckt, band ihre Haare zusammen, puderte sich und legte Rouge auf. Tom sah ihr zu und sagte begeistert: »Juhu, Mama, wo gehen wir hin? Schau mal, Physio, meine Mutter ist eine Fee.« Physio war nicht beeindruckt. Sie riss Stückchen aus dem Blattsalat und zertrampelte die Petersilie, höchst zufrieden mit dem herrlichen Leben, das ihr das Schicksal beschert hatte.

An dem Tag, an dem sie beschloss, die beiden Fünftel ihrer Familie am Strand zu überraschen, zog sie das gleiche Kleid an. »Wer wird auf mich aufpassen?«, fragte Tom. Beide Großmütter boten ihre Hilfe an und teilten sich die Schicht, Ahuva von eins bis vier, eine Zeit, in der Tom und sie schliefen, und Chana von vier bis zu Chelis Rückkehr, eine Zeit, die nur Frust bedeutete. Ich habe es satt, ich möchte zum Strand, bring mir das oder jenes, erzähl mir eine Geschichte, kauf mir dies, kauf mir das, wann darf ich draußen spielen, ich habe Kopfschmerzen, ich mag kein Ei essen, ich will eine Pizza …

Tom war erschöpft. Er achtete auf jeden ihrer Schritte. »Ich will nicht, dass du weggehst, Mama, ich will das nicht.«

Großmutter Ahuva, obwohl sie selbst genug Sorgen hatte und bei allem, was Tom betraf, vollkommen hilflos war, sagte: »Cheli, dein Kleiner ist wunderbar.« Sie tranken Kaffee und unterhielten sich über Essen und Krankheiten, bis er so müde wurde, dass er einschlief.

Sie parkte den Mazda auf der Straße und ging hinunter zum Strand.

»Mama!«, schrie ihr Anna entgegen.

Dieses »Mama« war so laut, dass Cheli nicht wusste, ob es ein Ausdruck von Freude war oder eine Warnung für ihre Umgebung.

Anna lief auf sie zu, ihre Beine bewegten sich ungewöhnlich schlecht. Drei Meter vor der Imbissbude trafen sie zusammen und umarmten sich. Wie mager sie ist, dachte Cheli, ihre Haare sind gewachsen, das steht ihr gut. Sie umarmte ihre Tochter und drückte sie fest an sich, und Annas Schulterknochen stachen sie. Wie weh einem das eigene Fleisch und Blut tun konnte.

Anna strich über das Kleid und sagte: »Ist das neu?«

»Ach was, es hat mir nur jahrelang nicht mehr gepasst. Jetzt bin ich auf einmal geschrumpft.«

»Es ist todschick.«

Cheli gab es einen Stich. Du kannst die eigene Schönheit nur schwer genießen, wenn die Weiblichkeit deiner Tochter begrenzt ist. Es schmerzte sie, ihr nicht genug Weiblichkeit vererbt zu haben, sie senkte die Schultern und machte einen Buckel, als würde diese Erniedrigung den Unterschied zwischen ihr und Anna ausgleichen.

Hand in Hand gingen sie zur Imbissbude.

Anna wurde ernst, ihr Griff verhärtete sich, sie fragte: »Wie geht es Chajim-Tom?«

»Er macht Fortschritte«, antwortete Cheli. Sie hörte eine

Frau auf der Terrasse sagen: »Ein Körperteil mit fünf Buchstaben, beginnt mit T.«

»Titte«, rief Cheli von der ersten Treppenstufe.

Zwei Köpfe wandten sich vom Tisch zu ihr um, vier Augen wurden aufgerissen. »Cheli!«, rief Mike. »Ich glaub es nicht.«

Tehila beugte sich über das Kreuzworträtsel und sagte fröhlich: »Bravo! Titte! Passt genau. Jetzt fehlt uns noch ein senkrechtes Wort.«

Mike lief auf sie zu, umarmte sie, hielt ihr Kleid am Saum hoch und sagte: »Cheli! Mama mia! Nicole Kidman! Dieser weiße Rock steht dir großartig. Wenn ich nicht schon in dich verliebt wäre, würde es sofort geschehen.«

Sie schob ihn von sich und sagte: »Halt den Mund, Großmaul.« Sie legte einen Arm um seine Hüfte. Wenn sie allein wären, hätte sie die Schnur aufgeknotet, die seine Hose hielt. Da bemerkte sie die Augen, die sie von dem Platz hinter der Espressomaschine aus verfolgten und sagte: »Hi, Edisso.«

»Hi.« Edisso lächelte und senkte den Kopf.

»Das Kleid sieht wirklich toll aus«, sagte Tehila fröhlich. Sie saß auf einem Stuhl und hatte die Beine auf einen anderen gelegt. Ihr Dekolleté hätte keine passendere Antwort auf das fehlende Wort im Kreuzworträtsel liefern können. »Du hast es bei Castro gekauft, oder?« Sie fächelte sich mit dem Kreuzworträtselheft Luft zu.

Cheli befreite sich aus Mikes Armen und sagte: »Wie kommst du auf Castro. Ich lechze nach einem Eiskaffee. Edisso, wie geht es dir?« Sie zog ihre Sandalen aus und warf sie in die Ecke. »Alles in Ordnung? Wie geht es deiner Mutter? Und deinen Geschwistern?«

»Alles in Ordnung«, sagte er. Er drückte auf den Knopf der Maschine, um ihr einen Eiskaffee zu machen.

Man sah genau, wie sich die Frau hier breit gemacht hatte. Bestimmt saß sie jetzt lieber auf der Terrasse und nicht mehr auf ihrem Platz am Strand. Sie hatte es sich da, im Durchgang zur Küche, bequem gemacht, wo es so eng war, dass die Leute sich beim Rein- und Rausgehen aneinanderrieben. Cheli dachte an Mike, der auch rein- und rausging und sich an diesen üppigen Oberschenkeln rieb, und das Blut verließ ihre Beine, ihren Bauch und ihre Brust und stieg ihr in den Kopf. Sie wusste, dass sie sich auf ihre Knie verlassen konnte, dass ihre Beinmuskeln kräftig waren und ihre Beine stark, sie überlegte es sich nicht zweimal.

»Autsch!« Die Frau sprang auf, verzog das Gesicht und griff nach ihrem Knie.

Cheli sagte zu ihr: »Bis du heiratest, ist es bestimmt wieder gut. Auch einer schlanken Frau hätte ich nicht empfohlen, hier zu sitzen.« Sie ging in die Küche, setzte sich auf einen Hocker, trank Eiskaffee, streckte die Beine aus und war mit ihren Knien zufrieden. Mike warf der Frau ein nasses Geschirrtuch hin, damit sie ihr Knie kühlen konnte, nahm einen Hocker und setzte sich zu Cheli. Anna kam und kauerte sich vor ihr auf den Boden.

»Das hast du absichtlich gemacht, Mama, stimmt's?«, fragte sie.

»Nicht ich. Meine Beine.« Geräuschvoll und nachlässig sog sie mit dem Röhrchen die letzten Tropfen aus dem Becher.

Mike beugte sich zu ihr, schob eine Strähne, die über ihre Augen hing, beiseite, wischte mit der Hand über ihre verschwitzte Stirn und fragte: »Wie geht es ihm? Gibt's was Neues von seinem linken Bein?« Dann erkundigte er sich auch nach Toms linkem Arm, nach seiner Sprache, seinem Gedächtnis, seinem Gleichgewicht und dem Zustand seiner Nerven. Er verschlang sie mit seinen Augen, in denen sie den ganzen Sommer sah. Am liebsten hätte sie geweint. Anna schwieg und kratzte mit einem Fingernagel etwas angekrustetes Fett von der Arbeitsplatte. Als sie genug über Tom gesprochen hatten, warf sie noch einen prüfenden Blick auf die Beine ihrer Mutter, stand auf und ging zu Edisso, der hinter der Theke stand.

Edisso fragte: »Was heißt das, Titte?«

»Zitzen. Warum lachst du, das ist ernst. Ich hätte auch gern einen Eiskaffee.«

»Ich habe nicht gelacht. Soll ich dir auch einen machen?«

Mike sagte: »Die beiden kommen gut miteinander klar. Er ist uns vom Himmel gefallen, dieser Edisso«

»Die Dicke auch«, sagte Cheli.

Er lachte, nahm ihr Kinn und sagte: »Du übertreibst. Wenn sie vom Himmel gefallen wäre, hätte es eine Tsunamiwarnung gegeben. Cheli, das sind die schlimmsten Tage, die wir je hatten. Aber auch die gehen vorüber.«

»Wer sagt das?«

»Süße, alles geht vorüber, nichts bleibt, wie es ist. Lass doch, diese Dicke ist nur eine Krücke, mit deren Hilfe man den Sommer hinter sich bringt. Eine Krücke ist das Erste, was man wegwirft, wenn man wieder auf den Beinen steht. Und sie weiß das ganz genau. Um die Wahrheit zu sagen, du hast sie ganz schön hart getroffen.«

Als sie die Küche verließen, war von Tehila nichts mehr zu sehen. Mit ihr waren auch der Bleistift, die Zeitung und das nasse Geschirrtuch verschwunden. Über dem Meer hing eingrauer Himmel und verdeckte die Sonne. Über der Hütte des Rettungsschwimmers wehte eine schwarze Fahne.

Cheli sagte: »Dieses Wetter kommt mir gerade recht. Ich habe genug von der Sonne, ich habe genug von diesem

Sommer.« Sie atmete tief die feuchte Luft ein, betrachtete das düstere Meer und sagte: »Ein schlechter Tag für Fischer.«

Anna und Mike begleiteten sie bis zum Mazda und blieben daneben stehen, bis sie das Auto angelassen hatte und losfuhr. Im Außenspiegel sah sie die beiden Menschen, die reglos nebeneinanderstanden. Sie dachte, diese zwei gehören mir und sie werden mir gehören, selbst wenn das für jemand eine zertrümmerte Kniescheibe bedeuten würde. Dann ist es eben so. Sie bog nach links ab und sah im Spiegel nur noch das Meer. Sie öffnete ihre Haarspange und den Gürtel ihres Kleides. Mike hatte recht. Der Tritt war etwas zu heftig. Im Radio sangen sie gerade passend, ihr zu Ehren: »Im weißen Kleid blühte der Baum, im weißen Kleid ...« Das war nur ein Zufall. Alles war Zufall, auch wenn das nächste Lied heißen würde, »Einer bekam einen Schlag auf das Knie, nicht so genau, aber so ungefähr.« Auch dann würde sie nicht am Zufall zweifeln.

Alles ist zufällig und willkürlich, die Zufälle häuften und überschnitten sich und daraus entstand das Leben. Niemand würde sie je überzeugen, dass die Wimper, die sich gelöst hatte und ihr ins Auge geraten war, dazu ausgewählt wurde, um den Kurs ihres Lebens zu ändern. Alles war Zufall und keiner konnte wissen, was in der nächsten Sekunde passieren würde. Sie nahm den Fuß vom Gaspedal und fuhr langsamer. Im Radio lief Musik, und während der Sprecher noch redete, war schon der Anfang des nächsten Lieds zu hören, *Das blaue Tote Meer bewegt sich leise*. Sie fuhr langsam, bewegte sich sachte, versuchte *die friedliche Zeit* des Weges von der Imbissbude zu ihrem Haus so lange wie möglich auszudehnen.

Achtes Kapitel

Seit zwei Tagen war das Meer grau und aufgewühlt. Der Himmel hatte genug vom Sommer, er hatte die Wolken vom Dachboden geholt und losgeschickt, um ihre Aufgabe zu erfüllen. Das Meer war gereizt, spülte Treibholz an Land, Algen, Muscheln, schlug mit aufgewühlten Wellen gegen den Strand, wie man Teppiche klopft. Die Imbissbude hatte nicht mehr viele Gäste. Die Leute wollten sich nicht so recht mit dem Winter abfinden, der als Frühgeburt zur Welt kam, drei Monate vor der Zeit. Auch die dicke Frau kam nicht mehr. Cheli hatte ihr einen kräftigen Tritt versetzt und gesagt, »bis du heiratest, ist es bestimmt wieder gut«. Dann hatte sie ihren Eiskaffee getrunken, als würde sie jemandem zuprosten.

Die Welt war schlecht gelaunt. Wohin man auch schaute, alle zogen ein Gesicht wie an einem Trauertag.

Mike stützte die Ellenbogen auf die Theke, schob die rechte Handfläche über die linke Faust und legte sein Kinn darauf. Hätte er die Telefonnummer der Frau gehabt, hätte er sie angerufen, um sich zu erkundigen, was ihr Knie mache. Er hatte sie nie um ihre Telefonnummer oder ihre Adresse gebeten. Die Affäre mit ihr gehörte zu dem kleinen Streifen Sand zwischen der Imbissbude und dem Steg.

Alles, was nördlich und südlich des Stegs und östlich der Müllcontainer lag, gehörte nicht hierher. Absichtlich hatte er »westlich« ausgelassen, denn da lag das Meer, und das Meer hatte schon etwas damit zu tun. Wenn er den Kopf verlor, dann war das immer am Strand. Aber jetzt hatte er keine Lust mehr, sich damit zu beschäftigen. Edisso hackte in der Küche Petersilie. Das Messer hämmerte mit einer solchen Geschwindigkeit auf das Schneidebrett, als drängte die Arbeit, als wäre die Imbissbude voller Menschen. Dabei waren die Stühle unbesetzt und kein Gast zu sehen, außer einer dünnen Frau, deren Hinterteil kaum die Hälfte eines Stuhls einnahm.

»Lass die Petersilie, Edisso«, sagte er. »Wer soll das heute essen?« Die Hackgeräusche machten ihn nervös. Er war heute mit dem falschen Fuß aufgestanden. Schon als er die Augen aufgemacht hatte, hatte er ein Gefühl der Schwere gespürt und sich gesagt, heute ist nicht dein Tag, Mike.

Edisso hörte auf zu hacken und sagte: »Soll ich heute keinen Salat vorbereiten?«

»Doch, aber nur wenig, damit wir nicht so viel wegwerfen müssen.«

Er hätte seine Gereiztheit gerne an Karniel ausgelassen, aber er beherrschte sich. Dieser armselige Kater flirtete mit einer Kürbisschale, als wäre diese eine rote Katze. Er leckte sie, drehte sie um, saugte ihren Saft. Möge er ihm gut bekommen, dachte Mike. An solch einem Tag war es nicht so schlimm, ein Kater zu sein. Sein ganzes Leben konzentrierte sich auf diese Schale, die Tage, die vergangen waren, interessierten ihn nicht, auch nicht die Tage, die noch kommen würden. Er fuhr mit dem Fuß über den Rücken des Katers und Karniel ließ von der Schale ab, er war nicht an Streicheleien gewöhnt. Er duckte sich und wartete auf den Tritt, doch als der ausblieb, kehrte er zur Schale zurück.

Wenn er doch bloß die Telefonnummer der Frau hätte. Sie könnte Cheli noch bei der Polizei anzeigen, wegen Körperverletzung. Gut, Cheli war gewieft genug, den Tritt aussehen zu lassen, als wäre er so natürlich gewesen wie ein Rülpser, nie würde man ihr einen böswilligen Vorsatz nachweisen können, oder wie man das nannte. Anna führte gerade ihre stolze Parade vor, maß die Entfernung und die Zeit, zählte das Knacken ihrer Knie und das Zusammenstoßen ihrer Knöchel. Und was machte er? Stand an der Theke und zählte die leeren Tische. Er würde jetzt alles dafür geben, mit Cheli einen Kaffee zu trinken, und wenn nicht mit Cheli, dann mit der Dicken. Es war das richtige Wetter für einen Kaffee mit einer Frau. Wenn das Meer sich von seiner männlichen Seite zeigt, brauchst du eine Frau in deiner Nähe. Er dachte wirklich nur an einen Kaffee, nicht mehr, als bei ihr zu sitzen, sie zu hören, zu sehen, wie sie sich auf die Lippen biss und wartete, bis sie prall wurden, um sie dann mit der Zunge anzufeuchten. In einem Moment waren ihre Augen von den Wimpern verschattet, im nächsten leuchteten sie auf, als hättest du zwei Portionen Sonne bestellt. Während er noch seinen Gedanken nachhing, reckte die Kundin einen Finger in die Luft. Die Frau, die nur einen halben Stuhl okkupierte, meldete sich, als säße sie in der Schulbank und wüsste die richtige Antwort. Er verließ die Theke, ging nach vorn und fragte, womit er ihr helfen könne.

»Ich brauche keine Hilfe, ich möchte nur einen Tee mit Nana, in einem Bierglas.«

»In einem Bierglas?«

»Ja, so mag ich das.«

Ihre Augen waren groß wie Paranüsse und beigebraun wie der Sessel in ihrem Wohnzimmer in Kiriat Jovel. Ihr Busen war klein wie bei einem Mädchen, aber sie war kein

Mädchen mehr, sie war schon gut in den Vierzigern. Er war gut, wenn es darum ging, das Alter einer Frau zu schätzen, man konnte ihm nur schwer mithilfe von Kosmetik etwas vormachen. Er hatte Erfahrung damit, zu schätzen, wie alt jemand war und was für ein Leben er führte. Im Autobus beobachtete er im Rückspiegel immer die Leute, sah, wie sie saßen, wie sie den Hals hielten, und dann wusste er gleich, ob die betreffende Person ein gutes Verhältnis zum Leben hatte oder nicht, ob sie älter oder jünger war, ob sie eine geliebte Person hatte oder wenigstens jemanden, der sich um sie kümmerte. Diese Kundin hatte, soweit er es sah, beides nicht. Bestimmt war sie eine Dichterin oder so etwas, wenn sie zehn Minuten aufs Wasser starrt, konnte sie vermutlich ein Wort aufs Papier bringen. Aber wer, außer Shakespeare oder Schlomo Arzi, konnte von sechs Wörtern in der Stunde leben? Wenn es hier noch andere Gäste gäbe, wenn das Wetter nicht dieses Solo spielen würde, wäre sie ihm gar nicht aufgefallen. Ihre Finger schlossen sich um das Glas, als hätte sie den Tee nur wegen ihrer Finger bestellt.

Weil er reden musste und sonst niemand da war, sagte er zu ihr: »Was für ein Wetter, was?«

»Was denn für eins?« Sie bewegte ihre Paranüsse so langsam, als wären sie zu schwer für sie.

»Wirklich schlecht. Wie Februar mitten im August.«

»Na und? Sie können froh sein, wenn das Ihr einziges Problem ist.« Sie nahm einen Schluck von ihrem Tee, fischte ein Nanablatt heraus und zerkaute es.

»Alle Achtung«, sagte er und versuchte sich zu erinnern, ob er die Nanablätter gewaschen hatte, bevor er sie in den Tee gegeben hatte.

»Achtung? Wofür?«

»Dass Sie gemerkt haben, dass es mein einziges Problem ist.« Er ging hinter die Theke, stützte sich mit den Ellenbogen auf und schaute Anna aus der Entfernung zu. Sie kämpfte mit dem Wind, breitete die Arme aus, versuchte zu balancieren. Sie zitterte wie Espenlaub. Du bist doch ein Stück Dreck, dachte er und schlug sich mit der Hand an die Stirn. Die Hälfte des Sommers ist schon vorbei und du hast noch nichts zum Thema Fahrrad unternommen. Und wenn die Welt sich auf den Kopf stellt, dieses Mädchen wird vor dem 30. September Rad fahren können. Er beobachtete sie mit halb gesenkten Augen, wollte sie laufen sehen und wiederum auch nicht. Er betrachtete sie, wie man eine gerade verbundene Wunde anschaut. Bis zur öffentlichen Toilette hat sie noch hundertfünfzig Meter. Von dort sind es noch zwanzig Meter bis zu der Treppe des Lokals. Das sind zusammen ungefähr dreihundert Schritte. Dreihundert kleine Kämpfe und nur ein Bruchteil des großen Kampfes. Wenn sie die Stufen erreichte, würde er ihr den besten Kakao aller Zeiten zubereiten. So einen, wie sie noch nie im Leben getrunken hatte. Er würde Bitterschokolade in heißer Milch schmelzen und alles aufschäumen, er würde kein Instantpulver oder Fertiggetränk nehmen. Das waren nur Fälschungen, braun gefärbt, mit Emulgatoren, Konservierungsstoffen und künstlich gesüßt.

»Hören Sie, ich wollte niemanden verletzen, ich frage mich nur: Warum haben Leute die Angewohnheit, sich zu beklagen, wenn sie keinen Grund dafür haben?« Die Frau saß so aufrecht wie eine UNO-Botschafterin, die gleich eine Rede halten würde.

»Warum fragen Sie sich das, fragen Sie lieber mich. Ich gebe zu, ich klage gern. Soll ich die Wahrheit sagen? Ich habe keinen Grund dazu. Mein Leben ist perfekt. Ich bete darum, dass ich Hämorriden oder einen Pilz unter den Fingernägeln bekomme, damit ich einen Grund zum Klagen habe. Ich esse ungewaschene Nanablätter und wurmstichigen Salat, um Durchfall zu bekommen, ich renne zur Bank, um nachzuschauen, ob ich endlich ein Minus auf dem Konto habe. Aber was passiert, mein Guthaben wächst wie Unkraut. Man schneidet es immer wieder ab, und es wächst wie verrückt nach. Ich werde noch wahnsinnig, die Klagen sieden in meinem Kopf und ich finde keinen Grund, den Dampf abzulassen. Meine Blutsenkung hat einen Hämoglobinwert von vierzehn gezeigt, und einen Dampfglobinwert von achtzehn. Der Arzt hat gesagt, ich habe die Skala gesprengt und solle nicht zu heftig feiern. Und ich habe gesagt: Dann verschreiben Sie mir ein harntreibendes Mittel, damit das Dampfglobin rauskommt, und jetzt kommt alles raus …« Was für ein Großmaul er doch ist. Nur ein beschissener Tag wie dieser konnte ihn dazu bringen, solch einen Vortrag zu halten. Mike sah, wie Anna die öffentliche Toilette betrat und verstummte. Er würde die Tür zur Toilette so lange im Auge behalten, bis sie wieder draußen war. In dieser Stadt gab es eine regelrechte Perversenplage. Wie konnte er wissen, ob sich dort nicht einer versteckte, und dieses Mädchen hatte doch noch von nichts eine Ahnung.

Edisso kam aus der Küche und sagte: »Was soll ich mit den Toma …?« Er verstummte, als Mike ihm mit der Hand ein Zeichen gab, psst, nicht jetzt … Was war schon dabei, wenn Edisso sah, dass er zur Damentoilette hinüberstarrte? Er würde es ihm später erklären. Endlich verließ sie die Toilette. In der Hand hielt sie etwas Kleines, Schwarzes, vielleicht einen Vogel. Sie ging locker, in ihrem Ist-mir-doch-egal-Gang, Mike atmete erleichtert aus und dachte, Mike, du drehst langsam durch.

Er wandte sich zu Edisso um: »Welche Tomaten meinst du?«

»Die aufgeschnittenen von gestern.« Edissos Kopf drehte sich in Annas Richtung, aber seine Augen schauten zur Seite. Er behandelte sie so respektvoll, als würde sie sich gerade ausziehen oder so.

»Damit kochen wir Schakschuka, das Mädchen ist wild auf Schakschuka. Was übrig bleibt, kommt in den Kühlschrank und wir essen es heute Abend.«

Auf den letzten zwanzig Metern bis zum Lokal gab Anna sich überhaupt keine Mühe mehr, sie ließ ihre Beine tun, was sie wollten. Sie schaute zur Terrasse, sah ihn und Edisso und ein kleines Lächeln erschien auf ihrem Gesicht. Ihm wurde warm ums Herz, als hätte ein Baby das erste Mal »Papa« zu ihm gesagt. Ja, er würde ihr den besten Kakao aller Zeiten zubereiten, einen, den nicht einmal Königin Elisabeth getrunken hatte und nie trinken würde. Ihre Haare waren zersaust, sie waren in diesem Monat gewachsen. Er würde sie bitten, sie nicht mehr abzuschneiden. Wenn ihre Haare jetzt, so ungepflegt, gut aussahen, wie würden sie dann erst aussehen, wenn sie gewaschen und gekämmt wären. Wie oft hatte er Tom schon »Das hässliche Entlein« vorgelesen, und beim Lesen hatte er immer an Anna gedacht und sich gesagt, sie wird auch einmal ein Schwan sein.

Sie öffnete die Hand und sagte: »Das habe ich in der Toilette gefunden.« Der schwarze Vogel, der ihr aus der Hand fiel, war ein BH mit Minikörbchen, A oder noch kleiner, vermutlich passend für die Brüste der UNO-Botschafterin, die auf ihrem halben Hintern saß, und alle drei beobachtete, als gehörten sie zu der Mahlzeit, die sie bestellt hatte. Edisso schaute verlegen zur Seite. Er trat gegen die Kürbisschale und rief: »Hier, Karniel, fang.«

»Neu, von einer, die gerade erst anfängt, BHs zu tragen. Bestimmt war sie noch nicht daran gewöhnt und hat das Ding deshalb vergessen.« Sie breitete die beiden winzigen Dreiecke aus, senkte den Blick auf ihre eigene Brust und sagte: »Da tut sich noch nichts.« Sie schob den Zeigefinger unter einen Träger und schleuderte den BH durch die Luft, wie Fromme vor Jom Kippur ein Huhn, das ihre Sünden aufnimmt, durch die Luft schleudern.

Anna ging hinüber zum Tisch, hielt der Frau den BH hin und fragte: »Möchten Sie ihn haben?« Die Frau wurde starr und steif, sie schob die Beine unter den Stuhl und spannte ihr Gesäß an, dass sie wie gefroren aussah, und hob die Hand schützend vor den Mund, als wollte ihr jemand einen Zahn stehlen.

»Interessant zu wissen, dass hier auch Unterwäsche verkauft wird.«

»Wieso verkauft, der ist umsonst. Möchten Sie ihn haben?« Anna war ernst. Er kannte sie, ihre Großzügigkeit kam von Herzen. Sie trug noch das T-Shirt, das sie in der Nacht angehabt hatte, und bestimmt hatte sie sich noch nicht die Zähne geputzt.

Die Botschafterin kochte vor Wut, sie nahm den Löffel und zerdrückte die Nanablätter im Glas. »Vergessen Sie, was ich vorhin gesagt habe. Das Wetter ist sicher nicht Ihr einziges Problem.« Ihr Blick war auf Anna gerichtet, man sah ihr an, was sie dachte, nämlich dass sie sich umbringen würde, wenn dieses Mädchen ihre Tochter wäre. »Die Rechnung bitte.« Sie packte ihre Sachen zusammen, den Kugelschreiber, das Heft, das Handy und die Schlüssel, und stand auf.

»Nehmen Sie ihn doch. Wenn Sie stehen, sieht man, dass er ihnen haargenau passt.« Anna war naiv wie ein Baby, woher sollte sie wissen, dass ihre Worte ein Schlag unter die Gürtellinie waren. Sie stand vor der Frau, als wolle sie ihr den BH anziehen, sie hielt ihn an den Enden fest, die beiden Stoffkörbchen waren leer und zerknittert.

»Wirf das Ding schon weg-« Die Frau packte den BH und

schleuderte ihn zur Theke hinüber. Karniel machte einen Satz, um den schwarzen Vogel zu fangen, der über seinen Kopf flog. Der BH fiel zu Boden und landete genau auf dem Kater, die Naht lag auf seiner Wirbelsäule, die leeren Körbchen hingen rechts und links herunter wie bei einem Esel, der zwei leere Eimer auf dem Rücken trägt. Der erste, der sein Lachen nicht mehr zurückhalten konnte, war Edisso. Er schämte sich dafür und versuchte es zu unterdrücken. Mike lachte ausgelassener, als es der Situation entsprach, und Anna, die in Sachen des Herzens ähnlich reagierte wie Karniel, lachte laut und unbefangen über das Fundstück, das über Karniels Rücken hing, als wäre er ein fliegender Händler, der BHs verkaufte.

Da soll einer laut sagen, die Größe spiele keine Rolle. Wären die Brüste der Botschafterin größer, hätte sie bestimmt nicht so beleidigt reagiert. Jeder Mensch hatte eine empfindliche Stelle, die ihm Kummer bereitete. Bei dieser Frau war es die Größe ihrer Brüste. Sie wäre bereit, sich deshalb unter Narkose aufschneiden und wieder zunähen zu lassen. Edisso wurde empfindlich getroffen, wenn man ihn Neger nannte. Nachschon durfte man nicht auf die Osloer Verträge ansprechen. Mike litt, wenn ihn jemand fragte, wie viele Jahre er in die Schule gegangen war. Er sagte dann immer zehn, und zwei Jahre Berufsschule und dann eine Ausbildung an der Life University. Abgeschlossen mit summa cum laude. Ein lebenslanges Stipendium. Cheli wurde an ihrer empfindlichen Stelle getroffen, wenn jemand sagte: »Was, dein Mann ist Busfahrer? Das sieht man dir aber nicht an.« Wenn sie das hörte, wurde sie wütend und schrie: »Verehrte Fahrgäste, Vorsicht an der Tür, gehen Sie doch bis zum Ende durch, bitte. Und, sieht man es jetzt?« Bei Sara, ihrer Schwester, passierte es, wenn jemand sagte, sie habe ein perfektes Leben, der Glaube, der Ehemann, die Kinder, alles super. Vielleicht fürchtete sie sich vor dem bösen Blick, vielleicht gab es aber auch etwas, was ihr Leben nicht so perfekt erscheinen ließ und um das nur sie wusste. An Sara hatte Mike schon lange nicht mehr gedacht. Er hatte sie seit drei Wochen nicht gesehen. Ihr Bauch war bestimmt gewachsen. Aber die Schwangerschaften überfielen sie wie Schnupfen, sie kamen und gingen. Nichts, wofür man vom Leben ein paar freie Tage bekam. Wäre Cheli nicht seine Frau geworden, hätte er Sara geheiratet, das wusste er so genau, wie er wusste, dass jetzt Mitte August war. Er war sicher, wenn das Schicksal den Mut aufgebracht hätte, ihm Cheli wegzunehmen, hätte es ihm dafür Sara gegeben. Ihr Leben sah aus wie ein perfektes Fleischklößchen, aber wenn man es probierte, sagte man, ach, da hat jemand den Ingwer vergessen. Was fehlte Sara? Er hatte sie nie danach gefragt. Später, wenn sie einmal alt sein würden und sich mit Schmerzen in den Gelenken und der Abfassung eines Testaments beschäftigten, würde er sie danach fragen. Hör doch auf, Mann, dachte er. Bis du alt bist, liegt das Meer vor dir und das Leben rechts, links, über und unter dir, und deine Gelenke funktionieren noch immer hervorragend. Also steh auf, beweg dich. Gib der Botschafterin die Rechnung, lass sie ziehen und schäume endlich einen Kakao auf, wie ihn die Königin des United Kingdom in ihrem ganzen Leben noch nicht getrunken hat und auch nie trinken wird.

Während er noch über den Büstenhaltervertreter lachte, der mit seiner Ware über dem Rücken herumlief, wanderten seine Gedanken hierhin und dorthin. Auch Anna und Edisso lachten. Dieser kleine BH hatte die Nähmaschine verlassen, ohne zu wissen, wo er landen würde. Bestimmt hatte er nicht damit gerechnet, dass ein Kater ihn tragen würde. Nun ja, BHs können nicht denken. Trotzdem bedankte Mike sich bei ihm dafür, an diesem säuerlichen Tag zu ihnen gekommen zu sein und ihre Lungen zu einem befreienden Lachen geöffnet zu haben, so ungebärdig wie ein Hund, den man von der Leine gelassen hat. Du lachst, weißt aber im gleichen Augenblick, dass die Münze des Lebens noch eine Kehrseite hat.

»Die Dicke ist heute nicht gekommen«, sagte Anna. »Besser so.« Alle drei saßen sie am Tisch und aßen Schakschuka aus den Tomaten von gestern.

»Warum besser?« Mike reichte Edisso die Oliven und sagte: »Nimm, mein Junge, iss, wer weiß, wie viele solcher Tage uns das Leben noch bringen wird. Ein arabischer Scheich frühstückt nicht so gut wie wir.«

»Weil sie sich benimmt, als würde sie zur Familie gehören, und das stimmt nicht.« Anna tunkte ihr Brot in die Tomatensoße. »Kann ich das Salz haben? Sie macht sich an uns ran, jeden Tag ein bisschen mehr. Auch Edisso kann sie nicht leiden, wir beide nicht. Edisso, sag doch, dass es stimmt.« Sie stieß ihn mit dem Ellenbogen in die Seite.

»Sie interessiert mich nicht. Ich mache meine Arbeit und damit hat sich's.« Er beugte sich über seinen Teller, wartete, dass die Schakschuka abkühlte und aß in der Zwischenzeit Oliven. So verhielt er sich immer, als wäre er von der UNO, als wäre er neutral und würde sich seine Kraft für andere Krisenherde aufheben.

»Sag, Edisso, was hältst du von der Pummeligen?« Warum fragte Mike das, und warum nannte er sie die »Pummelige«, er sollte die »Dicke« sagen, das Wort würde sie von ihnen entfernen. Wenn man sie »Pummelige« nannte, drückte man ein Auge zu und sie wurde leichter.

»Cheli ist besser als sie.« Edisso nagte eine Olive bis auf den Kern ab.

»Wer sagt, dass sie es nicht ist? Wer stellt da überhaupt einen Vergleich an?« Ruhig, das hast du dir selbst eingebrockt, dachte Mike. Du hast gefragt und eine Antwort bekommen. Dieser Edisso ist so geradlinig wie ein Besenstiel, er kann eins und eins zusammenzählen. Nur für dich ist Cheli eine Heilige, nur für dich steht sie so hoch, dass niemand sie tadeln oder loben kann. Er ist noch Kind, er sieht eine Frau, dann sieht er eine andere Frau und denkt, man müsse sich zwischen beiden entscheiden. Als hätte diese Tehila auch nur die Chance eins zu einer Million, Cheli zu ersetzen.

»Hör zu Junge, Cheli ist mehr wert als die ganze Welt. Punkt.«

Edisso schwieg, spuckte den Kern aus und nahm sich eine neue Olive.

»Dieses Gespräch geht mir schon auf die Nerven. Papa, mach mir endlich einen Kakao.« Anna klopfte mit dem Fuß ans Tischbein, tacktacktack, sie sollten endlich aufhören. Alle drei schauten sie zu Karniel hinüber. Der Ärmste jagte dem Schatten hinterher, den die BH-Träger auf den Boden warfen. Sie lachten nicht mehr. Sechs Augen waren auf den Kater gerichtet, achtzigtausend Gedanken schossen durch ihre Köpfe, und kein einziger hatte mit Karniel zu tun. Schade, mit einem Schlag zeigte das Leben wieder die andere Seite der Münze. Gleich würde er aufstehen und den Kakao holen. Er würde einen Witz erzählen und die gute Laune, die noch vor einer Viertelstunde hier geherrscht hatte, wieder aufleben lassen. Hoffentlich würde ihm ein salonfähiger Witz über BHs oder Kater oder Dichterinnen einfallen, die in einer Stunde sechs Wörter aufs Papier bringen. Er würde in die Küche gehen und den Kakao holen und sie einen Moment allein lassen, damit sie über etwas reden könnten, was zu ihrem Alter passte. In der Zwischenzeit würde Wind aufkommen und alle Ärgernisse von der Terrasse wehen. Als er mit drei Gläsern dickflüssigem

Kakao zurückkam, sah er, dass Karniel seine Ware endlich losgeworden war. Der schwarze Haken lugte unter Annas Hintern hervor. Sie versteckte den BH. Bestimmt wollte sie ihn aufheben, für später, wenn etwas gewachsen wäre, das in die Körbchen passte. Er wäre froh, wenn sie ein bisschen Fleisch ansetzen würde und Brüste bekäme, damit ihr Herz nicht mehr so dicht unter der Haut lag.

»Edisso, wenn der Himmel so bleibt, werden wir heute nicht viel zu tun bekommen. Leihst du mir dein Fahrrad für eine Stunde?« Bei dem Wort Fahrrad schwappte etwas Kakao aus Annas Tasse und lief über ihre Hand wie braunes Blut.

»So lange du willst.« Edisso war damit beschäftigt, alle schwarzen Oliven allein aufzuessen. Offensichtlich würde selbst eine iranische Rakete ihn nicht davon abbringen können, auch die letzte zu essen.

»Wozu brauchst du ein Fahrrad, Papa?« Ihre Frage traf ihn wie Rotkäppchens Frage: Großmutter, warum hast du so große Zähne.

»Um mit dir zu üben.«

Er hatte keinen Erfolg. Ihr Herz wurde nicht um ein Grad wärmer. Sie sah ihn an, als hätte er gesagt, sie solle eine Spritze bekommen. Und sie sagte weder ja noch nein.

»Ich dachte, du würdest dich freuen«, sagte er und dachte an die Überraschung, die er seiner Mutter einmal gemacht hatte. Er hatte ihre Schuhe glänzend geputzt, während sie schlief, und sie nebeneinander unter ihr Bett gestellt. Als sie aufwachte und sich bückte, um sie anzuziehen, hielt sie einen Schuh gegen das Licht und sagte: »Wozu ist das gut, glaubst du etwa, meine Füße werden jetzt besser laufen können? Du hättest lieber deine Hausaufgaben machen sollen.«

Anna wischte den Kakao vom Tisch und ihren Fingern.

»Fahrrad fahren interessiert mich nicht mehr. Es macht mir nichts aus, wenn ich es nie lerne.«

»Du wirst es noch lernen, und wie du es lernen wirst. Los, komm.«

»Wohin?«

»Zum Steg natürlich.«

»Ich will nicht.« Sie sprang auf, als wäre sie von einer Nadel gestochen worden, und hielt sich die Faust vor den Mund. Edisso erschrak über ihre heftige Reaktion, er ließ die Olive, an der er nagte, fallen und starrte Anna an, wie man einen Bankautomaten anstarrt, wenn man darauf wartet, dass er Geld ausspuckt. Seit er bei ihnen arbeitete, war es das erste Mal, dass er etwas beobachtete, was ihn nichts anging.

»Was starrt ihr mich so an, als hätte ich … Mann, ich hab die Schnauze voll …« Ihre Mundwinkel zogen sich nach unten, sie fing an zu weinen.

Edisso schämte sich, er beugte sich vor, spuckte den Olivenkern aus, räumte die Teller zusammen und trug sie in die Küche.

Mike fuhr ihr mit der Hand durch die Haare. Er hatte Angst, sie wütend zu machen, deshalb berührte er sie nur leicht. »Ich wollte dir eine Freude machen«, sagte er, »aber das scheint mir nicht gelungen zu sein.« Sorgfältig achtete er darauf, dass ihm die Verzweiflung nicht bis zum Hals stieg. Zwischen dem, was vom Herzen kommt, und dem, was man aus dem Mund entlässt, liegt eine große Distanz. Als wäre das Herz in Katamon und der Mund im Pfennigbasar in der Jaffastrasse. Annas Haare waren spröde, voller Salz und ungewaschen. Er dachte, es ist ganz natürlich, Mitleid mit einem Kind zu haben, das sich aus Schönheit nichts macht und dessen Hals so dünn ist wie ein Bambusstiel. Aber diesen Luxus kannst du dir nicht erlauben. Wenn ein Vogelküken aus dem Nest fällt, ist es verloren, auch wenn seine Mutter Mitleid mit ihm hat. Es hat keine Chance, die Katze wird es schnappen und sich einen Festtag machen. Er nahm die Hand von ihren Haaren, ging in die Baracke, zog ein Hemd und Sandalen an und rief in die Küche: »Ich bin in einer Stunde wieder da.«

Er brachte ein funkelnagelneues Fahrrad an, noch originalverpackt. Er hatte die Plastikhülle noch nicht von Sitz, Lenker, Klingel und Pedalen entfernt. So war er den ganzen Weg vom Laden in der Ben-Jehuda-Straße bis zum Strand geradelt. Die Verpackung raschelte wie Tüten im Supermarkt. BMX. Ein neues Fahrrad. Grün. Ein Jahr Garantie. 379 Schekel im Sonderangebot, inklusive Zubehör: zwei Helme, Luftpumpe, Lampe, gepolsterter Rücksitz, Gürtel und Schloss.

Sie sah das Fahrrad und schob drei Finger in den Mund, zwei zitterten in der Luft. Ungekämmt, noch in ihrem Schlafshirt mit Kakaoflecken vom Frühstück, stand sie auf der Terrasse, dann schob sie auch die zweite Hand in den Mund und es dauerte eine ganze Weile, bis ein heiseres Juhu durch ihre Finger drang.

»Es gehört dir«, sagte er, lehnte das Fahrrad ans Geländer, stieg die Stufen hinauf zur Terrasse, zog seine Sandalen und sein Hemd aus, ging in die Küche und sah, wie Edisso mit einem leeren Eimer von den Müllcontainern zurückkam und neben der Treppe stehen blieb.

»Wem gehört das?«, fragte er. Sie hatte die Finger noch im Mund und ihre Lungen waren voller Luft. »Sag, gehört es euch?«

»Es gehört mir.«

Endlich sprang der Ring um Mikes Herz auf. Er hatte gefürchtet, sie würde sagen, keine Ahnung, geht mich ja auch nichts an, juckt mich nicht, aber sie hatte gesagt »Es gehört mir«.

Edisso gratulierte ihr zu dem neuen Fahrrad und stellte den Eimer auf die Treppe. Vorsichtig fuhr er mit einer Hand über die Verpackung des Lenkers, als wäre er aus Porzellan. Zwei Meter weiter stand sein eigenes Fahrrad. Wie ein alter Fiat neben einem neuen Mercedes.

Das Meer war dunkelgrün, die Wellen schossen zum Himmel hoch, als gäbe es noch eine Rechnung mit ihm zu begleichen. Mike machte sich einen starken Espresso, stellte den Hocker ans Fenster und setzte sich hin. Er wollte nicht sehen, wie sich das Meer aufplusterte. Auf der Welt gab es nichts, was sich nicht aufspielte, und Frust war das Schicksal dieses Planeten. Egal ob Mensch, Tier, die Erde selbst, das Meer – ein jedes musste manchmal ausbrechen und Randale machen. Seine Beinmuskeln taten weh von der Fahrt von der Ben-Jehuda-Straße zum Strand. Kaum zu glauben, dass er früher, bei den Wettfahrten zum Hadassa-Krankenhaus der Champion von Kiriat Jovel gewesen war. Zum Glück hatte er es sich nicht zweimal überlegt, als ihm die Idee kam, ein Fahrrad zu kaufen. Er war ganz einfach hingegangen und hatte das Fahrrad gekauft. Sie würde es eine oder zwei Stunden lang bestaunen, dann würde sie die Plastikhüllen erst berühren, dann zerreißen und sich in das Fahrrad verlieben, wie sie sich früher in die beiden Hamster verliebt hatte, die ihr Cheli als billigen Ersatz für einen Hund kaufte. »Igitt, die stinken«, sagte Naomi. Tom tobte um die Hamster herum und gab ihnen Futter und Spielzeug, genauso wie man es mit Asylbewerbern aus dem Sudan macht. Anna betrachtete die Hamster von der Seite und konnte sich nicht entscheiden, ob sie für oder gegen sie war. Sie schaute sie sich an, als handle es sich um eine Vorauswahl beim Militär, als müsste sie entscheiden, ob sie bleiben durften oder nicht. Anderthalb Tage machte sie ein unbeteiligtes Gesicht, dann sagte sie plötzlich: »Weg mit euch, heute fütter ich sie.« Und dann gab sie ihnen von dem Mais, der beim Mittagessen übrig geblieben war.

Er würde ihr nicht mit einem Wort sagen, probier es aus, versuch es doch mal. Er würde ihr all die Zeit geben, die sie brauchte. Einen Tag, eine Woche, einen Monat, egal wie lange.

Als er durch das Fenster sah, wurde ihm klar, dass sie nicht einmal eine Stunde brauchte. Mit Edissos Hilfe entfernte sie die Plastik-Hüllen, er auf einer Seite, sie auf der anderen. Kreuz und quer rissen sie Plastikstreifen ab. Die leuchtende grüne Farbe des Fahrrads kam zum Vorschein, grün wie der Phosphor von Uhren vor dem Hintergrund des grauen Meeres. Verpackungsteile flogen über den Sand. Edisso sammelte sie auf, während sie einen Schritt zurücktrat und atemlos das ausgepackte Fahrrad betrachtete. Nicht einmal der biblische Moses hatte so vor dem brennenden Dornbusch gestanden. »Edisso, schau dir das mal an!« In ihrer Stimme lag Freude und Erschrecken, aber Edisso hörte sie nicht, er jagte den Plastikschnipseln nach, kämpfte mit dem Wind und sammelte alle Reste der Reihe nach auf, Stück für Stück.

Dann sagte er: »Setz dich mal drauf, wir müssen schauen, ob die Sattelhöhe passt.« Die Plastikstücke stopfte er in den Eimer, den er auf der Treppe stehen gelassen hatte. Blass vor Erregung und lachend wie ein Junge, der bei seiner Bar Mitzwa in der Synagoge auf das Podest steigt, um aus der Thora zu lesen, legte Anna ihre zitternden Hände auf den Lenker und spreizte ihre dünnen Beine über die Pedale. Aber es gelang ihr nicht, sich auf den Sattel zu setzen.

»Ich stell ihn dir tiefer«, sagte Edisso. Sie beugte sich über den Lenker. Er stellte den Sattel etwas niedriger und den Lenker etwas höher und sie wartete geduldig, bis er alles gerichtet hatte, beugte sich, das Fahrrad zwischen den Beinen, vor und zurück, ohne es auch nur eine Sekunde lang loszulassen.

»Komm mit zum Betonboden neben den Umkleidekabinen«, sagte er. Sie nahm ihren Fuß vom Pedal und schob das Fahrrad durch den Sand. Ihre Hände schoben, und ihre Beine schlugen unkoordiniert aneinander. Die Haare flogen ihr über die Augen, aber sie hatte keine Hand frei, um sie wegzuwischen. Edisso griff nach der anderen Seite des Lenkers und nun schoben sie das Rad gemeinsam zu den Umkleidekabinen, wie Eltern, die ein Kind zum Arzt bringen.

Dieser Edisso ist ein Geschenk des Himmels, dachte Mike, sogar mehr als das. Er gehört zu den Menschen, bei denen du, wenn du ihnen in die Augen schaust und etwas Trauriges siehst, sofort bereust, dass du überhaupt geschaut hast. Er hat noch kein einziges Wort über sein Leben verloren. Aber Hand aufs Herz, Mike, dir ist es recht, dass er schweigt, du respektierst ihn, du wühlst nicht in seinem Leben herum, und genau genommen hast du auch keine Kraft für die Sorgen anderer. Dir reicht, was du selbst zu tragen hast. Er sah, dass Edisso langsam ging, seine Schritte Annas Schritten anpasste, und schämte sich. Er, Mike, hatte sich doch sein ganzes Leben mit den Sorgen anderer beschäftigt, war gegen seinen Willen zum Sozialarbeiter der Linie 18 geworden. Da gab es zum Beispiel einen älteren Passagier, der jeden Tag mit ihm fuhr, um seine Spritze gegen Diabetes zu bekommen. Dann hielt Mike den Bus genau vor dem Eingang zur Praxis an, machte den Motor aus und half dem Mann beim Aussteigen. Einmal stoppte er den Bus vor dem Büro der Sozialversicherung und stieg selbst aus, um für einen alten Mann die Unterlagen für seine Rente zu holen, und als der Alte sagte, das seien aber nicht die richtigen, er brauche die Unterlagen der Pflegeversicherung, ging Mike zurück und holte sie ihm. Dann gab es noch ein behindertes Mädchen, für das er jeden Mittag die vordersten Sitze freihielt, einen für sie und einen für ihren Schulranzen und ihre Krücken. Und Tag für Tag überreichte ihm jemand in der Borochovstraße einen Topf mit Essen. Drei Haltestellen lang roch es im Bus nach frischem Koriander, bis er den Topf einer alten Frau gegeben hatte, die an der Haltestelle von Stern auf ihn wartete. Wenn man beginnt, sich mit armen, bedauernswerten Menschen auseinanderzusetzen, ahnt man nicht, wohin das führt. »Bedauernswerte Menschen? Ach quatsch, und was bist du? Bist du nicht auch arm dran? Nein, ich bin nicht arm dran, ich bin ganz normal bescheuert«, erzählte Mike dem Rettich, dem Kopfsalat und den Kartoffeln. »Heute werde ich Edissos Gehalt erhöhen. Ausgerechnet heute, ein Tag, an dem wir nichts verdienen. Außer der Dichterin mit dem halben Hintern gibt es nicht die Spur eines Gastes.« Cheli sagte immer: »Dass du so emotional bist, ist dein Glück und dein Schaden.« Er sah, wie die Kinder auf der Betonfläche vor den Umkleidekabinen standen und wandte den Kopf ab. Er ging zum Hocker und setzte sich mit dem Rücken zum Fenster darauf, damit Anna sich nicht beobachtet fühlte. Für sie waren seine Augen wie Handschellen. Die Liebe war eine Hurentochter, sie konnte so leicht sein wie ein Schmetterling oder tonnenschwer. Er würde sie nicht beobachten, er würde sie von sich befreien, er würde ihr eine Chance geben. Er würde sich hinter die Kiste mit den Baguettes kauern. Wenn dieser Tag so weiteringe, würde er das ganze Brot wegwerfen müssen. Er überlegte, ob er Cheli anrufen, nach dem Jungen fragen und von dem Fahrrad erzählen sollte. Dann würde sie wissen wollen, wie viel es gekostet hatte und wie das Geschäft ginge, und er würde sagen, nicht schlecht, und dass man Edisso mehr bezahlen müsse. Aber sein Handy lag auf der Theke, und wenn er aufstand, würde er ihr die Chance, Fahrrad zu fahren, vielleicht kaputt machen. Anna würde sehen, dass er aufstand, und mit ihm würde die ganze Geschichte mit ihren Beinen aufstehen und sie würde verzweifeln. Er riss sich ein Stück Baguette ab und aß es trocken. Neben ihm, im Kühlschrank, waren noch Tchina und Auberginen, aber er hatte nicht einmal Lust, den Ellenbogen vom Knie zu nehmen und die Hand auszustrecken. Er hatte keinen Hunger, er kaute selbstvergessen, als hätte er Kaugummi oder eine Zigarette oder Sonnenblumenkerne im Mund. Der Mensch war wie ein Tier, wenn man ihm keine Angst vor Cholesterin einjagen würde, würde er mit dem Kopf über den Boden kriechen und alles in den Mund stopfen, was er fand. Und wie mit dem Essen war es mit allem. Die Menschen liefen durch das Einkaufszentrum Malcha wie Schafe, die man auf die Weide gelassen hat, alle mit Plastiktüten in der Hand. Ein Schaf schob sich ein Blatt in den Mund, ein anderes kaute an einem Strauch, einer Blume oder einem Kraut herum, je nachdem, was sie fanden. Die Menschen packten alles in ihre Tüten, was es im Sonderangebot gab, egal ob sie es brauchten oder nicht. Hauptsache, sie kauften. Sie schnupperten an den Schaufenstern, sahen, dass man zwei Stück zusätzlich bekam, wenn man zwei kaufte, und verließen den Laden mit vier Teilen. Er hatte zum Beispiel vier Jeans, mit denen er erst im Winter wieder etwas anfangen konnte, wenn er Bus fuhr. Außerdem hatte er sechs Paar Boxer-Shorts, von deren Gummibändern er ein Ekzem am Bauch bekam. Er brach noch ein Stück Baguette ab, kaute und erstickte fast daran. Sein Kopf wurde nach hinten gezogen, nach vorn gestoßen. Er erschrak. Große Hände bedeckten seine Augen, seine Nase und die Hälfte der Stirn.

»Hände hoch. Geld her!«

Er griff nach den großen Händen und zog sie weg. »Bist du auf den Kopf gefallen?«

Tehila lachte: »Nein, aufs Knie.« Sie trat vor, quetschte sich zwischen ihn und die Brotkiste, hob ihr Kleid an und zeigte ihm einen weißen elastischen Verband am Knie. Er konnte überhaupt nicht begreifen, dass sie mit ihren 90 Kilo die Treppe so leise hochgestiegen war, wie eine Ballerina, dass er nichts bemerkt hatte und dass die Holzdielen nicht gequietscht hatten. Und mit welchem Recht kam sie einfach in die Küche, als besäße sie Aktien des Familienbetriebs. Edisso und Karniel waren die einzigen Fremden, die freien Zutritt hatten. Er wollte schon sagen, he, für Kunden verboten, aber sie brachte ihr Gesicht ganz nah an seines und sagte: »Krieg ich keinen Kuss?« Sie öffnete die Lippen und näherte sich seinem Mund. Er roch den Pfirsichduft ihres Lippenstifts, und schon drückte sie ihre Lippen auf seine, und er merkte, dass seine Hände ihm nicht gehorchten, sie wanderten zu ihrem Hintern, schnell, sie hatten keine Zeit, die Hände, und dann hatte er schon eine Menge Kleiderstoff in den Händen, sie wanderten weiter … Doch dann sanken sie plötzlich kraftlos herunter, seine Lippen schlossen sich und sein Herz wurde klein und hart. Du bist doch ein Stück Dreck, dachte er, deine Tochter ist nur zwanzig Meter von dir entfernt, willst du ihr das wirklich antun? Er stieß Tehila von sich. »Es tut mir leid«, sagte er, wischte sich über die Stirn, lehnte sich gegen den Türrahmen und schob mit dem Fuß den Hocker zwischen sich und sie, sodass seine Hände keine Chance hatten, da hinzuwandern, wo sie eigentlich hinwollten.

»Was bist du so erschrocken? Ich bin doch nicht blöd. Ich habe die Lage gecheckt. Weit und breit ist kein Mensch zu sehen.«

Was sollte das heißen, weit und breit? Das Mädchen war doch bei den Umkleidekabinen. Er wandte den Kopf zum Fenster. Auf der Betonfläche war niemand. Auch der Strand daneben war leer. Er erschrak. Das hatte ihm gerade noch gefehlt. Wie blöd bist du eigentlich, Mike, dachte er. Du fummelst an einer Frau herum und in der Zwischenzeit wird deine Tochter überfallen, jemand stiehlt ihr das Rad, ihre armseligen Beine schlagen aneinander, sie stürzt auf die Straße und … Vielleicht hat sie irgendjemand mit dem Fahrrad entführt und Edisso verfolgt ihn jetzt. Wieso hebt diese dumme Gans jetzt ihr gesundes Bein auf den Stuhl? Mit einer harten Stimme sagte er: »Nimm dein Bein runter.« Er konnte es kaum glauben, dass diese Stimme aus seiner Kehle kam.

»Was ist los, bist du plötzlich Mitglied der Keuschheitsbrigade geworden?«

»Hör zu, Süße, ich habe jetzt keine Lust, dir darauf eine Antwort zu geben.« Er schob den Hocker zur Seite, und ihr Bein rutschte herunter, zwischen ihnen gab es keine Barriere mehr. Wo ein Vakuum entsteht, füllt es sich sofort, sagt man, und tatsächlich füllte sich dieses Vakuum mit süßen Sorgen, Sorgen einer Art, die ihm unter anderen Umständen durchaus willkommen gewesen wären. Aber jetzt war es ausgeschlossen, solange das Schicksal seiner Tochter nicht entschieden war, solange er kein Lebenszeichen von ihr hatte. Mit wem konnte er über ihre Rückgabe verhandeln? Was konnte er dem Entführer anbieten? Er selbst hatte niemanden entführt, in seinem Schuppen gab es keine Geisel. Nur Ölflaschen, Oliven und Mayonnaise. Sein Bankguthaben war längst im Minus. Vielleicht waren sie mit dem Fahrrad zu nah ans Wasser gegangen, ausgerechnet heute, wo das Meer verrücktspielte. Es hatte sie vielleicht mitgerissen und würde sie erst in einigen Stunden wieder hergeben, aufgedunsen, tot, am Strand von Zypern oder Netanya … Er schwitzte und wehrte sich nicht gegen ihre Finger, die über seine Wirbelsäule glitten, von Wirbel zu Wirbel, sie fingen oben an und wanderten tiefer, immer tiefer. Diese Frau kannte keinen Gott. Um die Wahrheit zu sagen, auch er kannte keinen, aber er hatte Angst, oh ja, große Angst …

»Ruhig, Süßer, ganz ruhig.« An seinem Schweiß und seinem Zittern spürte sie, wie ihn die Angst in die eine Richtung trieb und die Lust in die andere …

»Ich kann nicht«, sagte er. Er hörte, wie die Luft zischend aus ihm strömte und fühlte sich wie ein kaputter Reifen, leer und platt.

»Dann eben nicht«, sagte sie und zog ihre Hände zurück. »Du brauchst einen Schluck Kognak, dir ist etwas über die Leber gelaufen.«

Da stand er schon auf der Terrasse, seine Blicke wanderten zum Meer, zum Strand, zu den Umkleidekabinen und Müllcontainern. Ihm fiel auf, dass auch Karniel verschwunden war, und weit und breit war keiner zu sehen, den er fragen konnte.

»Meine Tochter … ich weiß nicht, wo sie ist«, sagte er. Er formte seine Hände zu einem Trichter und schrie: »Edisso, Edisso, Anna.« Das Meer lachte ihn aus. Millionen Kubikmeter Wasser wirbelten in die Höhe, überfielen tosend den Strand. Dagegen war seine Stimme so leise wie der Schrei einer Ameise. Hinter sich hörte er das Klirren von Flaschen und Gläsern, ein Korken wurde mit einem Plopp gezogen. Die Dame hatte sich in seiner Imbissbude breitgemacht, als gehörte das Lokal ihrem Vater. Aber eins nach dem anderen, erst musste er sich um seine verloren gegangene Tochter kümmern. Er wollte loslaufen, ohne zu wissen, wohin. Was war los mit Edisso, mit seinem Verantwortungsgefühl? Ließ einen Eimer mit zerfetzten Plastikstücken stehen und verschwand. Es war ihm egal, ob Gäste da waren oder nicht, er bezahlte ihn für seine Arbeit, für nichts anderes. Und warum hatte er es eigentlich so eilig, dieses verdammte Fahrrad zu kaufen? Hinter ihm klingelte das Telefon.

»Soll ich drangehen?«, fragte sie.

»Wag's bloß nicht.« Er machte einen Satz, schnappte sein Handy von der Theke und sah die Nummer seiner Wohnung auf dem Display. Was sollte er Cheli sagen? Dass er keine Ahnung hatte, wo Anna war? Dass diese Frau hinter der Theke Chelis Rolle einnehmen wollte? Dass er auf einen Schlag 379 Schekel ausgegeben hatte, einfach so, als würde er nur einen Kaugummi kaufen?

»Hi Süße, nein, alles in Ordnung, wieso, was ist mit meiner Stimme? Wie es geht, so lala, das Wetter ist beschissen … Anna? Sie ist in Ordnung … Hör zu Cheli, ich habe ihr heute ein Fahrrad gekauft … Moment mal, wieso machst du dir Sorgen? Ohne mich steigt sie nicht aufs Rad … Hör zu, Süße, du hast recht, das war in einem Moment von Umnachtung, wir hätten darüber reden sollen … 379, im Sonderangebot, mit zwei Helmen, zahlbar in drei Raten. Mit allem Zubehör und Garantie für ein Jahr … Grün. So ein leuchtendes Grün … Was gibt es bei dir Neues? Wie geht es Tom? Was? Schon nächste Woche? Das war's? Sie können nichts mehr für ihn tun? Wer? Meine Mutter? Ein Traum? Was will sie denn von uns? Soll sie doch wollen, was sie will. Du lieber Himmel, was für eine Welle, ein Tsunami … Süße, hier wartet ein Gast auf einen Espresso, wir sprechen uns später, ja? Edisso? Nein, er kann nicht, er bringt gerade den Müll weg … ja, dann bis später …« Er machte das Handy aus und schämte sich, weil er so feige war, der Vater aller Lügner.

»Hier, nimm, das wird dir guttun.« Sie gab ihm ein Glas aus der Brandyflasche, die sie, ohne um Erlaubnis zu fragen, aus dem Fach mit den harten Getränken heruntergeholt hatte.

»Wer hat dir das erlaubt?« Er trank das Glas in einem Zug leer. »Ich gehe sie suchen. Du bleibst hier und passt auf das Lokal auf. Wenn Gäste kommen, sagst du, der Wirt ist nicht da, okay? Du gibst niemandem etwas.«

»Nur ein freundliches Lächeln, darin bin ich gut.«

Idiot, sollte der Kater auf die Sahne aufpassen? Aber hatte er eine Wahl? Bis er zugemacht hätte, die Jalousien runtergelassen und die Tür abgeschlossen, könnte der Entführer mit Anna schon in Honolulu sein. Barfuß, schwitzend, mit nacktem Oberkörper, nahm er sein Handy und ging hinauf zur Straße, dort hatte er den besten Blick über den Strand.

Vom Brandy waren seine Beine schwer und sein Kopf leicht. So ist der Mensch. Er besteht aus verschiedenen Teilen. Das Ding zwischen den Beinen will etwas, der Kopf will etwas, sein Rücken ist heiß, seine Hände sind kalt, die Kehle ist trocken, der Hals ist nass, das Herz weint, der Mund lacht. Nur wenn er mit Cheli zusammen war, waren all seine Körperteile im Einklang. Nur dann war er als Ganzes glücklich, ohne dieses Gerede, Körper und Seele, emotional, rational, hormonal und was es sonst noch für -ale gab … Der Brandy war ihm in den Kopf gestiegen, er sehnte sich nach Chelis Händen, um wieder diesen Einklang zu spüren. Seit Toms Unfall war alles auseinandergefallen, Herz, Kopf und Mund waren getrennt worden. Aber sie hatten noch ein ganzes Leben vor sich, na ja, kein ganzes, aber ungefähr die Hälfte, es blieb ihnen genug Zeit, alles wieder in Ordnung zu bringen. Heute hatten sie Cheli gesagt, dass Tom in der ambulanten Klinik alles bekommen habe, was machbar war, den Rest müsse das

Leben reparieren. Das hieß, dass Cheli in wenigen Tagen die Wohnung in Kiriat Jovel abschließen und mit Tom zum Strand zurückkommen würde. Alles würde sein wie früher. Vorausgesetzt, dass Anna nicht von irgendeinem Verrückten als Geisel festgehalten wurde, dass sie nicht gestürzt war und sich verletzt hatte und …

Die Angst drückte ihm das Wasser aus dem Körper, er war schon so nass wie ein junger Hund, der gerade das Licht der Welt erblickt hat. Wenn er die Polizei anriefe, würden sie ihn auslachen. »Also bitte, seit einer halben Stunde verschwunden, haben Sie gesagt? Ein Mädchen von dreizehn Jahren? Wollen Sie uns auf den Arm nehmen? Mein Herr, vor achtundvierzig Stunden brauchen Sie uns nicht anzurufen.« Aber die Polizei hatte ein großes Plus, sie konnte Leichen aufspüren. Er schlug sich mit der Faust an die Stirn. Was war er für ein Idiot. Der Steg! Wieso hatte er nicht vorher daran gedacht? Er würde den schmalen Durchgang zwischen den Parkhäusern und den Müllcontainern der Fischrestaurants nehmen, die den Blick aufs Meer verstellen. Er würde einen Umweg machen und vom Norden zum Steg gehen. Sie würden ihn nicht sehen, wenn er käme, erst wenn er auf dem Beton stand. Er war barfuß, aber zum Glück war der Asphalt nicht so heiß wie sonst im August. An einem normalen Augusttag würde nicht einmal ein indischer Fakir mit nackten Füßen losziehen, um ein Kind zu suchen. Was weiß der Mensch schon? Am Morgen hatte er die Wolken verflucht, weil sie ihm seinen Verdienst verdarben. Am Mittag segnete er sie, weil sie ihm halfen, seine Tochter zu suchen.

Er rannte wie ein Hund, den jemand mit Steinen vertrieben hat. Die Menschen machten ihm Platz, gingen zur Seite, kamen gar nicht auf die Idee, dass er ein Dieb oder ein entflohener Gefangener sein könnte. Man sah ihm an, dass er seine Tochter liebte. Auch Gott sagte, bitte, geh weiter. Als er an Gott dachte, erinnerte sich Mike an das, was Cheli von seiner Mutter erzählt hatte. »Ihr solltet ein einziges Mal die Schabbatruhe halten, vom Anfang bis zum Ende, mit Kerzen und Kidusch und ohne Fernseher«, hatte Ahuva gesagt. »Ich habe geträumt, dass Gott euer Los dann zum Guten wenden wird. Ein Traum, wie man ihn nur einmal im Leben träumt.« Und nach dem Traum habe sie ein heftiger Wind angeweht, obwohl die Fenster geschlossen waren. Er hatte gereizt reagiert. Unser Schicksal ist in Ordnung. Wir haben niemanden gebeten, es zu wenden. Wir kommen zurecht. Er dachte, wenn sie das will, soll sie doch mit Gott einen Deal machen. Wir brauchen keine Gefälligkeiten. Seine Mutter sollte sie in Ruhe lassen. Er hatte jetzt nur seine Tochter im Kopf und hoffte, sie gesund und unversehrt zu finden … Er keuchte, als hätten seine Lungen keine Kraft mehr. Er hatte schon die Höhe hinter dem Steg erreicht und lief jetzt Richtung Süden, vorbei an den Fischrestaurants. Auch hier waren die Stühle leer, die Gäste ausgeblieben. Pech für die Fische, die in den Kühlschränken lagen, sie hätten einen Tag länger leben können. Sie hätten noch einmal laichen können, mit einem Fischweibchen zusammen sein, tauchen. Ein Glas Brandy und so viel Blödsinn im Kopf. Vielleicht hatte ihm die Frau etwas ins Glas getan, vielleicht mischte sie jetzt etwas in alle Getränke seiner Bar. Aber eins nach dem anderen. Zuerst das Mädchen. Er näherte sich dem Steg, und wie die Hörner eines Steinbocks tauchten plötzlich die grünen Handgriffe des Lenkers vor ihm auf. Er blieb stehen und klammerte sich an die Säule eines der Restaurants.

Der Besitzer kam raus und fragte: »Was soll das werden? Wirtschaftsspionage oder was? Du bist doch der von der Imbissbude, nicht wahr?«

»Keine Spionage, ein Asthmaanfall.« Er keuchte laut und schloss die Hände um die Säule. Das neue Fahrrad lehnte verwaist am Geländer, von dem sein Sohn gestürzt war. Von Anna und Edisso war keine Spur zu sehen.

»Ein bisschen Wasser würde mir helfen.«

»Kein Problem.« Der Mann drehte sich um und kam gleich darauf mit einem Glas und einer Wasserkaraffe zurück. »Hier, trink, mein Freund, das ist das Wetter, es ruiniert alles, die Gesundheit und das Geschäft. So ist es in unserem Gewerbe, an einem Tag läuft es gut, am nächsten schlecht. Aber Gott ist groß, wer heute nicht kommt, kommt morgen und bringt seine Tante und seine Mutter mit, und die haben Appetit für zwei.«

Er ging Richtung Süden, hinunter zum Steg, und hörte, wie sein Bauch rumorte. Er wusste nicht, ob das vom Wasser kam, das er getrunken hatte, oder ob es die Angst war. Der Mensch geht und hört, wie sein Schatten hinter ihm hustet, dachte er. Nur wer einmal richtig Angst gehabt hat, erkennt ihre Stimme. Die Frau, die jetzt auf die Imbissbude aufpasste, hatte davon keine Ahnung. Sie lebte ein leichtes Leben, wie eine Wanderdüne. Keine Spur von Schatten oder Angst, kein Rumoren, nur das Klirren ihrer Armreifen und Perlen ihres Lachens. Gut, dass er ein Fahrrad in einem grellen Grün gewählt hatte, das leuchtete wie die Sicherheitsjacken von Polizisten. Man sah sie schon von weitem und konnte sich vorbereiten. An dem Tag, als sein Sohn stürzte, gab es keine Farbe, die ihn gewarnt hätte, er war wie ein Verrückter zum Steg gelaufen und hatte plötzlich der Wahrheit ins Auge geblickt, er hatte Tom am Boden gesehen, seinen kleinen Kopf auf den Steinen, und darüber die strahlende Sonne. Wenn Cheli jetzt bei ihm wäre, hätten sie sich an den Händen gehalten und ihre Finger so fest gedrückt, dass man nicht gewusst hätte, ob ihre oder seine Gelenke knackten. Er machte noch ein paar Schritte und betrachtete das Fahrrad von oben bis unten, den Steinboden, zwei Möwen, die neben dem Fahrrad hockten. Anna und Edisso waren verschwunden.

Die Möwen bewegten sich so langsam, als hätte man ihnen hundert Jahre Meer versprochen, zum Essen, Trinken, Baden, Darüberfliegen, Tauchen und Fischen und Wiederaufsteigen. Eine Möwe hüpfte vom Geländer auf den Fahrradlenker und von dort auf den Sattel. Was verstand ein Vogel? Wenn diese Vögel wüssten, was für einen Vertrauensvorschuss er diesem Fahrrad gegeben hatte, welche Hoffnungen er darauf gesetzt hatte, was es seiner Tochter bringen würde. Es sollte ihr Stolz, Sicherheit, Gleichgewicht, Abstand, Schwung und Schnelligkeit schenken. Ein Vogel hat das alles umsonst. Sonst könnte er nicht fliegen.

Von hier aus konnte Mike den ganzen Steg überblicken. Nur das Geländer im Norden und der tote Winkel darunter blieben übrig, er konnte nicht wissen, was er dort finden würde. Als Busfahrer wusste er, wie gefährlich ein toter Winkel war, oder die nicht einsehbare Vertiefung zwischen zwei Steigungen auf der Straße, diese Strecke zwischen zwei Anhöhen. Solange der Bus die erste Anhöhe nicht erreicht hat, weißt du nicht, was dich erwartet. Du siehst die Monster nicht, die unten fahren, Betonmischer, Panzertransporte, Benzintanker, und auch nicht die Zwerge, Pkws, Motorräder, Fahrräder und Menschen.

Jetzt stand er als Fußgänger vor einem toten Winkel und hatte keine Ahnung, welche Katastrophe ihn dort vielleicht erwartete.

Aber der tote Winkel war leer. Es gab da nichts außer einem Fahrrad, zwei Möwen und dem Steinboden, der Toms Schädel zertrümmert hatte.

Er ging noch einen Schritt weiter, da sah er sie plötzlich. Sie hockten unter ihm auf einem alten Baumstumpf, wie zwei Vögel auf der Stromleitung. Sie schwiegen, wie man nach einem langen Zwiegespräch schweigt. Er kannte seine Tochter, wusste, wie sie aussah, wenn sie sich etwas von der Seele gesprochen hatte. Sie war grau wie jemand, der jeden Schrecken und jede Begeisterung verloren hatte. Nicht blass vor Angst und nicht rot vor Freude. Hätten sie den Kopf gehoben, hätten sie ihn sehen können, aber Edisso schaute über das Meer und Anna auf den Sand. Er beneidete die Möwen, die um sie herumhüpften und von dem, was die beiden besprochen hatten, mehr wussten als er. Anna saß sehr dicht neben Edisso, so, wie sie neben einem großen Bruder sitzen würde, wenn sie einen hätte. Es war offenbar Edissos Bestimmung, großer Bruder zu sein, er war ein erfahrener Zuhörer. Sein Kopf war ihr zugeneigt, seine Ohren offen für ihre Worte. Heute würde er ihm den Lohn erhöhen. Er zog sich zurück, bevor sie ihn sahen. Er befand sich wieder in der Nähe der Fischrestaurants und nahm den Umweg zwischen den Parkhäusern und den Müllcontainern hindurch zurück zur Imbissbude. Er fühlte sich wie nach einer militärischen Übung als Sanitäter. Eine Sanitätsübung? Schön wär's. Die militärische Ausbildung ist eine Erholung, dachte er, du hast keine Verantwortung, und außer deinem Gewehr und den Blasen an deinen Füßen brauchst du an nichts zu denken. Du gehst einfach hinter dem Kommandanten her. Wohin? Wie viele? Wozu? Das interessiert dich nicht, ebenso wenig wie dich die mikroskopisch kleinen Samen interessieren, die in deinen Hoden herumschwimmen und später zu Kindern werden. Wenn du älter wirst, weißt du, dass jede militärische Übung als Sanitäter ein Kinderspiel ist, verglichen mit dem Kampf, den du um jeden Atemzug führen musst, um jeden Schritt, um jeden Bissen Brot, um jeden Anflug eines Lächelns deiner Kinder.

Die Frau stand an der Theke, mit aufgestützten Händen, als hätte sie das Lokal von ihrem Vater geerbt. Vor ihr stand ein großes Glas Bier, ein Drittel hatte sie schon getrunken. Wer etwas bestellte, bekam ihre Vorderseite gratis, ein Knopf war aufgesprungen und sie beließ es dabei. Das Meer warf Wellen auf den Strand, sie zerbrachen im Sand und zogen sich zurück wie Soldaten nach einem fehlgeschlagenen Angriff. Der Himmel war grau-grün, als wäre er krank, und der Wind schlug auf der Suche nach einem Opfer gegen das Schild der Imbissbude, drehte Liegestühle um, wehte Sand von einer Stelle zur anderen.

Sie nahm einen tiefen Schluck aus ihrem Glas und sagte: »Was soll ich dir machen, Espresso oder Filter?«

»Geh zur Seite, ich mache mir selbst was.«

»Und, hast du das verlorene Schaf gefunden?« Sie stand noch immer da, als hätte sie nicht gehört, was er gesagt hatte. Ihre Hände lagen offen auf der Theke und beanspruchten viel Platz. Auf ihren Lippen lag ein leichtes Lächeln.

»Sie ist kein verlorenes Schaf, sie ist meine Tochter.« Er regte sich auf und konnte sich selbst nicht leiden. Er war aufgebracht und wusste nicht, an wem er seine Gereiztheit auslassen konnte. Er nahm eine Dose Cola und setzte sich an den äußersten Tisch, weit weg von der Theke, weit weg von ihrem Geruch und ihrem Atem und allem, was er bei einer anderen Gelegenheit gern bei sich gehabt hätte. Er saß mit dem Rücken zu ihr, das Gesicht dem Meer zugewandt.

»Was macht dein Knie?« Die Frage war noch nicht ganz ausgesprochen, da bedauerte er schon, sie gestellt zu haben.

»Ich kann dir nur raten, deine Frau gut zu behandeln. Sie

hat starke Knochen. Die Schlagstöcke der Polizei sind aus Seide im Vergleich zu ihren Knochen.«

»Ja«, sagte er, »Cheli ist eine starke Frau.« Er erschrak, schon wieder hatte er etwas Falsches gesagt. Sie könnte noch denken, er habe Angst vor Cheli und könnte es als Geständnis werten, dass Cheli es mit Absicht getan hatte, oder dass er sich mit ihr gegen Cheli verbünden wollte …

»Hör zu, du lässt meine Frau aus dem Spiel, verstanden?«

»Verstanden. Solange sie mein Knie aus dem Spiel lässt.«

»Hat dir jemand erlaubt, im Durchgang zu sitzen? Entschuldige, das hast du dir selbst zuzuschreiben. Unter uns gesagt, du hast es nicht anders verdient.« Er trank seine Dose leer.

»Ich habe es nicht anders verdient? Ich bin eine ungebundene Frau, wie du weißt, mein Bester. Wenn hier jemand eine Lektion verdient hat, dann du.«

»Wenn es dir nichts ausmacht, möchte ich jetzt meine Ruhe haben, ich hab jetzt keine Lust auf Diskussionen.« Was für eine Dummheit, sie darum zu bitten, auf das Lokal aufzupassen. Wenn du jemanden um einen Gefallen bittest, wirst du zu seinem Opfer, dachte er. Nächste Woche würden Tom und Cheli zurückkommen, einerseits freute er sich, andererseits nicht. Ein neuer Junge würde vor ihm stehen und er würde nicht aufhören, den alten in ihm zu suchen. Cheli würde mit ihm schlafen und mit ihm aufstehen und alles würde leichter sein, aber auch schwerer. Endlich würde die Familie Chajat wieder zusammen sein. Nein, ganz stimmte das nicht, Naomi würde bis zum Ende des Sommers in der Siedlung bleiben. Die Gefahren, die am Strand auf sie lauerten, waren noch nicht verschwunden. Er dachte viel zu selten an sie. Wenn sie einen schiefen Hals hätte, wenn sie stottern oder hinken würde, würde sie nicht immer zurückstehen müssen. Wenn es ihm nicht peinlich wäre, würde er einen Zettel an den Kühlschrank heften: An Naomi denken. Er würde noch ein bisschen warten, bis er nicht mehr so verschwitzt war, dann würde er sie in der Siedlung anrufen. Wie schön wäre es, wenn sie jetzt hier wäre und sie sich über Nicole Kidman unterhalten könnten, über »Ein Star wird geboren«, oder über sonst was. Mit Naomi kamen die Worte leicht, sie verletzten nicht, sie flogen heraus wie Tauben, wenn man den Schlag öffnet.

Von der Theke herüber kam die Stimme der Dicken: »Kann ich etwas sagen, oder habe ich Redeverbot?«

»Redeverbot.« Er nahm das Telefon und wählte die Nummer der Siedlung. Sie schenkte sich etwas ein, er hörte es, drehte sich aber nicht um, um zu sehen, was es war.

Saras »Hallo« kam ihm wie ein kaltes, beruhigendes Milchmixgetränk vor.

»Hallo, Schwägerin, wie steht's?«

»Gott sei jeden Tag gesegnet. Und wie geht's bei euch?«

»Dass Gott gesegnet ist, weiß ich. Ich habe gefragt, wie es dir geht.«

»Das Leben ist gut«, sagte sie, und er wusste, dass sie lächelte wie über ein Kind, dem ein unpassendes Wort herausgerutscht ist. Das Leben ist gut, was war das für eine Antwort? Worte aus Styropor, sie wiegen nichts und sind nichts wert, nur darauf gerichtet, nichts zu zerbrechen. Wovor hat diese Sara Angst? Sie stopft ihr Leben in eine Eierschachtel und schützt es von allen Seiten mit Styroporworten.

»Was ist mir dir, wächst du weiter?«

»Wenn du meine Schwangerschaft meinst, sie verläuft gut. Aber reden wir nicht von mir. Ich freue mich sehr über die gute Nachricht, die ihr bekommen habt.«

»Wir? Ich habe in der letzten Zeit keine guten Nachrichten bekommen.«

»Wieso? Ist das etwa keine gute Nachricht, dass Tom die

Behandlung hinter sich hat und Cheli und er zum Meer zurückkommen?«

»Ach, das. Sara, ich sterbe vor Angst, ich habe keine Ahnung, was für ein Kind ich zurückbekomme …« Er spürte, wie ihm ein Weinen in der Kehle aufstieg, ein Weinen, das er nicht wollte. Diese Sara war genauso gerissen wie ihre Schwester, sie brachte ihn sogar aus der Ferne zum Weinen. Aber sie hatte auch Respekt vor dem Weinen, nahm sich zurück und jammerte ihm nicht den Kopf voll mit Dingen, die er schon wusste. Keiner musste ihn daran erinnern, dass man anfangs nicht wusste, ob Tom leben würde oder nicht. Dann wusste man nicht, ob er aufwachen würde, sein Gedächtnis zurückbekommen, ob er sprechen können würde … Sie verstand, dass die Angst sich nicht dafür interessiert, was du weißt und was nicht. Die Angst führt ein Eigenleben. Wie war die Dicke plötzlich zur Krankenschwester geworden? Sie stellte ihm noch ein Glas Brandy hin, und er konnte nicht einmal wütend werden, weil er Sara am Ohr hatte. Sie stellte ihm nicht nur Brandy hin, sie legte auch ihre Hand an seinen Nacken. Er schüttelte sich wie ein Pferd, das man mit einem Lasso einzufangen versuchte, und sie kämpfte gegen ein Lachen an. Er musste Schluss machen, solche Spiele waren nichts mehr für ihn. Nicht dass er zu alt geworden wäre, er hatte sich überhaupt nicht verändert, aber sein Leben hatte sich verändert.

»Hier ist ein Mädchen, das gern mit dir sprechen würde«, sagte Sara nach einer ganzen Weile, in der er genug Zeit gehabt hatte, die Tränen zurückzudrängen und eine Coladose auf eine Art einzudrücken, dass sie die Figur einer Frau bekam.

»Hallo, Papa«, sagte Naomi. Ihre Stimme klang gesund und lebendig. »Nächste Woche besuche ich euch, zu Ehren von Mama und Tom. Was meinst du, sollen wir vielleicht eine Überraschungsparty für Tom machen und Sara und ihre Familie dazu einladen? Papa, heute Morgen sind hier ein paar Regentropfen gefallen. Ich hoffe, das macht uns keinen Strich durch die Rechnung, wir haben nämlich für heute Abend ein Lagerfeuer geplant. Was meinst du zu der Überraschungsparty? Gut, sag mir Bescheid, damit ich ein paar Sachen vorbereiten kann. Weißt du, Papa, ich gehöre hier schon ganz dazu, ich bin in das Komitee zur Dekoration des Clubhauses gewählt worden … Die Mädchen waren dagegen, aber die Jungen waren auf meiner Seite, besonders einer, der ganz verrückt nach mir ist … Wie geht es Anna? Übrigens, ich habe mich bei einer Volkstanzgruppe angemeldet …«

Er hörte ihr zu und das Herz tat ihm weh. So hatte auch er geplappert, damals, als er mit dem Fahrrad den Hang hinuntergerast war und das Leben noch so glatt wie eine Startbahn vor ihm gelegen hatte und bis zum Ende der Welt keine Mauer zu sehen war, die ihm den Weg versperrt hätte. Er würde kein Wort über das neue Fahrrad sagen, sie wusste zwar, dass Anna Probleme hatte, aber sie könnte trotzdem neidisch werden. Blödsinn, er konnte es ihr doch nicht verheimlichen. Bis zu diesem Sommer hatten sie immer alles ausgesprochen, da hatten sie keine Geheimnisse voreinander, erst seit Toms Unfall redeten sie um den heißen Brei, hatten Angst vor der Wahrheit, Angst, andere einzubeziehen. Als wäre die Wahrheit ein grausames Virus. Und anstatt über das Wesentliche zu sprechen, sprachen sie über Brötchen, Katzen, Kasamraketen und Verkehrsunfälle.

»Hör zu, Süße, wir haben ein neues Fahrrad gekauft.« Wir? Feigling. Er zog Cheli in die Sache hinein, als wären sie Hand in Hand zu jenem Laden gegangen und hätten das Fahrrad gemeinsam ausgesucht. »Es kann Anna mit ihren Beinen helfen, aber es gehört eigentlich der ganzen Familie …«

»Super! Welche Farbe? Hier fahren alle mit dem Fahrrad, sogar zum Lebensmittelladen, der nur ein paar Schritte entfernt ist … Papa, ich werde gerufen, ich muss …« Er hörte, wie ihre Sandalen über den Boden klapperten und sich entfernten, dann war Sara wieder am Telefon.

Sie sagte: »Deine Tochter weiß, wie man es anstellt, glücklich zu sein.«

»Was gibt es da zu wissen«, antwortete er, »entweder ist man glücklich oder nicht.« Er war sich nicht sicher, ob das, was er gesagt hatte, stimmte, und beschloss, später darüber nachzudenken. Wenn du jung, gesund und schön bist, musst du jedenfalls nicht an der Fakultät für Glück studieren, um glücklich zu sein, dachte er.

»Und du, Schwägerin, bist du glücklich?«

»Ich danke Gott für das, was ich habe.«

»Ich danke dir aus der Tiefe meines Herzens für diese erschöpfende Antwort. Ihr macht mich verrückt. Wie seid ihr bloß alle zu Gottes Robotern geworden, mit Gottes Hilfe, wenn Gott will, und alles Schlechte hat auch sein Gutes, oder jedes Hindernis hat etwas Positives, all diese zweihunderttausend Sprüche. Ich bin Mike Chajat, ein einfacher Mensch, und ich frage dich, Sara, meine liebe Schwägerin, ist dir die Welt nicht manchmal zu eng? Willst du nicht manchmal einfach schreien? Auf irgendjemanden einprügeln? Alles abwerfen und wieder so sein, wie du warst, bevor du Nachschon kennengelernt hast? Dich bis zur Besinnungslosigkeit verlieben? Mal mit einem anderen Mann schlafen? Du musst es mir nicht sagen, Süße, gib dir selbst die Antwort.«

Sein Ohr wurde ganz heiß, die Frau auf der Coladose war jetzt so zerquetscht, als wäre ein Laster über sie gefahren.

Er fühlte sich ausgelaugt, aber zufrieden. Endlich hatte er es ihr gesagt. Jetzt wusste sie, dass er ihr diese ganzen Beschwörungsformeln nicht abnahm. Wenn sie nicht in der Lage war, sich zu öffnen, dann eben nicht.

»Angenommen, du hast recht. Was erwartest du dann von mir?«

»Dass du es zugibst und nicht dauernd das klebrige Gott-sei-Dank über alles schmierst. Gib endlich zu, dass du eine normale Frau bist, aus Fleisch und Blut, und hör auf, dauernd den Engel zu spielen.«

»Mike, ich bin weit davon entfernt, ein Engel zu sein.«

Diese Worte sagte sie sehr langsam und leise, und er erschrak, dachte, sie würde weitersprechen, aber sie schwieg. Diesmal war er zu weit gegangen. Sie war schwanger, er durfte sie nicht erschüttern. Was wollte er überhaupt von ihr? Jeder Mensch brauchte einen geschützten Raum, eine sichere Ecke, einen Bunker oder die Schürze seiner Mutter. Saras Refugium war der segensreiche Gott, der sie vor sich selbst schützte. Er kannte sie, die größte Gefahr drohte ihr von ihr selbst. Aber sie musste sich keine Sorgen machen, sie hatte einen kräftigen Mann, sieben Kinder, ganz Erez-Israel und ein achtes Kind im Bauch. Das war ein Atombunker. Diese Frau war in jeder Hinsicht sicher. Was er gesagt hatte, war vielleicht der Knall eines Überschallflugzeugs, der sie erschreckt hatte, aber nichts kaputt gemacht. Hätte er sie berührt, wäre es etwas anderes. Tatsächlich hatte er manchmal Lust, sie zu umarmen, wie zwei Menschen sich umarmen. Er hätte sogar nichts dagegen, sie auch einmal zu umarmen, wie ein Mann eine Frau umarmt. Vielleicht würde das irgendwann auch einmal passieren, im Leben war alles möglich. Wenn er seine Probleme hinter sich hatte und sie ihre Schwangerschaft. Die Probleme hinter sich haben? Wie es aussah, würden die Probleme in absehbarer

Zeit ihren Platz nicht räumen. Er hatte einfach nur ein großes Maul.

Von der Theke herüber drang plötzlich eine Frage: »Eine Fromme in der Verwandtschaft zu haben, das ist ganz schön lästig, oder?«

»Das geht dich nichts an«, sagte er wütend. Diese Frau erlaubte sich eindeutig zu viel. Belauscht Privatgespräche und besaß dann auch noch die Chuzpe, sich einzumischen. »Hör zu, ich wäre dir dankbar, wenn du mich jetzt allein lassen würdest.«

»Kein Problem. Obwohl ich sicher bin, dass du mir noch dankbarer sein würdest, wenn ich bliebe.« Sie nahm das Glas von der Theke und stellte es ins Spülbecken, machte sich aber nicht die Mühe, es zu spülen. Sie schüttelte ihre Locken, verteilte sie über ihren fast nackten Schultern, zog das Kleid hoch, zeigte ihr Knie und sagte: »Die Kosten für den Brandy, den ich bei dir getrunken habe, decken noch nicht mal die Kosten für die elastische Binde. Mir stehen noch zwei Brandys zu, und ich werde nicht darauf verzichten. Du kannst deine Schulden abbezahlen, wie du willst.« Sie schob ihre Lippen übereinander, um sie zu befeuchten, und ging die Stufen hinunter. Er sah ihre Ballerinaschritte und dachte, bei aller Achtung, Cheli hat keine gründliche Arbeit geleistet. Wer dem Knie dieser Frau einen ernsthaften Schaden zufügen will, sollte vorher Kalzium schlucken, um die eigenen Knochen zu stärken. Das Meer sah inzwischen eher grün als grau aus. Gut, dass er keine Dächer, Sonnenboiler, Antennen, Wäscheleinen und das ganze Zeug vor Augen hatte. Er dachte, manchmal braucht der Mensch eine leere und saubere Welt. So wie kurz nach der Schöpfung, bevor es Bäume und Blumen gab und die Sträucher sich über die Erde ausbreiteten. Die Minimalausstattung der Welt, Sand, Wasser, Himmel und so wenig

Menschen wie möglich. Wenn er früher an die Zukunft dachte, blickte er immer in die Ferne und die Welt war ihm nicht weit genug. Heute war seine Zukunft in dieses schmale Stück Strand geschrieben, Fußspuren von Anna und Tom. Er breitete die Arme aus, dehnte die Brust und atmete tief ein. Er freute sich, dass keine Gäste da waren, dass diese Frau weg war, wenn auch nicht für immer, denn er schuldete ihr noch zwei Gläser Brandy. Er war froh, dass Anna nicht entführt worden war und dass sie einen großen Bruder hatte. Doch als er daran dachte, dass Cheli und Tom zurückkommen würden, ließ er die Arme sinken. Wir werden sehen, sagte er sich und ging in die Baracke, um eine frische Hose anzuziehen, das Gesicht zu waschen und sich zu kämmen. Drei der fünf Matratzen waren nicht bezogen und leer. Sein Kissen war noch zerdrückt und eingedellt von der Nacht. Annas Kissen lag quer über dem Bett. Er wollte es geraderücken, da entdeckte er darunter den zusammengefalteten, kleinen, schwarzen BH. Es würde wohl noch lange dauern, bis seine Tochter etwas hätte, wofür sie diesen BH brauchen konnte. Er spürte einen leichten Stich im Herzen, als er daran dachte, dass er diesem Mädchen viel Zeit schuldete, Zeit, die er für Nichtigkeiten vergeudet hatte. Er hätte jede freie Minute ausnützen sollen, um mit ihr zu üben, bevor er sich jetzt zwischen ihr und ihrem Bruder aufteilen musste. Stattdessen hatte er geredet und geredet und sich Gedanken gemacht, die nichts auf der Welt veränderten. Statt sich zu freuen, dass Cheli und Tom zurückkamen, hatte er Angst. Wie kam es, dass ihm jede Veränderung Angst machte? Er, der früher verrückt war nach Veränderungen, der alle zwei Tage sein Leben umwarf. Er betrachtete die Betten seiner Frau und seines Sohnes, die nächste Woche wieder belegt sein würden, und starb beinahe vor Angst. Er hatte vor dem Krankenhaus Angst gehabt und sich daran gewöhnt, er hatte Angst vor der ambulanten Behandlung und war damit fertig geworden, und jetzt, da der Epilog bevorstand, zitterte er vor Angst vor der letzten Zeile, die verkünden würde, was aus seinem Sohn geworden war: ein zunächst gesundes Kind mit einem Hirnschaden. Motorengeratter näherte sich der Baracke. Er ging auf die Terrasse und sah, wie der tätowierte Fischer von seinem Traktor stieg und zur Imbissbude herüberkam, mager und braun gebrannt und mit weiten Schritten, als hätte ihm Gott selbst wer weiß was versprochen.

»Hi, ein kaltes Malzbier. Wo ist die Dame?«

»Welche?« Er öffnete den Kühlschrank und holte eine gekühlte Dose heraus.

»Malz.«

»Nein, welche Dame du meinst.«

»Cheli, deine Frau, wenn ich mich nicht irre.«

»Du irrst dich nicht. Sie ist in Jerusalem.«

»Für immer? Kommt sie nicht zurück?«

»Das weiß nur Gott.«

»Okay, ich werde Ihn fragen.« Die Hand des Fischers tauchte in seine Hosentasche, holte ein paar Münzen heraus und legte sie auf die Theke. Dann sagte er »Bye«, stieg die Stufen hinunter, setzte sich auf seinen Traktor, trank sein Malzbier, startete, drehte eine Runde und fuhr dann los, Richtung Süden, als würde Gott dort irgendwo in einem Kiosk auf ihn warten. Ein unverschämter Kerl. Fragte nach Cheli, wie man nach Salz fragt. Als wäre das ein Teil der Dienstleistungen, die ihm zustanden. Er hätte sagen sollen, das geht dich nichts an, er hätte ihm einen Tritt in die Eier verpassen sollen. Beruhig dich, Mike, dachte er. Niemand hat dir etwas weggenommen. Er atmete tief ein. Natürlich wusste er, dass es nicht Chelis Affäre mit diesem Mann war, die ihn auf die Palme brachte. Wirklich nicht. Es war die Art, wie dieser Kerl sich bewegte, wie er demonstrierte, dass das Leben eine Nummer zu klein für ihn war. Ohne auch nur einen Hauch von Sorgen. Wahrscheinlich war es das, was Cheli an ihm faszinierte. Während sie mit ihm zusammen war, hatte sie manchmal wieder Tage wie früher, als das einzige Gewicht, das sie zu tragen hatte, ihre Haare waren. Genau das war ihm auch bei seiner blödsinnigen Episode mit der Dicken passiert. Auch sie sagte zum Leben, es könne sie küssen, wohin es wolle. Der Fischer und die Dicke waren wie geschaffen füreinander. Er betrachtete die Spuren, die der Traktor in den Sand gepflügt hatte, dann hob er den Blick und sah sie zurückkommen. Anna und Edisso schoben gemeinsam das Fahrrad, ihre Köpfe waren gesenkt. Neben ihnen ging Karniel, langsam und auch mit gesenktem Kopf, wie bei einer Beerdigung. Anna hielt die eine Seite des Lenkers, Edisso die andere. Schon lange war sie nicht mehr so schlecht gelaufen. So ging sie, wenn es ihr entweder sehr gut oder sehr schlecht ging, wenn ihre Beine ihre Pflichten vergaßen, gegeneinanderschlugen, vorwärtsstolperten. Woher sollte er wissen, was ihr widerfahren war. Vielleicht hatte sie mit Edisso gestritten und er hat sie beleidigt. Vielleicht hat sie es nicht geschafft, das Fahrrad zu beherrschen. Vielleicht war sie gestürzt. Doch dann ärgerte er sich über sich selbst und dachte, warum bist du plötzlich so negativ, vielleicht hat sie ja etwas Schönes erlebt. Gib guten Nachrichten eine Chance, Mann. Was ist bloß mir dir los?

Sie gingen langsam am Wasser entlang, stemmten sich gegen den Wind. Das Meer war dunkel und Annas T-Shirt wurde aufgebläht wie ein Segel. Er wusste nicht, ob es gut war, dass sie ihn auf der Terrasse stehen und auf sie warten sahen, und überlegte, ob es besser wäre, hinter die Theke zu gehen und sie, ohne Kontrollblicke, ganz natürlich ihren

Weg zurücklegen zu lassen. Doch noch bevor er sich entschieden hatte, sah er, wie Anna ihr graues Gesicht hob, den Lenker losließ und ihm zuwinkte. Ihr Arm war so dünn wie der Stiel eines Fähnchens am Unabhängigkeitstag. Er hatte Angst, der Wind könnte sie zerbrechen oder aufheben und wegtragen. Er hob seine starken Arme hoch, stellte sich auf die Zehenspitzen und winkte zurück, als müsste er einem Schiff Zeichen geben, um es vorm Untergang zu retten. Edisso hob ebenfalls den Kopf, bestimmt hatte sie zu ihm gesagt, sieh nur, mein Vater ist auf der Terrasse und fuchtelt mit den Armen wie ein Verrückter.

Am Abend, als Edisso gegangen war und ihn allein mit Anna zurückgelassen hatte, wagte er nicht zu fragen, was eigentlich geschehen war. Alles, was sie in die Hand nahm, fiel zu Boden, ihr Messer traf nicht das Omelett, es war, als hätte sie zu ihren Gliedern gesagt, macht doch, was ihr wollt.

»Wo wart ihr?«, fragte er vorsichtig und schaute ihr nicht in die Augen.

»Wir waren nirgendwo, wir sind nur ein Stück weitergegangen.«

»Richtung Steg?«

»Nicht wirklich.«

»Und dann?«

»Was dann, dann habe ich mit dem neuen Fahrrad geübt und das war's.«

Sie war frustriert, sie wusste ja, wie leicht sie zu durchschauen war. Lass sie in Ruhe, sagte er sich, mach keinen Stress. Sie ist nervös und aufgeregt, gib ihr die Zeit, die sie braucht.

»Mama und Tom kommen nächste Woche zurück«, sagte er.

»Ist Tom wieder gesund?« Nun verlor sie völlig die Kontrolle über das Omelett. Es rutschte ihr von der Gabel und fiel zu Boden.

»Er hat nichts, wovon man einfach gesund werden kann. Er wird langsam Fortschritte machen, bis ... Willst du ein neues Omelett?«

»Bis was?« Ihre Augen verrieten sie, es gab keinen Ort, an den sie flüchten konnte.

»Bis ... bis ... bis er wieder in Ordnung ist und unser Leben wieder so ist, wie es vor dem Unfall war, bevor Edisso angefangen hat, bei uns zu arbeiten.« Er erzählte ihr Märchen, aber was sollte er sonst tun? Die Psychologin hatte von Persönlichkeitsveränderungen gesprochen und gemeint, es würde wohl eine leichte halbseitige Lähmung zurückbleiben. Nachschon hatte gesagt: *»Der Herr heilt die Kranken und stützt die Fallenden.«* Es würde vermutlich einige Zeit vergehen, bis man wüsste, wer recht behielt, die Ärzte oder die Frommen. Ameisen drängten sich um das Omelett auf dem Fußboden. Sollen sie es essen, dachte er. Sollen sie es sich schmecken lassen. Er würde sich jetzt nicht bücken, um es aufzuheben. Sie hatte genug Probleme, man musste sie nicht daran erinnern, dass ihre Motorik beschissen war.

Plötzlich senkten sich ihre Wimpern und verdeckten ihre Augen. »Ich habe gelogen. Wir waren am Steg.«

Er schwieg, erwartete, sie würde weiterreden, aber sie begnügte sich mit dieser Beichte, riss ein Stück vom Brot ab und zerkrümelte es.

»Ist es sicher, dass sie nächste Woche zurückkommen?«

»Ja. Wir sollten die Baracke putzen und ein bisschen schmücken, mit Blumen, Luftballons und so. Was meinst du?«

»Wenn du magst.« Ihre Nägel bohrten sich ins Brot und trennten die harte Rinde ab.

»Warum hast du gelogen, Anna, willst du mir nicht sagen, was dich bedrückt?« Er war nur ein Mensch. Wie lange konnte man warten und auf Zehenspitzen gehen, um niemanden zu verärgern, um niemanden in Verlegenheit zu bringen oder zu erschrecken ... »Ich habe gedacht, du freust dich, wenn sie zurückkommen, aber das tust du nicht. Was ist los?« Er versuchte sich zu beherrschen, aber er hörte sich an wie ein Polizist, der einen jungen Kriminellen verhört.

»Wenn Mama zurückkommt, braucht ihr ihn nicht mehr.«

»Wen?«

»Edisso.«

Also Edisso. Nicht Chajim-Tom, nicht ihre Mutter, nicht ihr Vater. Edisso. Er ärgerte und schämte sich zugleich. Statt sich zu freuen, dass sie einen großen Bruder gefunden hatte, war er gekränkt. Aber wer wollte ihm einen Vorwurf machen, er gab sich solche Mühe mit diesem Mädchen, und was kam dabei raus? Edisso.

Was sollte er ihr sagen? Er und Cheli schafften die Arbeit wunderbar alleine. Ohne diesen Unfall hätten sie Edisso nicht eingestellt. Sie hatten ihm von Anfang an gesagt, dass es nur eine Stelle auf Zeit war. Das bisschen Geld, das sie hier verdienten, reichte nicht für große Reserven, genau genommen blieb fast nichts übrig, bestimmt nicht in diesem Sommer, sie hatten durch den Unfall hohe Ausgaben. Was sie verdienten, war jedenfalls nicht so viel, wie sie sich erträumt hatten. Sollte er etwa jemanden beschäftigen, nur um Anna eine Freude zu machen? Andererseits waren sie bereit, ihr letztes Geld auszugeben, um Annas bescheidene Freude am Leben zu vergrößern.

Sie schaute ihn an, wartete darauf, dass er etwas sagte. Ihre Augen waren braun wie die von Cheli. Sie hatte auch Chelis Wimpern. Nur das Licht fiel in einem anderen Winkel in ihre Augen als in Chelis. Er sah auf die Uhr. Halb neun. »Wir könnten es noch zum Kino schaffen. Komm, gehen wir ins Kino. Es schadet nicht, wenn wir uns ein paar Fragen für morgen aufheben.«

»Vorher musst du mir sagen, ob ihr ihn entlassen werdet.«

»Das kann ich dir jetzt noch nicht sagen, wir müssen sehen, wie sich die Dinge entwickeln.«

»Puh.« Sie wandte den Blick ab, bearbeitete weiter das Brot. »Die Dicke war heute da, stimmt's?«

»Mal überlegen.« Er wusste nicht, ob er es zugeben sollte.

»Tu nicht so, Vater. Im Spülbecken steht ein Glas mit ihrem Lippenstift.«

»Eins zu null für dich, Anna.« Er stand auf, er konnte nicht mehr sitzen. Er hängte sich an einen Balken und schaukelte hin und her wie ein Affe. Hätte er sich nicht geschämt, hätte er losgeschrien, hätte sich mit einer Hand festgehalten, mit der anderen eine Banane geschnappt, seinen roten Arsch zur Schau gestellt, sich gelaust, Erdnüsse geknabbert … Sie hielt sich die Hände vors Gesicht, ihre Schultern zitterten. Er wusste nicht, ob sie lachte oder weinte, bis sie die Hand sinken ließ.

»Papa, du bist wirklich verrückt …« Ihre Stimme kippte vor Lachen. Er wäre bereit, Purzelbäume zu schlagen, zu rülpsen, Schalen zu essen, Affenjunge zu stillen, alles, damit sie lachte.

»Los Anna, wir machen die Stadt mit dem Fahrrad unsicher.« Er ließ den Balken los, setzte sich einen Helm auf, ihr den zweiten, und bevor sie etwas sagen konnte, saß sie schon auf dem Gepäckträger. »Halt dich fest, Anna. Hörst du? Du lässt meinen Bauch keine Sekunde los.« Er spürte ihre dünnen Arme um seine Hüften, an seinen Rippen, an seinem Rücken. Das ist das Wichtigste, Mike, dachte er. Lass die Weiber, vergiss das Geld, vergiss Amerika. Du hast diese Tochter, du hast ihre Geschwister und ihre Mutter, das ist die Hauptsache. Er lenkte das Fahrrad zur Straße, reckte den Hals und sang: »Alles ist offen, es ist noch nicht zu spät …« Er hörte, wie sie einstimmte, mit einer dünnen, zitternden Stimme, die bald vom Lärm eines Autobusses verschluckt wurde.

Neuntes Kapitel

Es war schon Ende August, in weniger als zwei Wochen würde die Schule wieder beginnen. Cheli und Tom kamen zurück zum Strand. Cheli war blasser und dünner geworden, und auch der Junge war blass und dünn, aber das war er vielleicht auch schon vor dem Unfall gewesen. Als Edisso angefangen hatte, hier zu arbeiten, lag der Junge schon im Krankenhaus. Chelis Mazda hielt vor der Imbissbude. Hätte sie keine Behindertenplakette, müsste sie Strafe zahlen. Die Abendsonne saß im Mazda, als wäre sie eine rote Mitfahrerin aus Jerusalem. Schon um vier Uhr, als die Sonne noch gelb und hoch am Himmel stand, hatte Anna auf sie gewartet, mit dem Gesicht zur Straße. Sie hatte die Fliegen verscheucht, ein Baguette gegessen und es nach zwei Bissen zur Seite gelegt, einen Apfel genommen, ihn ebenfalls angebissen zurückgelegt und dann unaufhörlich an ihren Fingernägeln gekaut. In einem Moment saß sie, im nächsten stand sie wieder, und um fünf nach sechs rief sie: »Chajim-Tom ist da, Chajim-Tom ist da.« Sie wollte zu ihrem Bruder laufen, aber ihre Beine waren wie an der Terrasse festgeklebt. Mike ließ den Kopfsalat fallen, den er gerade wusch, nahm zwei Stufen auf einmal und rannte zum Mazda. Und er, Edisso, wusste nicht, ob es sich gehörte, ihnen beim Aussteigen zuzuschauen, oder ob er sich neben Anna stellen und auf sie aufpassen sollte, damit sie nicht hinfiel. Oder ob es vielleicht besser wäre, in die Küche zu gehen und die Familie in Ruhe zu lassen, damit sie sich ohne ihn begrüßen konnten. Am Schluss ging er nicht in die Küche, er sah nicht zu und ließ Anna nicht allein. Er nahm den Besen und kehrte die Krümel auf dem Boden zusammen. Seit sie ihm ihre Geschichte erzählt hatte, gab es noch eine Person, für die er sich verantwortlich fühlte, außer Kobi, Avi, Iris und Nurit. Er sagte sich immer wieder, lass doch, sie hat Eltern. Trotzdem blieb er so angespannt, als hätte sie keine.

»Das darf doch nicht wahr sein«, rief Anna und legte eine Hand aufs Herz, die andere auf den Mund. Und er, weil er mit dem Rücken zum Mazda stand, wusste nicht, ob sie damit etwas Gutes oder etwas Schlimmes meinte. Aber als sie sagte, »Schau doch, Edisso, schau …«, drehte er den Kopf und sah den Jungen, der so schön war wie seine schöne Schwester, die zu den Verwandten in die Siedlung geschickt worden war, diese Schwester mit Augen aus einer Mischung von grün und blau, der Farbe des Meeres. Er hielt eine Schildkröte in der rechten Hand, sonst nichts. Als wären die Tage, die er nicht hier verbracht hatte, nur dafür dagewesen, diese Schildkröte herzubringen. Der Junge schloss die Augen und öffnete sie. Vielleicht wollte er weinen. Vielleicht war er von dem roten Licht, das vom Meer herüberfiel, geblendet. Er stand wie festgeklebt an der Mazdatür und hielt die Schildkröte sorgsam an den Bauch gedrückt. Plötzlich lockerten sich Annas Beine. »Chajim-Tom«, rief sie, stieg die Stufen hinunter und lief mit offenen Schuhen zum Madza. Er beobachtete ihre Beine, denn sie konnte leicht hinfallen, auch mit zugeschnürten New-Balance-Schuhen.

Sie sind sie und du bist du, dachte er und ging in die

Küche, um den Kopfsalat zuzubereiten, den Mike hatte fallen lassen. Seine Arbeitszeit war schon vorbei, aber sie waren außer sich und hatten alles andere als das Lokal im Kopf. Er wollte noch das Gemüse vorbereiten und die Salate in Frischhaltefolie verpacken, bevor er nach Hause ging. Er sah nicht, wie Anna ihren Bruder begrüßte, wie sie ihn berührte, und hörte nicht, was sie sagte. Das ging ihn auch nichts an. Seit sie ihm die Wahrheit erzählt hatte, hatte er ständig Angst um sie und sagte sich immer wieder, du bist nicht ihr Vater. Halt Abstand. Er öffnete den Wasserhahn bis zum Anschlag, um die Erde abzuwaschen, die an den Radieschen klebte, und bis sie auf der Terrasse waren, hörte er sie nicht. Plötzlich legte jemand die Hand auf seine Schulter und sagte: »Hi, Edisso.« Er drehte sich um und sah Cheli. »Hi«, sagte er.

»Wie geht es dir?«, fragte sie, und er sagte: »Gut.« Ihre Augen hatten den Blick von Müttern, deren Kind ein schlimmes Schicksal erlebte.

»Und wie geht es zu Hause?«, fragte sie.

»Alles in Ordnung«, sagte er. »Ist euer Sohn gesund?« Es war ihm peinlich, nicht gleich gefragt zu haben.

»Er hat große Fortschritte gemacht, aber er hat noch einen langen Weg vor sich.«

Er senkte den Blick und freute sich, dass ihre Zehen noch lang und kräftig waren. Mike hatte Glück mit dieser Frau, die andere, die mit ihm flirtete, konnte man überhaupt nicht mit Cheli vergleichen.

»Du musst schon gehen, oder?« Sie riss ein Blatt von dem gewaschenen Kopfsalat ab und aß es. Er hörte, wie sie kaute und schluckte, und hoffte, sie würde noch ein Blatt nehmen und alles wiederholen.

»Sie werden sich bei dir zu Hause Sorgen machen, oder?« Sie hatte den Mund voller Kopfsalat. Seine Mutter würde nicht einmal mit einem Krümel im Mund sprechen. Sie würde sich schämen, wenn jemand ihr beim Essen zusah, genau wie sie sich schämte, wenn man ihr beim Anziehen zusah.

»Oh, ich habe ganz vergessen, dich mit Tom bekannt zu machen«, sagte sie und rief: »Tom, Tom, komm mal in die Küche.« Sie winkte ihm. »Komm schon, hier ist jemand, den du noch nicht kennst.«

Der Junge zuckte mit den Schultern, um zu zeigen, dass er nicht vorhatte, zu tun, was sie gesagt hatte.

»Komm schon, du musst Edisso kennenlernen.« Erst klang ihre Stimme hart, doch dann bemühte sie sich um einen weichen Klang, als könnte dem Jungen etwas passieren, wenn er eine ungeduldige Stimme hörte.

»Er kann sehr gut Schakschuka machen, genauso gut wie Papa. Komm, sag ihm guten Tag.«

Der Junge schien sie nicht zu verstehen, es war, als würde sie Amharisch mit ihm sprechen. Vielleicht hatte er durch den Sturz vergessen, was Schakschuka war.

Er wollte sagen, sie solle es lassen, tat es aber nicht. Er wusch weiter die Radieschen, als plötzlich eine Schildkröte neben ihm auf der Arbeitsfläche auftauchte und zu dem frisch gewaschenen Salat lief, und hinter ihr kam die weiße Hand des Jungen, seine Augen tauchten in Höhe der Arbeitsfläche auf.

»Hi«, sagte er zu dem Jungen. Tom antwortete nicht, er achtete nur auf seine Schildkröte, die Kopfsalat fraß, als hätte man ihn speziell für sie gewaschen. Sollte sie, wenn es ihr schmeckte. Er konnte morgen einen neuen Salat waschen. Der Junge war wichtiger als das Geld, das man mit Salat verdienen konnte. Er brachte die Petersilie, die vom Vormittag übrig geblieben war, und sagte: »Gib ihr das auch. Deine Schildkröte hat einen guten Appetit.«

Der Junge fragte: »Und du?« Er ließ die Schildkröte nicht aus den Augen.

»Ich? Na ja, so mittel.«

»Du bist arm dran, weil du ein Neger bist«, sagte der Junge.

Er regte sich auf. »Wer hat dir das gesagt?« Hätte dieser kleine Mistkerl keinen Unfall gehabt, hätte er ihm schon beigebracht, was das Wort Neger wert war, er hätte den vollen Preis von ihm verlangt.

»Mein Vater.«

»Wann hat er das gesagt?« Nie im Leben hätte Mike so etwas zu dem Kleinen gesagt, dachte Edisso. Sein Gehirn ist durcheinander, das ist der Grund dafür, dass er lügt. Andererseits, wie sollte ein fünfjähriger Junge so etwas sagen, wenn er es zuvor nicht gehört hatte.

»Das hat er oft gesagt.«

Er legte die gewaschenen Radieschen in den Kühlschrank, ließ der Schildkröte ein Blatt des gewaschenen Kopfsalats, den Rest räumte er ebenfalls weg. Dann wischte er die Arbeitsfläche und das Spülbecken sauber, warf den Abfall in den Eimer und verschloss die Tüte. Mike kam in die Küche und sagte: »Lass nur, wir werfen das später weg. Geh jetzt nach Hause, es ist schon spät.«

Er diskutierte nicht mit ihm. Er ließ die Mülltüte stehen, wusch seine Hände und sah Mikes große Hand auf dem Kopf des Jungen. Beide betrachteten die Schildkröte.

»Papa, stimmt es, dass dieser Neger arm dran ist?«

»Er hat einen Namen. Er heißt Edisso und er ist kein Neger und arm dran ist er auch nicht. Entschuldige dich bei ihm.«

»Das will ich nicht. Das hast du mir doch selbst erzählt.« Der Junge stampfte mit dem Fuß auf, und wenn sein Vater ihn nicht gehalten hätte, wäre er gestürzt. Er hatte vergessen, dass sein anderes Bein nicht richtig funktionierte. Mike war anzusehen, dass er überlegte, ob er sich auf die Seite des behinderten Jungen stellen sollte oder auf die Seite der Wahrheit.

»Ich glaube nicht, dass ich dir so etwas erzählt habe.« Mikes Hand wanderte von der Stirn des Jungen zu seinem Nacken und wieder zurück.

»Doch, hast du doch!«, schrie der Junge.

Er ließ den Jungen schreien und seinen Vater nachdenken, verließ die Küche, zog sein Hemd und die Sandalen an.

»Wenn wir nach Hause fahren, zeige ich dir das Buch mit dem Neger«, rief Tom, »und dann kannst du sehen, dass ich recht habe.«

Anna und Cheli banden Luftballons an die Säulen der Terrasse, Edisso nahm sein Fahrrad und sagte auf Wiedersehen, aber niemand schien ihn zu hören, doch dann rief Cheli: »Onkel Toms Hütte, Mike, er meint, Onkel …«

Auch Anna merkte nicht, dass Edisso wegging, sie biss gerade mit den Zähnen ein Stück Schnur für den Luftballon ab. Auch Karniel merkte es nicht, sein Kopf steckte tief in einer Mülltonne. Edisso schob sein Fahrrad zur Straße. Es war schon dunkel. Was für ein Narr er war, seine Geschwister brauchen ihn tausendmal mehr als diese Leute, und er wusch ihren Salat, nur um ein paar zusätzliche Münzen zu verdienen, und dann kam diese Schildkröte und fraß ihn auf. Als er nach Israel kam, war er noch ein Kind und dachte, die Welt sei aufgeteilt in Schwarz und Weiß, und wo das Leben einen hinwarf, da landete man eben. Aber heute wusste er, dass es Millionen von Aufteilungen gab. Es gab solche, die von ihren Vätern beschützt wurden, und andere, die keinen Vater kannten. Da sollte bloß keiner sagen, das hätte etwas mit Schwarz und Weiß zu tun. Seine Nachbarn zum Beispiel waren auch Äthiopier, und bei ihnen nahm der Vater die Kinder auf den Arm oder an der Hand und streichelte ihnen über und Kopf. Das hatte nichts mit Geld zu tun, denn die Leute waren ebenso arm wie sie selbst. Dann gab es die Aufteilung zwischen Kindern, die beim Spielen sechs Bodenfliesen überspringen, und anderen, die ihre Beine kaum bewegen können. Er fuhr mit dem Fahrrad an Häusern vorbei, sah das Licht in den Fenstern. Es gab Häuser, in denen Kindern Geschichten vorgelesen wurden. Heute würde er seine vier kleinen Geschwister in Avis und Kobis Zimmer rufen, sie würden auf dem Bett sitzen und er würde ihnen eine Geschichte erzählen. Auf dem Weg nach Hause würde er sich eine ausdenken, eine spannende Geschichte mit einem witzigen Ende, damit sie was zum Lachen hätten. Und er würde seine Hand auf Avis Kopf legen. Aber zuerst musste er, wenn er nach Hause kam, den Titel des Buchs aufschreiben, das Cheli erwähnt hat, »Onkel Toms Hütte.« Irgendwann würde er in ein Antiquariat gehen und danach fragen. Ein Buch, das zu diesen Leuten passte, würde auch für Avi, Kobi und die beiden Mädchen recht sein.

Zwei Tage nach Toms Rückkehr machten sie eine Party für ihn. Sie hängten ein Schild an die Tür: »Aus familiären Gründen schließen wir heute um sechs Uhr.« Mit der Luftpumpe des neuen Fahrrads pumpten sie so viele Luftballons auf, dass nicht viel gefehlt hätte, und die Ballons hätten das Dach der Baracke angehoben. Die Pumpe pumpte, Mike band die Ballons zu, Cheli und Anna hängten sie an den Wänden auf und Mike unter der Decke. Der Junge saß dabei, mit seiner Schildkröte auf dem Schoß, und sagte: »Jetzt den gelben, jetzt den roten.« Und sie gehorchten. Die ganze Familie war mit den Luftballons beschäftigt, und er, Edisso, erledigte ganz allein die notwendigen Arbeiten in der Küche und im Lokal. Er belegte Brote, briet Omeletts, bediente, spülte Geschirr, kassierte, einfach alles. Mike half nur, wenn es zu einem Engpass kam. »Bring doch deine Geschwister mit zur Party«, sagten sie, »und auch deine Mutter.« Warum seine Mutter? Sie war so schüchtern, ihr Hebräisch war wie das eines Kleinkinds, voller Fehler. Auch wenn er ihr versichern würde, sie bräuchte nichts zu sagen, würde sie nicht mitkommen.

Um vier Uhr, zwei Stunden vor der Party, fuhr er mit dem Fahrrad nach Hause. Er duschte, zog ein frisches Hemd an, ließ seine Mutter mit den beiden Kleinen allein und nahm Avi und Kobi mit. Auch sie hatten frische Hemden angezogen und sich mit Wasser die Haare geglättet. Als Geschenk nahmen sie zehn Murmeln in einem Joghurtbecher mit, den sie mit Alupapier umwickelt und mit einem Zettel beklebt hatten: »Gute Besserung und bis hundertundzwanzig. Von Avi und Kobi Tadessa.« Avi hatte einen Vogel auf den Zettel gemalt, und Kobi hatte dem Vogel ein buntes Auge verpasst. Sie fuhren mit dem Bus und sprachen die ganze Zeit kein Wort miteinander. Nur einmal fragte Kobi: »Wer gibt ihm das Geschenk, du oder ich?« Avi sagte: »Gib du es ihm. Mir ist es egal.« Sie stiegen aus und gingen an den Müllcontainern vorbei, und als sie kurz vor der Imbissbude waren, sagte Kobi: »Ich will nicht, gib du's ihm.«

Anna war die Erste, die sie trafen. Sie hatte auf sie gewartet. Als sie das Päckchen in Avis Hand sah, fragte sie, was es sei.

»Ein Geschenk für deinen Bruder«, sagte Avi.

»Zeig mal.« Sie nahm es ihm aus der Hand und betrachtete es genau. Auch den Zettel. Die Murmeln schlugen leise aneinander.

»Hast du einen Distelfink gezeichnet?«, fragte sie.

»Nein, einen Vogel.«

»Der Distelfink ist ein Vogel.«

»Ach so«, sagte Avi und schämte sich. Er senkte den Kopf und trat Kobi auf den Fuß, er wollte spüren, dass er nicht allein war, und Kobi stand in seiner Schuld, weil er ihm die Verantwortung für das Geschenk übergeben hatte. Er ließ zu, dass er ihm auf den Fuß trat.

Beide kicherten mit gesenkten Köpfen und man sah nur die Locken, die inzwischen getrocknet waren.

»Der Vogel ist dir wirklich besonders gut gelungen«, sagte sie und gab Avi das Geschenk zurück. »Ich hole Chajim-Tom.« Sie ging zum Strand, wo schon alle Gäste versammelt waren und am Wasser hin und her liefen. Sie lachten und johlten. Es waren Jungen mit einer Kippa auf dem Kopf und Mädchen mit Röcken, vermutlich die Familie aus der Siedlung. Bestimmt war auch Naomi, ihre schöne Tochter, zur Party ihres Bruders gekommen. Aber er fand sie nicht unter den Gästen. Alle liefen durcheinander und langsam wurde es dunkel. Auch zwei Hunde waren da, die bellten, als wollten die Gäste etwas klauen.

»Warum geht sie so?«, fragte Kobi und schaute zu Anna hinüber.

»Was meinst du?«

»Ihre Beine laufen schief.«

»Sie hat eine Krankheit«, antwortete er und bedauerte es sofort. Er hätte sagen sollen, es ist etwas mit dem Bein passiert. Er wollte sich korrigieren, aber da sah er, dass Anna näher kam. Sie hielt ihren Bruder an der Hand, der auch hinkte und ein Bein nachzog. Sie wirkte gleichgültig.

Kobi stellte sich auf die Zehenspitzen und flüsterte in Edissos Ohr: »Wenn du bei denen arbeitest, kannst du dich dann mit dieser Krankheit anstecken?«

»Sei still, es ist keine Krankheit, es war ein Unfall.« Er stieß ihm den Ellenbogen in den Arm.

Kobi war gekränkt. »Vorhin hast du gesagt, es ist eine Krankheit.«

»Was spielt es für eine Rolle, was vorhin war. Jetzt sag ich dir, es war ein Unfall, und Schluss damit.« Er wollte, dass Kobi damit aufhörte. Anna und ihr Bruder waren nur noch wenige Schritte von ihnen entfernt.

»Das ist mein Bruder. Chajim-Tom, sag guten Tag«, befahl sie und ließ seine Hand nicht los. Er zog die eine Schulter hoch und schwieg.

Sie versuchte, ihn zum Reden zu animieren: »Sie haben dir ein Geschenk mitgebracht.« Und zu Avi sagte sie: »Gib es ihm.«

Er hielt dem Jungen den mit Alupapier umwickelten Joghurtbecher mit dem Glückwunsch, dem gemalten Vogel und den Murmeln hin. Der Junge löste sich aus Annas Griff, nahm das Geschenk und drückte es an den Bauch, um den Becher mit einer Hand zu öffnen, denn auf die andere Hand war kein Verlass.

»Pass auf, Chajim-Tom, dass der Vogel nicht kaputtgeht.« Anna wollte ihm helfen, aber er lehnte jede Hilfe ab. Bis auf einen Riss im Schwanz blieb der Vogel heil. Auch das Auge, das Kobi gemalt hatte, blieb unversehrt. Der Junge sagte: »Eine von den Murmeln sieht aus wie Karniels Augen.«

»Zeig mal.« Anna wollte nachschauen, ob er dummes Zeug redete oder ob er recht hatte und sein Gehirn wieder funktionierte.

»Wollt ihr meine Schildkröte sehen?« Der Junge drückte den Joghurtbecher mit den Murmeln an den Bauch und wandte sich zur Imbissbude. Kobi schaute Avi an, und als dieser nickte, nickte er auch, und beide gingen hinter Tom her. Edisso begleitete sie. Anna lief dicht neben ihrem Bruder, und als sie zu den Stufen kamen, passte sie gut auf ihn auf und vergaß beinahe, dass auch ihre Beine nicht besonders verlässlich waren. Würden ihre Beine etwas taugen, würde sie sie ihm überlassen, damit er wieder so würde wie früher. Seit er zurück war, war sie wie ein bis zum Äußersten gespanntes Gummiband. Ständig überprüfte sie sein Gehirn und seinen Körper. Sie kaute an ihren Fingernägeln, erst an der rechten Hand, dann an der linken. Wenn er beim Reden oder Gehen stolperte, biss sie sich in die Hände, man konnte schon die Abdrücke ihrer Zähne sehen.

Alle Tanten und Onkel saßen nun auf der Terrasse, tranken Espresso, Milchkaffee, Capuccino, schauten ihre Kinder an und das Meer, das sich so rot färbte wie eine Nektarine. Als sie die kleine Prozession, die aus Anna, Tom und den drei Äthiopiern bestand, sahen, senkten sie die Stimmen und machten verwunderte Gesichter, als wollten sie sagen, wo kommen die denn her? Zwei alte Damen waren da, eine war Mikes Mutter, sie und ihr Sohn sahen einander so ähnlich wie zwei Tropfen Wasser. Nur dass sie dick war und er nicht. Die andere war Chelis Mutter, sie begrüßte die Kinder sofort mit einem »Herzlich Willkommen«. Dann war da noch eine religiöse Frau, eine Schwangere, bestimmt die Tante aus der Siedlung. Ihr Mann war auch dabei. Er trug eine große Kippa und hatte einen Bart. Als Kobi und Avi all diese erwachsenen Menschen sahen, drückten sie sich an Edisso. Sie genierten sich, über die Terrasse zu gehen, und folgten Tom und Anna mit gesenkten Köpfen durch die ganze Gesellschaft, bis sie zum Schlafzimmer kamen, in dem die Kiste mit der Schildkröte stand. Der Junge ging langsam, er konnte sich ja nicht schneller bewegen, und Anna passte auf, dass er nicht an die Tische stieß. Bis sie vorbei waren, hatte jeder der Erwachsenen Zeit gehabt, eine Bemerkung zu machen. Mike sagte: »Hi Edisso, toll, dass du sie mitgebracht hast.« Cheli sagte: »Hi, Kinder, was wollt ihr trinken?« Und der Mann mit der Kippa sagte, als er sah, dass sie schwarz waren: »Auch sie sind das Volk Israels. Bringe nahe unsere Zerstreuten aus der Mitte der Völker, unsere Zersprengten sammle von den Enden der Erde.« Mikes Mutter schnaufte und sagte zweimal: »Oho.« Beim zweiten Mal klang es bedeutungsschwerer. Die Tante aus der Siedlung, Chelis Schwester, sagte nichts. Sie lächelte Avi und Kobi an, die es aber nicht sahen, weil sie zu Boden schauten. Sie lächelte auch Edisso an, der es sehr wohl bemerkte.

Cheli sagte: »Wenn jetzt alle da sind, können wir ja anfangen.«

Edisso war mit seinen Brüdern noch in dem Zimmer, in dem Anna, ihr Bruder und die Schildkröte schliefen. Darin gab es auch noch ein Bett für die Schwester aus der Siedlung und einen Vorhang, der Chelis und Mikes Bett verdeckte. Hör auf, dir Gedanken über diese Leute zu machen, sagte er sich. Wenn sie dir eine Schildkröte zeigen wollen, dann schaust du dir eben die Schildkröte an. Er ärgerte sich über sich selbst, aber sein Kopf funktionierte schon lange nicht mehr als Einheit. Mit einem Teil seines Kopfes betrachtete er die Kiste und dachte über das Leben der Schildkröte nach, ein Leben auf Augenhöhe mit einem Schuh, und mit dem anderen Teil nahm er die Gespräche draußen wahr. Und mit einem dritten Teil überlegte er, was sie machen würden, wenn sie mit der Betrachtung der Schildkröte fertig wären und hinausgingen, wo die Erwachsenen und bestimmt auch Annas schöne Schwester waren. Anna warf ihm einen prüfenden Blick zu. Nur ihm hatte sie ihr Geheimnis anvertraut, und er hatte geschworen, sie nicht zu verraten. Er wollte eine Hand auf ihre legen, um ihr zu bedeuten, dass sie sich keine Sorgen zu machen brauchte, dass er nie im Leben darüber reden würde. Aber er ließ es bleiben. Er hatte Angst, sie könne ihn missverstehen. Seit sie ihm alles erzählt hatte, spürte er, wie ihr Blick immer wieder den seinen suchte. Avi und Kobi waren noch in einem Alter, in dem man voll und ganz in einer Sache aufgeht. Sie beugten sich zu der Schildkröte hinunter und waren begeistert: »Schau nur, wie sie die Kiste zerkratzt, bald hat sie ein Loch gebohrt. Hast du gesehen, wie sie die Gurke gegessen hat? Schau doch, schau …« Dann hörten sie Chelis Stimme durch das Loch in der Decke. Sie sagte, man wolle anfangen und sie sollten kommen. Ihre Schritte waren laut, schreiend und lachend hüpften sie über den Boden wie eine Herde Schafe und ließen die Dielen erzittern. Die Schildkröte hörte auf zu scharren und blieb reglos stehen.

Die Gäste bildeten einen großen Kreis auf der Terrasse. Kobi und Avi klebten förmlich aneinander, und Edisso hielt sich in ihrer Nähe. Unter gesenkten Lidern beobachteten sie, was um sie herum geschah. Cheli sagte: »Setzt euch doch.« Und dann kam Naomi, ihre schöne Tochter. »Hi«, sagte sie zu Edisso, und zu ihren Verwandten sagte sie: »Er ist unsere Aushilfe im Lokal und heißt Edisso.« Sie wandte sich wieder an ihn und fragte: »Wer ist das, sind das deine Brüder? Einen Moment, Mama, ich bin gleich so weit.« Sie setzte sich neben ihre Kusine. Tom, für den die Party veranstaltet wurde, saß zwischen Cheli und Mike und leckte an einem Lutscher. Anna setzte sich hin, stand auf, dachte kurz nach, setzte sich wieder. Schließlich verließ sie ihren Platz und setzte sich neben Edisso, wie ein Vogel, hinter dem die Käfigtür geschlossen worden ist. Als sei sie herumgeflattert und habe eine Öffnung gesucht, um hinauszufliegen, bis sie müde wurde. Sie baumelte mit den Füßen, ihre Schuhe waren wieder nicht zugeschnürt, was bedeutete, dass ihr alles egal war. Sie kaute an ihren nicht mehr vorhandenen Fingernägeln, und dann begannen sie zu singen, »*Hine ma tov umanaim*«: Siehe, wie gut und angenehm es ist. Kobi und Avi lachten, stießen sich mit den Ellenbogen an und senkten wieder die Köpfe. Mikes Mutter starrte zu ihnen herüber, als hätte sie gerade erst entdeckt, dass nicht alle Menschen auf der Welt weiß waren. Wenn Nogu hier wäre, hätte er ihr gesagt, was hast du, und ihr die Zunge rausgestreckt und mit dem Finger ein unanständiges Zeichen gemacht. Dann sangen sie »Alles ist offen, es ist noch nicht zu spät«, und schließlich stand der Onkel auf, der mit der Kippa und dem Bart, und begann zu reden. Er sagte, dass der Mensch Gott aus der Tiefe rufe und Gott ihn erhöre und ihm helfe. Schaut euch Tom an, der balancierte auf dem Geländer und stürzte tief …«

Tom schrie: »Das stimmt nicht, das stimmt nicht, das stimmt nicht …«, und stampfte mit seinem gesunden Bein auf. Der Redeschwall des Onkels wurde unterbrochen, die Erwachsenen erschraken, als wäre ein Kind auf die Straße gerannt und man müsse es einfangen. Sein Vater umarmte ihn von der einen Seite, seine Mutter von der anderen. »Was ist los, Tom«, fragten sie. »Was stimmt nicht? Was stimmt nicht?« Sie hatten offenbar Angst, er würde durchdrehen. Annas Finger bogen sich, sie stand kurz vor einer Ohnmacht, Edisso würde sie auffangen, bevor sie fiel, sie konnte sich nicht mehr aufrecht halten, sie schwankte und sank in seine Arme. Er bewegte sich nicht und ließ es geschehen. Leise fragte er: »Soll ich dir ein Glas Wasser holen?«

»Jetzt wird Tom alles verraten.« Ihre Finger zitterten vor ihrem Mund. Sie wollte kein Wasser. Sie hatte Angst davor, unterdessen allein hierzubleiben. Sie sagte: »Er wird ihnen alles erzählen.«

»Er wird nichts erzählen«, sagte er leise und ärgerte sich über sich selbst: Wer bist Du, Gott? Woher willst Du wissen was dieser Junge sagen wird und was nicht? Gut, dass alle

Tom anschauten und nicht mitbekamen, wie sie sich halb ohnmächtig auf Edisso stützte. Ihre Haare rochen nach Meer. Hätten die Haare Iris oder Nurit gehört, würde er den Mund auf den Kopf drücken und seine Nase daran reiben. Wenn sie seine Schwester wäre, hätte er sie umarmt, damit sie wusste, dass er zu ihr stand. Er sah, wie die Kusine aus der Siedlung Naomi, der schönen Schwester, den Ellenbogen in die Seite stieß, um ihr zu bedeuten: Schau doch, schau. Naomis schöne Augen ruhten auf ihnen, sie hob fragend die Hand.

»Ihr ist schwindlig«, antwortete er tonlos, nur mit den Bewegungen seiner Lippen, damit die anderen es nicht mitbekamen, vor allem die dicke Großmutter nicht, die bis heute offenbar nicht gewusst hatte, dass es schwarze Menschen gab. »Ihr ist schwindelig.« Diese Großmutter würde in Ohnmacht fallen, wenn sie die weiße Hand ihrer Enkelin in seiner schwarzen sehen würde. Er betrachtete das Meer, das aus glänzenden Stücken zusammengesetzt zu sein schien, als wären die Wellen zerbrochen. Die Sonne war schon zur anderen Seite der Welt gewandert, nur ein heller Streifen war zurückgeblieben und flackerte noch über dem Wasser. Der Himmel färbte sich lila. Weiße Menschen wurden noch weißer, wenn es dunkel wird, und schwarze noch schwärzer. Kobi und Avi beobachteten den Jungen und seine Eltern, deren Gesichter angespannt waren, als erwarteten sie jetzt den schrecklichen Teil der Geschichte. Der Junge wiederholte ununterbrochen: »Es stimmt nicht, es stimmt nicht«, als hätte er einen kaputten Kassettenrecorder im Bauch. Aber er wurde leiser und stemmte sich nicht gegen die Umarmungen seines Vaters und seiner Mutter. Der Anfall war fast vorbei, und der Onkel räusperte sich. Alle, die sich zu dem Jungen gebeugt hatten, richteten sich wieder auf und lehnten sich auf ihren Stühlen zurück. Anna kaute wieder an ihren Fingernägeln. Ihre andere Hand blieb in Edissos Hand, und er hielt sie fest. Er genoss ihren Duft nach Meer. Noch nie hatte er die Haut eines Menschen berührt, der nicht zu seiner Familie gehörte. Dann wurde um Ruhe gebeten, damit der Onkel seine Rede fortsetzen könne. Es wurde still, alle Blicke richteten sich auf den Onkel. Plötzlich knackte die untere Stufe und man sah das Meer die Stufen heraufkommen, kostümiert als große Frau in einem weiten, türkisfarbenen Kleid und mit einem Mund, der aussah wie eine rote Rose.

»Wir haben geschlossen, wir bedienen jetzt nicht.« Cheli stand auf und deutete auf das Schild mit dem Hinweis auf die Familienfeier. Die Frau lachte, als wäre auf dem Schild ein Witz zu lesen.

Es wurde so still wie auf einem Friedhof. Alle betrachteten das glänzende Türkis der lockigen Frau mit dem roten Mund, und das Meer, das sich hinter ihr erstreckte wie eine Fortsetzung ihres Kleides.

»Ich bin nicht gekommen, um bedient zu werden«, sagte sie und sah aus wie die biblische Königin Esther.

»Wozu sonst?« Chelis Worte fielen wie Steine auf die Terrasse.

»Um zu bedienen«, sagte sie und stieg die nächste Terassenstufe hinauf. »Ich will euch helfen beim Bedienen und Einschenken, bei allem, was nötig ist. Ich kenne mich hier aus.«

Naomi und ihre Kusine begannen zu lachen. Mike stand auf, legte eine Hand auf Chelis Schulter und wandte sich zu der Frau. »Wir brauchen keine Hilfe, wir kommen sehr gut allein zurecht.«

»Mama, ist diese Frau eine Fee?«, fragte der Junge.

»Schätzchen«, sagte Cheli, »beleidige die Feen nicht.«

Mike umarmte sie fest, um die Worte zurückzuhalten,

die sie zu sagen drohte. Kobi und Avi saßen da und starrten wie verzaubert die Königin auf der Treppe an, mit weit offenen Augen und Mündern. Ihre Welt war noch so klein wie eine Streichholzschachtel, in ihrem Wohnblock, auf ihrem Schulweg, im Gemeindezentrum und im Lebensmittelgeschäft traf man keine Königinnen, und weiter waren sie noch nicht gekommen.

»Wie ich sehe, gehören nicht alle Gäste zur Familie. Hi, Edisso, wie geht es dir?« Dieses Miststück wandte sich ausgerechnet an ihn, unter allen Gästen, und schaffte es, dass sich alle Augen auf ihn richteten. Anna zog ihre Hand zurück und wurde rot. Er als Äthiopier konnte unbesorgt rot werden, das Schwarz verschluckte das Rot, wenigstens dafür war es gut. Seine Brüder senkten die Köpfe, als wollten sie das Gesicht in ihren Hemden verstecken, ihren besten Hemden, die sie extra für diese Party angezogen hatten. Er war der Einzige, dessen Namen sie gesagt hatte, und jetzt würden die Großmütter und Tanten und Onkel denken, er hätte etwas mit ihr zu tun und kenne sie von irgendwoher.

»Aber ich bin es doch, der hier ist, um zu helfen.« Seine Stimme klang lauter als normal.

»Du bist wirklich süß, Edisso. Du bist jeden Schekel wert, den sie dir bezahlen.« Sie warf ihre Locken zurück und ließ ihre Schultern sehen. Ihr Kleid hatte keine Ärmel und war vorn so offen wie ein vorhangloses Fenster. Ganz anders als die Kleider, die von religiösen Frauen und ihren Töchtern getragen werden. Und wenn wir schon dabei sind, die religiöse Tante Sara saß kerzengerade da, man hätte denken können, sie würde gleich aufspringen. Ihrem Gesicht sah man an, dass sie litt, als sähe sie ein Attentat im Fernsehen. Aber sie war schwanger und es war klar, dass sie nicht wegrennen würde. Sie sah Cheli ähnlich, war aber noch schöner. Ihre Zehen waren genauso lang und stark wie Chelis. Auch die Zehen der alten Frau, der Mutter der beiden, sahen kräftig aus. Hätte diese Familie den Weg vom Sudan nach Israel zurücklegen müssen, wäre Sara ihre Anführerin geworden. Sie hätte ihnen gesagt, was sie tun sollen, und alle hätten gehorcht. Nicht Mike, nicht ihrem Ehemann, nicht Cheli und nicht einer der Großmütter. Nur ihr. Sie hatte das Zeug dafür. Woher Edisso das wusste? Er schaute sie an und wusste es einfach. So wie er auch Mike beobachtete und dabei erkannte, dass Mike von all seinen Wünschen an das Leben hin und her gerissen wurde. Er wollte seine Frau, aber er wollte auch die anderen Frauen, er wollte sein Haus, das Meer, den Bus und die Imbissbude.

»Gut, Freunde, herzlichen Dank. Ihr seid ja unglaublich gastfreundlich.« Das Lächeln der Frau, ohnehin schon breit, wurde noch breiter. Sie schaute sich um, prüfte jeden einzelnen Gast, bis sie Mike erreichte und ihr Blick an ihm hängen blieb. Sie zwinkerte ihm zu und riss den Mund auf: »Stimmt's, Süßer, du lässt mich nicht gehen, ohne dass ich wenigstens ein Glas Wasser getrunken habe.«

Edisso wusste nicht, welcher Teufel in ihn fuhr und woher er den Mut nahm, aber er sprang einfach auf, um die Situation zu retten. »Ich bringe es dir«, sagte er, ging zum Kühlschrank, nahm eine Flasche Mineralwasser heraus und hielt sie ihr hin. Alle schauten schweigend zu, als säßen sie im Theater. Avi und Kobi drückten sich nervös aneinander und machten sich Sorgen um ihn, sie hatten Angst, er könnte durcheinandergeraten und seinen Text vergessen.

»Ich habe ja schon gesagt, dass du süß bist, oder?« Sie nahm ihm die Flasche aus der Hand und hielt sie hoch. »Zum Wohl! Auf den verlorenen Sohn und seine Mutter, die in den Schoß der Familie zurückgekehrt sind. Zum Wohl auf die wiedervereinte Familie!« Als sie die Hand mit der Flasche hob, rutschte ihr das Kleid von einer Schulter und ließ noch mehr von ihrem Körper sehen. Der Onkel mit der Kippa senkte den Kopf. Cheli befreite sich aus Mikes Umarmung und ging zu der Frau. »Das war's«, sagte sie. »Du hast dein Theaterstück vorgeführt, jetzt geh, bitte.« Ihr Gesicht war so nahe vor dem Gesicht der Frau, dass man kein Blatt Papier dazwischenschieben konnte.

Die Frau senkte die Flasche und schaute Cheli in die Augen. »Du sollst wissen, dass ich dich verehre. Ich habe großen Respekt vor dir, sehr großen, wirklich. Willst du wissen, warum? Weil du es geschafft hast, diesen Mann für dich zu erobern. Er ist wirklich etwas Besonderes. Große Klasse, wirklich sexy. Gut, was bin ich für das Wasser schuldig?«

»Das Wasser geht auf's Haus«, sagte Cheli und machte eine Bewegung, die deutlich sagte: Los, jetzt verschwinde endlich.

»Haus, Haus, Haus …«, wiederholte der Junge immer wieder, wie er vorhin »Stimmt nicht, stimmt nicht«, gesagt hatte.

»Mann, er soll endlich damit aufhören«, sagte Anna. Jedes Anzeichen dafür, dass sein Gehirn nicht richtig funktionierte, erschreckte sie. Mike klatschte zweimal in die Hände, um anzudeuten, sie sollten jetzt weitermachen. Die Frau hob ihre Finger an den Mund, warf allen Anwesenden eine Kusshand zu, dann drehte sie sich um und ging langsam die Stufen hinunter. Dabei zog sie das Kleid hinter sich her, als wäre es ein Brautkleid, und man konnte sehen, dass sie absichtlich mit ihrem großen Hintern wackelte. Avi und Kobi lachten erst, als alle anderen Kinder lachten. Die schöne Naomi sagte: »So ein Kleid würde gut zu meinen Augen passen.«

Sie hatte recht, ihre Augen waren so türkisfarben wie das Kleid, aber er, Edisso, dachte sich, du wirst sie nicht anschauen, denn wenn du erst damit angefangen hast, kannst du nicht mehr aufhören. Sie und der Junge sind sehr schön, aber sie sind sie und du bist du. Wer weiß, wie sie aussehen würde, wenn sie erwachsen war. Vielleicht würde sie eine Schönheitskönigin oder sie würde ihre Schönheit verlieren. Aber das konnte ihm egal sein, wenn sie erwachsen war, würde er nichts mehr mit ihr zu tun haben. Die großen Ferien würden zu Ende sein, bevor sie erwachsen war. Dann würde die Imbissbude geschlossen, sie würden ihn entlassen und zurückfahren zu ihrer Wohnung, und jeder würde sein eigenes Leben da fortsetzen, wo er stand. Auch Anna würde er nach den großen Ferien nicht mehr treffen. Bei diesem Gedanken spürte er einen Schmerz in seinem Herzen, wie den Schmerz, den er gespürt hatte, als Nogu in diese Anstalt gekommen war. Er war wieder ein bisschen näher zu Anna hingerückt, falls sie jemanden zum Anlehnen brauchte. Wieder roch er ihren salzigen Duft und sah, was die ganze Sache ihren Fingernägeln angetan hatte. Am liebsten hätte er ihr eine Hand auf den Rücken gelegt, wie er es bei Iris und Nurit tat, wenn sie traurig waren. Etwas, das er oft auch gern bei seiner Mutter tun würde, aber nicht wagte. Mit Avi und Kobi war es etwas anderes. Wenn er sah, dass sie traurig waren, tätschelte er sie und die Sache war erledigt. Jetzt klebten sie aneinander wie zwei braune Brötchen, die versehentlich in eine Kiste mit normalen Brötchen geraten waren. Er schob seine Hand wie einen Gürtel über ihre Rücken, und jetzt sahen sie zu dritt aus wie ein langes Baguette. Der Onkel nahm seine Rede zu Ehren des Jungen wieder auf, aber der Junge, um den es ging, hörte nicht zu.

Er sagte: »Ich hole Physio.« Anna sprang auf: »Warte, ich komme mit dir.« Sie folgte ihm und achtete auf seine Schritte, und beide hinkten sie im Gänsemarsch in das Zimmer, in dem ihre Betten und die Kiste mit der Schildkröte standen. Seit ihr Bruder zurückgekommen war, hatte sie nicht mehr mit dem Fahrrad geübt, und sie hatte auch ihre Gehübungen unterbrochen, als hätte sie nach allem, was sie ihm angetan hatte, kein Recht darauf, etwas für die Verbesserung ihrer eigenen Situation zu unternehmen. »Du bist nicht schuld«, hatte er gesagt, »er hat losgelassen. Hätte er nicht losgelassen, wäre er nicht gestürzt.« Sie hatte aber darauf beharrt, schuld zu sein. »Ich bin doch nicht blöd. Man hat mir das Radfahren verboten und ich bin trotzdem gefahren.« Seit ihr Bruder wieder da war, bewegten sich ihre Beine noch unkontrollierter. Aber ihr Rücken war gerader als vorher, als wollte sie sagen: So ist es, ich bücke mich nicht mehr, ich verstecke mich nicht mehr, ich habe blöde Beine und Punkt. Schade. Sie hatte angefangen, Fortschritte beim Laufen zu machen, und auch mit dem grünen Fahrrad. Er hatte mit ihr geübt, war neben ihr hergelaufen, wenn sie den Hang hinunterfuhr, und hatte den Lenker festgehalten, wenn sie schwankte. Aber seit ihr Bruder wieder da war, hatte sie das Fahrrad nicht mehr angerührt. Er hatte sie gefragt, warum, und sie hatte geantwortet: »Wenn dich ein Hund gebissen hat, dann empfindest du Hass gegen ihn, das ist nicht zu ändern.«

»Aber das grüne Fahrrad hat dich doch nicht gebissen, es war ein anderes.«

»Das spielt keine Rolle. Ein Hund hat dich gebissen und du hasst alle Hunde.«

Er nahm an, sie würde sich in ein paar Tagen an die Situation mit ihrem Bruder gewöhnen und dem Hund verzeihen. An dem Tag, als sie ihm die Wahrheit erzählte, hatte er sie gefragt: »Warum versteckst du die Wahrheit vor deinen Eltern. Sie würden dir doch nichts tun.«

Sie sagte: »Ich habe ihnen schon zweimal das Leben versaut. Einmal, als ich so beschissen geboren wurde, und das zweite Mal, als ich meinen Bruder vom Rad fallen ließ.«

»Beides ist Gottes Schuld, nicht deine.«

»Gott«, hatte sie gesagt, »ja, klar.« Das war an dem Tag, als sie nebeneinander auf dem Steg saßen und der Himmel bedrohlich aussah, farblos, als würde er bald aufhören, Himmel zu sein. Er wollte ihr die Hand auf den Rücken legen, als wäre sie seine Schwester, und sagen, sie sei nicht beschissen geboren worden, aber er tat nichts dergleichen. Als riefe dich jemand um Hilfe, aber zwischen dir und dem anderen wäre eine Glasscheibe, sodass du ihn nicht erreichen kannst.

Als sie mit ihrem Bruder und der Schildkröte zurückkam, machte Karniel einen Satz und baute sich vor der kleinen Physio auf. Beide befanden sie sich in der Mitte des Stuhlkreises und ringsherum saß die Verwandtschaft. Karniel war nur ritterlich zu Schwächeren, die Schildkröte versuchte er anzugreifen, aber als sie ihren Kopf herausstreckte, erschrak er und sprang rückwärts. Alle vergaßen, weshalb sie hier versammelt waren, und sagten: »Was für ein Spaß!« Fröhlich beobachteten sie die Szene und riefen Karniel zu: »Los, du Angsthase, fang sie.« Karniel miaute laut, er dachte wohl, er könne der Schildkröte damit Angst einjagen, diese aber bewegte sich in aller Ruhe über den Boden, die Katze und die Menschen waren ihr egal. Anna setzte sich wieder hin und sagte: »Genug, wir sollten jetzt essen.« Sie wünschte sich, dass diese Party schon vorbei wäre. Ihre Tante Sara beobachtete sie, stand auf, kam zu ihr und streichelte ihr über den Kopf. »Wie geht es dir, Süße? Wir haben schon lange nicht mehr miteinander gesprochen.« Sie hatte eine Stimme wie Cheli, aber offenbar mehr Geduld.

»Mir geht's gut«, sagte Anna.

»Willst du nicht für ein paar Tage zu uns kommen?«

»Nein, ihr habt es sowieso schon schwer genug.«

Die Tante lachte: »Wir haben es schwer? Dann komm und hilf uns.«

»Ich kann nicht helfen, ich habe eine defekte Motorik und keine Balance.«

Die Hand ihrer Tante hielt inne. »Du kannst sehr gut helfen. Los, pack deine Tasche und komm mit uns.«

Anna schwieg. Sie sagte weder nein noch ja.

»Was sagst du, soll ich mitfahren?«, fragte sie ihn. Die Schnürsenkel der New-Balance schwangen wild hin und her.

Er wurde rot, es war ihm peinlich, dass sie ihn zum Richter ernannte. »Fahr doch«, sagte er. »Warum denn nicht, es wird dir dort gut gehen.« Wieder verspürte er einen Stich in seinem Herzen. Was mischst du dich ein, vielleicht wird es ihr dort gar nicht gut gehen?, überlegte er. Außerdem solltest du an dich selbst denken. Wenn sie nicht hier ist, werden sie dich entlassen. Hand aufs Herz, sie behalten dich doch nur wegen ihr. Sie wissen, dass sie dich hier haben will, also lassen sie dich hier arbeiten. Sei doch ehrlich, Edisso, so wie sie dich hier haben will, willst du sie hier haben, nicht nur wegen der paar Schekel, die du hier verdienst. Warum? Er wusste es nicht. Er wusste nur, dass sie, außer seinen Schwestern, die Einzige war, der er gern die Socken hochzog, wenn sie ihr in die Schuhe rutschten.

Sie fragte: »Und was wird mit Chajim-Tom?«

»Was wird schon sein«, sagte die Tante. »Auch an den Tagen, an denen du nicht hier bist, wird er immer gesünder und stärker werden.« Woher sollte Sara auch wissen, dass Anna die Verantwortung für das Leben ihres Bruders auf sich genommen hatte und keines der Worte verpasste, die er seit seiner Rückkehr von sich gab, aus Angst, er könne ihr Geheimnis preisgeben.

»Ich werde auf ihn aufpassen«, sagte Edisso. Als wäre das

ein Versprechen, für sie zu spionieren und ihr später zu berichten, was der Junge gesagt hatte oder nicht. Aber wie sollte das gehen, wenn man ihn entließ, wollte er etwa von seinem Haus aus auf ihn aufpassen?

Sie sagte nichts. Die Tante wartete geduldig, bis sie sich entschied. Anna stand auf und ging in ihr Zimmer, und unterwegs stieß sie zweimal an Stühle. Karniel sah, dass sie vorbeiging, und hielt das für seine Chance, die Sache mit der Schildkröte zu beenden, er ließ sie einfach stehen und folgte Anna, als wäre er ihr Sekretär oder so.

»Komm, du Idiot«, sagte sie zu dem Kater. Beide verschwanden, und nach ein paar Minuten kam Anna mit einem Rucksack zurück, in den sie alles gepackt hatte, was sie mitnehmen wollte. Dass er nicht sehr voll war, konnte nur bedeuten, dass sie nicht sehr lange bleiben wollte.

Die Tante war neben ihnen stehen geblieben. »Ich bin Sara«, sagte sie, »und wie heißt ihr?«

Avi und Kobi waren verlegen und sagten leise ihre Namen.

»Holt euch doch was zu essen vom Buffet«, sagte sie. »Los, geniert euch nicht.« In der Zwischenzeit brachten Mike und Cheli Tabletts voller Speisen und stellten sie auf den großen Tisch, den sie aus vier kleineren zusammengefügt hatten. Als die Tante sah, dass die Jungen nicht aufstanden, holte sie einen Teller mit verschiedenen Kernen und Nüssen und hielt ihn ihnen hin. »Hier, nehmt.« Avi nahm zwei Kürbiskerne und Kobi drei Sonnenblumenkerne. Die Schalen hielten sie lange in den Händen und steckten sie erst in ihre Hosentaschen, als es ihnen lästig wurde. Später, als sie auf dem Heimweg waren, stülpten sie ihre Taschen um und ließen die Schalen im Wind fliegen.

Kobi sagte: »Sie ist wie eine äthiopische Mutter. Trägt ein Tuch auf dem Kopf.«

Avi fragte: »Wer?«

»Die Frau, die uns nach unserem Namen gefragt hat. Die die Kerne gebracht hat.«

Sie entließen ihn nicht. Er arbeitete drei Tage in der Imbissbude, nur mit Mike, Cheli und dem Jungen, und am vierten Tag kam Anna zurück.

Er dachte, gut, dass sie einiges von dem, was in diesen drei Tagen passiert ist, nicht mitbekommen hat. Tom brach in einen Weinkrampf aus, als das Lokal brechend voll war. Unter den Gästen befand sich eine Gruppe blonder Touristen. Der Junge stand an der Theke und schleckte ein Eis am Stiel. Mike brachte bei den Touristen sein bisschen Englisch an, das er noch aus der Schulzeit behalten hatte, und bediente sie mit New Yorker Höflichkeit. Er erzählte ihnen etwas über Israel und die Palästinenser und sie sagten Wörter wie settlements, occupied territory und so weiter, und plötzlich fing der Junge an zu schreien, als wollte man ihn umbringen. Die Touristen hörten auf zu essen und ihre Augen wanderten zum Lärm-Verursacher. Cheli stellte ein Tablett mit Pommes frites auf die Theke, ging zu Tom, umarmte ihn und fragte: »Was ist passiert, Tom, was ist los«, aber er weinte, als hätte man ihm eine CD mit Geheule in den Hals gesteckt.

Mike sagte zu den Touristen: »Please, don't pay attention, he was very sick.« Das Lächeln, das er aufgesetzt hatte, fiel aus seinem Gesicht. Er gab Cheli ein Zeichen, die Rollen zu tauschen, sie solle die Gäste bedienen, er würde sich um den schreienden Jungen kümmern. Er nahm den Kleinen auf den Arm, küsste ihn und trug ihn in die Baracke. Das Weinen drang aus dem Loch in der Decke der Hütte und war weiterhin zu hören. Er, Edisso, half Cheli mit den Touristen und beide arbeiteten wie verrückt. Chelis Englisch war besser als Mikes, und sie lächelte weniger als er. Als sie beide in der Küche waren, sagte sie zu Edisso: »Diese Ausbrüche hat er erst seit dem Unfall, davor hat er nie geweint.«

»Wird das vorbeigehen, oder bleibt das für immer?«, fragte Edisso mutig.

»Wer weiß das schon? Für immer? Gott behüte. Wir brauchen noch mehr Pommes frites. Hast du's gesehen? Sie können viel Öl und Salz vertragen.«

Edisso fasste noch einmal seinen ganzen Mut zusammen und fragte: »Kann er sich eigentlich erinnern, wie das alles passiert ist?«

»Am Samstag sind wir mit ihm zum Steg gegangen und haben versucht, den Unfall zu rekonstruieren. Er hat sich an nichts erinnert. Wer weiß, vielleicht kommt das ja noch. Hör zu, frittiere sie etwas länger.« Sie zupfte ihre Haare zurecht und ging hinaus, um die Touristen zu bedienen. Das Weinen hörte so plötzlich auf, wie es begonnen hatte. Der Junge kam mit seinem Vater auf die Terrasse und seine Augen waren noch schöner als vorher, als hätte das Salz der Tränen sie poliert. Eine Touristin sagte: »Oh, what beautiful eyes. If I had …«

An diesen drei Tagen, die Anna bei ihrer Tante verbrachte, hatte es auch den großen Streit zwischen ihren Eltern gegeben. Als er vorbei war, sagte Mike: »Was ist mit uns los, Cheli, wir ticken doch beide nicht mehr richtig.« Er steckte ihr eine Zigarette an, sie setzten sich auf die Stufen, rauchten und schauten hinüber aufs Meer, als würde die Lösung von dort kommen. Und alles nur wegen dieser Frau.

Mike hatte gesagt: »Du bist zu schroff mir ihr umgegangen.«

»Im Gegenteil, ich hätte sie sofort rausschmeißen müssen, als sie den Fuß auf unsere Treppe setzte. Was bist du plötzlich so feinfühlig? Wer hat sie gebeten, hier herzukommen? Warum mischt sie sich ein?«

Er, Edisso, stand in der Küche und putzte den Herd. Der Junge schlief, Mike und Cheli waren auf der Terrasse. Es wurde langsam dunkel, die Vögel versammelten sich am Wasser. Edisso rieb die Brennköpfe mit Stahlwolle ab, konnte die beiden aber trotzdem hören. Sie unterhielten sich, als wären sie allein auf der Welt.

»Sie mischt sich ein, das finde ich ja auch. Aber ein Minimum an Gastfreundlichkeit könntest du schon zeigen, oder? Du kannst doch nicht im Beisein unserer Familie einfach jemanden hinauswerfen.«

»Willkommen, Abraham, unser Vater. Gastfreundlichkeit, du spinnst doch. Ein Gast, dessen Absicht durchsichtiger ist als sein Kleid.«

»Vergiss die Absichten. Da kommt jemand, sagt ein freundliches Wort und du spuckst ihn an.«

»Ein freundliches Wort? Weißt du was, du hast recht. Sie hat gesagt, du wärst sexy. Das ist doch wirklich ein freundliches Wort.«

»Lass uns mit offenen Karten spielen. Fängst du etwa an, eifersüchtig zu sein?«

»Oho.« Cheli lachte. »Es ist mein gutes Recht, eifersüchtig zu sein, auch wenn ich genau weiß, dass du mich nie im Leben verlassen wirst, ich weiß es so genau wie ich weiß, dass heute Dienstag ist. Du wunderst dich vielleicht, ich habe sie sogar dazu ermuntert, dir ein bisschen Freude zu bereiten. Ich habe der Katze erlaubt, an der Sahne zu riechen. Aber wenn sie frech wird, sage ich, bis hierher und nicht weiter, Madame. Wenn sie glaubt, sie hätte hier irgendetwas fest in der Hand, dann kann sie sich das aus dem Kopf schlagen. Und ich sage dir eins, ab morgen bekommt sie den Stuhl nicht mehr umsonst. Wenn sie einen will, soll sie gefälligst bezahlen. Sie soll einen Kaffee oder ein belegtes Brot oder wenigstens einen Kaugummi kaufen. Tut sie das nicht, kann sie sich mit ihrem dicken Arsch in den Sand setzen.«

»Du gehst zu weit. Du willst ihr nach zwei Monaten, in denen sie umsonst bei uns sitzen durfte, plötzlich sagen, dass das nicht mehr geht?«

»Du kennst mich doch, oder?«

Am nächsten Morgen beobachtete Cheli die Stühle am Strand. Sie wollte nicht verpassen, wie die Dicke kam und sich einen Stuhl holte. Mike arbeitete ruhig vor sich hin, aber auch seine Augen sprangen ständig zu den Stühlen und wieder zurück. Sie sprachen nicht miteinander. Jeder von ihnen tat schweigend, was zu tun war. Sie wischte die Tische, putzte die Theke und polierte die Weingläser. Er spritzte mit dem Schlauch Wasser auf den Terrassenboden und wischte ihn dann sauber. Der Junge schlief noch.

Plötzlich waren die klirrenden Armreifen zu hören, Tehila kam. Chelis Hand mit dem Lappen blieb in der Luft hängen, sie wartete. Auf einmal richtete Mike den Schlauch auf die Stühle, die im Sand standen, deckte mit dem Finger einen Teil der Schlauchöffnung zu, verstärkte damit den Druck des Wassers und spritzte sie ab. Als Tehila da war, sagte er, noch bevor sie grüßen und einen Stuhl nehmen konnte und bevor Cheli den Mund aufmachen konnte: »Heute machen wir die Stühle gründlich sauber.«

»Das Lokal wird hygienisch aufgerüstet«, sagte sie, »nicht schlecht.« Sie setzte ein breites Lächeln auf, das ihren Mund so weit auseinanderzog, wie es überhaupt möglich war. »Meinem Hintern reicht das alte hygienische Niveau, falls es euch nicht stört.« Sie griff sich an den Hintern.

»Doch, es stört uns sehr«, sagte Cheli. »Ab heute gibt es keine kostenlosen Mahlzeiten und keine kostenlosen Stühle mehr.« Sie stand auf der Terrasse, abwartend wie ein Kapitän auf dem Spielfeld, und bereitete sich auf einen Ausbruch vor.

»Hoppla«, sagte die Frau. »Ich sehe, dass das Direktorium der Imbissbude weiterreichende Maßnahmen beschlossen hat.« Sie nahm ein lilafarbenes Gummiband aus der Tasche und band ihr Haar zusammen.

»Das sind keine weiterreichenden Maßnahmen«, sagte Cheli, »das sind notwendige Maßnahmen, um sich eine Nervensäge vom Hals zu halten.« Aus ihren Augen sprühten Funken.

Mike wurde nervös. »Cheli!«, sagte er beschwörend. Das Wasser aus dem Schlauch bildete bereits einen Fluss, der zum Meer führte.

Die Frau setzte ein herzzerreißendes Lächeln auf. »Oho, ich sehe, dass die Direktoren nicht einer Meinung sind. Ich würde mich freuen, wenn ich helfen könnte, den Streit beizulegen.«

»Hör zu, Gnädigste. Es gibt Menschen auf der Welt, die arbeiten müssen, um ihren Lebensunterhalt zu verdienen. Also lass sie das tun und verschwinde.« Cheli sah man an, wie wütend sie war, hier ging es um Leben und Tod, wer sie angriff, riskierte einen heftigen Gegenschlag.

»Wenn dir ein Stuhl so wichtig ist«, sagte Mike zu der Frau, »dann nimm einen und Schluss.«

»Nur über meine Leiche«, sagte Cheli. »Weder einen Stuhl noch sonst was.« Sie verließ die Tische, ging zur Treppe und baute sich vor der Frau auf. »Wenn du damit rechnest, dass es zwischen Mike und mir zu einem großen Streit kommt, dann hast du dich geschnitten. Wir streiten uns wunderbar, auch ohne dich. Aber touch wood, das geht immer gut aus. Nach jedem Streit lieben wir uns nur noch mehr.«

Gereizt ließ Mike den Schlauch fallen, drehte den Wasserhahn zu und sagte: »Okay Mädchen, kein Stuhl ist es wert, dass wir uns deswegen den Vormittag ruinieren. Dann …«

»Ich bin kein Mädchen, mein Schatz. Ich bin Inhaberin dieses Lokals, genau wie du, und ich bin fest entschlossen, mit dieser Schmarotzerin Schluss zu machen.«

Aus dem Loch in der Decke kam ein Schrei: »Mama«. Cheli warf den Wischlappen weg und trocknete ihre Hände an der Hose ab. »Er ist aufgewacht«, sagte sie und rannte zu ihrem Sohn.

»Time out.« Die Frau holte tief Luft und stieß sie geräuschvoll wieder aus – es klang wie ein löcheriger Fahrradschlauch, durch den die Luft entwich.

»Du hast eine unglaubliche Frau«, sagte sie zu Mike. »Ich bin verrückt nach solchen Frauen.«

Mike sagte nichts, er ging zur Küche, doch an der Tür drehte er sich noch einmal und kam zurück. »Was ist schon dabei, kauf dir einen Kaugummi und die Sache ist gegessen.«

»Nein, Süßer, ein Kaugummi würde die Füllungen rausziehen.«

»Dann mach, was du willst.« Er hob die Arme, ging in die Küche und sah nicht, dass sie tatsächlich machte, was sie wollte. Sie nahm einen Stuhl und ging damit zu ihrem gewohnten Platz. Dann kam Cheli zur Terrasse. »Warte hier auf mich«, sagte sie zu Tom, ging hinunter zum Strand, zu der Dicken, und sagte: »Der Stuhl ist Privateigentum. Gib ihn auf der Stelle wieder zurück.«

»Dein Mann hat es mir erlaubt.«

»Das kannst du deiner Großmutter erzählen. Steh auf, oder ich rufe die Polizei.«

Die Frau sagte: »Er hat gesagt, ich soll machen, was ich will, und das habe ich getan.« Sie schob sich eine Weintraube nach der anderen in den Mund und kümmerte sich nicht darum, dass Cheli ihr Handy aus der Tasche zog und die Polizei anrief. Diesmal war die Polizei schnell, es dauerte keine fünf Minuten und ein Streifenwagen hielt am Strand. Zwei dünne Polizisten stiegen aus. Der Kleinere sagte: »Schau doch, was für ein tolles Meer«, und der Lange wollte wissen, wer sie gerufen hatte.

»Guten Morgen, ihr beiden Süßen«, sagte die Frau und schenkte ihnen ein Schauspielerinnenlächeln.

Cheli berichtete, um was es ging. Mike kam aus der Küche, den Kartoffelschäler in der Hand, und als er sie sah, rannte er zum Brennpunkt des Geschehens, stellte sich neben die Polizisten und sagte: »Cheli, wirklich, bist du auf den Kopf gefallen?« Tom kam die Stufen herunter und schrie: »Papa, warte auf mich.« Dann kam er näher und betrachtete fasziniert die Polizisten und den Streifenwagen – es war wie im Kino.

Der kleine, dünne Polizist sagte: »Ist es nicht schade, das Meer ist so schön, und Sie machen den Leuten Probleme? Der Stuhl gehört ihnen. Wenn sie die Benutzung erlauben, ist das eine Sache, wenn nicht, eine andere.«

»Wie ihr seht, hat sich das Ehepaar in dieser Angelegenheit noch nicht geeinigt. Der Mann erlaubt es mir, die Frau nicht. Es wäre gut, wenn ihr hier erst mal für häuslichen Frieden sorgen würdet. Sonst müsst ihr noch eine Akte für einen Fall von Gewalt in der Familie anlegen.«

Die Zwiebeln, die Mike auf dem Herd stehen gelassen hatte, brutzelten. Edisso ging in die Küche, rührte die Zwiebeln um und drehte die Flamme kleiner. Er schälte die Karotten zu Ende, die Mike zu schälen begonnen hatte, und konnte nicht sehen, was sich draußen abspielte. Als er zur Theke ging, sah er Familie Chajat zurückkommen. Mike blickte zu Boden, Chelis Gesicht war rot. Sie hielt den Stuhl in der Hand. Zwischen ihnen lief der Junge und fragte: »Waren ihre Pistolen echt? Was sind das für Eisenringe an ihren Gürteln? Stecken sie die Frau jetzt ins Gefängnis?«

Wahrscheinlich hörte der Junge nicht, wie die Frau die Polizisten fragte: »Kann ich bei euch mitfahren? Ich muss in die Ibn-Gvirol-Straße, ich habe dort eine Brille zur Reparatur gebracht.«

Der Lange fragte den Kleinen: »Was meinst du?«

»Warum nicht, es liegt auf unserem Weg.« Sie warteten, bis sie ihre Sachen zusammengepackt hatte und mit ihnen ging. Der Streifenwagen und die Akteure waren verschwunden. Im Sand blieben nur noch die vier Löcher der Stuhlbeine.

Mike bestieg das grüne Fahrrad und fuhr zum Steg. Er sagte nicht, warum und für wie lange.

»Wo will Papa hin?«, fragte der Junge.

»Er muss sich ein bisschen abkühlen«, sagte Cheli.

»Wo denn?«

»Wenn er zurückkommt, fragen wir ihn, wo er war.« Sie umarmte ihn so fest, als habe sie ihm etwas angetan, was ihr jetzt leid tat.

»Wenn Papa mich auf dem grünen Fahrrad mitnimmt, dann werde ich, dann werde ich … dann werde ich …«

Cheli wartete geduldig, sie ließ ihm die Zeit, doch als sie sah, dass er nicht weiterkam, sagte sie: »Wenn du ein bisschen kräftiger bist, wird er dich mitnehmen.«

»Das will ich nicht!« Er stampfte mit seinem gesunden Bein auf den Boden. »Kein Fahrrad, kein Fahrrad! Er soll mich nicht mitnehmen! Soll mich nicht mitnehmen, soll mich nicht mitnehmen …«

Wenn Anna ihn gehört hätte, hätte sie sich aufgeregt, sie hätte gesagt, Mann, er soll endlich aufhören. Sie tat ihm so leid. Das Geheimnis wog schwerer, als sie tragen konnte. Wenn sie es doch nur einmal aussprechen würde, wäre sie es los, auch wenn sie erst einmal krank würde. Wenn man krank wird, kann man auch wieder gesund werden. Und bestimmt hätte sie hinterher ein Gefühl, als hätte man ihr einen Nagel aus der Kehle entfernt.

Edisso betrachtete den Himmel und das Meer und dachte, schade, dass Annas Eltern sich an einem so schönen Tag streiten mussten. Der Himmel war durchsichtig wie Zellophanpapier und man erwartete, im nächsten Moment die Beine der Engel zu sehen. Das Meer war glatt, die Wellen waren schwer und bewegten sich langsam in kleinen, weißen Bögen, sogar die Vögel verrichteten ihre Geschäfte ohne Hektik. Sie standen im Sand, sie hatten Zeit. Edisso dachte, du wirfst ihnen Brot von gestern hin und sie kommen so langsam näher, als wäre es unter ihrer Würde, zu drängeln und sich auf das Brot zu stürzen. Karniel zankt sich mit anderen Katzen um seinen Platz am Müllcontainer. Er wartet, bis eine Katze zur Seite geht, und nimmt sofort den frei gewordenen Platz ein. Die Welt tut, als würde sie sich auf Gott verlassen. Und ausgerechnet an einem solchen Tag schweigen Mike und Cheli in der Küche wie zwei Salatköpfe. Tom stellte Fragen über Polizisten und Diebe, und sie antworteten abwechselnd. Mike schloss die Tür des Kühlschranks mit einem lauten Knall, trank sehr viel Wasser und aß nichts außer ein paar Pommes frites. Cheli rauchte jede Zigarette bis zum Filter, als wäre es ihre Letzte, und aß gar nichts. Irgendetwas lähmte die beiden.

Als der Junge eingeschlafen war, spritzte alles aus ihnen heraus, wie aus einer Flasche Cola, die man zu lange geschüttelt hat.

Mike fasste sie am Arm und sagte: »Los, rede! Was hast du auf dem Herzen?«

Sie schwieg und stieß den Rauch aus der Nase wie ein Mann. Der Wind vom Meer brachte den Rauch zurück zur Terrasse. Mike ließ Chelis Arm los und schob sein Gesicht ganz dicht vor ihres. »Nun red schon! Was ist los mit dir? Seit deiner Rückkehr bist du voller Vorwürfe gegen mich. Habe ich dir etwas angetan, was du mir nicht angetan hast?«

»Hau ab, fick dich!« Sie hob den Arm und befreite sich aus seinem Griff. Rauchschwaden stiegen aus ihrer Nase wie die Kondensstreifen eines Jets am Himmel.

»Wunderbar, mit wem?« Auch er wandte sich jetzt zum Meer. Er nahm Oliven aus der Schüssel und warf sie durch die Luft, als wären sie Steine.

»Mit ihr, mit wem du willst.« Sie schmiss die Zigarette in den Sand und packte seine Hand, in der er eine Olive hielt. »Bist du plötzlich ihr Anwalt geworden?«, schrie sie. »Du siehst, dass mir die Sicherungen durchbrennen, dass ich auf dem Zahnfleisch gehe, dass ich so fertig bin wie nie zuvor, und da stellst du dich auf die Seite dieses Flittchens. Mit allem Respekt für ihre Titten, aber uns ist im letzten Monat etwas passiert, oder etwa nicht? Wir haben uns von dieser Erschütterung noch nicht erholt und du lebst, als wären wir an der französischen Riviera und das Leben eitel Sonnenschein. Glaube mir, dieser Hausschuh ist sensibler als du.« Sie hob einen Fuß und kickte ihren Schuh in die Luft.

»Was willst du, soll ich etwa auf dem Boden knien und Psalmen lesen? Ich bin so, wie ich bin. Mein Kopf weint, meine Leber lacht, mein Herz schreit und mein Arsch ist still. Ich bin eben aus verschiedenen Teilen zusammengesetzt und werde mich in den nächsten fünfzig Jahren nicht ändern. Wenn dir das passt, ist es gut, wenn nicht, dann eben nicht. Was anderes habe ich nicht zu bieten. Hör gut zu, was ich dir jetzt sage: Unser Leben ist wie ein PKW, der mit einem Laster zusammengeknallt ist. Man muss sich entscheiden, ob man das Auto reparieren oder verschrotten lässt. Ich plädiere für reparieren, für etwas anderes haben wir kein Geld.«

»Eine beschissene Metapher. Mike, ich bin kein Auto, ich bin nicht aus Blech und du auch nicht. Lass diesen Scheiß! Wir haben zwei behinderte Kinder, es wird Zeit, dass du das kapierst. Das haben wir nicht geplant, es ist einfach passiert. Alles, was wir früher zum Thema Freiheit und Gleichberechtigung gesagt haben, ist nichts mehr wert. Unsere Familie ist zum Renovierungsprojekt eines ganzen Stadtviertels geworden. Einer allein kann das nicht schaffen. Und du läufst hier rum, als wäre das nur eine Bagatelle, und ziehst auch noch eine Nummer als Casanova ab.«

»Halt den Mund.«

Edisso stellte den leeren Mixer an, nur um ihre Stimmen zu übertönen. Das Geschrei vermischte sich mit dem Geräusch des Motors und zerschellte an den Schneidemessern im Mixer. Der Mixer zerhackte kein Gemüse, nur Luft und Geschrei. Edisso wäre gern nach Hause gefahren, aber wie sollte er mitten in ihrem Streit die Terrasse betreten. Sie hatten ihn bestimmt vergessen. Was für ein Mundwerk sie hatte, diese Cheli. So ein Mundwerk hätte er sich auch für seine Mutter gewünscht, die immer geschwiegen hatte. Sie hatte sich von seinem Vater den ganzen Mist aufladen lassen, seine Flüche, sein Anspucken, seine Trinkerei ertragen – und geschwiegen. Das genaue Gegenstück zu Cheli. Bis zu den Zehen. Die Zehen seiner Mutter waren klein und zart wie Erdnüsse. Zu Hause lief sie barfuß herum, und wenn ihr Kleid keinen Schatten werfen und sich nicht im Wind bewegen würde, würde man nicht merken, dass sie vorbeiging. Wenn sie geschrieen hätte, wäre sie ihren Ärger losgeworden und hätte Platz gehabt für neuen Ärger. Wer nicht schreit, in dem wird es so eng, dass er nicht mehr richtig atmen kann. Edisso würde gern zu seiner Mutter sagen, schrei einmal in deinem Leben. Reiß den Mund auf, dass man dir bis in den Rachen schauen kann. Reiß dir die Haare aus, mach Schwierigkeiten. Er mochte es nicht, wenn man über die Äthiopier sagte, sie seien ruhig und edel. Was für ein Blödsinn. Als würde man sagen, wie schön, dass sie so schwach sind, dass sie alles in sich hineinfressen, super, dass sie nicht gelernt haben, den Mund aufzureißen und Krach zu machen. Er wurde wütend auf seine Mutter und alle Äthiopier. Er schaltete den Mixer aus. Es war still. Sie schrien nicht mehr. Er stand in der Küche und wusste nicht, was er machen sollte. Vielleicht hatte Cheli Mike schon erwürgt und nun war er tot. Vielleicht hatte Mike Cheli ins Meer geworfen, und wenn er sie zurückholen wollte, würde er sie nicht mehr finden, weil es schon dunkel war. In der zweiten Augusthälfte wird es ganz schnell dunkel. Er ging zur Theke und sah, dass die Terrasse leer war. Die beiden saßen mit dem Rücken zu ihm auf der Treppe. »Was ist bloß los mit uns«, sagte Mike, »wir sind vollkommen ausgerastet.« Ihre Gesichter waren dem Meer zugewandt, als würden sie sich schämen, einander in die Augen zu schauen.

Sie hörten, wie er seine Sandalen anzog, und beide fragten gleichzeitig: »Edisso, du bist noch gar nicht gegangen?«

Mike rückte etwas zur Seite und sagte: »Los, hau endlich ab, zu Hause warten sie auf dich.« Dann rückte Mike wieder zurück und er und Cheli saßen wieder so dicht nebeneinander wie zuvor. Sie schauten über das Meer und hörten schweigend den Wellen zu, die den Sand leise glätteten und sich wieder zurückzogen.

Edisso nahm das Fahrrad und fuhr los, er war ein Nervenbündel, er kochte innerlich vor Aufregung und fuhr langsam, so wollte er nicht zu Hause ankommen. Er ärgerte sich über sich selbst. Was hast du denn?, fragte er sich, was bist du so geladen, hat dir irgendjemand etwas Böses getan? Hat dich einer hart angepackt? Hat jemand etwas zu dir gesagt? Du hast geglaubt, sie sind perfekt, aber das sind sie nicht. Na und? Ist das dein einziges Problem im Leben? Was gehen sie dich an, nach den Ferien verschwinden sie aus deinem Leben und du wirst nichts mehr von ihnen hören, nie mehr.

Nein. Das war es nicht. An ihm nagte etwas anderes, er war neidisch. Der Neid hat Zähne wie eine Maus. Er beneidete sie um ihren Streit. Sei kein Blödmann, dachte er, was gibt es da neidisch zu sein? Doch, es gab etwas. Das war ein Streit unter Gleichen, der Streit von Leuten, die vor nichts Angst haben, sie machen sich gegenseitig fix und fertig, schreien bis zum Himmel und während man noch das Echo ihrer Schreie hört, sitzen sie wieder dicht nebeneinander auf den Stufen, als wären sie von einer Krankheit genesen. Und wenn es noch mehr Krankheiten geben sollte, dann würden sie diese ebenfalls überstehen. Vor einer Minute hatten sie sich zerfleischt, und schon legte sie ihren Arm auf seinen. Wenn er je eine Frau haben sollte, würde er sich mit ihr streiten. Er würde wollen, dass sie sich nach dem Streit wieder an die Hände nähmen. Und wenn ein Fischer käme und ihm seine Frau wegnähme? Er würde es nicht zulassen. Aber bis er erwachsen sein würde, wäre vielleicht auch sein Herz mitgewachsen und er könnte großzügiger sein. Was wusste er schon, er war ja noch ein Kind, er hatte noch nicht einmal einen Personalausweis. Erst in einem Jahr würde er sechzehn. Cheli und Mike, und all ihre Geschichten: Der Fischer hatte sich Cheli genommen, die Dicke Mike. Und am Ende des Tages berührten sich ihre Hände wieder. Er dachte an Annas Hand, die er berührt hatte, und sein Rücken fühlte sich plötzlich glatt und kühl an. Morgen würde sie zurückkommen. Er trat kräftiger in die Pedale und hörte dabei ein Rauschen, das ihn an das Meer erinnerte. Er spürte den Wind im Gesicht und fühlte sich wie ein Delfin, schwimmend, hüpfend, tauchend und springend.

Zehntes Kapitel

Saras Baby starb. Nach sechs Monaten in ihrem Bauch entschied sich der Himmel anders. Wenn Gott einen Gott hätte, hätte er ihn zur Ordnung gerufen. Sara? Das geht zu weit. Von ihrer Sorte haben wir viel zu wenige. Lass sie in Ruhe.

Und es geschah ausgerechnet an dem Tag, an dem Mike zur Siedlung gekommen war, um Anna abzuholen. Sie saßen in der Küche, nur er und Sara und das Baby in ihrem Bauch. Die Kinder, auch seine Töchter, hatten sich überall verstreut, im Schwimmbad, im Ferienlager, im Hort. Die Sonne schien durch das Fenster hinter Saras Rücken und ließ ihre Ärmel durchsichtig werden, er sah ihre Arme, die lang und gerade waren wie Chelis. Er konnte es an einer Hand abzählen, wie oft er mit Sara Kaffee getrunken hatte, nur er und sie in ihrer engen Küche. Die Küche, um deren Fenster die Kochlöffel, die Schöpfkellen und der Knoblauch hingen und in der der Kühlschrank mit seinen Magneten eher einer Pinnwand glich. Er saß auf einem Stuhl, sie stand, an die Arbeitsfläche gelehnt, und wartete darauf, dass das Wasser kochte. Zwei Gläser mit Pulverkaffee standen bereit. Das Wasser begann zu kochen, und sie streckte schon die Hand nach dem Kessel aus, hielt aber plötzlich inne. »Entschuldige«, sagte sie und lief zur Toilette. Als sie zurückkam, war sie weiß wie die Wand, als hätte sie statt Blut Kalk in den Adern, und sagte: »Ich muss ins Krankenhaus.« Er erschrak. Noch nie hatte er sie so blass gesehen. Als wäre sie dem Ende nahe. Sie fragte, ob er sie fahren könne, als gäbe es eine andere Möglichkeit. »Du hattest genug Krankenhaus in diesem Sommer«, sagte sie. »Es tut mir leid, dass es gerade dich trifft, aber Nachschon ist beim Reservedienst, eine Fortbildung für Sicherheitsoffiziere.« Ihre Finger verkrampften sich wie Chelis Finger. Sie packte ein paar Sachen in eine Reisetasche und telefonierte dabei leise mit einer Nachbarin, erklärte ihr, was zu tun sei, wo sich jedes Kind befand, wann sie zurückkommen würden und wo das Essen stand. »Die großen Mädchen wissen alles«, sagte sie. »Sie werden zurechtkommen, ja, auch die Töchter meiner Schwester. Bitte gib nur ein bisschen auf sie acht.« Eine Vene an ihrem Halsansatz pochte so heftig wie der zerteilte Schwanz eines Geckos. Als sie zum Mazda ging, konnte sie kaum die Beine bewegen, sie trippelte wie ein Vogel. »Gib mir deine Tasche«, sagte er, und sie gab sie ihm. Auf der Herfahrt hatte er sich vorgestellt, sie würden in der Küche sitzen und sich über dieses und jenes unterhalten. Durch das Fenster hinter ihrem Rücken würde man den Himmel sehen, und die Sonne würde hereinstrahlen. Er würde etwas über Gott oder die Politik sagen, und die kleinen Muskeln an ihren Mundwinkeln würden zittern. Egal, über was sie sich unterhielten, in ihren Gedanken ging es immer um das Leben, das sie führten, im Gegensatz zu dem, das sie sich vorgestellt hatten. Doch statt sich mit den Lebenden zu beschäftigen, fuhr er sie jetzt zum Krankenhaus, zur Beschäftigung mit Toten. Nun ja, man muss nicht übertreiben, dachte er, es ist nur ein Toter, noch nicht mal ein ganzer, vielleicht zwei Drittel eines Menschen. Ein

Embryo. Das armseligste Geschöpf, das es gibt, mit dünnen Fingerchen und ohne Zähne, und auch sonst ohne Körperteile, mit denen es sich wehren könnte. Er wollte schon sagen, dass Gott nur den Schwachen gegenüber mächtig sei, aber ihre Handflächen waren wie eine Muschel in einer Muschel, und eine Vene auf ihrem Handrücken war so angeschwollen, dass sie wie ein Warnschild wirkte, Vorsicht, hier ist die Grenze. Sie schwiegen. Er kannte sie, er wusste, dass ihre Augen zwar auf die Straße gerichtet waren, sich aber auf ihren Bauch konzentrierten. Was sie Gott zu sagen hatte, würde sie in seiner Gegenwart nicht laut aussprechen. Sie würde keine schmutzige Wäsche vor ihm waschen. Sie schwieg und presste ihre leeren Hände zusammen.

Er musste etwas sagen. »Willst du ein bisschen Wasser? Ein saures Bonbon?«

Zweimal schüttelte sie mit dem Kopf, einmal für das Wasser und einmal für das Bonbon.

»Wenn du weinen möchtest, dann tu's ruhig«, sagte er, als wäre er ein Psychologe oder so etwas. Aber was würde er tun, wenn sie auf seinen Vorschlag eingehen und wirklich weinen würde?

Sie lächelte und ihr Lächeln schlug gegen die Windschutzscheibe und rutschte wieder an ihr herunter.

»Ich habe keine Tränen«, sagte sie.

»Was hast du denn?«

»Das ist es ja, dass ich nichts habe. Ich habe getan, was ich konnte, um einen weiteren Menschen auf die Welt zu bringen. Kannst du schneller fahren? Ich verliere Blut.«

Er erschrak und schlug ihr vor, einen Krankenwagen zu bestellen, der sie unterwegs übernehmen könne, aber sie sagte: »Lass nur, so dramatisch ist es nicht.« Er fuhr schneller und dachte, über meinem Herzen habe ich ein Sieb mit großen Löchern, durch die die Sorgen aller anderen hindurchfallen.

Im Krankenhaus sagten sie: »Ihr Mann kann die Formalitäten regeln, legen Sie sich sofort hin.« Vor lauter Blässe war sie schon grau, sie sagte: »Er ist mein Schwager.« Aber sie hatte schon viel Blut verloren. Die Krankenschwester an der Rezeption war doppelt geschützt, zum einen durch die Glaswand mit der runden Klappe zum Sprechen, zum anderen durch den Computer. Mike hielt Saras gesamte gynäkologische Geschichte in der Hand, aber er würde nicht in die Akten schauen, im Leben nicht, er würde nicht anderer Leute Schlafzimmertür öffnen. Die Fragen der Krankenschwester konnte er nicht beantworten. »In welcher Kasse ist Ihre Frau versichert? Hat sie bei uns eine Akte? Wann hatte sie ihre letzte Periode?« Den Blicken der Frau war anzumerken, dass sie ihn als Dummkopf beschimpft hätte, hätte sie nicht gefürchtet, dann entlassen zu werden. Ihre Lippen waren zusammengezogen wie das Gummiband einer Unterhose. Auch der Abstand zwischen Ober- und Unterlid wurde immer schmaler.

»Sie ist nicht meine Frau«, sagte er.

»Warum haben Sie das nicht gleich gesagt? In welchem Verhältnis stehen Sie zu ihr?«

»Sie ist meine Schwägerin.« Er spürte, wie seine Zähne knarzten, als hätte er Sand im Mund. »Die Schwester meiner Frau«, fügte er hinzu, durch die offene Klappe in der Glaswand. Die Angestellte tippte die Daten ein, der Drucker spuckte einen Aufkleber aus, die Empfangsschwester fügte ein paar leere Seiten zu Saras Krankengeschichte und reichte ihm die Papiere durch den Spalt zwischen Rahmen und Glas. Diese Frau würde nie jemandem die Hand geben, aus Angst, Bazillen könnten von einer Seite auf die andere gelangen.

Sara verlor ein Baby und bekam zwei Bluttransfusionen. Die Wehen waren von allein gekommen und hatten das tote Baby aus ihr hinausgedrückt, danach bekam sie eine Vollnarkose, um die Gebärmutter gründlich zu säubern. Die Ärzte sagten: »Vorzeitige Ablösung der Plazenta.« Während Sara im Aufwachraum schlief, rief er Nachschon und Cheli an, und zu beiden sagte er »Vorzeitige Plazentaablösung.« Worte, die für ihn wie Ozonloch oder Quantentheorie klangen. Von diesen Themen verstand er nichts. Aber noch weniger verstand er, warum man einem Embryo, der ein Visum fürs Leben bekommen hatte, mitten auf dem Weg das Visum wieder abnahm. Und die Mutter? Hoffentlich sagten sie nicht zu ihr: Sie haben doch zu Hause sieben gesunde Kinder. Ein Mensch, dem etwas Schlimmes geschieht, lässt sich nicht dadurch trösten, dass Milliarden anderer nichts passiert ist. Sie sagten, er könne neben ihr im Aufwachraum sitzen. Er wusste nicht, was richtiger war, hineinzugehen oder nicht. Er betrat das Zimmer, wagte aber nicht, sie anzuschauen. Er, der so genau wusste, wie man Frauen tief in die Augen sah und sie mit einem blauen Hugh-Grant-Blick fixiert, brachte nicht den Mut auf, die geschlossenen Augen seiner Schwägerin anzuschauen.

Eine Krankenschwester stellte ein Glas Wasser auf den Nachttisch und legte ein Läppchen daneben. »Hier, Sie können ihr die Stirn und die Lippen befeuchten.«

Ein Mensch verliert drei Monate – und ist einfach weg. Er hätte zu einem neuen Moses oder Shakespeare oder David Beckham werden können, oder auch zu einem Busfahrer – und aus. Für ein Kind dieses Alters gab es keine Grabreden, keine Beerdigungen, keine Leichentücher, keine Grabsteine, es wurde nicht beim Einwohnermeldeamt erfasst. Wut stieg in ihm auf, ihm wurde heiß. Hätte es keine Zimmerdecke und kein Neonlicht gegeben, das den Kummer beleuchtete, hätte er dem Himmel in die Augen geschaut. Er nahm das nasse Läppchen und wischte ihr die Stirn ab. Sie sah aus wie eine verblasste Fotografie ihrer selbst. Er wollte sie küssen, wie man ein Kind küsst, das hingefallen ist und sich an der Stirn verletzt hat. Wenn er gekonnt hätte, hätte er den Embryo geküsst, damit er wenigstens einen guten Eindruck von dieser Welt bekäme, bevor er in Formalin versenkt würde. Sara öffnete die Augen und lächelte. Sie erinnerte sich nicht daran, dass sie keinen Grund zum Lächeln hatte. Als es ihr einfiel, zogen sich ihre Mundwinkel nach unten.

»Warum bist du nicht nach Hause gefahren?«, fragte sie mit einer schwachen Stimme.

»Ich habe auf dich aufgepasst.«

»Was gibt es da aufzupassen?« Sie schloss die Augen und sagte leise: »*Wenn der Herr nicht die Stadt behütet, so wacht der Wächter umsonst.*«

Statt zu fluchen, zitierte sie Psalmen. Er würde gern gehen, wünschte, der Jeep des Sicherheitsoffiziers würde eine Abkürzung finden und endlich Nachschon herbringen. Er wollte von ihr keine Sprüche hören, die die Welt erklärten und rechtfertigten. Er wollte die Welt, wie sie war. Pur. Ohne Zusätze. Er schüttelte den Kopf und dachte an Cheli, die jetzt mit Edisso und Tom in der Imbissbude stand und nicht eine Minute frei hatte, um dem Meer zu lauschen, Kaffee zu trinken oder in Ruhe zur Toilette zu gehen.

»Du kannst ruhig weggehen, ich bin wirklich in Ordnung, bring mir nur vorher noch ein Glas Wasser.«

Er brachte ihr Wasser und dachte nicht daran wegzugehen. Wenn sie die Hand auf den Bauch legen und endgültig begreifen würde, dass er leer war, würde sie jemanden brauchen. Wenn er könnte, würde er am liebsten am Bett des Embryos stehen. Wie kam er nur auf diese Idee. Wer wusste schon, was man in Krankenhäusern mit diesen winzigen Menschen anfing, die im Mutterleib starben. Ertränkte man sie in Formalingläsern, als Modelle für Medizinstudenten? Verpackte man sie in schwarze Tüten wie Unfallopfer, Größe S, oder entsorgte man sie in Müllcontainern? Saras Lippen waren durchsichtig. Das Blut, das man ihr durch die Vene zugeführt hatte, hatte nicht für ihr Gesicht gereicht. Er sah, dass ihr Kopf nicht bedeckt war. Blutleere Lippen, keine Kopfbedeckung, kein Gummiband, das die Haare zusammenhielt, und schon kam er auf Gedanken, die nicht hierher gehörten. Er drehte den Kopf zum Fenster, damit er sie nicht anschauen musste, und sie ihn nicht. Du bist Mike Chajat, Busfahrer aus Kiriat Jovel, sagte er sich, nicht unser Erzvater Jakob aus der Bibel, der zwei Schwestern heiratete. Du hast schon deine Rachel, eine tolle Frau, reicht dir das nicht? Hat ihre Schwester irgendetwas, was deine Frau nicht hat? Sogar die Zehen, die unter dem Laken hervorlugten, das Sara bedeckte, hatten die Form und die Länge von Chelis Zehen. Wüsstest du es nicht besser, hättest du sie für die Zehen deiner Frau halten können. Ein Mann, der keine klar definierte Aufgabe hat, kommt auf dumme Gedanken. Schade, dass er nicht ins Büro musste, um irgendwelchen Papierkram zu erledigen. Wenn du wie ein Klotz herumhockst, wandern deine Augen dahin und dorthin, sie sehen dies und das und wecken dumme Gedanken. Die Gedanken summen herum, du verscheuchst sie, sie drehen eine Runde und kommen zurück.

»Soll ich dir eine Cola bringen?«, fragte er.

Nein, sie wollte keine Cola.

»Kaffee? Unten gibt es eine Kaffeebar.«

»Gut.«

Sie stimmte zu, weil sie sah, dass er Bewegung brauchte. Vielleicht schickte sie ihn auch absichtlich weg, weil sie eine Bettpfanne brauchte oder weil sie weinen wollte. Er ging hinunter, um den Kaffee zu holen. In den Korridoren sah er, was man in Krankenhäusern üblicherweise zu sehen bekommt. Er dachte an Nachschon, der immer sang: »Die Welt ist eine schmale Brücke.« Er konnte partout nicht verstehen, warum seinem Schwager dieses Lied gefiel, warum er in die Hände klatschte, als gäbe es irgendjemanden auf der Welt, der keine Angst hatte. Aber mit einem hatte Nachschon recht, die Welt war eine schmale Brücke, schmal und kurz. Angenommen, er, Mike Chajat, hätte achtzig Jahre zu leben, dann hätte er die Mitte schon erreicht. Und dann? Er wartete in der Schlange vor der Kaffeetheke und erschrak, die Hälfte, die junge und gute Hälfte, hatte er hinter sich, und was kam danach? Und wie ein Stein, der von einem Gebäude fällt, fiel ihm der Gedanke in den Kopf: *Mit dem Bus bin ich fertig.*

Eine Frau in einem schwarzen Kittel mit dem Logo der Kaffeefirma fragte: »Was kann ich für Sie tun?«

»Hör zu, Süße, die Welt ist eine schmale Brücke, bleib nicht dein ganzes Leben lang hinter dieser Theke stehen. Zwei Milchkaffee.«

Sie starrte ihn mit aufgerissenen Augen an, als wolle sie sagen, prima, noch ein Verrückter. Sie fing an zu lachen, nahm sich aber zusammen. »Groß oder mittel?«

»Groß.«

»Beide groß?«

»Ja. Hör zu, Süße, ich kenne dich nicht und ich will nichts von dir, aber du bist die Erste, der ich das sage, *mit dem Bus bin ich fertig.*« Er musste es laut aussprechen, die Worte mussten in die Welt kommen und anfangen zu wirken. Sie stellte die Becher in einen Pappkarton, damit er sie transportieren konnte. Er bezahlte und ging. Er wäre gern gerannt, aber der Kaffee war kochend heiß und die Becher voll bis zum Rand. Er bewegte sich in einer Geschwindigkeit, die den Kaffeebechern angemessen war, und sein Herz galoppierte vor ihm her, übersprang Stufen und schlug Kapriolen. Als er das Zimmer betrat und Sara sah, kehrte sein Herz wieder zu seinem Platz im Brustkorb zurück und wurde klein und hart. Er saß neben ihr, während sie tranken. Sie war ausgetrocknet, schluckte den heißen Kaffee und verbrannte sich dabei die Zunge, ein Opfer für ihren Bauch. Er überlegte, ob er es ihr sagen sollte oder nicht. Aber warum sollte sich eine Frau, die vor einer Stunde ihr Baby verloren hat, für einen Autobus interessieren? Für sie galt nur der kleine Mensch, der nicht die gleiche Chance bekommen hatte wie jedes Küken, das jetzt im Hühnerstall schiss.

»Ich bin fertig mit dem Bus.« Die Worte fielen aus seinem Mund wie Münzen, die einem aus der Tasche fallen. Sie schaute vom Becher hoch und sagte: »Viel Erfolg.« Wieder verbrannte sie sich den Mund, ihre Stimme klang erstickt.

»Dein Schwager ist ein Idiot, Sara. Was ich gesagt habe, gehört nicht hierher.«

»Alles gehört hierher«, sagte sie. »Im Leben gibt es das eine und das andere.«

Sara war genauso klug wie Cheli. Sie begriff, dass ein totes Baby einen lebendigen Erwachsenen dazu brachte, über sein Leben nachzudenken. Das Leben war an einem Tag ein Rolls Royce und am anderen ein Müllauto, an dem du dich festhältst oder dem du hinterherrennst. Und beide, der Rolls Royce und das Müllauto, fuhren und fuhren, ratterten ihre Kilometer herunter und waren am Ende kaputt. Wer überhaupt keine Angst hatte, der sollte sich bitte melden. Würde er jetzt mit ihr in der Küche sitzen, könnte er vom Fenster aus die Wäscheleine sehen. Er hätte sie daran erinnert, wie sie bei einem plötzlichen Regenguss die Unterhosen von der Leine nahmen und wie schön ihre nassen, zerzausten Haare aussahen. Vielleicht würde er sich nicht beherrschen können und ihr wie ein Lausbub das Kopftuch herunterreißen. Sie würde sich aufregen und die Sonne würde durch das Fenster auf ihren Scheitel fallen, der schon über sechzehn Jahre bedeckt war. Aber er war hier und sie war auch hier, sie lag da, ihre zerzausten Haare waren nicht bedeckt, doch er würde sie nicht mit einem Finger berühren, auch wenn sie ihn darum bäte. Die Traurigkeit verlieh ihren Augen etwas Festliches. Nichts Festlich-Fröhliches, sondern etwas Festlich-Heiliges, etwas Würdevolles, dem man sich nicht einfach nähern konnte, zwischen ihr und ihm war eine Grenze gezogen. »Bis hierher«, wie der Streifen mit der Aufschrift »Bitte hier warten« auf dem Fußboden einer Bank. Er schaute sie verstohlen an und sie starrte vor sich hin. Er wollte wissen, wie spät es war, sah aber nicht auf seine Uhr, damit sie nicht glaubte, er habe es eilig. Die Minuten gingen langsam vorbei. Der Jeep des Sicherheitsoffiziers fuhr schnell, sobald er im Flur jemand summen hörte, »Die Welt ist …«, würde er sich davonmachen. Er wusste nicht, was er ihr zum Abschied sagen konnte. Du sollst nie mehr traurig sein? Wir wollen uns nur bei Festlichkeiten wiedersehen? Diese Sprüche sollten ihr die Menschen vom Beerdigungsinstitut sagen. Er würde ihr sagen, sie sollte ebenfalls mit ihrem Autobus Schluss machen, sie sollte Gott die gelbe Karte zeigen, dem Himmel die Zunge rausstrecken, egal was. Er würde sagen, vergiss nicht, dieser Embryo war einmalig, es wird ihn kein zweites Mal geben. Gott hingegen wird nie vergehen, er ist endlos. Ein Mensch muss wissen, wann er stopp! sagen soll. Bis hierhin und nicht weiter. Seine Ehre retten, indem er seine Kräfte mit dem Schicksal misst. Aber Sara flickt ständig an ihrem Leben herum, um es heil zu machen. Eine schöne Krankenschwester bat ihn, das Zimmer zu verlassen, der Arzt wolle Sara untersuchen. Die Krankenschwester machte ihm schöne Augen, so wie andere Frauen es manchmal taten. Er spielte das Spiel mit. Die Krankenschwester errötete und seine Laune besserte sich. Kleine Bonbons, die dir das Leben hinwirft. Aber eine hinkende Tochter und ein kranker Sohn machten diese Bonbons nicht weniger schmackhaft. Er dachte »Sohn« und »Tochter« und das Meer fiel ihm ein, Cheli, Edisso. Bis jetzt hatten nur Sara und die Bedienung von der Kaffeetheke gehört, dass er mit dem Bus Schluss machen würde, nicht aber Cheli, die oft Dinge von ihm wusste, bevor er sie selbst auch nur gedacht hatte.

Er saß neben der Tür des Aufwachzimmers, während der Arzt Sara untersuchte, und hörte plötzlich Schritte vom andere Ende des Flurs. Es war Nachschon, der vorwärtsstürmte, als müsse er eine Festung erobern. Alles flog, sein Haarschopf, der Bart, die Schaufäden, die Arme. In seinem Gürtel steckten eine Pistole, zwei Handys und ein Funkgerät wie bei Soldaten auf einem Kommandowagen während einer militärischen Beisetzung.

»Was passiert hier?«, fragte er mit einem Blick zu der geschlossenen Tür.

»Was passieren sollte, ist schon passiert«, sagte Mike.

Die schöne Krankenschwester öffnete die Tür und erkundigte sich bei Nachschon, zu wem er wolle.

»Zu Sara Dotan.«

»Tut mir leid«, sagte sie mit einem Blick auf Mike, »nur der Ehemann darf hinein.«

»Ich bin der Ehemann.« Nachschon schob sich, ohne ihre Antwort abzuwarten, durch die offene Tür.

»Und wer sind Sie?«, fragte die Krankenschwester und öffnete so erstaunt den Mund, als wäre die Erde, die bis jetzt eine Kugel war, plötzlich flach geworden.

»Der Liebhaber.«

»Das würde ich mir auch wünschen«, sagte sie und lachte. Mit ihrem roten Gesicht, dem kaffeebraunen Hals und der weißen Uniform sah sie aus wie eine Portion Sahneeis. »Und von wem war sie schwanger?« fragte die Portion Sahneeis frech.

»Vom Heiligen Geist. Gehen Sie hinein, Sie werden drinnen gebraucht.« Er ballte die Hand in der Hosentasche, um sie nicht mit Gewalt ins Zimmer zu stoßen. Dann schaute er auf die Uhr und erschrak. Die Brücke ist schmal und kurz, und dieser Tag hatte schon eine lange Strecke hinter sich, jetzt war die Zeit, zu der man die meisten belegten Brote und Pommes frites verkaufte. Er musste los.

Mike stieg in den Mazda und roch den salzigen Duft des Lebens, der den ganzen Tag über im Auto auf ihn gewartet hatte. »Ich mache Schluss mit dem Bus, habt ihr es gehört?« Er erklärte es dem Lenkrad, den Bremsen, den Sitzen, den Scheibenwischern. Er startete und fuhr los, und die roten Backsteine des Krankenhauses begleiteten ihn im Seitenspiegel bis zur ersten Kurve.

Als er sich dem Meer näherte, fuhr er langsamer, er hatte es nicht eilig, dem Leben zu begegnen, er wollte es von Weitem sehen, bevor er es berührte. Tom, wie die Tochter Jeftas, dieses Mannes aus der Bibel, war der Erste, der ihm begegnete. Sein eines Bein rannte, das andere schleppte er nach. Mike breitete für seinen Sohn die Arme so weit aus, wie es ging. Er roch seine warme Haut, hob ihn hoch und drückte ihn an sich. Seine Hände, die den ganzen Tag Berührung gesucht hatten und von einem zum anderen gegangen waren, strichen plötzlich über die seines Sohnes.

Der zweite, der auftauchte, war Edisso. Er brachte den Müll weg.

»Ist sie nicht mit dir zurückgekommen?«, fragte er, in beiden Händen trug er eine Mülltüte und sah aus wie eine Waage.

»Wer?«

»Anna.«

»Nein.«

Die Mülltüten und die Schultern sanken tiefer. Edisso setzte seinen Weg zu den Müllcontainern fort und man sah ihm nicht an, ob er hörte, dass Mike ihm nachrief, Anna würde morgen zurückkommen.

»Papa, sie hat mir Weintrauben für Physio gegeben.« Er spürte die Hände des Jungen an seinem Hals und Physios Krallen, die auf seinem Nacken kratzten.

»Wer ist sie?«

»Diese Frau«, sagte der Junge und schlang sein gesundes Bein um Mike, das andere hing wie ein Hosenbein auf der Wäscheleine und schaukelte in der Luft. Er hielt es fest und dachte, dieses Miststück schmeichelt sich bei der Schildkröte ein und besticht meinen Sohn.

»Eine Schildröte kann keine Weintrauben essen, sie sind zu groß für ihr Maul«, versuchte er dem Jungen zu erklären.

»Aber sie hat sie für Physio in Stückchen geschnitten wie Salat.«

Mike ging auf die Imbissbude zu, das Kind und die Schildkröte auf dem Arm, Er wollte sich schon bei Cheli mit einem Pfiff ankündigen, unterließ es aber, die Dicke sollte ja nicht denken, er pfeife ihretwegen. Sie saß noch auf dem Stuhl, mit nackten Beinen, als hätte die Welt sich in der Zwischenzeit nicht gedreht. Ihre Oberschenkel schimmerten rosig in der späten Sonne, die ihre Schicht fast beendet hatte und sich anschickte unterzugehen. Was war schon dabei, wenn sie glaubte, dass der Pfiff ihr galt. Er steckte zwei Finger tief in den Mund und pfiff. Der

Junge erschrak. Die Dicke zog die Beine an, hob den Kopf und rief: »Hallo«. Er gab ihr keine Antwort. Cheli kam zur Terrasse, und er rief ihr zu: »Hi.« Sie rauchte. Sie rauchte zu viel in letzter Zeit. Sie wollte über Sara mehr wissen, als er ihr erzählen konnte, obwohl er alles, was er erfahren hatte, berichtete, wie jemand, der seine Taschen umstülpt und noch den letzten Krümel hinauskippt. Als er fertig war, sagte er: »Höre, Cheli, ich mache Schluss mit dem Bus.«

»Hoppla. Hast du im Lotto gewonnen?« Sie zog an ihrer Zigarette und schaute dem Jungen nach, der, die Schildkröte in seiner schwachen Hand, zu der Dicken hinüberhinkte.

»Ich meine es ganz ernst, Cheli.« Auch er betrachtete den Jungen, der bei der Frau stehen blieb, und sah, dass sie lachte und etwas zu ihm sagte. Cheli trat unruhig von einem Bein aufs andere. Wäre sie entspannt gewesen, hätte er gesagt, hör zu, Cheli, ich bin in der Mitte meines Lebens, vielleicht habe ich die Mitte schon überschritten, und die Welt ist eine schmale Brücke, wie dein Schwager sagt. Ich will noch etwas machen, und die Hauptsache ist, keine Angst zu haben. Aber er kannte sie, sie hatte jetzt keine Nerven für Philosophie und Lyrik, sie wollte das Ergebnis wissen.

»Ich werde Topfpflanzen züchten, Kakteen, Blumen. Meine Mutter hat einen Garten, deine auch, dort fangen wir an, bis das Geschäft läuft …« Sie warf ihre Zigarette in den Sand, drehte sich um, ging hinter die Theke, nahm eine offene Flasche Whisky und goss etwas in zwei Gläser. »Zum Wohl.« Sie prostete ihm zu und trank den Whisky. Er kannte sie besser als seine Handflächen, trotzdem wusste er nicht, ob sie den Whisky jetzt aus Freude trank oder weil sie so nervös war, dass sie ihn brauchte. Er prostete ihr zu und trank ebenfalls.

»Wir nennen die Firma ›Annas Blumen‹«, sagte sie, und ihr Gesicht verriet nicht, ob sie ihm zustimmte oder ob sie ihn verspottete. Wenn du nicht weißt, ob es Krieg geben wird, dann trink einfach. Er trank sein Glas leer und schenkte sich nach. Auch sie goss sich noch einmal ein. Der Whisky wirkte auf sie wie eine Flamme auf Eis, sie schmolz und ihr Gesicht wurde glänzend und weich.

Edisso kam vom Müllcontainer zurück, sah, wie sie tranken, und ging an ihnen vorbei in die Küche. Sie sagten, er könne nach Hause gehen. Er zog das Hemd an, schloss das Fahrrad los und zog es langsam und bedrückt zur Straße.

»Warum ›Annas Blumen‹?«

»Anna ist die Abkürzung der Namen unserer Mütter Ahuva und Chana. Du rechnest doch mit ihren Gärten, oder?«

Er hatte Lust, sie zu küssen und dachte, warte noch. Warum warten? Seit wann hältst du dich zurück, wenn du deine Frau küssen willst? Es kann doch nicht sein, dass dieser beschissene Sommer einen Keil zwischen dich und deine Frau getrieben hat. Er sah, wie die Dicke aufstand, und der Junge hob den Kopf, um ihr ins Gesicht zu schauen, sie maß bestimmt einen Meter achtzig. Er würde den Kuss verschieben, bis sie den Stuhl zurückgebracht hatte und verschwunden war, damit der Kuss unbeschmutzt wäre. Sie nahm den Korb in die eine Hand, den Stuhl in die andere, passte ihre Schritte denen des hinkenden Jungen an und lachte laut. Auch der Junge lachte. Der Mond ging auf und ließ Toms Gesicht blass erscheinen. Cheli schenkte sich und Mike einen weiteren Whisky ein. Er sagte sich, so ist die Welt, entweder Sonne oder Mond, entweder Winter oder Sommer, entweder du liebst die eine oder die andere.

Die Dicke stellte den Stuhl mit der Präzision einer Apothekerin zwischen die anderen Stühle und sagte, ciao. Beim ci sah man ihr Zahnfleisch und beim ao wurde ihr Mund zu einer großen, runden Null.

Der Junge sagte: »Ciao miau«, und miaute wie eine Katze. Karniel hörte es und kam vom Müll herübergelaufen, zerrupft, maunzend, gebrochen, heimgekehrt von einer vernichtenden Schlacht. Wegen des ganzen Ciao-miau wurde der Kuss wieder verschoben. Cheli machte die Kasse und sagte, die Einnahmen seien heute nicht schlecht, eine Gruppe Angestellter der Sozialversicherung sei da gewesen, der Betriebsrat habe sie aus dem Neonlicht in die Sonne gebracht. Die meisten hätten griechischen Bauernsalat mit Pommes frites bestellt, und Edisso habe gearbeitet wie eine Gurkenschneidemaschine. »Schade, wenn es an dem einen Ort gut geht, geht es am anderen schlecht. Die Welt sorgt für eine ausgewogene Bilanz des Leids. Arme Sara.«

»Das arme Baby, das auf der schlechten Seite der Bilanz gelandet ist«, sagte Mike. Er blickte über das Meer, das glitzerte wie ein schwarzes Ballkleid, und sich hob und senkte, als atme darunter ein großer Busen. Er dachte, das Meer hat nichts mit den Menschen zu tun, sie gehören zu einer anderen Liga, das Meer hat andere Kollegen, den Mond, die Sonne, die Wolken, eben alle, die von dem, was die Erde bedroht, Erderwärmung und Überschwemmungen, für immer verschont bleiben. Der Mond bleibt der Mond, die Sonne bleibt die Sonne und das Meer wird durch die Tonnen schmelzender Gletscher ansteigen. Morgen wird er vielleicht mit dem rechten Fuß zuerst aufstehen und das Meer von oben herab betrachten, denken, es ist nur viel Wasser, das für alle Ewigkeit in einen Zuber gegossen wurde. Nie kann das Wasser abfließen, es schlägt Wellen, die den Strand angreifen und sich brechen. Die Gischt sieht aus wie Waschwasserschaum, der schnell flacher wird. Das Meer bleibt das Meer, egal was es will. Der Mensch kann zwanzig Jahre lang einen Autobus fahren, dann überlegt er es sich anders und wird Gärtner.

Cheli blickte auch über das Meer und behielt ihre Gedanken für sich. Tom folgte ihrem Blick und fragte, ob das kleine Licht am Horizont ein Autoscheinwerfer in Amerika sei. »Schau, Physio, Amerika.« Er drehte die Schildkröte zum Meer. Physio hörte Amerika und schob ihren Kopf aus dem Panzer, als wäre endlich die Green Card gekommen.

In der Nacht liebten sie sich. Es gibt eine Liebe, die aus sich selbst heraus strömt, so selbstverständlich wie ein plötzlicher Regen. Und es gibt eine Liebe, die ist, als würde man sie aus einem Wasserschlauch spritzen. Sie schwitzten wie Pferde, bissen sich wie Hunde, gaben alles, als könnten sie auf diese Art den Sommer abschütteln und zu einem anderen zurückkehren, der noch neu, sauber und heil war, wie vor dem Unfall, vor der Dicken und vor Saras Baby. Chelis Körper, so braun gebrannt er auch war, leuchtete weiß in der Dunkelheit, und ihre Augen glühten wie die einer Katze, die man auf der Straße eingefangen hat. Sie verloren sich ineinander und sagten: »Was ist mit uns geschehen, was ist mit uns geschehen.« Er sagte: »Das geht vorbei.« Und Cheli sagte: »Ja, sicher.« Sie taten alles wie früher, und zugleich war es doch so, wie es noch nie gewesen war. Sie hielten kurz inne, um Luft zu holen, und Cheli sagte: »Ich gehe zur Terrasse.« Nackt wie sie war, ging sie hinaus, als wolle sie nachschauen, ob die Erde sich zu den Tagen vor dem Unfall zurückgedreht hatte, zu den Tagen vor der Dicken und zu den Tagen vor Saras Baby. Vielleicht schwang die Erde ja noch weiter zurück, bis zu den ersten Tagen vor Adam und Eva, sodass alles von vorn anfangen konnte. Er folgte ihr, und wie von einer magnetischen Kraft angezogen, fielen sie übereinander her und wiederholten alles auf dem Terrassenboden. Er küsste sie, als wäre es das erste Mal. Er lachte nach außen und weinte nach innen. »Mann«, sagte sie und ihr Lachen war so dünn, als hätte sie es durch ein Sieb passiert.

Als sie im Bett lagen und schon fast schliefen, fragte sie: »Wie willst du Gärtner sein, wenn du in deinem Leben nicht einmal Petersilie gepflanzt hast?«

»Ich werde ein paar Monate in einer Gärtnerei arbeiten. Außerdem wird Petersilie gesät, soweit ich weiß, und nicht gepflanzt.«

»Und wovon sollen wir leben, bis die Petersilie gewachsen ist?«

»Von der Abfindung für zwanzig Jahre im öffentlichen Nahverkehr.«

»Seit wann gehst du mit diesem Gedanken schwanger?«

»Seit heute. Ich brachte Sara ins Krankenhaus und die Idee traf mich wie ein Stein, der einem plötzlich auf den Kopf fällt.«

»Wenn dir ein Stein auf den Kopf gefallen wäre, wärst du leidend zurückgekommen, aber du warst fröhlich.«

»Ich war froh, dass ich einen Schlag bekommen hatte, der es mir erleichtert hat, mit dem Busfahren Schluss zu machen. Der Sitz im Bus hat schon eine tiefe Delle von meinem Hintern.«

Sie antwortete nicht. Er schlief ein, ohne zu wissen, ob sie mit seinen Ideen einverstanden war. Am nächsten Morgen musste er wiederholen, was er am Tag zuvor getan hatte, er wollte Anna von der Siedlung abholen und vorher beim Krankenhaus vorbeifahren, um Sara nach Hause zu bringen. Als er zum Mazda ging, warf er einen Blick aufs Meer und blieb stehen. Vor so viel Schönheit muss der Mensch sich einfach verneigen, dachte er. Du schaust es hundertmal am Tag an, und dann kommt plötzlich ein Moment, in dem du es wirklich siehst und voller Bewunderung stehen bleibst.

Klarer und durchsichtiger als die Kristallvasen deiner Mutter, ohne den Hauch eines Windes. Würdest du jetzt ein Streichholz anzünden, würde das Flämmchen senkrecht stehen bleiben, ohne zu zittern oder zu flackern. Und du fragst dich, wie Segelboote jetzt zum Strand zurückkommen und wie die Fischer heimkehren.

Sara wartete schon auf ihn. Sie saß allein auf einem Stuhl im Korridor, auf einem der zu einer Reihe verbundenen Metallstühle. Die Tasche stand neben ihr. Sie trug das blaue Kleid und das blaue Kopftuch von gestern, dazu ihre Gesundheitssandalen. Als sie ihn sah, lächelte sie, ein Lächeln wie das einer Kassiererin im Supermarkt, das auf den Lippen beginnt und auch dort endet. Ihre Hand lag offen auf der Stuhllehne, mit heilen Fingernägeln, als wäre gestern nicht der Tod in ihren Körper gekommen, um sich zu bedienen und wieder zu verschwinden. Sie war froh, dass er sie abholte und nicht ein anderer, das sah er ihr an. In zwei Stunden würde sie ihre Kinder und den Mann, der sie gezeugt hatte, in die Arme nehmen können.

»Wir können fahren, ich habe schon die Entlassungspapiere und alles andere«, sagte sie. Sie stand auf und erlaubte ihm, ihre Tasche zu tragen. Die beiden Kilos oder wie viele es auch waren, die sie verloren hatte, ließen sie nicht dünner aussehen. Das blaue Kleid war weit und verdeckte ihren Körper. Wer es nicht wusste, würde nichts merken. Nur ihre Schritte waren schwer und kurz. Sie verabschiedete sich von niemandem, sie sagte nicht Auf Wiedersehen, die Krankenschwestern waren beschäftigt, der Korridor war leer. Nur sie und er waren unterwegs zum Aufzug. Ein Mensch tauchte auf, war aber sofort wieder verschwunden, wie vom Erdboden verschluckt. Der Herr hat's gegeben, der Herr hat's genommen und dafür gab es nur eine Quittung, nur Entlassungspapiere. *Der Name des Herrn sei gelobt*.

Ein junger Mann mit Rucksack stand am Tor des Krankenhauses und streckte die Hand vor, ein Tramper, er fuhr an ihm vorbei.

»Warum nimmst du ihn nicht mit?«, fragte sie.

»Damit wir frei reden können, falls uns danach ist.«

»Worüber?«

»Über die Lebenden, über die Toten, worüber wir wollen.«

»Die Toten sind tot«, sagte sie. »Was soll man über sie reden?« Sie schnallte sich an. Der Gurt drückte gegen ihre Brüste, die von der Schwangerschaft noch voller Milch waren. Es würde eine Weile dauern, bis sie zu ihrer ursprünglichen Größe zurückkehrten, zu der Größe, die sie zwischen den Schwangerschaften hatten. Sie war blass und sah in dem zerknitterten Kleid von gestern und dem schäbigen Tuch, das sie sonst nur zu Hause trug, ungepflegt aus. Sie hatte schon ein paar graue Haare und Falten unter den Augen. Ihr Körper hatte acht Schwangerschaften hinter sich, und ihre Hände hatten Tausende von Unterhosen an die Wäscheleine gehängt. In ihrem Leben hatte sie schon viele Kilometer zurückgelegt, und trotzdem war sie noch anziehend. Ihr Körper war lebendig und roch nach Frau.

»Was denkst du?«

»Wie traurig es ist, dass dir das passiert ist.«

»Es gibt Menschen, denen es schlechter geht als mir.«

»Klar, in Indien, im Holocaust, im Sudan, am zentralen Busbahnhof. Hör zu, dir ist etwas passiert, du darfst dich ruhig mal gehen lassen, fluchen, Ihn beschimpfen.«

»Wen meinst du?«

»Gott natürlich.«

Er warf ihr einen Blick zu, und ohne lange zu überlegen,

machte er den Mund auf und sagte: »Früher war ich sicher, dass ich diese Welt nicht verlassen würde, ohne mit dir geschlafen zu haben.«

»Mike!« Ihre Stimme war hart und ihre linke Wange wurde rot, die rechte konnte er nicht sehen.

Er fühlte sich wie ein Pferd, dessen Hals mit dem Zügel nach hinten gezogen wurde. Sara schwieg und hob den Gurt an, damit er nicht auf ihre Brust drückte.

Er hatte eine Bombe zwischen sich und sie fallen lassen, und es gab niemanden, der sie entschärfen konnte.

»Hast du gedacht, ich würde jetzt vom Sitz fallen?«, fragte sie und ließ den Gurt los. Sollte er doch drücken.

Schau vor dich auf die Straße, befahl er sich und schwieg. Die Straße interessiert sich für nichts, bestimmt nicht für einen Sexbesessenen wie dich. Vor ihnen fuhr ein schwerer Lastwagen, unter seinen Reifen spritzten Steine nach beiden Seiten. Er fuhr langsamer und hielt Abstand.

»Mike, du hast wirklich ein großes Maul«, sagte sie, wühlte in ihrer Tasche, schaute in den kleinen Spiegel, legte ihn zurück und verstaute die Tasche zwischen ihren Füßen. Dann sagte sie: »Ich war auch sicher.«

»Sicher?«

»Dass ich diese Welt nicht verlasse würde, ohne mit dir zusammen gewesen zu sein.«

Er erschrak. Wie soll für sie die Sonne scheinen, wenn sie morgen aufwacht und sich an das erinnert, was sie gerade gesagt hat. Aber ihr Gesicht sah aus, als hätte sie nur so etwas gesagt wie: Ich habe früher auch gern Wassermelonen gegessen.

»Wann hast du diesen Gedanken aufgegeben?«

»Nie. Es gehört zu den Dingen, von denen man weiß, dass sie nie passieren werden. Ebenso wenig wie ich plötzlich blaue Augen bekommen werde.«

»Hättest du das gern gehabt?«

»Was?«

»Blaue Augen.«

»Ich hätte vieles gern gehabt. Hör mal, Mike, lass uns nicht mehr darüber sprechen.« Ihre Finger trommelten auf ihre Oberschenkel wie Vögel, die Brotkrumen aufpicken. Er öffnete das Fenster, in der Hoffnung, der Fahrtwind würde ihr das blöde Tuch vom Kopf wehen. Er dachte daran, wie ihre Haare gestern ausgesehen hatten, nachdem man ihr das Baby aus dem Körper geholt hatte, zerzaust und schweißnass. Als ihm das Baby einfiel, wurde er nervös. Seit er eine Tochter ohne Gleichgewicht und einen hinkenden Sohn hatte, war er anscheinend Vorsitzender des Vereins für Kinder, die Gott missgestaltet hatte. Als wäre er Sprecher der Familien mit Kindern zweiter Klasse.

»Gut, blaue Augen, das geht nicht, man kann auch keinen toten Embryo in die Gebärmutter zurücksetzen. Aber es gibt Dinge, die lassen sich organisieren.«

Er drückte aufs Gaspedal und fuhr schneller. Du bist sexfixiert, sie ist die Schwester deiner Frau und gestern hat man ihr ein totes Kind aus der Gebärmutter geschabt und du …

»Halt' an einer Tankstelle an. Ich muss unbedingt einen Kaffee trinken.«

Sie wollte die Zeit bis zu ihrer Ankunft ausdehnen. Bald würde das Leben wieder von allen Richtungen auf sie einstürzen. Nach allem, was sie sich gestanden hatten, war sie bereit, sich mit ihm an einen Tisch zu setzen, nur um Zeit zu gewinnen. Für Frauen, die ständig schwanger werden, sind Geburten und Fehlgeburten ihre freie Zeit. Anderthalb Tage im Krankenhaus, Essen ans Bett, langes Duschen, und eine halbe Stunde Kaffee trinken an einer Tankstelle auf dem Weg nach Hause. Amerika.

Fliegen klatschten gegen die große Glasscheibe, die Kaffee trinkende Menschen von Benzin trinkenden Autos trennte. Mike und Sara sahen sich an. Der Tisch, an den sie sich setzten wollten, war pappig, die Resopalplatte hatte Risse. Eine Fliege setzte sich auf Saras Arm und begleitete sie zu einem saubereren Tisch weiter hinten im Raum. Die Beine der Fliege versanken zitternd im Schweißfilm auf ihrer Haut. Es gibt Fliegen, die gern an der Wand im Büro des Ministerpräsidenten sitzen, andere lieber auf Saras Haut. Wenn ich eine Fliege wäre, dachte Mike, würde ich mich für die zweite Möglichkeit entscheiden.

»Weißt du was, ein Mensch will immer mehr, egal wie viel er schon hat. Wenn ein Tier satt ist, sucht es Schatten, legt sich hin und schläft. der Mensch, egal was er schon hat, will immer mehr haben, ein Mensch bekommt nie genug.« Kaum hatte er diese Worte ausgesprochen, bereute er sie schon. Was soll das, dachte er, bist du etwa ein Philosoph? Da hast du dir ja den richtigen Zeitpunkt ausgesucht, sie mit solchem Kram zu belästigen. Sie blutet noch unter ihrem Kleid, ihre Brust spannt noch, weil sie sich darauf eingestellt hat, Milch zu produzieren, und ihr Bauch ist noch nicht wieder flach geworden. Lass sie doch in Ruhe ihren Kaffee trinken, so langsam wie möglich. Er schaute sich um und sah, wie sich überall die Lust breitmachte. Die Verkäuferin mit einem Piercing am Lid und einem am Nabel, musterte durch die Scheibe die Männer, die tankten, ihre Windschutzscheiben putzten oder Öl und Wasser kontrollierten. Der Tankwart betrachtete eine Blondine, die ihren Geländewagen abstellte und ihre Haare mit einem Gummi zusammenband. Bestimmt stand sein Subaru 1300 im Schatten neben der Toilette.

»Ich kenne Menschen, die sich mit dem begnügen, was sie haben«, sagte sie. Mit dem Löffel zog sie Linien in den

Schaum, der ihren Kaffee bedeckte. Er hätte gern mit den Fingern ihre Haare berührt, die unter dem Tuch hervorschauten. Er hätte sie zur Seite geschoben, um sie anzusehen, blass wie sie war, noch bevor das Leben in ihr Gesicht zurückkehren würde.

»Dem Jakob aus der Bibel reichte eine Frau nicht, er wollte auch ihre Schwester und bekam sie sogar.« Kaum hatte er das gesagt, tat es ihm schon leid. Du bist wirklich eine Nervensäge, trink deinen Kaffee und sei still. Der Dunst, der seinen Mund verlassen hatte, als er die Dummheiten von sich gab, stieg in die Luft, wurde Teil der Wolken und erreichte dann auch das Meer. Wer konnte wissen, wie viele verdunstete Dummheiten das Meer enthielt.

Die Luft über der Tankstelle war gelb, auch der Himmel, wie hatte das Meer am Morgen so etwas Einmaliges sein können? Er trank seinen bitteren Espresso und betrachtete Saras lange Finger, die Chelis so ähnlich waren, und sah zu, wie sie auf dem Tisch zerstreute Zuckerkörner zerdrückten. Du siehst ihre Finger, ihren zitternden Mund am Tassenrand, ihren Hals, wenn sie schluckt, und weißt nichts von ihr, überhaupt nichts, dachte er. Die Fliege lässt nicht von ihr ab, ihre Beinchen sind dünn und zitternd wie die Wimpern eines Babys. Sie wird vom Schweiß angelockt, es sind die Schwangerschaftshormone, die sie reizen. Sie schüttelte die Hand, die Fliege dreht geduldig eine Runde und wartet auf die Landeerlaubnis.

»Weißt du, Mike, im Bett neben mir lag eine Frau, sie hatte schon die dritte Fehlgeburt und noch kein lebendes Kind. Ihr ist wenigstens ganz klar, wonach sie sich sehnt.« Die Wimpern standen so dicht um ihre Augen, als hätte man ihnen befohlen, auf sie aufzupassen.

»Und du?«

»Es gibt Dinge, die mir klar sind, und andere, die es nicht sind.«

Er würde sich zurückhalten und keine Fragen mehr stellen. Wenn sie wollte, sollte sie es ihm von sich aus erzählen, wenn nicht, dann eben nicht. Aber vielleicht war das eine Tür, die sich nur einmal im Leben öffnet, durch die man nur einmal hindurchgehen kann. Er berührte vorsichtig ihre von Zuckerkörnern verklebten Finger, und Sara wurde auf der Stelle steif, als hörte sie die Sirene am Tag der Schoa. Zwei Tränen liefen über ihre Wangen und tropften auf den Tisch. Mehr als zwei Tränen wird sie sich nicht erlauben, dachte Mike, bei ihr ist alles eingeteilt, abgezählt und abgewogen. Doch dann gesellten sich weitere Tränen zu den ersten, schoben sie zur Seite, liefen eine nach der anderen über ihre Wangen und hüpften von ihrem Gesicht auf das Resopal. Wenn neben dir ein Mensch weint, ist es, als hätte er ein Schild aufgehängt »Offen.« Er legte seine Hand auf ihre und ließ Gott keine Lücke mehr. Er wusste nicht, ob es richtiger wäre zu sagen, weine Sara, weine, oder beruhige dich Sara, beruhig' dich.

»Ich muss auf die Toilette«, sagte sie, er zog seine Hand zurück. Sie stand auf und fragte die gepiercte Verkäuferin, wo die Toilette sei. »Draußen«, sagte sie, »hinter dem Gebäude, die Damentoilette ist links.« Sara hatte die Tränen nicht abgetrocknet, es war ihr egal, dass alle Menschen in der Tankstelle sie sahen. Er folgte ihr und dachte, manchmal ist die ganze Welt im Knöchel einer Frau enthalten, die vor dir geht, und Worte wie »Die Damentoilette ist links« klingen wie ein Gedicht. Er bewachte die Tür, die sich nicht von innen abschließen ließ. Nie hätte er erwartet, dass ihm vor der Tür zu einer stinkenden Toilette mit zerrissenem Klopapier und grünen Fliegen Flügel wachsen würden. Als sie herauskam, waren ihre Hände nass und sie hatte sich das

Gesicht gewaschen. Er kam sich vor wie ein Fallschirmjäger kurz vor dem Sprung und spürte, wie das Leben ihm von hinten einen Stoß versetzte und dass es kein Zurück mehr gab. Er küsste sie auf den Hals und spürte die Wassertropfen, die sie nicht abgetrocknet hatte.

»Sara«, sagte er, »Sara.« Ihre Wimpern hoben sich, machten den Augen Platz, wollten fliehen, aber sie flohen nicht.

Wie ging es von da aus weiter? Tatsache ist, sie stieg ins Auto und legte den Gurt an. Er startete den Motor, die Räder rollten, der Mazda fuhr los. Er fuhr langsam und achtete darauf, die neunzig Stundenkilometer nicht zu überschreiten. Wäre es möglich gewesen, hätte er auch sein Herz auf die erlaubte Geschwindigkeit runtergebremst.

»Anna ist in diesem Sommer sehr erwachsen geworden«, sagte sie, als wäre nichts vorgefallen. Nun ja, auch nach einem Erdbeben gehen die Leute einkaufen und suchen sich einen Laib Brot aus. Das Leben geht weiter.

Anna. Er hatte sich in den letzten Stunden keine Gedanken über sie gemacht, auch nicht über die anderen Mitglieder seiner Familie, obwohl er nur losgefahren war, um Anna zurückzuholen. Wie hatte diese Fahrt zu etwas ganz anderem werden können, zu etwas, worüber Sara sich morgen zu Tod schämen würde? Aber sie würde nichts bereuen. Woher er das wusste? Er wusste es eben. Dieser Kuss musste sein. Er hatte keine Wahl, er musste stattfinden, wie ein Blatt, dessen Zeit gekommen war, vom Baum fällt. Warum nicht eine Minute vorher? Warum nicht zwei Minuten später?

Würden noch weitere Blätter abfallen? Schwer vorstellbar.

Er wollte nicht über Anna sprechen, denn Anna verdiente Worte, die aus dem Herzen kamen, und sein Herz hatte den Platz vor der Tankstellentoilette noch nicht verlassen. Sara schob sich die Haare aus der Stirn unters Kopftuch, reckte den Hals und prüfte im Spiegel, ob nichts mehr zu sehen war. Sie fuhren im gelben Licht des trockenen und alt gewordenen Sommers. Die Äcker waren grau, leer, abgeerntet. Auch die Äcker sind mit der Zeit dieser Erdkugel verbunden, und bei allem Respekt, diese Erde ist nur ein Komma, ein Fliegenschiss in dem Ganzen, das man Kosmos nennt. Die Menschen stolzieren so überheblich darauf herum, als wären sie Gott weiß wer. Einen Kuss blähen sie zur Größe eines Atompilzes auf. Wie schön hatte sich sein Atem mit dem Schweiß von Saras Hals vermischt und war in die Luft gestiegen. Er war froh, dass er ein einfacher Mensch war, der sich nicht einbildete, seine Küsse würden die Welt verändern. Er dachte, auch Gott regt sich nicht darüber auf, Er hat schon Schlimmeres gesehen, auch von sich selbst. Was ist der Mensch? Eine Null, der Schiss einer grünen Fliege. Sara dachte genau wie er, würde das aber nie im Leben zugeben. Sie würde behaupten, der Mensch sei die Krönung der Schöpfung, der Mensch sei eine ganze Welt, das Abbild Gottes und all diesen Mist. Eine ganze Welt? Bitte sehr, wer sich entschuldigen müsste, war derjenige, der das Leben zerstört hatte, das sie im Bauch trug, und nicht derjenige, der ihr einen Kuss gegeben hatte, der endlich rausmusste. Es tat ihm jetzt leid, dass er sich mit einem einzigen Kuss begnügt hatte. Die Welt ist ein verlassener Ort, dachte er, niemand beobachtet dich, du kannst bis zur Besinnungslosigkeit küssen, wem musst du Rechenschaft ablegen? Gönne dir dieses Nichts.

»Und, was ist jetzt?«, fragte er.

»Was ist was?«, entgegnete sie. Auch sie betrachtete das gelbe Licht und die Äcker. »Wenn du damit meinst, ob mir etwas leid tut, dann ist die Antwort nein.«

»Wieso denn nicht, du bist schließlich verheiratet, oder?«

»Ich hatte das Gefühl, dass ich es darf, nachdem … Und außerdem ist es besser, wenn es einmal wirklich passiert, statt tausendmal in Gedanken.«

»Nur ein Mal?«

Sara schwieg. Sie schaute aus dem Seitenfenster, er konnte ihr Gesicht nicht sehen. Mit dem schäbigen Tuch, dem weiten blauen Kleid und den groben Sandalen, geeignet für Fußmärsche für das geeinte Land, sah sie eher aus wie die Badeaufseherin einer Mikwe. Was war es, das sie so anziehend für ihn macht, und warum? Jetzt war er dran mit Weinen. Er schluckte die Tränen hinunter, die in seinem Hals aufstiegen. Der Mensch, der zum Atmen verurteilt ist, ist auch dazu verurteilt, zu spüren, dass er etwas versäumt hat. Er vergisst keine Sekunde, dass seine Geschichte schnell vorbei ist, und dass er das meiste, was die Welt zu bieten hat, versäumen wird. Eine Frau fiel ihm ein, die eines Nachts in seinen Bus stieg, und er überlegte, ob er Sara davon erzählen sollte oder nicht. »Einmal ist eine Frau in den letzten Bus eingestiegen«, sagte er, und Sara wandte ihm den Kopf zu. »Alle Passagiere waren ausgestiegen, nur sie blieb sitzen. Ich sagte, ›Endstation. Ich fahre jetzt zum Depot‹, und sie sagte: ›Ich fahre mit.‹ ›Wozu?‹, fragte ich, ›dort ist alles dunkel. Was willst du dort?‹ Und sie sagte: ›Ich muss.‹ Ich sagte: ›Wie du willst.‹ Ich fuhr auf den großen Busparkplatz, stellte den Bus ab und sagte: ›Das war's. Finito.‹ ›Warte einen Moment‹, bat sie und begann sich auszuziehen. ›Mir ist nicht danach‹, sagte ich, aber sie machte weiter und sagte: ›Du musst nichts tun, nur schauen.‹ Sie zog ihre Bluse, ihren BH und alles andere aus und stand nackt da, nur ihre Sandalen hatte sie noch an. Sie sagte: ›Hör zu, ich heirate morgen. Ab Morgen und bis zu meinem Lebensende gibt es nur einen Mann auf der Welt, der das alles sieht, ich will, dass es auch von einem anderen gesehen wurde.‹ Sie stand vor mir, als würde sie mich bitten, eine Zeugenaussage zu unterschreiben. Was soll ich dir sagen, Sara, ihr Körper war toll, das Licht der Laterne, die den Parkplatz beleuchtete, färbte ihn orange, sie drehte sich um, damit ich ihre Schönheit auch von hinten sah, dann stand sie mir wieder gegenüber. Ich sagte: ›Ja, es ist eine Verschwendung, dass nur ein einziger Mann das alles besitzen soll.‹ Das war es, was sie hören wollte. Danach zog sie sich wieder an. Ich glaube, sie weinte, sie knöpfte ihre Bluse zu, ihren Rock, nahm ihre Tasche und sagte: ›Mach mir die Tür auf.‹ Ich wünschte ihr viel Glück, sie stieg aus, ging hinüber zur Straße und winkte einem Taxi. Ich hoffe, sie hat seither schon ein paar Kinder bekommen und ist hässlich und dick geworden, damit ihr Körper, der ihr so leid tat, hässlich und dick geworden ist und von ihrer Liste der Punkte, die sie bereut, gestrichen wurde.«

»Vielleicht hat sie ja gelernt, sich mit dem zu begnügen, was sie hat.« Sara zog einen Spruch aus ihrer Werte-Schatzkiste, wie man einen alten Pullover aus einer Kiste mit Mottenkugeln holt.

Er schwieg. Was konnte er einer Frau sagen, die sich das ganze Leben lang zu der Erklärung zwang, es ginge ihr gut und sie wäre zufrieden mit dem, was sie hätte. Wenn das so war, warum war sie neben der Tankstellentoilette zusammengebrochen? Plötzlich hatte er keine Lust mehr, auf die erlaubte Geschwindigkeit von neunzig Stundenkilometern zu achten. Er hatte es satt, zu beobachten, wie Handlungen Worten widersprachen. Wie kompliziert es war, mit einer Frau, die Gott ständig Rechenschaft ablegte, zu sprechen oder sie zu küssen. Sie berichtete dem Himmel von jedem Gewinn und bezahlte die Mehrwertsteuer. Bei ihr gab es keine schwarzen Küsse. Ihre Schwester war ganz anders. Bei

Cheli gingen Herz und Mund im Gleichschritt. Man konnte ihr nicht das Herz zerreißen, ohne ihre Zunge zu verletzen. Eine heftige Sehnsucht packte seine Brust, schmerzhaft wie ein Herzinfarkt, fast wäre er auf den vor ihm fahrenden Transit aufgefahren. In der Nacht war er mit Cheli zusammen gewesen, und jetzt hatte er das Gefühl, als wäre das schon Jahre her. Wie hatte dieser beschissene Sommer nur dieses Dornenfeld zwischen ihnen wachsen lassen können? Aber sie würden es nicht einfach hinnehmen, sie würden diese Dornen vernichten und …

»Mike, fahr langsamer, da vorne steht die Polizei.«

Der Tacho zeigte über einhundertvierzig, er bremste ab. Die Polizisten winkten den Transit heraus, er konnte weiterfahren.

»Du hast Glück gehabt. Sie hätten dir den Führerschein abgenommen.«

»Nur weil du bei mir bist, das war der Schutz des Himmels.« Er legte eine Hand auf ihren Oberschenkel. Sie hielt die Beine fester zusammen, schob aber seine Hand nicht weg. Er berührte sie mit einem Gefühl der Freude, doch die Freude hatte nichts mit ihr zu tun, sondern damit, dass er sich mit ihrer Schwester versöhnen wollte. Dann legte er die Hand zurück aufs Lenkrad und spürte, dass sie trauriger wurde, je mehr er sich freute. Jetzt begriff sie die Sache mit dem toten Baby, das Leben im Allgemeinen und vielleicht sogar die Sache mit Gott.

»Wenn du über etwas sprechen möchtest, ich bin da«, sagte er, mehr konnte er ihr nicht anbieten. Sie schwieg und er spürte, dass sie sich in einer Welt befand, von der er nichts wusste. Ab jetzt war es nicht mehr wichtig, wie schnell oder langsam sie fuhren. Es spielte keine Rolle mehr, wie viele graue oder umgepflügte Felder sie unterwegs sehen würden, wie gelb die Luft war und ob die Ursache dafür in Millionen gelber Staubkörnchen bestand oder im hohen Alter der Sonne. Sie passierten das Tor der Siedlung und er dachte an den toten Embryo, der gestern noch mit ihnen gefahren war und heute nicht mehr, der vielleicht schon in einer für Gewaltopfer vorgesehenen Plastiktüte lag. Wenn er die Kraft dazu hätte, wäre auf den Marktplatz gelaufen und hätte geschrieen, haltet ihn! Er wäre mit dem Mazda Modell 92 zum Himmel hinaufgerast und hätte dort den Tisch umgekippt.

Elftes Kapitel

Anna wartete auf ihn. Sie saß auf den Stufen vor Saras Haus, den dünnen Rucksack zwischen den Füßen. Sie sah den Mazda kommen und hob ihre Hand, die zu einer halben Faust geschlossen war. »Hi, Papa«, sagte sie und wollte schon ein »hi, Sara« hinzufügen, doch sie presste die Lippen zusammen. Auch sie spürte, dass ein »Hi« nicht zu einer Frau passte, die mit einem Baby weggefahren war und ohne Baby zurückkam. Naomi kam ihnen aus dem Haus entgegengelaufen, barfuß, zersaust und viel zu schön. »Hallo Papa, hallo Sara. Alles in Ordnung?« Sie war so normal wie das Wasser. Er umarmte sie, sie schlang kurz die Arme um ihn, befreite sich aber sofort wieder aus seiner Umarmung. »Wir grillen gleich Marshmallows über dem Feuer, habt ihr das schon mal gegessen?«

»Haben wir«, sagte Sara. Endlich ein Gespräch über Essen. Keine Babys, kein Kuss, kein Gott. Marshmallows. Etwas Süßes, ein schmelzendes Nichts.

Am liebsten hätte er Anna eingepackt und wäre losgefahren, aber er wusste nicht, was er zu Sara sagen und wie er sich verabschieden sollte. Er gab ihr die Hand, sie gab ihm ihre. Ein Vogel flog über sie und warf einen Schatten über ihre Hände, als wolle er ein Zeichen hinterlassen. Er sagte nichts, auch Sara schwieg. Ihre Augen fürchteten seinen Blick nicht und wichen ihm auch nicht aus.

Er sagte kein Wort. Auch nicht auf Wiedersehen. Man muss nicht immer etwas sagen. Wenn der Mensch spürt, dass die Worte dem Leben nicht mal bis zu den Knöcheln reichen, sollte er schweigen.

»Sara hat das Kind verloren, stimmt das?« Anna konnte nicht abwarten, bis sie zum Tor der Siedlung hinaus waren um ihre Frage loszuwerden.

»Ja.« Das war nicht fair. Gott hatte das Kind getötet, aber so formuliert, klang es, als wäre Sara schuld.

»Warum?«, fragte sie.

»Das weiß niemand. Es ist passiert.«

»Und hat man sie nicht verhört?«

»Wer?«

»Die Polizei.«

Ein Mädchen von dreizehneinhalb und hat von nichts eine Ahnung. Als er in ihrem Alter war, wusste er Dinge, die mancher Dreißigjährige nicht wusste.

Vor ihnen fuhr ein Lastwagen, beladen mit Käfigen voller Hühner. Er überholte ihn. Federn flogen in alle Richtungen und retteten sich. Die Hühner in den Käfigen fuhren einem Schicksal entgegen, das die Menschen für sie bestimmt hatten.

»Das ist mir auch passiert«, sagte sie.

»Was ist dir passiert?«

»Ich habe auch ein Kind verloren. Ich habe es fallen gelassen.«

»Was heißt das?«

Sie zog ihre Wangen zwischen die Zähne und blies sie gleich darauf wieder auf. Das hatte sie früher schon einmal gemacht, als sie Fieber hatte, und ein andermal, als sie große Angst hatte. Er wusste nicht mehr, ob im Kühlschrank der

Imbissbude noch ein Fiebermittel war. Dieses Mädchen ist so empfindlich, ein Nähfaden ist dicker als ihre Wirbelsäule, und niemand konnte wissen, was und wo bei ihr zerreißen konnte.

»Ich hatte einen Unfall«, sagte sie.

Er verstand gar nichts. Solches Gerede konnte nur vom Fieber oder vom Sauerstoffmangel im Gehirn herrühren. Er beschloss zu warten und zu sehen, wohin es führte. Sie zog Arme und Beine an sich.

»Was für einen Unfall hast du gehabt?«

»Einen Unfall.«

»Und welches Kind hast du fallen gelassen?«

»Einen Jungen.«

»Und was ist passiert?«

»Es hat ihn schwer getroffen.«

Er warf einen Blick zu ihr hinüber, um zu sehen, ob sie noch zitterte, ob sie noch fröstelte. Sie zitterte nicht und auch die Bewegungen ihrer Wangen hatten aufgehört. Er konzentrierte sich wieder auf die Straße. Ein arabischer Junge, vielleicht acht oder neun Jahre alt, stand am Straßenrand, in der Hand einen Stock, mit dem er Schafe davon abhielt, die Straße zu überqueren, da sie sonst überfahren würden. Mike bremste und gab dem Jungen ein Zeichen, dass er die Straße überqueren konnte. Der Junge lächelte und seine Zähne blitzten in der Sonne. Es dauerte einen Moment, bis er glauben konnte, dass die Welt wartete, dann hob er den Stock und schrie: »Jalla.« Die Schafe liefen dicht aneinandergedrängt über die Straße, der Staub begleitete sie von einer Seite auf die andere, der Junge stand in der Staubwolke und trieb die Tiere mit seinem »Jalla, jalla« an. Er hielt den Stock waagerecht wie einen Schlagbaum, damit sie es sich ja nicht anders überlegten und wieder zurückgingen. So jung war er noch und zog doch schon die Gedanken von

Schafen in Betracht, als trennte die Straße das, was sie hatten, von dem, was ihnen bevorstand, und als hätten sie die Möglichkeit, sich für das ihnen Vertraute zu entscheiden. Anna sah, wie staubbedeckt er war, wie kurz sein Lächeln aufschien und wie lang er ernst aussah, und sagte, er tue ihr leid. Mike wollte antworten, er sei nicht bedauernswert, aber er fand ein Gespräch darüber, wer wirklich bedauernswert war, ebenso kompliziert wie ein Gespräch darüber, wer Jude war. Daher verzichtete er darauf und sagte: »Ich höre auf mit dem Autobus, ich werde Gärtner.«

»Willst du mich auf den Arm nehmen, Papa?«

»Überhaupt nicht.« Er erzählte ihr von Kakteen, die er in den Gärten der Großmütter züchten würde, von Petersilie, Rosen und Chrysanthemen, Mike sah, wie ihr verkrampfter Körper sich lockerte und wie das Leben in sie zurückkehrte, als hätte sie eine Bluttransfusion bekommen. Sie erkundigte sich, was Cheli davon hielt und ob er dann mehr verdienen würde als mit dem Busfahren, und ob Großmutter Ahuva mit dem Durcheinander in ihrem Garten einverstanden wäre und ob sie im nächsten Sommer wieder zum Strand fahren würden, um die Imbissbude zu betreiben.

»Vermutlich nicht. Eine Gärtnerei kann man nicht fünf Monate allein lassen.«

»Dann werden wir Edisso nicht mehr sehen.« Sie versank in ihrem Sitz und lehnte es ab, an einer Tankstelle anzuhalten, um ein Eis zu kaufen oder etwas zu trinken, sie wollte schnell nach Hause. Plötzlich stieg der Wert der wenigen Stunden mit Edisso, die ihr bis zum Ende des Sommers blieben.

»Was hast du vorhin über einen Unfall gesagt?«, fragte er, als wären in der Zwischenzeit keine Chrysanthemen gewachsen, als wären die Schafe nicht von einem Land ins andere gegangen, als hätte der Junge nicht den Stab gehoben und das Meer vor ihnen geteilt. Sie zog die Schultern hoch und er fragte sich, wie es dazu gekommen war, dass ein Hochziehen der Schultern ein allgemein akzeptiertes Zeichen für »Ich will nicht« geworden war. Er legte eine Hand auf ihre hochgezogene Schulter und spürte ihre Knochen. Sie war so dünn, er berührte sie und fragte sich, wie weit die Entfernung zwischen seiner Hand und ihrer Seele sein konnte, ein Nichts, und doch erreichte er sie nicht. Auch seine Mutter hatte die Hand auf sein Rückgrat gelegt, sie hatte sogar ein paar Mal versucht, es zu brechen, und war ihm trotzdem fremd geblieben.

»Wenn du über etwas sprechen möchtest, ich bin da.« Er wiederholte die Worte, die er vorhin zu Sara gesagt hatte, als er nicht wusste, was er anrühren durfte und was nicht. Beide schwiegen. Vor zwei Stunden hatte die himmlische Polizei ein außergewöhnliches Ereignis registriert, Sara hatte seinen Lippen ihren Hals dargeboten. Na und? Dieser Kuss hatte nichts mit dem wirklichen Leben zu tun. Nichts mit dem, was war und was sein würde. Das wirkliche Leben war eine Imbissbude, dort an jenem Streifen Strand, den sie bald erreichen würden.

Anna streckte sich, als sie das Meer sah, als hätte sie vergessen, dass es dieses blaue Wunder gab. Die Autoreifen rollten über den Kiesweg, an den Müllcontainern vorbei, und der Geruch nach Kartoffelschalen und faulendem Kopfsalat drang in das Auto.

»Endlich.« Sie stieg aus, überließ ihr Gleichgewicht den Händen Gottes, lief zur Imbissbude wie eine Heuschrecke und wusste nicht, wen sie zuerst begrüßen sollte. Cheli umarmte ihre Tochter lange, eine feste Umarmung, die das grundsätzliche Unrecht berücksichtigte, das dem Mädchen widerfahren war.

»Meine Schwester ist gekommen«, sagte Tom zu seiner Schildkröte, aber die Schildkröte interessierte sich nicht dafür, wer kam oder ging, wer gestürzt und wer aufgestanden war, sie kratzte weiter an seinem Hemd. Karniel kam, um an Annas Füßen entfernte Orte zu riechen, und Edisso sah und hörte nichts, er stand in der Küche, in einer Wolke aus roten Dämpfen, und rührte die Schakschuka auf dem Herd. Cheli wollte wissen, wie es Sara ging, was die Ärzte gesagt hatten und alles mögliche andere. Mike erzählte, was es von einer Frau, die das Krankenhaus mit leerem Bauch verlassen hat, zu erzählen gab: Er sprach von ihrer Gesichtsfarbe, ihrer Stimmung, ihrem Weinen und ihrer Kraft.

»Gut, dass sie Nachschon hat«, sagte Cheli.

»Ja, er wird ›Vor allem keine Furcht‹ singen und ihr einreden, dass Gott ein toller Kerl ist.«

»Mike, das ist es doch, was sie sich wünscht.«

Er sagte, der Mensch wünsche sich manchmal mehrere Dinge, vielleicht sogar widersprüchliche. Während er sprach, umarmte er sie und roch die Auberginen, die sie zubereitet hatte, ihren Schweiß, die Creme, mit der sie ihren Hals eingecremt hatte, er liebte diese Mischung und hielt Cheli mit beiden Armen fest umschlungen.

»Pass auf, hier sind noch andere Menschen.« Sie versuchte sich zu befreien, und da erst sah er, dass Gäste an den Tischen saßen und erinnerte sich daran, was er hier zu tun hatte.

Tehila saß auf ihrem Platz unter dem Dach und blätterte in einer Illustrierten. Sie hatte das Kleid bis zum Beinansatz hochgeschoben und die Beine ausgestreckt. Hätte er eine Erdnuss griffbereit gehabt, hätte er nach ihr geworfen und direkt auf ihre Milchstraße gezielt. Sie hätte sie herausgefischt und sie ihm, feucht von Schweiß, zurückgegeben. Nachschons und Saras Gott hatte auch ein paar schöne Dinge erschaffen, das konnte man nicht anders sagen … Plötzlich waren die Schreie des Jungen zu hören, Schreie, die die Luft zerschnitten.

Edisso ließ die Schakschuka stehen und rannte los, öffnete das Schloss seines Fahrrads, schob es zu den Müllcontainern, kettete es dort wieder an und deckte es mit einer alten Decke zu, damit man es nicht mehr sehen konnte. Seit seiner Gehirnverletzung wurde der Junge von Angstattacken gepackt, wenn er ein Fahrrad sah, aber so schlimm wie jetzt war es noch nie gewesen. Die Adern an Toms Hals schwollen an und trieben ihm das Blut ins Gesicht. Aber wie viel Blut konnte das Gesicht eines fünfjährigen Jungen aufnehmen, ohne dass kleine Adern in der Nase und in den Augen platzten, ohne dass die Narben aufgingen? »Tom, mein Schatz, es gibt kein Fahrrad, du brauchst keine Angst zu haben, Fahrräder tun dir nichts …« Chelis Worte, ihre und Mikes Hände bemühten sich, ihn zu beruhigen, ihn zu erreichen, aber der Junge blieb unerreichbar wie hinter Panzerglas, er war angespannt und schrie. Mike fürchtete, Toms Schreien würde den kleinen Brustkorb sprengen. Nacheinander legten die Gäste Messer und Gabeln auf die Teller, sie hielten sich die Ohren zu, standen auf, bezahlten und gingen. Karniel sprang auf die Tische und verstand nicht, womit er diesen Überfluss auf den Tellern verdient hatte. Edisso addierte, tippte, nahm Geld in Empfang und gab das Wechselgeld zurück. Er war der Erste, der sah, dass Anna weiß wie die Wand wurde, sich an die Theke klammerte, mit den Händen den Mund bedeckte, als müsste sie einen Schrei zurückhalten, der, wenn er herausbrechen würde, durch die Decke fliegen und den Himmel verletzen könnte. Aber der wurde schon von Toms Schreien aufgerissen. Edisso hielt ihr eine Flasche Wasser hin und versuchte, ihre Finger vom Mund zu lösen, aber Anna war hart wie Stein und er weich wie Knete. Auch die Dicke blieb stehen, und alle hörten den Jungen und sahen, wie Cheli ihn mit beiden Händen festhielt und sagte: »Los, Mike, heb ihn hoch.« Er hob ihn hoch, der Junge trat ihm mit dem gesunden Bein in die Rippen und schlug mit der gesunden Faust nach ihm, versuchte es auch mit der kranken. Die Augen des Jungen waren trocken, schlossen sich, während er schrie, und öffneten sich, wenn er nach Luft schnappte. Seine Brust war geschwollen, der Bauch eingefallen. Mike hatte Angst, ihm könnte eine Ader im Herzen platzen, er könnte ihm unter den Händen sterben. Er küsste die Narbe auf dem Kopf des Jungen, klopfte ihm auf den Rücken, sagte: »Es gibt kein Fahrrad mehr, Tom, es ist weg, hör auf, beruhige dich …« Das Wort Fahrrad war wie Benzin und fachte das Feuer noch mehr an, und die Funken der Schreie stoben zum Himmel.

»Sei still!«, kam plötzlich ein Schrei von der Decke herunter und brachte den Jungen zum Schweigen, mit offenem, leerem Mund. Alle hielten inne und sahen dorthin, von wo der Schrei kam. Auf der Terrasse war es still geworden wie in einer Synagoge. Karniel fiel ein Stück Schafskäse aus dem Mund, er kümmerte sich nicht darum.

Hoch auf der Theke, den Kopf neben der Glühbirne, stand Anna. Sie war so weiß, dass sie durchsichtig aussah, und die Haare standen ihr um den Kopf, als flösse Strom hindurch. Edisso stand hinter ihr, ein Sicherheitsnetz, für den Fall, dass sie die Besinnung verlöre.

»Kommt alle näher«, schrie sie. Ihre Stimme war stark und passte nicht zu ihrem geringen Körpergewicht. Erst der Junge und jetzt sie. Wie sehr hatte dieser Sommer seinen Kindern das Herz zerrissen und ihnen den Verstand geraubt und damit auch die nicht allzu großen Hoffnungen auf die Zukunft.

»Ruft die Polizei, wenn ihr wollt. Das ist alles meinetwegen. Ich habe ein Fahrrad geklaut und ihn auf den Gepäckträger gesetzt und er hat sich an mir festgehalten und ich fuhr schnell und da hat er sich nicht mehr festgehalten und ist vom Rad gefallen und das hat sein Gehirn zertrüm ...« Sie schwankte und Edisso griff schnell zu. Seine eine Hand lag unter ihrem Kopf, die andere unter ihren Knien, sie sah aus wie ein in drei Teile gebrochener Stängel.

Cheli sprang auf und goss Anna Wasser ins Gesicht. Sie legten sie auf zwei zusammengeschobene Tische, Anna hob den Kopf und erbrach sich. »Meinetwegen ist er verrückt geworden, alles meine Schuld ... meine Schuld ...«

»Ich bin nicht verrückt«, sagte Tom. Er war wie verwandelt, ein anderer Junge sprach aus ihm, ein ernster und ruhiger Junge. Er rutschte aus Mikes Händen, stand auf beiden Beinen und fragte, wo Physio sei. Cheli wischte das Erbrochene von Annas Kinn, und goss Wasser über ihr Gesicht. »Wir brauchen einen Arzt«, sagte sie. »Sie halluziniert, sie weiß nicht, was sie sagt.«

»Sie halluziniert nicht«, sagte Edisso. »Das ist die Wahrheit, sie konnte sie nicht mehr für sich behalten.« Er holte einen Eimer und einen Putzlappen und kippte Wasser auf den Boden. Cheli fühlte Annas Puls und legte ihre Beine hoch, während Mike ihr die nassen Haare streichelte. Er küsste ihre Stirn, hinter der die Ängste eingesperrt waren. Als seine Lippen ihre Stirn berührten, dachte er sofort an Saras Hals, den er vor gar nicht langer Zeit berührt hatte. Was würde Er mit seinen Lippen tun? Sie bestrafen? Der Mensch war eine seltsame Mixtur aus verschiedenen Bestandteilen – die Dinge fielen in ihn hinein, veränderten ihn und verschmolzen mit anderem, das er schon in sich trug

… Er war kein Bücherregal, in dem die Religionsbücher getrennt von den Naturwissenschaften und der Science Fiction standen. Es gab keinen getrennten Blutkreislauf für Kopf, Herz oder Beine. Alles, alles steckte unter derselben Haut.

Er legte seine Wange auf Annas Stirn, als wollte er sie um Verzeihung bitten. Er spürte einen Pulsschlag und wusste nicht, ob es sein eigener oder Annas war. Cheli rannte herum und hörte nicht auf, irgendetwas zu tun, als behielte sie die Kontrolle, solange sie ihre Hände beschäftigte. Als würde vielleicht ein Unglück geschehen, wenn sie einen Moment stillstünde.

»Wenn die Polizei kommt, dann … sa…« Die Worte fielen aus Annas Mund, ihre Wimpern sanken herunter, sie fiel so plötzlich in Schlaf, als hätte man ihr eine Narkose verpasst.

»Zwei Dummköpfe braten Omeletts, schneiden Tomaten, zählen Geld und bekommen nicht mit, was ihre Kinder nur ein paar Meter entfernt treiben«, sagte Cheli. Sie trugen Anna zur Baracke und legten sie ins Bett. Tom hielt Physio fest an seine Brust gedrückt und sagte, er würde jetzt auf die Polizei warten.

»Keine Polizei, Junge, du bleibst auf der Terrasse«, sagte Mike, und Edisso bedeutete ihm mit einer Handbewegung, dass er auf Tom aufpassen würde.

»Ein paar Meter von uns entfernt, und wir haben sie nicht gesehen«, sagte Cheli. »Halte ihren Kopf.« Sie schob das Kissen darunter. »Stell dir das vor, sie hat hundert Kilo Schuld im Bauch und wir braten Omeletts, streiten uns und schlafen miteinander, als wäre nichts geschehen.«

Anna wachte auf, als die Sonne der Erde schon den Rücken gekehrt hatte. Ihre Haare hingen schlaff herunter, kein Strom war mehr zu spüren, ihre Augen waren tief in die Höhlen gesunken. Hatte sie vorher ausgesehen wie ein geknickter Stängel, sah sie jetzt verwelkt aus. Sie saß auf dem Bett, als hätte man alle Knochen aus ihrem Leib entfernt und könnte sie jetzt einfach zusammenfalten.

»Ist Edisso noch hier?« Sie schaute hinauf zum Loch in der Decke, als suche sie die Antwort auf ihre Frage in der Farbe des Himmels. Edisso räumte auf, brachte alles wieder in den früheren Zustand, vor den Aufruhr. »Geh nach Hause, Edisso«, sagten Cheli und Mike, »es ist schon spät.« Er fegte den Boden, schob die Stühle an die Tische und sagte: »Gleich, ich bin gleich fertig.« Weil sie knochenlos war und nichts mehr wog, nachdem sie alles erzählt und herausgekotzt hatte, hörte er ihre Schritte auf der Terrasse nicht und sah sie erst, als sie ihre Wange an sein Hemd drückte, als wäre es ganz natürlich, das Ohr an ein fremdes Herz zu legen und zu horchen. In einer Hand hielt er den Besen, die andere hing in der Luft und wusste nicht wohin. Er sagte nichts und blieb reglos stehen. Ihr Gesicht lag auf seinem Hemd, über dem Herzen, und ihre Arme umschlangen ihn wie schwache Gummibänder. Sie fühlte sich freier, seit die Last endlich von ihr gefallen war und jeder alles wusste. Cheli sah sie an und ging in die Küche. Mike lief zum Müllcontainer, obwohl es nicht notwendig war. Sie verschwanden und ließen Edisso und Anna auf der leeren Terrasse zurück, ohne Zuschauer, mit Ausnahme von Karniel. Tom und Physio waren in der Küche und beschäftigten sich mit dem Kopfsalat, und keinem war aufgefallen, wann die Dicke ihre Sachen zusammengepackt hatte und gegangen war. Sogar die vier Löcher an der Stelle, wo ihr Stuhl gestanden hatte, füllten sich schon mit Sand. Mike stand hinter der Baracke und warf Steinchen gegen den Container. Er atmete die Meeresluft tief ein, die sich mit dem Gestank des Mülls vermischte, und atmete genüsslich wieder aus. Annas Leben wird leichter sein, dachte er, jetzt, nachdem sie ihr Herz ausgeschüttet und den Inhalt für alle sichtbar gemacht hat. Hoffentlich würde das auch Auswirkungen auf ihre Beine haben, würde Enzyme oder Hormone oder sonstige Substanzen, von denen er nichts verstand, freilegen und ihr Wachstum fördern. Und Tom? Auch bei ihm war das letzte Wort noch nicht gesprochen. Er war ein Kind, seine Nerven und Muskeln würden noch wachsen, er würde neue Zähne und frische Gehirnzellen bekommen. Die Neurologen und Psychologen würden ihre Niederlage zugeben müssen.

»Wen steinigst du da?« Cheli legte ihre Hand auf seinen Rücken, oberhalb der Schnur, die seine Hose festhielt.

»Die Verzweiflung. Ich exekutiere sie. Was wir in diesem Sommer erlebt haben, reicht für ein ganzes Leben. Ab jetzt kann es uns nur noch besser gehen.« Er warf drei Steine auf einmal, peng, peng, peng.

»Bestimmt«, sagte sie, bückte sich, füllte ihre Hände mit Steinen und donnerte sie gegen den Container, bückte sich wieder, nahm noch eine Handvoll Steine und warf. »Sterben soll sie«, schrie sie, und ihr Schrei prallte vom Müllcontainer ab und flog zum Himmel.

»Papa, Mama, was macht ihr da?« Toms dünne Stimme vermischte sich mit dem Lärm der Steine, die gegen das Blech donnerten.

»Wir töten unsere Sorgen. Komm, hilf uns.« Cheli keuchte und hustete. Der Junge setzte die Schildkröte in den Sand, bückte sich, sammelte Steine auf und holte mit seinen kleinen Armen kräftig aus. Die Steine, die seine rechte Hand warf, trafen den Müllcontainer, die der linken Hand fielen auf halber Strecke zu Boden und töteten die Sorgen, die noch nicht im Container waren. Wie Bauern beim Kartoffelernten bückten sie sich alle drei, hoben Steine auf, warfen sie im hohen Bogen, schrien, sie sollen sterben, die Sorgen, und lachten. Die Steine knallten gegen den

Container und es hörte sich an wie ein Feuerwerk, tack bum, tack bum. Leute, die auf der Straße oberhalb des Containers vorbeigingen, blieben stehen und warteten auf die nächsten Feuerwerkssalven. Anna und Edisso stießen zu ihnen, wie zwei Gäste, die verspätet zu einer Party kommen. »Los«, rief Cheli, »worauf wartet ihr? Macht mit.« Anna bückte sich, hob kleine Steine auf und warf. Edisso lachte und seine Zähne waren weiß wie die Steine. Eine Minute lang stand er da, dann bückte er sich ebenfalls, nahm Steine vom Boden und warf sie gegen den Container. Aus fünf Hälsen schrien sie, sie sollen sterben, ein gewaltiger Schrei, sterben, sterben, sterben. Sie drückten den Zischlaut durch die Zähne, pressten das B durch die Lippen und schleuderten das Wort heraus, als würden sie spucken.

Als plötzlich ein Polizist Mikes Schulter berührte, wusste er nicht, ob er aus der Erde gestiegen oder vom Himmel heruntergesunken war.

»Das ist Zerstörung öffentlichen Eigentums«, sagte der Polizist.

Mike schüttelte seinen Arm ab und fragte, ob der Müllcontainer etwa eine Anzeige erstattet hätte.

»Ich mache keine Witze«, sagte der Polizist, und sein Atem roch noch nach der Pizza, die er kurz zuvor gegessen hatte.

»Ich auch nicht«, sagte Mike. Er rümpfte die Nase und wich vor dem Geruch nach Käse und Oregano zurück.

»Ihre Personalien, bitte«, sagte der Polizist.

»Wenn Sie es wissen wollen, der Container hat uns darum gebeten. Sie können ihn ruhig fragen.«

»Ich habe in meinem Leben schon viele Verrückte erlebt, aber …«

»Wen nennen Sie verrückt? Zeigen Sie mir Ihren Ausweis.« Mike war wütend. Dieser Kerl unterbrach die Steinigung dieses beschissenen Sommers. Der Polizist sah, dass alle die Hände voller Steine hatten. Anna, die so weiß war wie Edissos Zähne, sagte: »Polizei, Edisso, da ist die Polizei.« Edisso nahm ihre Hand mit den Steinen und sagte: »Du brauchst keine Angst zu haben, er ist nicht wegen dir gekommen, sondern wegen des Mülls.«

Gelobt seiest Du Ewiger, unser Gott, der Du Edisso erschaffen hast.

Cheli kam, die Hände voller Steine, und der Mond ließ sein von der Sonne entliehenes Licht auf sie fallen. Wenn ihr das Blut in den Kopf stieg und der Mond sie beschien, war sie schön wie eine Filmschauspielerin. »Was ist los?«, rief sie. »Habt ihr schon alle Drogenhändler geschnappt? Und die Zuhälter? Die Diebe? Und die Perversen? Und die Kinderschänder? Sind wir als Einzige übriggeblieben?«

Der Polizist riss die Augen auf. »Hör mal, Süße.«

»He, deine Mutter ist eine Süße. Während du dich hier um einen Müllcontainer kümmerst, dem nichts Schlimmes passiert, werden in Tel Aviv zehn Frauen vergewaltigt und in zwanzig Wohnungen wird eingebrochen. In Jaffa verstecken sich Illegale, Gauner fesseln alte Frauen, Alkoholiker stechen Menschen in den Kneipen nieder und um was kümmert ihr euch? Darum, dass es noch ein paar glückliche Bürger in dieser Stadt gibt? Los, Kinder«, schrie sie und bewarf den Container mit Steinen, wie man einen Bräutigam mit Bonbons bewirft. »Los, worauf wartet ihr?« Sie schaute die anderen der Reihe nach an, und alle bewarfen den Bräutigam. »Viel Glück«, rief sie, und die anderen folgten ihrem Beispiel.

Der Polizist, der in seiner Ausbildung nicht gelernt hatte, was man mit Menschen macht, die mit Bonbonsteinchen auf einen Müllcontainer zielen, hatte keine Ahnung, nach welchem Paragraph er sich jetzt richten sollte. Cheli drückte ihm ein paar Steine in die Hand und sagte: »Wirf doch auch, sei locker, das wird dir guttun.« Er stand still und wusste nicht, was er mit den Steinen anfangen sollte, und während er noch überlegte, wurde er von diesem verrückten Virus angesteckt und donnerte seine Steine mit der Kraft seiner Muskeln, die von den polizeilichen Übungen gekräftigt waren, gegen den Müllcontainer.

»Dreimal hoch auf den Polizisten«, rief Mike. Alle Familiemitglieder, auch Edisso, machten den Mund auf und schrien: »Hoch, hoch, hoch.« Der Polizist, in Schwung gebracht durch das dreimalige Hoch, packte Steine und warf sie so, wie in der Intifada Pflastersteine gegen die ganze beschissene Vergangenheit und eine nichts versprechende Zukunft geworfen werden. Mike sah, wie der Polizist die Steine warf und er tat ihm auf einmal leid. Es gab keinen Menschen, der auf die Möglichkeit, seinen Frust zu töten, verzichten würde, sofern es sich nicht um wirkliches Töten handelte. Die Steine des Polizisten töteten seinen Schichtdienst, sein mickriges Gehalt, seine Vorgesetzten und das niedrige Ergebnis bei der psychometrischen Prüfung der Polizei. Fehlte es etwa an Zielen, die man töten wollte? Er brachte dem Polizisten eine Dose Cola. »Das darf ich nicht annehmen«, sagte der Polizist. »Das ist Bestechung.« Mike ging zurück, holte Mineralwasser und sagte: »Du bist in Ordnung. Hätte die Polizei hundert Polizisten wie dich, wären wir wirklich in guten Händen.« Der Polizist trank die Plastikflasche in einem Zug leer und warf sie dann in den Container. Er holte ein Taschentuch heraus und wischte sich den Staub von der Hose. »Bleibt gesund, ihr alle, und du, Süße, nicht aggressiv werden, okay?« Er winkte Cheli zu, schaute sie an, als überlegte er, zu desertieren und bei ihnen zu bleiben. Doch er nahm sein schweres Leben wieder auf und ging damit zur Straße.

Der Container, der am Abend froschgrün gewesen war, wachte am nächsten Morgen voller Beulen, Flecken und weißer Kratzer auf. Am Abend waren sie sich einig gewesen, und morgens, als sie erwachten, war alles anders.

Aber vor dem Morgen kam die Nacht. Sie wuschen sich den Staub von den Händen, tranken Wasser, um ihre trockenen Kehlen anzufeuchten, und sagten: »Kinder, es ist schon spät, geht schlafen.« Sie wollten ein bisschen Ruhe für sich haben. Die Kinder widersprachen nicht. Ohne sich die Zähne geputzt und die Füße gewaschen zu haben, gingen sie ins Bett.

»Bin ich verrückt?«, fragte Tom seine Schwester.

»Bist du nicht.«

»Warum hast du es dann vorhin gesagt?«

»Weil ich müde und verwirrt war.«

»Glaubst du, dass es vorbei geht, bis ich erwachsen bin?«

»Was?«

»Das mit dem Bein und der Hand.«

»Es wird sich bestimmt bessern.«

»Ich möchte nicht so sein wie du.«

»Du wirst normaler sein als ich.«

»Versprochen?«

»Chajim-Tom, ich muss jetzt unbedingt schlafen.«

»Versprochen?«

»Ich habe dir gesagt, ich sterbe vor Müdigkeit.«

»Versprochen?« Er war dem Weinen nah.

»Ja«, sagte sie erschrocken. »Wir werden Sara und Nachschon bitten, für dich zu beten.«

»Auch Naomi werden wir bitten«, sagte er, dann schwiegen beide. Physio kratzte an ihrer Schlafkiste, bis sie müde und still wurde.

Sie saßen in der Dunkelheit auf der Treppe und Cheli weinte unkontrolliert, sie ließ die Tränen laufen, wie sie kamen. In der ersten Runde ihres Lebens hatte es gelbe Gummienten in der Badewanne gegeben, die von kleinen Händen hin und her geschoben wurden, und die Welt war unter Kontrolle. Später verblassten die Enten, das Gummi wurde spröde und die Hände waren schon mittelgroß. Die zweite Runde hatte begonnen und alles geriet außer Kontrolle.

Es spielt keine Rolle, ob Cheli wegen der Erinnerung an die gelben Entchen weinte, oder wegen der Ohnmacht dieser Tage. Wenn jemand weint, gleicht er einem, der betet, und man muss ihm genügend Zeit geben und ihm Respekt für seine Tränen erweisen.

Mike lauschte dem Meer, dessen Stimme die Summe des Vergangenen und des Zukünftigen enthielt, Milliarden Fische schwammen darin herum und jeder Fisch war auf sich allein gestellt. Die Fische wurden geboren und niemand freute sich darüber. Sie starben und niemand trauerte ihnen nach. Man hielt keine Totengebete für sie, keine Trauertage und keine Gedenktage. Ohne zu denken, war ihnen klar, dass es ihr Schicksal war, vergessen zu werden und selbst zu vergessen. Nur die Menschen machten ihren Tod zum Ende der Welt, als hörte mit ihnen auch die Welt auf zu existieren. Als würde es für sie eine Rolle spielen, wer gegangen war und wer dazu kam … Was ist mit dir, Mensch? Er schlug sich an die Stirn. Bist du Kohelet oder was?

Nachdem Cheli aufgehört hatte zu weinen, sagte er: »Ich muss unbedingt ein Pflanzenbestimmungsbuch kaufen. Ich habe keine Ahnung, was der Unterschied zwischen Rose und Heckenrose ist und ich werde der beste Gärtner im Nahen Osten sein.«

»Na und? Dann kauf dir eins. Von mir aus können wir die

Imbissbude sofort schließen und schon morgen den Strand verlassen. Dieser Sommer hängt mir längst zum Hals raus.« Sie legte den Ellenbogen auf seine Schulter und stützte das Kinn auf ihre Handfläche.

»Wo sollen wir das Geld hernehmen, um den Pachtvertrag vorzeitig aufzulösen? Es hilft nichts, wir müssen es noch bis Ende September durchziehen.«

»Bis dahin drehe ich durch. Ein Psychiater wird uns bestimmt mehr kosten als eine vorzeitige Auflösung.« Sie nahm den Ellenbogen von seiner Schulter und schmiegte ihr Kinn in die Vertiefung zwischen seinem Hals und der Schulter. Ihre Atemzüge ließen die Haare auf seiner Brust erzittern, ihre Brüste drückte gegen seinen Rücken, und auch wenn sie hätte aufhören wollen, hätte sie es nicht gekonnt. Sie waren zusammen, es war kein Liebemachen, es geschah von selbst und so natürlich, wie es regnet. Ebenso natürlich legten sie sich auch schlafen. Er träumte jedoch von Sara. Sie trug nicht das grobe blaue Kleid, sie trug überhaupt nichts. Als er aufwachte, fiel ihm das Baby ein, das schon vierzig Stunden tot war.

Als sie den neuen Tag vorbereiteten, fragte er: »Was ist, wirst du mit mir in der Gärtnerei arbeiten?« Sie sortierten abgelaufenen Käse aus, einer neben dem anderen und doch jeder für sich. Am Tag war alles anders.

»Ich werde den Vertrieb organisieren«, sagte sie. »Ich werde ein aufreizendes Kleid anziehen und Blumen verkaufen, ich werde verführerisch lächeln und Blumen für Hochzeiten, Krankheiten und Beerdigungen anbieten, für Besuche in Krankenhäusern und auf Friedhöfen. Ich werde eine hübsche Visitenkarte haben: Annas Blumen. Marketing: Cheli Taylor. Psychometrische Punkte: 720.«

»Jeder hat seine Macken. Bei dir ist es die Psychometrie,

oder?« Er machte sich daran, die Joghurtbecher zu sortieren. »Da hast du das Gefühl zu versagen.«

»Es geht nicht um Versagen. Aber diese Zahl sagt doch etwas über mich aus. Oder etwa nicht?«

»Nichts, was mich interessiert. Dein Hintern sagt zum Beispiel viel mehr über dich aus, auch deine Augen.« Er umarmte sie und seine Finger hatten die Temperatur der Joghurtbecher.

»Eines Tages werde ich studieren«, sagte sie. »Ich habe die Welt schon ausgeschöpft. Um mehr zu wissen, muss man studieren.«

Es war, als sagte sie: Eines Tages kaufe ich mir eine Fahrkarte für ein sehr weit entferntes Land. Wieder umarmte er sie. Solange sie da war, war sie da.

»Ehrlich gesagt, ich habe schon die Formulare eingereicht.«

»Wofür?«

»Für die Universität. Ich wurde angenommen und habe mich eingeschrieben.«

»Du hast mir nichts davon gesagt.«

»Jetzt sage ich es.«

Er betrachtete ihre roten, geschwollen Finger, die im Kühlschrank wühlten. Ihre Fingernägel waren weiß, abgenagt und abgebrochen. Sie hatte recht, diese Nägel hatten etwas anderes verdient. Was war schon dabei, wenn sie das alles allein erledigt hatte. Was war schon dabei, wenn ihm die Luft wegblieb. Er hatte ihr von dem Kuss, den er ihrer Schwester gegeben hatte, auch nichts erzählt. Auch er war zu ihr gekommen mit seinem »Ich mache Schluss mit dem Bus« und der Gärtnerei, als wäre es ein biblisches Gebot, das er am Berg Sinai bekommen hatte. Sie hatte recht. Das Gerede zerstörte alles, machte alles saftlos. Sie wollte es, sie hatte es getan, sie hatte es ihm erzählt. So musste es sein.

»Nur eine Frage, Cheli, was hast du gemeint, als du gesagt hast, du hast die Welt schon ausgeschöpft. Mich auch?«

»Mit dir könnte ich hundert Jahre zusammen sein und es würde mir nicht reichen.«

»Warum weinst du dann?«

»Ich weiß es nicht. *Mama, mir kommen die Tränen von selbst*, kennst du das Lied nicht? Weißt du, was ich gemacht habe, nachdem ich die Unterlagen bei der Uni abgegeben hatte? Ich habe mich auf den Campus gestellt und dem Himmel den Stinkefinger gezeigt.«

Sie zog die Hand aus dem Kühlschrank, hob den mittleren Finger hoch und machte eine ordinäre Bewegung nach oben, als wolle sie ein Loch in die Atmosphäre bohren und das Schicksal ficken. Er würde sie nicht fragen, was mit den Kindern war, die sie im Moment dringender brauchten als je zuvor. Wer würde nach ihnen sehen, ihnen zuhören, wer würde sie zur Reha bringen, zum Orthopäden, zur Physiotherapie? Und wer würde Naomi vor ihrer Schönheit schützen? Alle drei würden zu ihm in die Gärtnerei kommen und im Schatten sitzen, belegte Brote essen und Kakao aus der Tüte trinken. Woher sollten sie das Geld nehmen, um ihr Studium zu finanzieren, und wie sollten sie mit den neuen Begriffen und Ideen umgehen, die sie von der Universität mitbringen würde. Wie sollten sie auf die neuen Menschen reagieren, die sie kennenlernen würde? Abwarten. Diesmal würde er dem Leben ein bisschen Kredit geben, obwohl doch keiner so blöd wäre, vom Leben einen Gebrauchtwagen zu kaufen.

»Mama, was ist ein Stinkefinger?« Tom stand hinter ihnen, noch in seinen staubigen Anziehsachen von gestern. Seine Wangen waren nach dem Schlaf so glatt und rein, dass man sich unwillkürlich fragte, wie Gott sich das ruhig anschauen konnte, nach allem, was Er ihm angetan hatte. Mike wollte jetzt nicht darüber nachdenken, was das Leben mit diesen Wangen vorhatte, auf welche Art es sie zerknittern würde, durch Lachen oder Weinen. Ob sie prall oder eingesunken sein würden, wie dick sie sein würden, wenn er dreißig, vierzig oder sechzig Jahre alt war. Würden sie speckig sein, oder nur noch leere, graue Hautsäcke? Er würde gern sagen, Gott behüte, aber er weiß, dass Gott das nicht tun wird. Dafür gibt es genug Beweise.

»Das ist kein schönes Wort. Es ist Mama nur aus Versehen herausgerutscht.«

Ein paar Minuten später kam Anna, an ihrem Hals war der Abdruck des zerknitterten Lakens zu sehen. Auch sie trug noch die Kleidung, die sie beim Steinewerfen und Schreien angehabt hatte.

»Schwanz, das ist ein ordinäres Wort«, sagte sie und betrachtete sich in der Glastür des Kühlschranks. Sie schaute sich in der Küche um, sah den Müll, dann sagte sie: »Er ist noch nicht da«, und ging zurück in die Baracke. Sie waren mit dem Sortieren fertig, als Anna wieder auftauchte. Ihr Gesicht war gewaschen, ihre Haare waren gekämmt und der Scheitel in der Mitte des Kopfes war schnurgerade gezogen. Ihre Hände ragten aus den Ärmeln einer dünnen, gelben Bluse, und ihre Beine aus einer weißen Bermudahose. Die Schnürsenkel der New-Balance-Schuhe waren ordentlich gebunden.

»Oh weh, sie ist verliebt«, sagte Cheli und legte die Finger, die ein besseres Leben verdienten, auf den Mund. Cheli war klug. Ihr Oh-weh bezog sich auf die dunkle Seite der Liebe, die jeder Liebe innewohnt. Sein Herz, wäre es nicht durch Fleisch und Adern mit dem Körper verbunden, hätte die Rippen durchbrochen, hätte die Haut zerrissen und wäre zu diesem Mädchen geflogen. Er blickte über das Meer und dachte, was für ein Glück es doch war, dass das

Meer noch da war, ein Ziel für seine Blicke. Tränen vor acht Uhr morgens konnten sich nur Reiche leisten. Und er? Er müsste noch viele tausend Sandwichs verkaufen, bis er sich den Luxus leisten könnte, morgens zu weinen.

Karniel kam aus der Nacht zu ihnen. Er war in sich versunken, als hätte der Winter begonnen, oder als hätte sich seine Frau an der Universität eingeschrieben. Karniel hatte keine Ahnung, wie viele kleine Katzen er gezeugt hatte und was für ein Schicksal ihnen bevorstand. Wer von ihnen zu einer Hauskatze wurde, wer überfahren wurde, wer im Müll endete. Aber auch er hatte seine melancholischen Momente. Eines Nachts hatte dieses traurige Tier dagestanden und zum Mond hinaufgeschaut, als erwarte es eine Antwort. Mike hatte dem Kater zugesehen, der den Mond um eine Antwort anbettelte, und hatte gedacht, da ist noch jemand, von dem du keine Ahnung hast.

Anna war wie nach einem Luftröhrenschnitt oder wie eine, die mit den Worten Leben oder Tod Bungee gesprungen war, Kopf an Kopf mit dem Schicksal. Genau wie Cheli. Wenn Menschen etwas Schwieriges gebeichtet haben, verlieren ihre Knochen an Gewicht. Anna schälte Kartoffeln, wickelte Sandwichs in Frischhaltefolie, trocknete Teller ab und fragte Edisso, was es sonst noch zu tun gab. Ein Gast sagte: »Neger, bring mir noch Brot«, und sie regte sich auf und brachte ihre defekte Motorik in Bewegung, rutschte gegen seinen Tisch und kippte die Schakschuka über ihn. Abgesehen von diesem Zwischenfall bemühte sie sich, sauber und gekämmt zu bleiben und zeigte ihren Beinen und vor allem ihren Knöcheln gegenüber eine grausame Härte.

Tehila, die Dicke, kam jeden Morgen mit all ihrem von Gott geschenkten Zubehör. Sie stellte den Stuhl an die gleiche Stelle und zog ihr Kleid bis zum gleichen nördlichen Breitengrad über die Oberschenkel. Mike sah alles, atmete tief ein und sagte sich, Gott sei Dank, endlich läuft alles in gewohnten Bahnen. Aber er war nicht erst gestern geboren, er wusste schon einiges über die Welt und fragte sich, was wird sein, wenn sie wieder aus den Fugen gerät, wer wird die Ticks im Gesicht des Jungen zählen und wer wird wissen, ob er neue dazubekommen hat oder nicht? Wer wird es auf sich nehmen, sein linkes Bein zu trainieren, um seine Muskeln zu stärken? Wer wird Naomis Selbstwertgefühl beobachten, das im Verhältnis zu ihrem Busen wachsen wird? Wer wird Annas Ausfälle im Auge behalten? Er machte einen Milchshake und schaute zu Cheli hinüber. Er schmierte ein Baguette und schaute zu Cheli hinüber. Er gab Geld heraus und deckte einen Tisch. Mit dem einen Auge war er bei seiner Arbeit, mit dem anderen bei Cheli. Sie war besser als alle Frauen auf dieser Welt. Sie würde studieren und Psychologin werden und die Liebe wissenschaftlich deuten können. Aber hoffentlich bliebe ihr die Liebe aus dem Bauch heraus erhalten, eine Liebe, die alles weiß, ohne etwas zu verstehen. Plötzlich entdeckte er, dass es Wege in der Welt gibt, die zu unbekannten Ländern führten, in denen Menschen ohne Weiteres verschwinden können. Den Weg, den sie mit dem Fischer zurücklegte, kannte er. Er hatte im Voraus gewusst, dass sie eine Runde drehen und nach Hause zurückkommen würde. Aber die Universität? Davon hatte er keine Ahnung. Na und, dachte er, willst du dich wie ein geschwollener Furz durch die Welt bewegen, nur weil du keine Ahnung hast?

Er glaubte nicht an Gott, aber als der Fischer aus heiterem Himmel auftauchte, eine Sekunde, nachdem er an ihn gedacht hatte, wurde er unsicher. Als wäre eine Möwe über ihn geflogen, habe aus seinem Gehirn eine Nachricht aufgenommen und ihn bei Gott verpetzt. Der kleine Traktor schnitt durch den Sand wie ein Messer durch Butter und blieb einen Meter vor den Füßen der Frau stehen. So ein Quatsch, ein Vogel besteht nur aus ein paar Knochen und wiegt kaum mehr als eine Scheibe Brot, er würde zerbrechen, wenn er sich etwas aus dem menschlichen Gehirn aufladen würde. Cheli sah es auch, und die Gabel in ihrer Hand blieb in der Luft hängen. Ihr Mund stand offen, als erwarte sie, die Gabel würde ein Stück vom Himmel abstechen und sie damit füttern. Nach der Art, wie der Mann den Traktor abstellte, mit der Schnauze nach vorn, zwischen die Beine der Dicken gerichtet, und so, wie sie lachte, war klar, dass sie nicht zum ersten Mal miteinander sprachen. Ein Talmudgelehrter würde sagen, der Star und der Rabe haben sich gesucht und gefunden. Dazu waren keine 720 Punkte im psychometrischen Test nötig. Cheli brauchte keine besondere Intelligenz, um zu verstehen, dass die beiden zusammenpassten wie ein Handschuh und eine Hand. Ihre Wimpern richteten sich auf wie die Stacheln eines Stachelschweins. Der Fischer verkörperte das, was die Reklame von Malzbier oder Unterwäsche vermittelte, Bräune, Muskeln, sonnenverbrannte Haare. Würde man eine Tapete mit einer roten Sonne hinter ihm an die Wand kleben, könnte er auch Pontiac, Whisky, Rasierklingen oder sonst was verkaufen. »Sterben sollen sie«, zischte Cheli. Was sie sah, waren zwei freie Schmetterlinge, aber bei ihr schmerzte die Stelle, an der man ihr die Flügel ausgerissen hatte. Warum sprach er nur von ihr, auch ihm brannte die Stelle, wo er früher Flügel gehabt hatte.

Tom folgte ihren Blicken, dann nahm er Physio und ging zum Traktor.

Der Fischer sagte: »Hi Kleiner, wie geht es dir?« Aber seine Augen waren auf Tehila gerichtet und er sagte: »Los, jalla.« Sie schüttelte alles, was sie hatte, und stieg auf den

Traktor. Ihr Gesäß füllte den Rücksitz wie aufgegangener Teig, der aus der Schüssel quillt. Zwischen ihren Brüsten und dem nackten Rücken des Fischers war kein Zwischenraum. »Ciao, Junge«, rief sie über den Lärm des Motors. Der Traktor fuhr los und brachte die beiden wer weiß wohin.

»Nutte, sie hat noch nicht mal den Stuhl zurückgebracht.« Chelis Augen folgten der Spur, die der Traktor in den Sand pflügte.

Wie hatte Sara gesagt? Es ist besser, wenn es einmal wirklich passiert, statt tausendmal in Gedanken. Er hatte gewusst, dass diese Frau, die Cheli Nutte genannt hatte, ihn gewähren lassen würde und er hatte sie genommen. Einmal hatte er sie genommen, um seinen Kopf von ihr zu befreien, und wenn er jetzt seine Zelte abbrach und nach Jerusalem zurückkehrte, würde er sie nicht mitnehmen. Vielleicht würde er sich mal an ihren BH oder ihren Slip erinnern, den sie freiwillig ausgezogen hatte, aber selbst das war fraglich. Sie hatten nur noch wenige Tage in der Imbissbude, der Sommer ging zu Ende, und die Augen, die während der ganzen Zeit nach Westen gerichtet waren, wandten sich nun nach Osten. Es wurde Zeit, Schluss mit allem zu machen. Vor dem Weggang musste man alles beenden, damit nichts offenblieb, wofür man vielleicht zurückkommen müsste. Er wartete noch in derselben Nacht auf sie. Er wusste, dass sie zum Steg kommen würde. Woher er das wusste? Er wusste es eben. So wie der Vogel die Botschaft aus seinem Gehirn zu Gott gebracht hatte, brachte er jetzt die Nachricht von Gott zu ihm. Er stand da und sah zu, wie die Wellen gegen den Steg schlugen und dachte, das Wasser kann nicht anders, und ich auch nicht. Sie kam. Was zwischen ihnen geschah, war das, was zwischen einem Mann und einer

Frau geschieht, die sich nur körperlich begegnen. Und das ist weit weg von dem, was geschieht, wenn die Herzen miteinander sprechen. Während er mit ihr zusammen war, sagte er nichts. Sie stöhnte die meiste Zeit und rief: »Oh Gott, oh, Gott.« Ein Mal schrie sie: »Großer Gott.« Was er auch mit ihr machte, mit Gott hatte es nichts zu tun. Am Schluss, als er schon seine Hose anhatte und sie ihr Kleid, sagte sie: »Ich habe es gewusst.«

Er fragte sie nicht, was sie meinte, und ging.

»Hast du das wegen meiner Universität gemacht?« Chelis Stimme kam ihm von der dunklen Terrasse entgegen. Die Kinder schliefen. Der Mond war weit weg, unbeteiligt, groß und flach wie ein Daumennagel.

»Weil ich dich liebe, das schwöre ich dir.« Er wunderte sich, dass sie hörte, was er sagte, denn die Worte kamen direkt aus seinem Herzen, ohne den Weg durch seinen Mund zu nehmen. »Ich habe das Unkraut entfernt, das mir im Gehirn wuchs, damit es die Rose nicht erstickt, die ich dort hege.«

»Ein Gärtner gärtnert im Gärtnergarten, im Gärtnergarten gärtnert ein Gärtner«, sagte sie, und der Geschmack des Gartens und des Gärtners war salzig und bitter auf ihrer Zunge.

»Weißt du was, ich glaube dir sogar.« Sie zündete sich eine Zigarette an, vergaß zu rauchen und warf sie lang und brennend in den Sand. Gemeinsam schauten sie zu, wie die rote Glut langsam erlosch. »Ich bin todmüde«, sagte sie und streckte ihm die Hand entgegen, damit er ihr beim Aufstehen half, dann gingen sie nebeneinander her in die Baracke. Die Hand, die sie ihm hingehalten hatte, wäre es wert gewesen, in Stein gehauen zu werden, aber Denkmäler gab es nur für die im Krieg gefallenen Soldaten. Und ein Soldat, den die Kugel verfehlt hatte, würde im nächsten Krieg eine zweite Chance bekommen.

Am Morgen kam die Dicke zur gewohnten Zeit, nahm den Stuhl, legte ihre Beine hoch und es ward Abend und es ward Morgen und es war so, als hätte es dazwischen keine Nacht gegeben. Als ihre Zeit zu gehen kam, ging sie und sagte Ciao, erst mit geschlossenem Mund, und beim ao bildeten ihre Lippen eine große Null. So ging es Tag für Tag weiter. Wenn Cheli sie anschaute, tat sie es nicht mit offenen Augen. Sie senkte die Wimpern auf Halbmast und öffnete die Schießscharten. Tom sah es und schloss ebenfalls die Augen zu einem Schlitz, und dann vergaß er es, die Lider zu heben und lief die ganze Zeit mit halb geschlossenen Augen herum.

»Vielleicht brauchst du eine Sonnenbrille«, sagte die Dicke.

»Physio braucht eine«. Sagte er und hielt der Schildkröte das Zellophanpapier eines Bonbons über die Augen.

Seit Anna alles gebeichtet hatte, ging sie mit offenem Blick durch die Welt, und die beiden Augen, die sie hatte, reichten ihr nicht. Eines hatte sie auf ihren Bruder gerichtet, das andere auf Edisso, und auch ihr Herz teilte sich zwischen beiden. Sie schälte Kartoffeln in der Küche, begleitete Edisso zum Müllcontainer und trocknete die Gläser ab, die er gespült hatte. Wenn er das Meer betrachtete, sah sie, wie es sich in seinen Augen spiegelte. Für ihn war sie wie eine weitere Schwester, für die er sorgen musste, außer den vier Geschwistern zu Hause und dem Bruder in der Erziehungsanstalt. »Kämm dich«, sagte er zu ihr, »bind dir die Schnürsenkel, übe gehen.« Sie gehorchte und gab sich Mühe. Manchmal wollte sie ihn auf die Probe stellen und sagte: »Du hast mir nicht zu sagen, was ich zu tun habe.« Als würde sie einen Tisch anstoßen, um zu sehen, ob seine Beine noch fest standen.

»Wenn wir wegfahren, wird sie ein Loch im Herzen haben«, sagte Cheli. »Sie hat sich von ihren Schuldgefühlen erholt und ist an der Liebe erkrankt, und das Zweite ist schlimmer als das Erste.«

Aber auch von ihrer ersten Krankheit war sie nicht wirklich genesen. Sie bemühte sich weiterhin, Tom zu helfen, wieder zu werden, wie er vor dem Unfall gewesen war. Wenn er einen Weinkrampf bekam und das gleiche Wort zwanzigmal wiederholte, krampfte sie ihre Hand auf der Brust zusammen, bis ihr Blut stockte und sie blass wurde. Sie übte mit ihm am Wasser. »Heb das linke Bein höher, mach schon, halt es in der Luft, Chajim-Tom, willst du später Polizist werden oder nicht? Du musst das linke Bein hochheben. Hast du das verstanden?« Sie deutete auf die Spuren im Sand. »Schau, da hast du es nicht richtig hochgehoben.« Der kleine Polizist ging kerzengerade, hob das gesunde Bein doppelt so hoch, um die Leistung des kranken Beines auszugleichen. Eine Dreizehnjährige, die wie neun aussah, und ein Fünfjähriger, der wegen des Schlags, den er bekommen hatte, zurückgeblieben war. Beide waren klein und dünn, und beide übten für das richtige Leben, das für jemanden, der ein Bein hinter sich herzieht, nicht besonders viel zu bieten hat. Das Beste, womit er rechnen konnte, war einen Schwerbehindertenausweis für ein Auto. Hier am Meer sahen sie sehr klein aus. Gott würde sich auf die Lippe beißen, wenn er von oben das Gleiche sähe wie Mike von der Terrasse. Vielleicht befriedigte ihn auch der künstlerische Kontrast zwischen dem unendlichen Meer und den beiden hageren kleinen Gestalten, die den Strand entlangliefen und versuchten, ihr Schicksal zu meistern.

Lass Gott einen guten Mann sein, sagte sich Mike, du bist allein, deine Frau ist allein. Und deine Kinder auch. Niemand beißt sich für dich auf die Lippe, nicht im Himmel und nicht auf der Erde. Begnüge dich mit deinem schlichten Gemüt und mache das Beste daraus. Er nahm die Hülle von dem grünen Fahrrad, mit der er es vor Toms Blicken versteckt hatte. Los, sollte der Junge doch schreien, bis sich das Angstmonster in seinem Kopf in zwei Stücke riss. Aber der Junge schrie nicht. Er war ein Polizist im Dienst. Er setzte sich auf den Gepäckträger des Fahrrads, ernst und angespannt, legte seinen gesunden Arm um Mikes Hüfte und drückte die Brust an den Rücken des Seniorpolizisten. »Los, Papa, fahr schon.« Auch das Meer wunderte sich, urplötzlich kam ein Wind auf und die Wellen schoben sich übereinander und brachen über den Strand herein, als wollten sie alles sehen. Die sinkende Sonne hielt inne. Cheli brachte einen langen, gelben Schal und verband den schmalen Rücken des Jungen mit Mikes großem Körper. Aus Toms Mund drang das Martinshorn, das Motorrad der Polizei war unterwegs, um Kriminelle zu fangen und für Ordnung auf den Straßen zu sorgen. Später schwor Cheli, sie habe das Blaulicht auf dem Kopf des Jungen blinken gesehen, und seine orthopädischen Schuhe hätten rot geleuchtet.

»Willst du auch?«, fragte Edisso und holte sein Fahrrad aus dem Versteck. Anna sagte nicht ja und nicht nein, sie zitterte wie ein Flüchtling aus Sodom, der plötzlich Schwefel roch. Dieses Bild schoss Cheli durch den Kopf, als sie Anna auf dem verrosteten Gepäckträger sitzen sah. Ihre Hände legten sich vorsichtig auf Edissos Hüften, und der Stoff ihres T-Shirts war das Einzige, das ihre flache Brust und seinen Rücken trennte

Sie fuhren los und Cheli blieb allein zurück. Edisso hat einen Preis verdient, dachte sie. Nach dem Kampf bekommt er auch einen. Es stimmte zwar, dass der Kampf nicht so schnell beendet sein würde, aber seit sie Fahrrad fuhren, war die Atmosphäre entspannter, und im Krieg mit dem Schicksal herrschte Waffenruhe.

Die Sonne war auf der anderen Seite der Erdkugel. Sie hatte eine dicke Haut, die Erdkugel, sie drehte sich einfach weiter, als wäre nichts passiert. Zwei Fahrräder fuhren über die Erde, vier Bauchnäbel zitterten, und sie drehte sich weiter, als wäre nichts geschehen. Hätte sie nur ein bisschen Respekt, würde sie umkehren oder wenigstens innehalten, um diesen Kindern Ehre zu erweisen.

Auch die Sonne tat, als wäre nichts geschehen. Die Tage wurden kürzer, täglich gab es weniger Licht und die Wassertemperatur sank. Mike blickte über das Meer, das allmählich so grau wie Blech wurde. Am Himmel waren weder Sonne noch Mond zu sehen, die Sonne war schon untergegangen, der Mond noch nicht aufgetaucht. Hatte überhaupt jemand versprochen, Sonne und Mond würden zurückkommen? Wer sie am Himmel zum Leuchten brachte, konnte sie ebenso gut wieder auslöschen. Die zarten Finger des Jungen berührten seine Rippen, als stecke die Police seiner Lebensversicherung in der Brusttasche seines Vaters. Sie fuhren Richtung Norden, eng miteinander verbunden durch Chelis gelben Schal. Tom heulte wie eine Sirene und seine kleinen Lungen blähten sich auf und leerten sich am Rücken seines Vaters. Fünf Meter hinter Mike fuhr seine Tochter auf Edissos Luxusgefährt und konnte gar nicht genug bekommen. Am liebsten hätte er dem Himmel ein Victory-Zeichen gemacht, aber er verzichtete darauf. Diesmal wollte er ihn nicht herausfordern. Was wusste er schon. Er begann zu singen: »Alles ist offen, es ist noch nicht zu spät.« Die kleine Sirene sang mit und auch Anna und Edisso stimmten ein. Ihre Stimmen ergänzten sich und urplötzlich bildeten sie ein Quartett für zwei Fahrräder und zwei Lenker. Laut sangen sie: »Morgen wird die Laune besser …« Sie reckten die Hälse und rissen die Münder auf, und der Wind umwehte sie und stimmte ein. Mike war nicht sicher, ob er hörte, dass der Traktor sich von der Imbissbude entfernte oder ob er sich das nur einbildete. Er würde Cheli nicht fragen und nicht nach Spuren im Sand suchen.

Sie erzählte es ihm von allein. »Nachman war hier, der Fischer.«

Sie machte sich einen Kaffee ohne Zucker. »Ich habe ihn zum Teufel geschickt.«

Tom stellte sich zwischen seine Eltern. »Mama, wir haben keinen Kriminellen gefasst, aber Papa hat gesagt, dass sie uns am Ende wie Fliegen in die Hände fallen.« Anna sagte kein Wort, aber jede ihrer Poren war weit offen. Sie verzichtete darauf, sich die Hände zu waschen, die Edisso berührt hatte, und hüpfte auf der Terrasse herum wie eine Heuschrecke. Sie holte das Heft, das sie wochenlang nicht mehr in die Hand genommen hatte, und nahm das Schreiben wieder auf. Wenn einem Menschen ein kleines Glück zuteil wird, auch wenn er noch ein Kind ist, hebt er sich eine Erinnerung davon auf, ein Foto, eine Muschel, einen Knopf, etwas, von dem er zehren kann, wenn der Teller leer ist.

»Merke dir das Datum, Cheli, heute ist der 24. August, heute haben wir erfahren, dass wir nicht das Ende der Welt erleben. Alles ist offen. Und die Kinder, Cheli, hast du sie gesehen?«

»Mike, es ist kein Wunder. Diese Kinder sind völlig normal.«

Jeder legt die Tatsachen so zurecht, wie es bequem für ihn ist. Als wären sie ein Kissen. Der eine klopft es flach, um darauf zu schlafen, der andere stellt es hin und verpasst ihm einen Knick. Cheli fletschte die Zähne, um den Feind von ihren Jungtieren fernzuhalten. Sie sah über das Meer und wurde ernst. »Mike, dieser Sommer war nur der Prolog, das richtige Leben kommt noch.« Auch sie weiß, dass es kein Entkommen gibt, die Bewegung der Erde entscheidet für dich. Die Tage werden kürzer, die Farbe des Himmels verblasst, die Gäste verlangen heißen Kaffee, das Pulver in der Eiskaffeemaschine sinkt, die alten Möwen warten auf Junge und der Mensch macht sein Auto winterfest, all das liegt in dem Spruch: Man denkt über die Zeit nach und erschrickt. Die Erdkugel, auf der du, deine Frau und deine Kinder stehen, dreht sich weiter. Bei der soundsovielten Drehung wirst du hinunterrollen wie die Kugeln bei der Lottoziehung. Deine Frau wird bei der soundsovielten Drehung hinunterrollen, dann die Kinder … Nein, daran darf man nicht denken, dass auch für die Kinder ihre Stunde kommen wird, dass sie alt, zittrig, ausgetrocknet, geschrumpft, zahn- und kraftlos sein werden, dann, wenn sich ihre Eltern längst mit der Erde vermischt haben werden und niemand mehr da ist, der abends fühlt, ob ihre Füße warm sind und sie zudeckt.

Die Kinder gingen ins Bett. Anna wusch sich nicht vor dem Schlafengehen, um das Glück nicht abzuspülen. Beide schliefen sie sofort ein, als hätten sie zähflüssigen, schweren Honig gegessen. Tom schoss im Schlaf auf Diebe, Anna lag auf dem Rücken, die geschlossenen Augen waren zum Himmel gerichtet, der durch das Loch in der Decke zu sehen war.

»Wir ziehen das hier noch eine Woche durch, bis Ende August, und dann schließen wir«, sagte Mike zu Cheli. Sie saßen Rücken an Rücken am Meer, er mit dem Gesicht nach Norden, sie nach Süden. Die Dunkelheit war in beiden Himmelsrichtungen tief und undurchdringlich.

»Verzichten wir auf den September?« Sie rieb ihren Rücken an seinem.

»Ja. Dieser Sommer dauert schon ewig. Die Sandwichs, die wir im September verkaufen, machen uns auch nicht reicher.«

»Mike, diese Idee ist einen Whisky wert. Es wird uns guttun, wenn wir diese Bude schließen und wieder nach Hause gehen. Soll ich die Flasche holen?«

Sie wartete seine Antwort nicht ab und lief zur Bar. Das schwache Terrassenlicht beleuchtete ihren geschmeidigen Körper und die Bewegung ihres Halses, als sie die Haare nach hinten warf. Sie kam zurück und blickte über das dunkle Meer. Er sah nur ihren Schatten und den der Flasche und dachte, ja, diese Frau gehört mir. Sie tranken Whisky und er sagte, es wäre gut, wenn die Kinder gleichzeitig mit allen anderen das neue Schuljahr anfingen, und sie sagte, es wäre gut, wenn Naomi nach Hause zurückkäme. »Wir haben sie in diesem Sommer ein bisschen vernachlässigt.« Er sagte, er würde in der Gärtnerei von Viktor oder in der von St. Simon als einfacher Arbeiter anfangen, um das zu lernen, was es zu lernen gebe, und gleichzeitig die Gärten ihrer Mütter herrichten und Orchideen und Gladiolen züchten. Dann nahmen sie noch einen Schluck und Cheli sagte: »Aber was wird mit Edisso?«, und Mike sagte: »Was wird mit Anna?« Aber der Whisky ließ diese Fragen viel unwichtiger erscheinen, als sie es wirklich waren. Sie tranken weiter, und Cheli fragte: »Was für eine Länge werden die Gladiolen haben?«, und er sagte: »Oh, sie werden höher sein als das Dach deiner Universität, so hoch wie Zypressen.« Dann gingen sie ins Wasser, die Kleider und die Jahre fielen von ihnen ab und das Meer nahm sie auf.

Anna

»So, das war's, Familie Chajat-Taylor, sagt dem Sommer adieu«, hat Papa gesagt.

Die ganzen vier Monate, die wir am Strand verbracht haben, wurden im Kofferraum verstaut. Edisso half Papa. Sie schoben die Taschen hinein und klappten die Hecktür zu. Edisso arbeitete schnell, er wollte bald fertig werden, er sah aus, als müsse ihm ein Zahn gezogen werden und er wolle es bald hinter sich haben. Nach dem alles verstaut war, ging Papa zum Strand und lief am Wasser entlang wie ein Liebeskranker. Manchmal blieb er stehen, bückte sich, nahm etwas in die Hand, betrachtete es und warf es ins Wasser. Wieder hob er etwas auf, prüfte und befühlte es und steckte es in seine Tasche. Danach kam er zurück, als wäre sein Herz gesund geworden.

Er schloss die Imbissbude ab. Der Bogen des Schlosses war nach unten gerundet wie ein weinender Mund. Die Terrasse war leer, die Stühle und unsere Betten wurden in der Baracke eingeschlossen, und wir waren reisefertig, gekämmt und in Kleidern, die auf unsere Nachbarn im Wohnblock einen normalen Eindruck machen würden, alle Jacken waren zugeknöpft, und die Schnürsenkel von meinen und Toms Schuhen ordentlich gebunden. Aber wir hatten es nicht eilig. Wie saßen auf den Terrassenstufen und schwiegen wie bei einem Besuch in einem Trauerhaus.

»Anna, komm doch mal«, rief Edisso, ohne sich vor Papa und Mama und ihren neugierigen Blicken zu schämen.

Ich ging zu ihm. Beim Gehen gab ich mir große Mühe, ich wollte nicht, dass die Sache mit meinen Beinen seine letzte Erinnerung an mich sein würde. Trotzdem stolperte ich einmal. Nun gut, so bin ich nun mal, dachte ich und hörte auf, mich anzustrengen.

»Hier, nimm, ein Andenken für dich«, sagte er und gab mir eine weiße Muschel, die so groß war wie eine kleine Faust mit vorstehenden Knöcheln. Ihr Bauch war weiß und die Öffnung dunkelrosa.

»Ich werde abends hineinhorchen«, sagte ich.

»Wozu?«

»Ich werde das Meer hören. Vielleicht kannst du … ach, das ist nicht so wichtig.«

»Vielleicht kann ich was?«

»Etwas in die Muschel sagen.«

»Gib sie mir«. Er nahm die Muschel, dachte kurz nach und drückte den Mund an die Muschelhöhlung, ohne dass ich hörte, was er sagte. Als er sie mir zurückgab, war sie noch warm von seinem Mund.

Ich hatte nichts, was ich ihm hätte geben können. Ich setzte mich in den Sand und zog den Schnürsenkel aus meinem rechten New-Balance-Schuh. »Hier, nimm ihn als Andenken«, sagte ich, gab ihm den Schnürsenkel und ging mit einem offenen rechten Schuh zum Mazda zurück.

Bevor wir losfuhren, sagte Papa: »Schaut euch das Meer an, damit ihr eine schöne Erinnerung von hier mitnehmt.« Er wendete den Mazda, damit wir das Meer sahen und etwas hatten, woran wir uns später erinnern konnten.

»Eigentlich sollte das Meer uns anschauen«, sagte Mama. »Wenn wir das nächste Mal herkommen, werden wir andere Menschen sein, das Meer bleibt gleich.«

»Was soll das heißen, wir werden andere Menschen sein?«, fragte Papa.

»Nun, eben andere.« Ihre Augen waren weit offen, als betrachtete sie Orte jenseits des Meeres und der Zeit.

Möwen, die vielleicht nicht mehr leben würden, wenn wir erst einmal andere Menschen wären, flogen über uns hinweg und schauten zu uns herunter. Sie flogen eine Ehrenrunde um den Mazda und landeten dann auf dem Dach der Imbissbude. Papa schlug das Lenkrad nach rechts ein, und bevor wir auf die Straße einbogen, sah ich Edisso am Wasser stehen und den Schnürsenkel wie ein Armband um das Handgelenk binden. Karniel stand daneben und schaute ihn von unten an.

»Halt einen Moment an, ich habe etwas vergessen«, rief ich Papa zu, machte die Tür auf und rannte zu Edisso hinüber. »Sag Edisso, glaubst du an Gott?«, fragte ich ihn.

»Da bin ich mir noch nicht sicher«, sagte er. Er streichelte Karniels Nacken mit der Hand, um die er den Schnürsenkel gebunden hatte. »Und du?«

»Je nachdem.« Ich bückte mich zu Karniel, wusste aber nicht, ob ich ihn streicheln oder kneifen sollte und ging zurück zum Mazda.

Mama sagte: »Finito la commedia.« Wir verließen den Strand wie eine amerikanische Familie, die vom Weekend am Strand des Stillen Ozeans nach Hause fährt. Das Gepäck war im Kofferraum, das grüne Fahrrad mit einem Dachträger befestigt. Wir saßen im Auto und zwischen Tom und mir war Platz für einen weiteren Menschen.

Naomi fuhr nicht mit uns zurück. Sie wollte noch eine Woche in der Siedlung bleiben und sie hatten es ihr erlaubt, aber auch ohne sie waren wir zu fünft, wenn man Physio mitrechnete.

Mama sagte: »Jetzt beginnt die wahre Geschichte.«

Vater sagte: »Hoffentlich beginnt sie mit dem rechten Fuß.«

Tom sagte: »Dir fehlt ein Schnürsenkel, Anna.«

Abends hielt ich die Muschel ans Ohr, ich wartete auf die Worte, die Edisso gesagt hatte.

»Wie komisch, sie tut, als wäre die Muschel ein Telefonhörer.« Tom lachte, er lachte auch noch, als er einschlief. In der Muschel rauschte das Meer, ich hörte Stimmen und verstand nichts, vielleicht hatte er auf Amharisch hineingesprochen, damit ich es nicht verstünde. Dann eben nicht. Vielleicht werden wir im nächsten Sommer schon andere Menschen sein, eine große Gärtnerei besitzen und ein paar fleißige Hände brauchen. Und unter diesen Händen wird eine sein, um deren Handgelenk ein Schnürsenkel gebunden ist, schließlich hat Papa sich seine Telefonnummer geben lassen und ihm unsere Nummer gegeben. Ich schlief in einem Beet aus Stiefmütterchen ein, das Beet wuchs innerhalb von einer Sekunde und breitete sich aus, samtige Blätter in Gelb und Lila bedeckten die ganze Welt. Tom und ich passten auf, dass wir nicht auf die Blumen traten, Wir zogen die Beine an den Bauch wie Vögel und flatterten über die Blumen über die Schmetterlinge und lachten, wie nur er und ich lachen können.

Am nächsten Morgen standen meine New-Balance-Schuhe vor dem Bett, der Schnürsenkel im linken Schuh war verblasst und hart von Sand und Salz, der im rechten war neu und weiß.